モヤモヤの日々

宮崎智之

晶文社

いったい いくつの時を
過ごして来たの
60年70年80年前の感じ
本当に確かだったのは
いったい 何でしょうねえ
時の流れは 本当もウソも つくから

——フィッシュマンズ「Go Go Round This World!」より

序

ここに収めたのは、二〇二〇年一二月二二日〜二〇二一年一二月三〇日まで、ウェブマガジン「晶文社スクラップブック」にて平日毎日、一七時に公開した連載「モヤモヤの日々」の文章である。主に東京で過ごした一年間を、僕の言葉で書き続けた。言葉だけでつくられた世界は、空間や時間や属性や考え方を超えて誰をもつなげる力を持っている。「僕」という極私的な一人称にこだわったのは、僕の日常を、見て、聴いて、感じたものをスケッチすることにより、普遍性を獲得できると信じたからだ。人間は言葉によって癒され、楽しみ、この世界に親しみを広げていく。僕自身がそうだったし、きっと本書を読めば、今の現実を語る言葉と認識の端緒に触れることができるだろう。不確かでままならない人生の支えとなる確かさの杭を見つけることができるだろう。そして言葉だけでつくられた世界は、最後には必ず閉じられる。本書を読み終わった後にもう一度、この序文に戻ってきてほしい。そのうえで、この世界をもう一度、眺めてみてもらいたい。本書を読むことが、読者にとってそういう体験になればと祈っている。「モヤモヤ」とは、今を生きることである。

目次

2020 202012 ・・・・・・・・・・6

2021 202101 ・・・・・・・・・ 18

202102 ・・・・・・・・・52

202103 ・・・・・・・・・97

202104 ・・・・・・・・ 139

202105 ・・・・・・・・ 175

202106 ・・・・・・・・ 210

202107 ・・・・・・・・ 261

202108 ・・・・・・・・298

202109 ・・・・・・・・ 331

202110 ・・・・・・・・364

202111 ・・・・・・・・407

202112 ・・・・・・・・444

2020

202012

2020122　第1回　高級な蜜柑　東京　晴

日々の生活や仕事で起こった出来事、考えたこと、なんとなく抱いたモヤモヤを短文で平日毎日連載したい、という企画をずっとあたためてきた。そんな折、文筆家の吉川浩満さんから連絡があった。ご自身の文筆業のほかに、晶文社で編集のお仕事をはじめるとのことだった。僕の腹案を吉川さんに話すと、それは面白いですねとふたつ返事で快諾してくれ、この連載がはじまることになった。吉川さんといえば、以前、別の仕事でご一緒したとき、愛媛の高級蜜柑「紅まどんな」をプレゼントしたのだ。これが効いたのだろうか。

すべては蜜柑から

「紅まどんな」はただの蜜柑ではない。高級な蜜柑である。そしてご当地食品によくあるように、東京で買うと高いが、生産地で買うと少しだけ安く手に入る。亡くなった僕の父は愛媛県出身で、今でも法事などの用事があるたびに足を運んでいる。吉川さんと会う前々日まで愛媛にいた僕は、たまたま直売店で安く「紅まどんな」を入手したのだった。

この高級な蜜柑は、とにかく美味しい。食べた瞬間、それまで抱いていた蜜柑の常識がひっくり返るほど旨い。瑞々しいのだ。まるでゼリーを食べているかのようである。それでいて、「これを食べたら普通の蜜柑なんて食べることができない」となるお高くとまったところがないのもいい。「紅まどんな」は、普通の素朴な蜜柑を圧倒するほど、舌触りも甘さも洗練されている。しかし、だからこそ、普通の素朴な蜜柑の味わい深さを思い出させてくれる。蜜柑界を牽引しつつ、全体の底上げに貢献するブランド蜜柑なのだ。

ところで、なにも包装せず、袋にも入れないまま手渡したあの「紅まどんな」の味は、どうだったのだろうか。吉川さんに会うたびに感想を訊こうと思うが、寸前になっていつもなぜか忘れてしまう。しかし、専門性も体力もない、しがないフリーライターに連載の場を与えてくれたのだから、吉川さんも「紅まどんな」の味に惚れ込んでくれたに違いないと思っている。

そういえば、この連載の打ち合わせでも「紅まどんな」の感想を訊き忘れてしまっていたのだった。よくよく思い出してみると、吉川さんは蜜柑を食べたそうな顔をしていたように思う。渋谷駅で別れるときも、「あれ? 今日はあの蜜柑はないの?」という顔をしていた気がする。

今すぐ蜜柑を用意し、持って行かなければならない。なぜ気が回らなかったのか。社会人を何年もやっていて、そんなことにも気がつかなかったとは。呑気に連載の開始を喜んでいる場合ではなかった。大切なのは蜜柑だったのだ。そして持っていくなら、やっぱり高級なほうでなければ駄目だろうか。僕の社会人力が今、まさに試されようとしている。

20201223　第2回　犬と人　東京　快晴

我が家の愛犬ニコル（ノーフォークテリア、雌、二歳三か月）は、おそらく僕のことをある時期まで「犬の先輩」だと思っていた。成長すればいつか僕のように自由に散歩に行ったり、好きなタイミングでご飯を食べたりすることができると固く信じているようだった。ニコルにとって、僕は「憧れの先輩犬」。そんなキラキラした目で、ニコルは僕を見ていた。

しかし、二歳になる手前くらいから、僕を見るニコルの眼差しが変わっていったように思う。「あ、智くん（僕のこと）は人だ」と、誰に教わるわけでもなく、気づいてしまったのだ。

ニコルは犬なんだ

僕はニコルを静かな寝室に連れて行った。そして語った。「そう、智くんは人で、ニコルは犬なんだ」と。でもだからと言って、なんだと言うのか。なるほどニコルは犬で、智くんは人ではある。だけど、そんなことは大した問題ではない。同じ仲間、家族じゃないか。人が偉くて、犬が偉くないなんてことはないし、そもそも「偉い」という価値判断自体が人のつくりしものであり、自明性なんてないんだ。まして犬が頑張って成長すると人になれるといった出世魚みたいな話でもない。犬は犬でいいんだよ。それぞれの良さがあるんだからさ。いや、もしかしたら犬のほうがいい部分が多いかもしれない。智くんはそう思う。たしかに、好きな時間に散歩に行ったり、ご飯を食べたりはできないかもしれないけど、逆に言えば、たったそれだけの差じゃないか。智くんは、ニコルより自分のほうが偉いなんてとても思えないんだ。

ニコルはあくびをし、ベッドの上で丸くなった。犬が何を考えているかなんて、本当のところはわからない。だから想像する。想像してもわからないけれど、想像し続けることにコミュニケーションの意味がある。ニコルは寝た。生まれ変わったら犬になりたいと思った。

20201224　第3回　インタビュー　東京　曇一時晴

雑誌『仕事文脈』(タバブックス)からインタビューを受けた。もともとは五年前に「三〇代独身男性の生活と意見」と題された座談会に出席し、記事にしてもらった。今回はそのアフターフォローとして、どのように生活や仕事が変わったか、一人ひとり単独で答える企画だ。

僕はこれまでライターとしてたくさんのインタビューをしてきたし、今でも自分がインタビューされる側より、人にインタビューする側のほうが多い。だからなのか、どのような喋り方をしたら活字になりやすいか、どのようなエピソードが採用されやすいか。インタビューしてくれたのが先輩ライターの辻本力さんだったこともあり、大船に乗ったつもりで臨んではいたが、やはり同じライターとして「誌面への落とし込み」をどこか意識しながら答えていた。

インタビューは、相手の発言を正確に読者に伝えることが求められる。しかし、それでは文字起こしだけするのと変わらなくなってしまうので、読者にきちんと伝わるように再構成する。また、インタビューは生モノだから、相手が言ったことをそのまま伝えると誤解が生じるケースがある。そのときは、発言の主旨が変わらない程度に修正を入れる。

離婚後に再婚したことや、仕事の調子などを一通り話したあと、辻本さんは「この五年間、ご自身のことで一番変わったことは？」と質問してきた。僕は少し考えて、「自己欲求や承認欲求がだいぶ薄れ、なんとなく利他的な性格になった気がする」と答えた。その質問を最後にインタビューが終わり、辻本さんにお礼を言って、すぐに掲載用のプロフィールと写真を送った。

まもなくゲラが送られてきた。言いたかったことが、簡潔にまとめてあった。「誌面への落とし込み」を意識しながらも話が散らかってしまったのに、さすが辻本さんはすごいなと思った。修正はほとんどなかった。しかし、ひとつだけ気になる箇所があった。「自己欲求や承認欲求がだいぶ薄れ、なんとなく利他的な性格になった気がする」という答えの前に、「他の人の目にどう映るかは分かりませんが」というエクスキューズが追加されていたのだ。なるほど、そうか。そういうことか。人の目。ふ〜む。

僕は考えた。考えた結果、僕がインタビュアーでも「他の人の目にどう映るかは分かりませんが」を入れるとの結論に行きついた。相変わらずわーわーと書き散らかしている僕のTwitterアカウントを眺めながら、辻本さんへの感謝は一生忘れてはいけないな、と思った。他の人の目からではなく僕自身の目から見ても、僕の自己欲求、承認欲求は薄れてなどいなかった。自分の職業ながら、ライターとは奥深い仕事である。ライターの目は鋭い。僕もそうあらなければならない。

20201225　第4回　洋式トイレ　東京　晴

ある日、妻から「トイレは座ってやってほしい」と頼まれた。洋式トイレでの小便は常に注意しているものの、やっぱりはみ出してしまうときがある。ひとり暮らしのときは、週一回くらいの頻度で便器を拭けばいいか、くらいに思っていたけど、今はそうはいかない。結局、僕自身が拭く前に、妻が痺れを切らして拭くことが多い。強いストレスになっているという。「男の小便は立ってやるもの」というプライドなんて別になかったし、立ってやる必要を強弁する理屈もなかった。なにより妻に負担がかかっている。いちいちズボンとボクサーブリーフをおろし座ってやるのは面倒だが、それくらいは辛抱である。頑張って習慣化していった。

ところが妻が言うには、今でもたまに立ってやっている痕跡が残っているらしい。「そんなはずはない」と反論したが、この前、無意識に立ってやっている自分を発見した。三〇年以上、続けてきた習慣とは恐ろしいものである。無意識のうちに、べったりとこびりついていたのだ。

多様な個人を尊重して生きていきたいと思っている。「もうできている」と思っても油断してはならない。それまでの「当たり前」を変えるのには、よほどの根気と胆力が必要なのである。

20201228　第5回　眠れない夜　東京　曇後晴

僕は、眠っている生き物を見るのが大好きである。だから、赤子や犬を寝かしつけることに並々ならぬこだわりと探究心を持っている。なぜなら僕自身の寝つきが悪いからだ。

夜、うまく寝つけないことに長期間悩んだことのある人ならわかると思うが、眠れない夜ほど孤独なものはない。そもそも「眠る」というのは、生物に備わった生理現象であり（例外はあるかもしれない）、基本、生物は眠る。だから、主観的に「眠る」ということについて考えるのは、いつだって眠れないときなのだ。「眠れない」という現象が生じてはじめて、「眠る」ことを意識する。眠れない人は、眠れない夜の間ずっと「眠る」とはどういう状態のことなのかに向き合い、考え続けなければいけない。これはつらい。孤独とはこのことである。

そんな思いがあり、僕は眠れない人用の音声ライブ配信をインターネットでしていた時期があった。退屈な、つまらない話を延々と喋り、リスナーを寝落ちさせ、視聴数がゼロになったら終了する配信だ。しかし眠れないとは奥深い現象で、つまらない話が面白く感じてしまったり、眠ることを忘れて聴き続けてしまったりする人が一定数いて、最終的には配信時間の延長に必要なコインが投げ込まれる始末だった。眠れないということは、かくも人の判断を過たせるものなのかと驚いたものだ。結局、この配信で視聴ゼロを達成することはできなかった。

だいたい、深夜二時にバツイチ、アルコール依存症で断酒中のフリーライターが喋る話を聴いている時点で、なにかが間違っている。その判断自体に眠れない要素が含まれている。すぐさまインターネットを遮断し、暗くした部屋でリラックスしながら布団に入るべきである。

そんなことができるなら眠れなくなんてならないよ、という意見も当然ある。完全に同意する。元を正せば、僕自身が眠れないから配信しているのであり、そんなやつの配信を聴いている人は、愚かか愚かじゃないかと言ったら愚かだろうし、強いか弱いかと言ったらやっぱり弱い存在だろう。僕はそんな人のために文章を書き続けていきたいと思っている。

20201229　第6回　ルーティン　東京　薄曇一時晴

一流のスポーツ選手は、「ルーティン」を大切にしている。元メジャーリーガーのイチローは、マリナーズ時代に朝昼兼用のブランチとしてカレーを毎日食べていた時期があったという。また、イチローは、バッターボックスに入る前にバットを膝に置いて屈伸運動するなど、試合中にもルーティンを取り入れていた。それによって集中力が高まるのだとか。

僕にも原稿を執筆するまでのルーティンがある。まずは椅子に座りヘッドフォンをつけ、爆音でお気に入りの音楽を聴く。Apple Musicから流す場合もあれば、YouTubeで動画を観ながら聴く場合もある。テンションが高まってきたら、次は本に手を伸ばす。読んだ本の中で、特に気に入った二、三頁に何度も目を通し、執筆のモチベーションを高める。

大抵はそれで執筆が始まるのだが、その日はどうも気が乗らず、同じルーティンを何度も繰り返していた。原稿が三つも溜まっている。そろそろ集中しなければならない。しかし、音楽を聴いては本を読み、本を読んでは音楽を聴きを三〇回ほど繰り返したものの、一向にキーボードを叩く気になれない。いったい自分のなにがいけないのだろうか。焦れば焦るほど、心がどんどん混乱していく。僕は力なく椅子を立ち、リビングに向かった。

リビングには妻がいた。僕は妻に助言を求めた。「ねえ、俺ってどう思う?」。妻は怪訝な顔で僕を見た。「どうって、なにが?」「いや、どうかなと思って」「だからなにが?」「う〜ん」

俺ってイチロー?

「どういう基準で評価すればいいの?」「いいとか、悪いとか」「なにを?」。僕は少し考えてから、「わからない」と答えた。妻はため息を吐き、「なにかがわからないなら、それがわかるように努力するといいよね」と言った。肩を落として、僕は仕事部屋に戻った。

とりあえず、椅子に座ってキーボードに触れてみた。そして書き上げたのが、この原稿である。なにがわからないのかはまだわかっていないけど、みなさん、僕ってどう思いますか？

20201230　第7回　大晦日の大晦日感　東京　曇一時雨

明日は大晦日。

大晦日といえば僕が毎年、感心しているのが、大晦日の大晦日感である。これだけでなにを言っているのかわかる人もいるのではないか。年末の喧騒が収束し、すべてが納まっていくようなあの感じ。「大」の文字の持つ視覚効果もあると思うが、「なにはともあれ今年が終わり、新年が始まるのだ」とアングルが変わっていくようなあの感じ。三六五日の同じ一日に過ぎないのに、大晦日だけ特別視されているようなあの感じ。別にいつ始めてもいい（一〇月一日とか）はずの行動目標を大晦日に立て、翌年に希望を託すようなあの感じ。大晦日は、どこまでいっても大晦日であり、大晦日の大晦日感を出せるのは毎年、大晦日でしかあり得ない。

今年はどんな大晦日になるのだろうか。二〇二〇年という年は、きっと人類にとって忘れ難い一年になるだろう。しかし、個人的な出来事を振り返ってみようと思っても、どうもまだぼんやりしているというか、時系列さえまともに整理できないでいる。そういう意味では、二〇二〇年という年について僕が理解するのには、もう少し時間がかかるのかもしれない。

そんな茫洋とした二〇二〇年も、明日で終わるのである。今年はどんな大晦日になるのだろうか。大晦日は相変わらず大晦日で、大晦日の大晦日感を今年も醸し出している大晦日なのだろうか。それとも、いつもの大晦日とは違う二〇二〇年の大晦日だったりするのだろうか。

ぴったり二〇個

2021

202101

20210104　第8回　彦　東京　晴一時曇

彦と豊彦の物語

母方の祖父母の家には、彦という名の雑種の犬がいた。日向ぼっこが好きで、茶色い毛が赤茶色に変わり、最後は訳のわからない色をしていた。よく追いかけ回されていたから幼い頃は苦手だったけど、なんとも味があり、見た目のわりに賢い彦を次第に好きになっていった。亡くなった父は動物好きで、家からクルマで五、六分ほどの祖父母の家に毎週行き、餌や散歩など、せっせと世話をしていた。外飼いだった彦を、夏はバケツを持って丸洗いしていた。

そんな幼い頃の牧歌的な思い出とともに、長年、不思議に思っていたことがある。というのも、父の名前は豊彦だったのだ。彦の名が豊彦から取られたのは間違いないと思うのだが、娘（長女）の夫の名前を犬につけるだろうか。あの、汚らしいけどなんとも味のある彦の姿を思い出すたびに、祖父母がなぜ犬に娘の夫の名前をつけたのか謎が深まるばかりだった。身内のことをこう言うのは憚られるが、祖父母はとても上品な人たちだったのだ。

この前、長年の謎を母にぶつけてみた。すると意外な事実がわかった。彦はもともと父が雑種の子をもらいうけて飼っていた犬で、姉や僕が生まれたという変化もあり母の実家のそばに引っ越そうと物件を探した際、犬を飼える家が見つからず、やむなく自然に囲まれた大きな庭のある母の実家にあずけることになったのだという。つまり「彦」とは、愛着を持って父が自分の一字から付けた名前だったわけである。なるほど。そういうことか。納得。

僕が小学校の中・高学年の頃だっただろうか。事情があって祖父母は立ち退かなければいけなくなり、それを機に家を購入することにした。しかし、なかなか彦を飼える条件が揃った物件が見つからず、祖父母は頭を悩ましていた。そんな矢先、彦は予兆もなく、静かに息を引き取った。彦の年齢を推定するに、極端に早く亡くなってしまったわけではないと思うのだが、クリスチャンだった祖父は、「彦に可哀想なことをした」と、ずっと祈りを捧げていたそうだ。

そんな祖父母と父は、いま天国で彦と一緒に暮らしているかもしれない。彦はきっと、呑気な顔をして日向ぼっこしながら昼寝をしていることだろう。

20210105　第9回　遅刻の理由　東京　曇

誰かの結婚式だったか、同窓会だったかは忘れたが、ある時、同級生からこんなことを言われた。「宮崎君が遅刻してきた日があって、先生が「なんで遅刻したんだ」と聞いたら、「風が強かったから」と答えたんだよね。その時、宮崎君って変わってる人だなあと思った」。この手のエピソードはしばしば変わり者の、むしろポジティブ系の逸話として語られたり、その効果を狙って演出されたりするものだが、真実はそのどちらでもない。

それなら仕方ない

高校時代、僕は少しでも長く家にいるため、「一分前登校」に強いこだわりを持っていた。通っていた高校は駅からの道のりが長く、途中に信号が多い。大きな道路もあるため、横断もできない。だから僕は、あの信号に上手くつかまらないためにはどれくらいのスピードで歩けばいいかと考えたり、この時点でこの信号につかまらなければ確実に間に合うといった体感を身につけたり、少しでも近い道順はないか探ったりしていた。毎日、「一分前登校」を成功させるために、常にたゆまぬ努力をし続けていたのであった。

その日は風が強かった。いつものように完璧な行動を実行しているつもりだったが、各行動に抵抗が加わり、〇・一秒ずつの遅れが生じていた。結果、わずかな差で信号につかまり、遅刻してしまった。〇・一秒の蓄積によって、遅刻が生じたのであった。つまり、僕は変わっている人でもなんでもなく、「風が強かったから」という遅刻の理由は本当のことなのだ。

風が強かったのだから、遅刻だってする。そんなのは当たり前のことである。

20210106 第10回 管理人さん 東京 曇

住んでいるマンションには管理人さんがふたりいる。「管理人さん」と言えば、高橋留美子先生の漫画好きとしては、どうしても『めぞん一刻』の管理人さん（音無響子）を思い出すのだが、我がマンションにいる管理人さんは、どちらもリタイアした後にこの職についた初老の男性だ。ひとりは生真面目で、細かいところまで気づいてくれる管理人さん。もうひとりは、いつもニヤニヤしていて、くだらない冗談ばかり言ってくる管理人さん。今は名前を覚えたが、はじめ僕と妻は「いい管理人さん」、「悪い管理人さん」とふたりを呼んでいた。

体を壊して四年半以上、断酒している僕だが、タバコだけはやめたり、吸ったりを繰り返していた。ちょうど今のマンションに引っ越して来たばかりのときは、禁煙に失敗している時期だった。部屋とベランダで吸うことを妻に禁じられていた僕は、八階からエレベーターで一階に降り、少し離れたところにある喫煙所まで歩いて、こそこそとタバコを吸っていた。

ある日、「悪い管理人さん」がニヤニヤしながら僕に近づいてきた。「これでしょう?」と言って、タバコを吸う仕草をした。「はい」。怪訝な顔でうなずく僕に管理人さんは手招きをして、マンションの端のほうに隠れたようにある、誰も通らず、どこにも煙が入っていかない「悪い管理人さん」が勝手につくった喫煙所を教えてくれた。さすがは「悪い管理人さん」。

以来、タバコを吸いに外に出るたびに、「悪い管理人さん」は僕と一緒にタバコを吸うようになった。はじめは百円均一で買ったような灰皿が申し訳ばかりに置いてあるだけだったその喫煙所に、ふたり分の腰掛けが設置されるようになった。そういう気だけは妙にきくのだ。「悪い管理人さん」は、タバコを吸いながらいろいろな話をしてくれた。でも、話の八割は、昔の東京のことや、参加しているボランティア団体への愚痴だった。同じ話を何度も訊いていたが、不思議と飽きることはなかった。問題は、話が長いせいで喫煙量が増えたことである。

そんな僕も、ついに禁煙を決意し、実行することになった。あるとき、外出先から帰ってきた僕に「悪い管理人さん」が寄って来て、「最近、あまり見ないねえ」と言ってきたので、「すみません。タバコをやめたんです」と伝えた。「悪い管理人さん」は少し悲しい顔をしながらも、「若いうちにやめられるなら、やめたほうが絶対いいよ」と笑顔で励ましてくれた。

今でもたまに例の喫煙所を覗いてみることがある。腰掛けがひとり分になっていて少し寂しげだ。このマンションには、ほかに喫煙者がいないのだろうか。後から知ったのだが、ベランダで吸うことは管理組合の取り決めで禁止されていた。なんとも健康的なマンションに住めてよかったなあと、僕は思った。これは「いい管理人さん」の手腕なのかもしれない。

20210107　第11回　心の余裕　東京　晴一時曇

ある宅配業者からスマートフォン（iPhone）にメッセージがきた。荷物の受け取り日時を指定できるという。実家からの荷物だった。いつ登録したのか記憶はさだかでないが、便利な世の中になったものだと感心した。翌日はずっと家にいる予定だった。いつ配送されても構わないのだけど、こういうものはできるだけ早く受け取ったほうがいいだろうと真面目な僕は考え、翌日の「午前中」に日時を指定した。

はたして、荷物は翌日の正午を五分ほど過ぎて届いた。インターフォン越しにお礼を言い、新型コロナウイルス対策のため接触は避け、玄関の前に置いておいてもらうことにした。

玄関前に置かれた荷物を部屋に運びながら、僕は思った。「僕はなぜ、こんなにも憤っているのだろうか」と。五分の遅れがなんだというのか。コロナ禍のご時世、宅配業者さんは大変な思いをして仕事している。だいいち僕はその日、ずっと家にいる予定だったのだ。たった五分の遅れなど、わずかな誤差に過ぎないではないか。日本人は時間に正確だと言われている。別の国の人にしてみれば、驚くほど正確な仕事に思えるかもしれない。

しかし、僕はコンビニに行ったり、シャワーを浴びたりしたかったのだ。午前中のいつ届くのかわからないため、ずっと我慢していたのであった。もし、はじめから午後一二時五分に届くと教えておいてくれれば、それまでにコンビニも行けたし、シャワーも浴びられたし、犬の散歩だってできた。充実した午前を過ごしてから、荷物を受け取ることができたのである。いや、はじめからメッセージなんか届かなければ、日時指定なんてしなければと思ってしまう。
時間とはなんなのだろう。便利とはいったいどういうことなのだろうか。便利すぎると、余計に不便になることもある。心に余裕のある人間に、僕はなりたい。

20210108　第12回　サイン　東京　晴時々曇

僕は字が汚い。小学生のときは習字を習っていたが、愚鈍だった僕は半紙にドラえもんの絵ばかり描いていたために、破門させられそうになった。後から聞いた話では、母が先生に菓子折を持って行き、「息子が楽しそうに通っているのは、このお教室だけですから」と頭を下げてくれたおかげで破門は免れたそうだ。六年間、なぜか僕だけ一級も進級しなかった。

母と菓子折

前置きはこれくらいにして、さて、みなさんはご存知ではないかもしれないが、僕は二〇二〇年一二月九日に『平熱のまま、この世界に熱狂したい──「弱さ」を受け入れる日常革命』

(幻冬舎)という新刊を出版した。前著『モヤモヤするあの人』(幻冬舎文庫)、共著『吉田健一ふたたび』(富山房インターナショナル)を出したときに驚いたのは、読者の方がサインを求めてくれることだ。「僕なんかがサインしていいのだろうか」と恐縮していたのだが、著者としてはとてもうれしかった。

しかし、僕は字が汚いのだ。サインなんて考えたこともなかったし(余談だけど、この業界にはデビューするずっと前からサインを決めている野心家がたまにいる)、とりあえずは名前と日付を書いて応じてはいたものの、あまりに字が汚くて申し訳ない気持ちになっていた。

そんな矢先、前著のイベントでご一緒した作家の爪切男さんが、「爪」という四角い印鑑を押しているところを目撃した。「なるほど、こうすれば少しはプレミアム感が出るかも」と、僕はすぐに町の印鑑屋に行って、訝しがる店のおばさんをなんとか説得し、同じような印鑑をつくってもらった。しかし、それでもなぜか爪さんのサインのようにはならなかった。

世の中には、字が綺麗な人と、字に味があるタイプの人がいる。字が汚く、味もない僕と違って、爪さんは少なくとも字に味があるタイプだ。僕はイベント中、爪さんがなにを言っているのかさっぱりわからなかったが、終了後に爪さんから「宮崎さん、ずっとなにを言っているのかわからない話をしていましたね」と言われた。ご本人にも味がある。これではいけない!と、『平熱のまま~』の発売にあたっていろいろと考えた結果、僕はインターネットで見つけたサインをデザインする専門サービスに、「宮崎智之」のサインを発注してみることにした。

あまり複雑なのは書けないと思い、「画数少なく」「簡単で書きやすい」「可読性、読みやすさ重視」を選択、納期短縮のオプションを使っても一万四三〇〇円と、納得できる金額だった。そして数日後、サインが電子データで届いた。カッコいい！　でもちょっと書きにくいかも、と思ったものの、書き順などの説明をよく読み、添付されていた懐かしい漢字練習帳のような用紙を刷り出して練習しているうちに、なんとか書けるようになった。

しかし、である。昨今の情勢では、リアルでのイベント開催はなかなか難しいのである。そんなわけで、いまだに新刊に一冊もサインできずにいる。納期短縮オプションとは、いったいなんだったのか。みなさんはご存知ではないかもしれないが、僕は二〇二〇年一二月九日に新刊を出版したのである。これが売れないと、正直けっこうキツいのだ。前の著書に書いた下手くそな字のサインが、プレミアム物になるくらい頑張らないといけない。

20210112　第13回　パブリックな顔　東京　曇後雨一時みぞれ

コンビニに行ったら、小さな女の子が泣き叫んでいた。アイスを買ってほしくて、母親に駄々をこねているらしい。小さい子どもを持つ親は大変だ。母親は「さっきお菓子を食べたばかりでしょ」とたしなめているが、女の子は泣き止む気配がない。もはや泣くこと自体が目的化してしまい、自分でもなんで泣いているのかわからないような様相で泣いていた。

母親の気持ちを考えてみた。狭い店内を震わせるかのように泣き叫んでいる我が子。アイスは、たったの一二〇円。どう計算しても、この状況をおさめること、おさめるために使う時間と労力より一二〇円払ったほうが費用対効果がよさそうである。よし、今すぐ買ってあげよう。しかし、「泣き叫べば、どんな要求も受け入れてくれる」と子どもが覚えてしまったらどうしよう。同じことが何度も続くのではないか。要求はさらにエスカレートしていくかもしれない。いや、そもそもその対応は子どものためにならないのではないか。まだ幼いとはいえ、そろそろ我慢を覚えさせる年齢だ。ここは心を鬼にして要求を退けよう。でも……

母親は、必死になって女の子をなだめながら、ちらちらと僕の顔を見て様子をうかがっている。教育は費用対効果ではない。コストは社会全体で負担するべきである。そして今、僕は教育現場のコストになっており、そのコストを解消する方法はひとつしかないことを知っている。僕はパブリックな顔をしてレジに並び、パブリックな顔をしてコンビニを出た。

20210113　第14回　尻が痛い　東京　快晴

僕は尻が痛かった。しかし、いつも肩やら腰やら頭やら、どこかが痛いと言っているし、今回は尻だという負い目もあって黙っていた。赤い、大きなニキビのような腫れ物が左の尻にできていたのだが、その腫れ物は日々大きく、熱を帯びながら成長していた。僕は妻に思い切って言ってみた。「あのさ、本当にどうでもいい話だから聞き流してくれてもいいんだけどさ、俺、いま尻が痛いんだよね」。妻は聞き流さずに答えてくれた。「なるべく触らずに、清潔にしとけばそのうち治るんじゃない?」。どうやら妻は、「また夫が大袈裟に言い出したよ」と思っているらしかった。尻だという負い目もあって、僕もそうなのだろうと信じ込むようにしていた。

しかし、腫れ物はいっこうに治らなかった。常に痛かった。どんどん酷くなっていくのが手にとるようにわかった。僕は意を決して妻に尻を見せた。すると妻は身をのけぞらせ、「こ、これは酷い!」と絶叫し、すぐに医者に行くよう僕に勧めた。「なんで今まで黙ってたの?」と訊かれ、「いや、だって尻だしさ……」と答えたが、考えてみれば僕はずっと前から尻が痛いと言っていたのであった。その妻から「二度見する酷さ」と評されながらさらに二日が過ぎた。歩行が困難になってきた僕は、妻の言うとおり皮膚科に行ってみることにした。

皮膚科の先生は疲れた顔をしていた。連日激務が続いて寝不足なのだろうか。毎日毎日同じような症状を見せられて辟易しているのかもしれない。いずれにしても、先生の僕を見る目は虚ろだった。本当に申し訳ないと思いながらも、僕は先生に尻を見てもらった。すると、先生は身をのけぞらせ、「こ、これは酷い!」と絶叫した。あまりの酷さに「写真撮ってもいいですか?」と訊かれ、撮影した後すぐに切開手術をすることになった。

二度見する酷さ

ベッドの上にうつ伏せになり、僕は尻を出した。まずは麻酔をするらしい。僕は人よりも痛がりなので、ちょっとホッとした。ところが、この麻酔の注射が猛烈に痛かった。僕は大きな声で「痛い！」と叫んだ。すると先生はなにもなかったかのように、「これを二箇所に刺します」と言って注射した。もう限界だったけど、「麻酔は打ったんだからこれでもう痛くなることはないだろう」と安心して手術に臨んだ。

たしかに麻酔のおかげで肌を切るのは痛くなかった。でも、ウミを押し出すときは違った。再び叫ぶ僕に、「ウミを押し出すときはどうしても痛いんです」と先生はまた押した。痛さに思考を失っていたので勘違いだと思うが、「まだ出ます」と言う先生の声はどこか弾んでいるようでもあった。あまりの痛みに、下腹部のガスが出そうになった。しかし、「これ以上、この場をヘンテコな空間にしてはいけない」という強い使命感に駆られて僕はガスを我慢した。そのぶん大きな声で叫び散らすしかないと思って叫び散らした。

先生によると、僕の尻は決して軽視していいものではないらしかった。当分、ウミを出し消毒するために通う必要があり、今日も通うことになっている。根本治療には、本格的な手術が必要になるという。せめて先生が撮った写真が医学の進歩に役立ったならいいな、と思った。

20210114　第15回　不意打ち　東京　快晴

愛犬ニコルは、穏やかな性格をしているが、散歩の前には興奮して大暴れする。ハーネスやリードをつけるのも一苦労だ。この行動を止めさせるため、暴れたら一度ケージに戻したり、散歩の時間をずらして規則性を持たせず、事前に察知されないようにしたり、いろいろ工夫している。少しずつ改善しているように思えるものの、妙に勘のいい犬は、飼い主のわずかな変化を嗅ぎつけて散歩を敏感に察知する。たまに勘違いして、僕がコンビニに行くだけのときや、仕事の合間にストレッチをしているときにも大暴れするから、本当に困ったものである。

光って飛ぶ犬

ある日、外着に着替えずに、部屋着のまま散歩に行ってみることにした。僕に抱かれたニコルは寝室に連れて行ってもらえるのかと思ったのか、クゥンとあまえた声を出している。その隙に、ハーネスとリードと、夜間だったので光る首輪とをニコルに装着して外に連れ出した。

ドアを開け、エレベーターに乗っている途中、犬は僕の腕の中で大人しくしていた。マンションを出て、地面に降ろしてからも、まだキョトンとしている。あまりに不意をつかれたのだろう、状況が飲み込めていない様子だった。しかし、目の前を自転車が横切って行った瞬間、キョトンとしていた目に感情が宿った。「やった！これは散歩だ!!」。そう気づいた犬は、ぴょこんぴょこんと二度だけ飛び跳ねた。その動作がたまらなく愛しかった。

ただそれを伝えたいがために、この文章を書いた。あれは本当に可愛かった。

20210115　第16回　僕は断固として　東京　曇

いつから、こんなに時間に急かされるようになったのだろうか。僕が二〇代だった二〇〇〇年代までは、まだ今よりも時間に対するゆるさが残されていた気がしている。もっと昔に遡れば、待ち合わせに遅れた友人のために、駅の伝言板にメッセージを残していたものだ。当時どのような時間の感覚を持っていたのか、今となっては思い出すことができない。

携帯電話が普及してからも、しばらくは今より時間におおらかな雰囲気が残っていた。待ち合わせに相手が少し時間に遅れようと、近くの書店や喫茶店に入って暇をつぶしていたものである。しかし、スマートフォンが普及してからはそうはいかない。乗り換え案内と地図アプリを使えば、ほぼ正確な時間に目的地にたどり着くことができるようになったからだ。

まったく、便利な世の中になってしまったものである。テクノロジーは、利便性をもたらすが、一方でそれが人口に膾炙《かいしゃ》すると、ある種の選択を強制される。「できる／できない」で、「できる」が増えることは望ましいことだ。一方、「できる」が当たり前になってしまった結果、「する／しない」で、「しない」を選択することが難しくなってしまう世の中は息苦しい。「しない」

ことへの説明が求められるのも厄介な現象だ。「できる」が増えることによって、救われる人もたくさんいる。ところが、この「できる」が日常レベルに浸透して当たり前になったとき、「できる」はずなのに、なぜ「しない」のか、という軋轢《あつれき》が生じる。そんななか、「できる」けど「しない」というスタンスを取り続けるのには胆力がいるし、余計に面倒なので「する」を選択せざるを得ない。

そんな見えにくい強制力に対して、僕は断固として抵抗しない。無駄なトラブルやストレスに悩まされたくないからだ。僕は平穏な日々を過ごすのが大好きなのである。ただ、ひとつだけ言いたいのは、三半規管が弱い僕は地図アプリが苦手であり、画面を見ていると酔ってしまう。せめてそれくらいは言わせてほしいものだが、怒られるなら撤回しないでもない。

いつでも撤回する

20210118　第17回　高級な蜜柑(二)　東京　曇後晴

この連載を母が読んでいるらしく、つい先日、電話があった。記念すべき初回に書いた「高級な蜜柑」こと、愛媛の「紅まどんな」をちょうど知り合いから貰い受けたので送ってくれるとのことだった。やった！　またあの高級な蜜柑にありつける。なんでも書いてみるものである。

「それでね」と、母は少し困惑したように話を続けた。「この前、お父さんから手紙が来たのよ」。父は二〇一七年に七一歳で亡くなった。そんなはずはない。「そうでしょ。変なのよね。それでイタズラかと思ったんだけど、どう見てもお父さんの字なのよ」。父は市民合唱団や小学生に勉強を教えるといった地域活動に熱心だったから、もしかしたらどこかで「一〇年後への手紙」的な企画に参加したのかもしれない。そう思った母は、ドキドキしながら開封したという。

「そしたらね、「一〇年後の予測」って書いてあって。たぶんお仕事のことだと思うんだけど……。わたし宛じゃないならいらないから、そっちで預かっておいてくれる？　一緒に送るわね」

数日後、四つの「紅まどんな」と共に父の手紙が届いた。確かに仕事の未来予測が書かれてあるようだ。父は農業系商社の技術職だったので、文系の僕にはなんのことを言っているのかわからない記述ばかり。僕でもわかるのは、「ハウスは倉庫のような閉鎖型になり、屋根にはソーラーパネル、光はLED、（中略）作物育成の最適条件が与えられ、完全無農薬、育成スピード、品質等は、今の倍が実現されている」という箇所くらいだった。それすらも父の予測が正しいのかまではわからず、捨てるのも気がひけるので、とりあえず保管しておくことにした。

ところで、手紙が入った封筒をよくよく見ると、宛名も父なら、宛先も父だということがわかった。これは一〇年前に父が書いた、父への手紙なのである。母いわく「唯一の泣きどころ」の、「いつまでも新しい事にチャレンジして、人生を全うしたいと思います。以上」という最後の記述を読みながら、父ってこういうところがあったよなと、しみじみ思い出した。自分に向けて一〇年後の仕事の予測を書いてしまうところ。それが自分が亡くなった四年後に、自分の妻に届いてしまうところ。亡くなってもなお、どこか抜けている天然さを発揮してしまうところに、父の父らしさを感じて懐かしくなった。

そんなことを考えているうちに、四つの蜜柑はあっという間になくなってしまった。僕は高級な蜜柑を、この連載の担当編集である吉川浩満さんに届けなければいけないのである。原稿を読んだら、また「蜜柑を食べたそうな顔」をするに違いないのだ。もう我慢の限界かもしれないが、今回は父に免じてなんとかご勘弁いただきたい。次回入手した際には必ずや。

20210119　第18回　小田君　東京　快晴

先日、旧友の音楽家・小田晃生君と対談した。小田君は、昨年末にニューアルバム『ほうれんそう』をリリースしたばかりだった。同じく年末に僕が出版した『平熱のまま、この世界に熱狂したい』を読んでアルバムのコンセプトと近いものを感じ、パンフレットに掲載する対談を申し込んできてくれた。久しぶりだったので本当は実際に会って対談する予定だったのだが、東京都などで緊急事態宣言が出たこともあり、大事をとってリモートで対談することになった。

小田君はふたつ下で、二〇代中盤の時に出会ったから、もう一五年近い付き合いになる。初めて小田君を知ったのは、演劇ユニット「ハイラック」の公演を観に行ったとき、小田君はその劇の音楽を生演奏で担当していて、特に「コンティニュー」という曲が胸に突き刺さった。その後、僕もその演劇ユニットに脚本を提供するようになり、中原中也生誕一〇〇年の折に書いた脚本の公演では、小田君に中也の詩「湖上」(『在りし日の歌』)に曲をつけてもらい、作中で演奏してもらった。「湖上」は、小田君が二〇〇八年に出したアルバム『発明』に収録された。そんな小田君とも離れた場所に住み、生活スタイルが変化してからは徐々に会う機会が少なくなっていた。しかし、小田君の仕事はその後もずっと追っていたし、たまに共通の友達と一緒に会うこともあった。小田君は僕がつくった小噺を聴くのが好きで、会うたびに「宮崎君、あの話もう一回してよ!」とお気に入りの同じ小噺をせがんできてくれるのであった。

小田君と最後に対面で会ったのは二〇一八年、共通の友人の結婚パーティーだった。葉山の一軒家を借りて行われたそのお洒落なパーティーに行くと、隅のほうで背中を丸めて縮こまっている小田君を発見した。声を掛けるなり小田君は笑顔になって、「いや~、これから余興でライブするんだよ。緊張しちゃってさ」と、お酒をちびちび飲みながら言っていた。ライブで久しぶりに「コンティニュー」を聴いた。今までで一番だった。対談でも照れ臭くて伝えられていないのだが、その日に聴いた「コンティニュー」の世界観、イメージを自分の中で膨らませ、インディーズ文芸創作誌『ウィッチンケア』一〇号に同名の掌編小説を書いた。

ニューアルバム『ほうれんそう』もすぐに聴いて、何度もリピートするお気に入りになった。

対談前日にドタバタとしてしまい、当日、僕は開始一時間前の正午に起きた。急いで身支度しながら小田君に開始を一五分遅らせてほしい旨の連絡をした。せっかくの対談なのに、なんとも締まらない。最初は懐かしい昔話から始まるのだろうと思っていたが、序盤から小田君からの的を射た本質的な質問がバンバン飛んできた。まだ眠りから完全に覚めていない僕の脳が一気に覚醒して、とにかく夢中になって語り合った。気がつけば三時間以上も時が経っていた。

小田君の音楽には、楽しさ、優しさ、滑稽さの中に、いつもどこか「切実さ」があると感じていて、その「切実さ」が、等身大で強く表現されているのが「コンティニュー」であり、今回のアルバムの表題作「ほうれんそう」だと思う。「切実さ」があるからこそ、楽しさ、優しさ、滑稽さが立ち上がってくるということを、他ならぬ小田君という音楽家個人から、アルバムを通して受け取った気がした。それは諦念からくる明るさなどではなく、しがみつくような思い、脆いけどずっと続いている衝動、現実の手触り、葛藤も含めたそうしたものから広がってくる「音楽への愛」。新作や対談での言葉に触れて、あらためてそういう反転した「強さ」を感じた。その強さは「弱さ」と表裏一体であり、それを自覚しているからこそ、小田君のこの世界に対する視線には、いつも親しみがこもっている。同時に、それだけでは満足できない、音楽家としての業も素直に見せてくれる。

なによりうれしかったのは、僕たちはまだ「何者」でもなかった若い頃からの友人だけど、今回の対談は「何者」かになった中年のふたりが過去を懐かしがっている内容ではなく、いまだに「どうしたら売れるんだろう?」とボヤキながら、お互い少しだけ老けた風貌で笑い合い、話せたことである。そう、僕たちはまだ「何者」でもない。昔を懐かしがるには早すぎるのだ。こういう感覚を忘れないできちんと言葉として残しておかないと、仮に小田君がとんでもなく売れたときに、ついついハッタリ好きな僕は「僕と小田君伝説」を勝手に語り始めかねない。

小田君は僕の小噺が好きで、僕は小田君の音楽が好き。まだふたりとも三〇代後半だけれども、たとえ七〇代になっても同じ感じで居られるんだろうな、と思えたことがなによりうれしかった。新年早々、花粉症のような症状に悩まされたり、買ったばかりのノートパソコンが壊れたりと、なんともモヤモヤした二〇二一年のスタートだった。でも、小田君との対談はとても充実していた。そういう日にありがちな罠として、その晩は興奮して寝つきが悪かった。布団にくるまり、イヤフォンをして小田君の音楽を聴いているうちに深い眠りに落ちていった。

20210120 第19回 管理人さん(二) 東京 快晴

住んでいるマンションには、「いい管理人さん」と「悪い管理人さん」がいる。「悪い管理人さん」は、いつもニヤニヤしながら寄ってきて、くだらない冗談ばかり言ってくるが、勝手に

202101

つくった自分専用の喫煙所を教えてくれ、そこに僕の腰掛けを設置してくれる妙なところにだけ気が利く初老の男性だった。

その後、マンションに住み慣れていくうちに、同じく初老の男性である「いい管理人さん」とも交流を持つようになった。初めは細かくて融通の利かない人だと思っていたけど、仕事がとてもできる人だった。わからないことがあればすぐ答えてくれたし、生活のあれこれにきめ細かな対応をしてくれた。デザイン事務所に勤めていた経験があり、僕が出版の仕事をしているとわかると、たまに立ち話して仕事の調子を訊ねてくれ、昔の雑誌のことを懐かしそうに話してくれたりもした。

さらに二〇二〇年の春、新型コロナウイルスの感染拡大により、大阪に里帰り出産した妻と僕とが離れ離れになってしまったという極私的な、しかし当事者にとっては重大な問題だった事情も把握し、会うたびにまるで自分のことのように心配してくれた。「悪い管理人さん」も人間臭さがあって好きだけど、さすが「いい管理人さん」はいいなあと思っていた。

そんな非の打ちどころのない「いい管理人さん」にも、ひとつだけ大きなモヤモヤを抱えている。新型コロナが問題になる前のようやく涼しくなってきた時期だから、二〇一九年の一〇月頃だろうか。コンビニに行くために部屋着のまま外に出ようとした僕を見つけるや否や小走りで駆け寄ってきて、うれしそうにこう言ったのだ。「〇〇さんには、ちゃんと大丈夫だと言っておきましたから。宮崎さんは物書きをしている人で、話してみると、とてもいい人なんですよ。だから大丈夫ですって言っておきましたからね」
「いい管理人さん」は僕の両肩を二度ポンポンと叩いて笑顔を見せた。僕は丁寧にお礼を言って、コンビニに向かった。

さて、○○さんとは、いったい誰なのか。なぜ僕は○○さんに大丈夫ではない可能性について疑われていたのか。大丈夫とは、はたして世間的にどういう状況を指すのだろうか。「いい管理人さん」は仕事ができ過ぎることが玉に瑕《きず》である。「悪い管理人さん」に訊けばペラペラと詳しく事情を教えてくれそうではあるが、事実を知ったところでなにも解決しないタイプのモヤモヤだと思ったため、わからないままにしておくことにした。その日から、たとえ徒歩一五秒のコンビニに行く場合でもなるべくきちんとした格好をしようと、僕は心に決めたのであった。

20210121　第20回　絵文字の解釈　東京　晴

ある夜、Instagramのストーリーに友人が僕の『平熱のまま、この世界に熱狂したい』の感想を書いてくれた。とてもうれしい内容だったので、僕は標準装備されている「クイックリアクション」の中から😂の絵文字を選んで彼に送った。するとすぐに、「ん？どういう感情？」とメッセージが来た。僕としては「うれしい😂」という意味のつもりだったのだが、それが伝わっていないらしい。慌てて返信すると、「なんか俺の文、変な文だったかなと思って心配になった（笑）」と返ってきた。う〜ん。なるほど。顔文字は人によって解釈が違うのか。スマートフォンで調べてみると、涙を伴う絵文字は少なくとも五種類があることがわかった。

深夜に四〇手前のおじさんふたりが議論する内容ではないかもしれないが、この議題は意外と重要である。なぜなら、コミュニケーションを円滑にするために存在するものであるはずの絵文字が、むしろ心のすれ違いを生む可能性があることに気づいてしまったからだ。僕たちは一つひとつの絵文字について丁寧に議論し意見をすり合わせ、さらにTwitterに投稿して寄せてもらったフォロワーさんからの声を参考にしつつ、以下のコンセンサスを得るに至った。

😂うれし泣き
😭尊い泣き
😢やや悲し泣き
🥺悲し泣き
🤣笑い泣き

三八年間の知恵と経験をフル活用して出した結果である。自信はあるが、もちろん異論は認める。しかし、少なくとも僕らふたりの間では、もう心がすれ違うことを心配する必要はなくなった。その夜、おじさんふたりは安心して暖かな布団に入り、すやすやと眠ったのであった。

20210122　第21回　緊急事態宣言　東京　晴後一時曇

国による二度目の緊急事態宣言が、東京都などで発出された。一度目のときは先行きの見えない不安から強いストレスに晒され、思考停止状態に陥ってしまうことがたびたびあった。それと比べると今回は、少しは冷静に対応できているのかもしれない。「慣れてきた」のがいいことなのか、悪いことなのかはわからない。

とはいえ影響は大きく、僕も極力外出を控えるようにしている。マンションの窓から見える緊急事態宣言下の東京は、一度目のときのような張り詰めた緊張感はあまりなく感じるが、さすがに人出はいつもより少ないように思う。時短営業を要請されている飲食店だけではなく、影響はさまざまな業種に及び、経済、社会的なダメージを受けている。リモートワークが推進されているものの、導入できる業種は限られていて、感染リスクが高まっても社会を維持するために仕事を休めない人もいる。最前線では医療従事者などが疲弊しながら戦っている。

新型コロナに対峙するためには、他者に対する想像力を最大限に働かせる必要がある。無症状者が多いといった特徴が、より一層それを実感させる。もちろん個人の自由は守られるべきだが、「自分がよければ、それでいいのだ」の姿勢でい続けることが難しい。一方、誰にでもリスクがある以上、個人の責任だけに転嫁することはできないし、やるべきではない。経済、社会的な損失と、感染拡大、個人の心理的負担を最小限にするためには、どうすればいいのか。複雑な（ときに専門的な）判断を日々強いられ、徐々に周囲も自分も疲弊していっているように思う。それが強いストレスになり、「慣れ」の状態に身を置こうと努めているのかもしれない。

早く収束してほしいと心から願いながらも、思っていたより長期化するかもしれないという不安が頭をよぎる。緊急事態宣言が解かれ、しばらくしたらまた発出されて……なんてことが当たり前に繰り返される世の中になるのではないかと途方に暮れる。すべて杞憂だったならいいが、仮にそうなったとしても、変に慣れずに他人に対する想像力は持ち続けていたいと思う。

ところで愛犬ニコル（二歳四か月）は、二度目の緊急事態宣言に気づいているのだろうか。賢い犬なので、そわそわしている僕の心持ちを敏感に察しているように見えなくもない。しかしながら、犬には不要不急という概念はないのである。用心して今日も散歩に連れて行く。

20210125　第22回　お調子者　東京　薄曇一時晴

東京都福生市に生まれ育った。二〇代中盤まで住み、大学を卒業してからはひとり暮らししていた（その後も二〇代後半まで市内の職場に通った）。当時はとにかくお金がなかったため、不動産屋に勤める後輩に頼み込んで、駅からなるべく近い、賃料の安いアパートを探してもらった。

後輩が見つけたアパートは築年が経っていて見た目はボロかったけど、1Kのわりには意外と部屋が広々としていて、なによりも駅から近いのに賃料が驚くほど安かった。福生市は米軍横田基地のある街で、かつて米兵たちで賑わった歓楽街の名残が今も一部で残っている。紹介されたアパートは、その地域の隅っこのほうに位置していた。後輩から何度も「治安が悪いですからね」と念を押されたものの、当時の僕は賃料の安さに目がくらみ、すぐに契約した。

たしかに治安はよくなかったが、酔っ払いの喧嘩する声が聞こえてくる程度で若い僕には気にならなかった。引っ越した直後には知らない人たちがたびたび訪ねてきて、要領を得ない押し問答になることはあった。それも根気強く追い返していたら、そのうち誰も来なくなった。だが、さすがに後輩が「治安が悪い」と何度も念を押すだけのことはあるなとつくづく思ったのは、その部屋に住んでいた三年間で同じアパートの住民が二度も逮捕されたことである。

それまで僕は、「刑事の聞き込みに対してペラペラと、事実かどうかわからない憶測も含めて喋りまくるお調子者」をテレビドラマなどで見るたびに、ああはなるまいと思っていた。しかし、実際にインターフォンが鳴らされ乱暴な調子で叩かれたドアを開けると、目が鋭く少しやさぐれた、常々想像していた通りの風貌の刑事が立っていて、警察手帳を見せられ質問された途端に、もう一気にテンションが高まってしまい、ペラペラと喋りまくっている僕がいた。挙げ句の果てには、「僕も様子がおかしいと思ってたんですよ」などと、軽口を叩いてさえもいた。

二度経験した僕が言うのだから間違いない。刑事が突然来たら、大体の人はお調子者になる。

20210126　第23回　編集の竹村さん　東京　曇一時晴

身も蓋もないことを突然言われると、ハッとすることがある。『平熱のまま、この世界に熱狂したい』とその前著を続けて担当してくれた幻冬舎の編集者・竹村優子さんは、身も蓋もないことを絶妙なタイミングで効果的に挟んでくる名人中の名人である。

その手のエピソードを挙げるときりがない。ある日、竹村さんから原稿の依頼があった。普段なら得意な部類に入る仕事だった。他の仕事もあって忙しい時期だったが、「お任せくださいませ」と自信満々だった。

しかし、このときはなぜか予想以上につまずき、ぐるぐる悩み続けていた。見込みが外れたのだ。締め切り日に竹村さんに電話して、遅れている進捗状況と「なぜ、つまずいているのか」の分析結果をこと細かく報告し、なおもうだうだ悩んでいたところ、竹村さんが話を遮り、「大丈夫。疲れてるんですよ。宮崎さんは疲れてるんです。だから大丈夫です」と言った。それでも「本を執筆してたら別の文章が鈍って」云々とぶつくさ呟いている僕に、竹村さんは「大丈夫です。疲れているだけですから。宮崎さんは鈍ってなんていません」と、きっぱり断言した。なぜそこまで断言できるのかはわからないが、竹村さんの言葉には確信めいたものが感じられて、「そうか。僕は疲れているのか」と納得した瞬間、まるで堰を切ったごとく筆が進むようになり、書き終わったのだから不思議である。僕も僕で単純な奴すぎるだろうと我ながら思う。

いつも悩みを頭の中でこじらせ袋小路にはまりがちな僕は、竹村さんの「身も蓋もないアドバイス」によって、何度も窮地から救われてきた。身も蓋もないことを言える人とはつまり、客観性をどこか常に持っている人であり、前提から問い直す思考ができる人のことである。身も蓋もなさは、ときに強い突破力にもなる。

竹村さんは、本をつくる際にも「そもそも」を大切にする編集者だ。あのとき、僕は「そもそも」疲れていたのだ。すぐに「そもそも」を見失う僕は、「身も蓋もない」を身に付けたい。

20210127　第24回　バンドマン　東京　曇後一時晴

なぜだかわからないが、僕はよくバンドマンに間違えられる。これまでの人生、それはもう何度も間違えられてきた。二〇代中盤から一〇年間、高円寺と下北沢というライブハウスが多い街に住んでいたからなのか、無意識にその街に溶け込む風貌になっていったのかもしれない。

僕は考えごとをする際、一箇所に留まってじっとする癖がある。卒業した明治大学は三〜四年生の校舎が御茶ノ水にあり、キャンパスの周りには楽器屋がたくさんあった。あるとき、僕はふと店に入り、考えごとをしていた。真剣な顔つきをしながら、楽器に囲まれた店内の一箇所を見つめ、思考を巡らせていた。すると店員が近づいてきて、「○▼※△☆▲※◎★●（聞き取れない英語や数字）ですよね？」と物知り顔で話しかけてきた。だから僕も物知り顔で「そうです」と答えたのだが、「音だけでも出していきますか？」と訊いてきたため、「すみません。今日はやめておきます」と言い残して店を出た。

これは楽器屋にいたのだから仕方ない部分があるが、忘れもしないのは二〇一八年一二月一四日、僕はAbemaTVにアルコールをやめて断酒した立場として出演した。滅多にない映像メディアの仕事で緊張したもののなんとか出演が終わり、スタジオが入ったテレビ朝日のビルを出ると、白い手袋をした運転手さんと黒いクルマが停まっていた。タクシー？ハイヤー？よくわからないが、さすがはAbemaTVだなと思いながら乗り込み、運転手さんに自宅のある目黒区ではなく、杉並区の高円寺に向かってほしい旨を伝えた。その日は、友人たちとの忘年会が高円寺のある居酒屋で開かれていたのだ。

駅前で降ろしてもらい、商店街を歩いて居酒屋に入った。年末だけあって混雑していた。入り口で店内を眺めながら友人たちを探していたら店員が僕を見つけ、「お二階になります！」と元気よく案内してくれた。二階は貸切になっており、端には楽器らしきものがまとめて置いてあった。バンドメンバーと思しき人たちと、スタッフなのか、ファンなのか、とにかく凄く派手な人たち三〇人ほどが泥酔しながら管《くだ》を巻いていた。そのうち五、六人はすでに酔いつぶれ、机に突っ伏して寝ていた。「あの、なんか違うみたいなんですけど……」。フロアに僕を通そうとする店員にそう言うと、焦ったように一階に戻り、レジにある紙を確認して、「すみません。一階でした！」と叫んだ。一階の奥の席に通され、ようやく友人たちと合流できた。こちらは六人中ふたりがすでに寝ていた。

ついこの前も住んでいるマンションのエレベーターで一緒になった年配の女性から、「あらやだ、気づかなかったわ。今日は楽器を背負ってらっしゃらないから」と話しかけられたばかりである。ここで問題なのは、僕がこれまでの人生で一度もギター等の楽器に触れた経験がないことだ。たぶん小学校のリコーダーが最後ではないか。それなりに文化系の人生を歩んできたのに、ギターに触れたことがない。思春期になっても楽器に興味を示さない僕を心配して、「お前、ギターとか弾きたくないのか？ 買ってやるぞ」と父から言われたくらいだった。あとこれは余談だが、僕はよくＤＪを頼まれる。ターンテーブルの電源の入れ方すら知らない。

しかし、僕は音楽を聴くのは好きであり、コロナ禍になる前はよくライブハウスにも行っていた。なので、バンドマンやアーティストを尊敬しているし、そもそも楽器が弾けるだけでその人のことを畏敬してしまう。だからこそモヤモヤするのだ。そろそろギターでも習おうかな、なんて最近では少しだけ考えている。

「あらやだ」

20210128　第25回　薄毛の広告　東京　曇後雨一時みぞれ

今年の三月で三九歳になる。早生まれなので周囲の友達はとっくに三九歳になっており、自分の人生の進捗状況を見誤りそうになる。そのため、ある時期から年が明けたら年齢がひとつ上がることに勝手に決めた。僕にしては冴えたライフハックを思いついたものである。

まだ若いといえば若いが、まあそれなりの年齢にはなった。だからなのか、インターネットを開くと、やたらと「薄毛の広告」が出るようになった。早めにケアしておくのに越したことはないが、三八年間、虚弱体質として生きていた僕が、唯一他人に太鼓判を押されたことのある体の部位はなにを隠そう「毛根」なのである。二〇代後半くらいの頃、美容室で頭皮のチェックを無料でやってもらう機会があった。担当者いわく、「こんなに健康的な毛根にはお目にかかったことがありません」とのことだった。僕は誇らしかった。お目にかかったこともない毛根の持ち主、それが僕なのだ、と。

しかし、あれからだいぶ年月が経った。不摂生な生活を長くしていた。歳を重ねるごとに、髪の毛が細くなってきたような気がする。そんな思いが頭をめぐり、クリックしたのがいけなかったのだろうか、それ以来、それはもうインターネットの至るところに、薄毛改善の広告が出るようになった。広告のアルゴリズムというやつなのだろう。薄毛の広告のターゲットにされてしまったのだ。あまりにも至るところに現れるため、ＳＮＳにその不満を投稿した。その投稿の「薄毛」という文字がまた捕捉されてしまったようで、薄毛の広告はさらに僕を追っかけてくるようになった。

「コンプレックス広告」という言葉があり、身体的なコンプレックスを過剰に煽る広告を規制しようとする動きもあるとのことだ。とても重要な問題である。そもそもＳＮＳで不満を漏らしているのに、それを「この人は潜在顧客だ」と判断するアルゴリズムは、広告主にとっても有益ではないのではないか。それともダチョウ倶楽部の熱湯風呂のように、「押すなよ。絶対に押すなよ」を、「本当は押してほしい」と解釈しているのだろうか。「本心では薄毛を気にしているんでしょう」と判断しているのだろうか。

こんなふうに考えていること自体がストレスになり、薄毛の原因になりそうである。こういう原稿を書いていて、インターネットに公開していると、また薄毛の広告が増えるような悪い予感もしている。この原稿を読んでいる、アルゴリズムだか、ＡＩ（人工知能）だかの方々におかれましては、しっかりと細部まで読み込んでご活動いただけるよう心から願っている。

20210129　第26回　雪　東京　晴

最近は脱毛広告も

昨日、関東や東北などで雪が降った。東京都心部でも大粒の雪が舞い、気温も低下した。緊

202101　50

鎌倉右大臣

急事態宣言下だし、これはもう家にこもるしかないと寒がりな僕は籠城をきめこんでいた。

久しぶりに大粒の雪を見て、「おお珍しく本格的だな」と心ざわめきはしたが、四〇代手前になった今では、子どもの頃のように雪が降ってもはしゃいだりはしない。大人になってからは、基本的に雪は煩わしいものになった。寒いのも苦手だし、足元が悪くなるのも苦手だ。ましてや積もりでもしたらもう外出時の不快度が一気に高まり、家で縮こまっているしかない。

子どもの頃は、なぜあんなにも雪が好きだったのだろうか。生まれ育った東京の多摩西部は都心よりも気温が低く、二三区では雨でも積雪なんてこともよくあった。朝起きて雪が積もっていたら早めに家を出て、通学路で雪だるまをつくって遊んでいたものだ。信じられない元気さである。あの頃の元気さの一割でも今の僕にあったなら、きっと文筆業なんぞやめている。だが、元気がないので文筆業を続けている。やめる元気がないのである。だから僕は今、雪について書いているわけだが、雪は度が過ぎれば自然災害になる。降雪が少ない東京で積雪となれば一大事で、脆弱な首都の交通網はすぐに麻痺する。それでも定時出社を目指す会社員は多く、通勤ラッシュ時にはパニック状態になる。たまには建設的なことを言わせてもらうと、密を避けなければならない今だからこそ「雪の日はリモートワーク」を定着させるべきだ。

僕はそんなことを書きたかったのだろうか。なんだかんだ浮き足立って、はしゃいでしまっているのかもしれない。真っ白な新雪の心が、どこかに残っているのかもしれない。万葉集には雪を詠んだ歌が一五〇首以上あり、『金槐和歌集』を遺した鎌倉幕府最後の源氏将軍・源実朝が、雪の舞う鶴岡八幡宮で兄の子公《く》暁《ぎょう》に暗殺された事実も、なんとも言えない感傷を誘う。雪には風情がある。風情を感じるためには、元気が必要なのである。僕は元気になりたい。

202102

20210201　第27回　ソーセージは美味しい　東京　曇時々晴、あられを伴う

僕の持論に「美味しくないソーセージはない」というものがある。三八年間生きてきた人間の平均値ぐらいはいろいろなソーセージを食べてきたが、今まで不味いソーセージに出会ったことがない。カロリーや脂質はそれなりにあるだろうから、常に食べているというわけではないものの、買えば美味しいことがわかっているので、エース選手を温存しているような余裕を食卓にもたらしてくれる。

だから、キャンプやバーベキューをするときには、必ずと言っていいほどソーセージを買っていく。そこら辺にあるスーパーで売っている粗挽きソーセージが、二、三袋もあれば十分である。銘柄などにもこだわらなくていい。ソーセージは、いつ、どのタイミングで食べても美

不滅の加工食品

味しいので、はじめに焼いて、とりあえず小腹を満たすのもあり。忘れた頃におもむろに焼くのもあり。たとえ、最後の締めに焼いたとしても、あれだけジューシーで食べごたえがある食材にもかかわらず、だいたいは売り切れる。歓談に夢中になっている人たちさえ、ソーセージを焼くと火元に戻ってくることがある。

僕は特別食通ではないし、どんなソーセージも美味しいので手を出したことはないが、世の中には高級なソーセージもある。食べればソーセージに対する見方が広がるのではないか、と予感している。結局はそれも「美味しくないソーセージはない」の持論を補強する要素になる。

珍しくこんなに断言して、なにに対してモヤモヤしているんだと思うだろう。僕がモヤモヤしているのは、ソーセージに対してではなく、「美味しくないソーセージはない」と同じような事象が世の中にはほかにも溢れているはずなのに、どうしても「これだ！」としっくりくるものが思い浮かばないことだ。すぐ思い付いたのは、「可愛くない犬はいない」だが、僕が人より特別に犬が好きだからであり、犬が苦手な人はたくさんいるだろうから一概には言えそうにない。「やまない雨はない」や「明けない夜はない」や「終わらない原稿はない」も思い付いたけれど、どうも違う気がする。「終わらない原稿はない」に至っては、ただの希望的観測である。

さらに気づいてしまったのは、僕は魚肉ソーセージが嫌いで食べられないということだ。でも普通、ソーセージと言ったら豚肉、牛肉などの食肉加工品を思い浮かべる人が多いだろうから、魚肉は省いていいのではないか。それとも魚肉に失礼だと怒る人が出てくるだろうか。僕は怒られるのがなによりも嫌いなので（あと痛いのも）、もしそうならば、この話はなかったことにしようと思っている。

20210202　第28回　偉い犬　東京　晴時々曇一時雨

姫の生活を守る

愛犬ニコルには、できるだけのことはしてあげたいと思っている。子犬の時期はしつけ教室に通ったし（ジュニアクラスを受講したので、学歴は幼稚園卒だ）、愛犬家の集まりに参加して、いわゆる「犬の社会化」に取り組んだりもした。性格が穏やかで普段は怠けて寝てばかりいるのだが、興奮すると大はしゃぎする癖があるため、二歳四か月となった今でも家の近くで見つけたアットホーム、かつ安価なドックホテルのデイケアサービスに定期的に通わせている。

そういう生活を維持するために、僕は一生懸命働いていると言っても過言ではない。本当に良心的で安価なドッグホテルなのだけど、家計に無理がない程度で通わせている。ニコルはドッグホテルで「姫（ひめ）」と呼ばれているそうだ。僕はどんなに苦労しても構わないから、少なくとも今の姫としての生活は守ってあげたい。それが心の張りになっている。

しかし、ニコルはただの姫ではなかった。あるとき、いつものドッグホテルから、「今度、ニコルちゃんを無料で預からせてもらいたい」と連絡があった。そのドッグホテルは地域密着型でいつも常連犬ばかりなのだが、はじめて利用する子犬を預かることになり、その子犬の気性から社会化トレーニングのお相手として最適なのがニコルだというのである。今までどちらかというと教育を受ける側だったのに、なんという大抜擢だろう。いつもお世話になっているのだからともちろん快諾し、「お前は、なんて偉い犬なんだ」とニコルを褒めちぎった。ニコルはキョトンとした顔をして座っていた。

聞くところによると、妻の実家で飼っているラブラドール・レトリバー（雄、7歳）は、病気で手術が必要な犬のため献血に協力したことがあったそうだ。犬は偉い。偉すぎる。犬と比べれば、僕なんてカスみたいなものである。この連載だって、本当はニコルが書いたほうが人気が出るに違いない。ニコルは犬だから、仕方なく僕が書いているみたいなものだ。Twitterでも僕よりニコルのほうが人気がある。一度、アンケートを取ってみたら、僕のツイートに求められているものは圧倒的に「犬」だった。僕の情報よりもニコルの写真をみんな見たがっている。僕だって同じ気持ちである。犬が見たい。

姫のお勤めの日がやってきた。「あそこに遊びに行ける」と気づいたニコルは大喜びだった。一泊の計画だったので寂しさもあったが、笑顔で送り出した。手がかかった子が社会人になったとき、親はこんな気持ちになるのかもしれない。喜びと緊張が入り混じってそわそわした。

翌日犬は帰ってきた。ドッグホテルに行った日はいつもそうなのだが、普段よりもさらに疲れている様子だった。心なしか顔つきが大人っぽくなった気がする。一仕事を終えた社会人のように、短くため息をついて横になった。僕は飼い主として誇りに思い、犬を強く抱きしめた。「悪い管理人さん」と一緒にタバコを吸ったり、「いい管理人さん」から「○○さんには、ちゃんと宮崎さんは大丈夫な人だって言っておきましたから」と言われたり、エレベーターでバンドマンと間違えられたり、社会化が必要なのは僕のほうである。しかし、受け入れ先がないし、ニコルのような偉い犬から教えてもらうこともできない。そんな僕に飼われている犬は偉い。

20210203　第29回　偉くない人　東京　晴

愛犬ニコルがあまりに偉く、出来すぎた犬なので、愚鈍な飼い主である僕も少しは役に立つことがしたいと思い立って始めたのが、犬についての勉強である。僕は愚鈍なうえに忍耐力もない。きっと三日坊主になってしまうと予想して、完全な独学ではなく資格を取得することにした。愚か者がそうでない者より優れている点があるとすれば、ありとあらゆる失敗をしていることだ。以前に知り合いが取得したことをTwitterに投稿していた「愛玩動物飼養管理士」に狙いを定めた。国家資格ではないが、一九八一年に制度が発足した歴史ある資格である。

資格には一級と二級があり、まずは二級から取得しなければならない。当然、受講や受験などにはお金がかかる。だが、お金を払うからこそ勉強が続くのだと、賢い僕は考えたのだ。ちょうど新型コロナの感染拡大により外出自粛が叫ばれ始めた時期だったため、「なにかしなければ」という焦りが僕の背中を押した。

テキストが届き、早速勉強を始めてみた。対象が「愛玩動物」なので、犬だけではなく、猫やウサギ、ハムスター、鳥類、カメ、トカゲなどのほか、動物愛護の歴史や法令なども学ばなければいけない。仕事と生活の合間をぬって、少しずつテキストを読み進めた。犬猫には馴染みがあるのでなんとなく感覚的に理解できる内容が多かったものの、他の動物にかんしては特徴や飼育管理の方法を覚えるのに時間がかかりそうだった。七月にオンラインによるスクーリングを受講し、その後、中間チェック的な「課題報告問題」の提出があった。送られてきた結果を見ると、合格圏内だったので一安心した。

暗雲立ち込める

ところが、そこから見事に気を抜いてしまった。仕事や生活のことで手一杯になり、コロナ禍への対応にも追われた。気づいたら試験の日が迫っていた。慌ててテキストを読み込み、試験前日には、会う約束をしていた大先輩が到着するのを喫茶店で待つ間、一緒に待っていたこれまた大先輩の編集者の前でテキストにかじりついた。「誰かに説明したほうが覚えやすい」という、進学校出身の妻の助言を思い出し、到着した大先輩を相手に講義する始末だった。

家に帰った後も必死に勉強した。「チンチラの砂浴は一日一〇～一五分として、砂浴び用の砂をケージに入れっぱなしにするのは避けたほうがいい」などと、ぶつぶつ呟きながら睡眠時間を削って暗記した。ドタバタ具合に妻は呆れた様子で、犬を抱いて冷たい視線を送っていた。

そして試験当日を迎えた。大好きなaikoの誕生日であり、僕たち夫婦の結婚記念日でもある一一月二二日（いい夫婦の日）、クマのある目元をした僕はわずかな時間も惜しいと考え、出費は痛かったがタクシーを拾って会場に向かい、車中でテキストを読んだ。三半規管が弱いので嘔吐しそうになりながら会場に着いた。

雑魚はお前だ

会場に入った瞬間、僕はデジャブのような感覚に襲われた。それは学校での試験や高校、大学受験のときとまったく同じ感覚だった。直前に焦ったように勉強し、食事や睡眠も疎かになるほど猛烈に集中することで家族や周囲の人に迷惑をかけた挙句、なぜか試験会場に入ると急にふてぶてしくなり、「周りが雑魚《ざこ》に見えるぜ」などと根拠のない自信が溢れてくる。そして、（たぶんギリギリ）合格した後はエネルギーがこと切れ、一、二週間くらい寝込む。大学を卒業してから一六年も経っているのだから、少しは成長しているかと思っていたが、試験に対する僕の姿勢は驚くほど変わっていなかった。

考えてみれば、「お金を払うからこそ続く」と数年前に入会したスポーツジムも、結局は通わなくなって一年未満で退会した。ありとあらゆる失敗をしていることが愚か者の優れている点ではあるが、それを繰り返すのも愚か者の特徴なのである。結局、持ち前の根拠のない自信が功を奏して一応は合格したものの、まだ十分に知識が定着していないと感じているため、続けて一級も受けようと思っている。また同じ過ちを犯さないよう心から祈っている。

それに比べて教えたことはすぐに覚え、忍耐強いニコルはやっぱり偉い。人より偉い。四〇代の大台まで、あと一年と一か月。犬の比類なき偉さを目標に、僕は偉い人になりたいと思う。

20210204　第30回　インタビュー(二)　東京　快晴

なんだかんだ言って、文章を書いてお金をもらうようになってから一五年以上が経つ。これまで何度、インタビュー取材してきたのか、正確に数えることはもはや不可能だ。最初は用意した質問を投げかけるので精一杯だったものの、場数を踏んでいくうちに少しずつ周りが見えるようになってきた。事前の下調べや質問の仕方、リラックスさせる話術など、個人の努力はもちろん大切である。しかし、最も重要なのは、当日の場の雰囲気づくりだと思っている。取材する側、つまり編集者、ライター、カメラマンのチームワークがうまく機能しているときには、いいインタビューになる。特に連載枠の場合は、同じチームで動くので尚更である。

まず、カメラマンが取材場所の光の具合や部屋のレイアウトなどをチェックする。場合によっては、レイアウトを変えることもあるので、その際は指示どおりに机や椅子その他の家具を移動させる。各々が座る位置も確認する。名刺を交換し、丁寧に挨拶した後は、編集者が企画の概要を説明してライターがインタビューを開始する。カメラマンがインタビューカットを撮影するのは、だいたい前半だ。ライターは、相手をリラックスさせることを心がけながらも、訊くべき部分はしっかり訊き、また用意していた質問だけにとらわれず、盛り上がりそうな話があれば臨機応変にアドリブで質問の流れに変化をつける。編集者が気になる部分を訊いたり、逸れた話を戻してくれたりもする。

当然、インタビューの性質や相手によっても変わってくるし、ここで書いたのはごく一部に過ぎない。ようは個の能力も重要ではあるが、チームとしてどのように機能し、どのようにその場の雰囲気をつくっていくか。そうした部分に目がいくようになってからは、少しはましなインタビューができるようになってきた、ということだ。最近では、新型コロナ感染防止のため、リモートで取材することが増えた。新たなチームワークの構築方法を考える必要がある。

さて、そんな僕も本を出すようになってからは、生意気にも自分がインタビューされる側になることがある。それにより、インタビューをする側だったときには気づかなかった発見も得られるようになった。先日、とある取材を受けた。『平熱のまま、この世界に熱狂したい』についてのインタビューである。換気のいい貸し会議室で十分に感染対策を行い、密を避けるために先方は記者とカメラマンのふたり、こちらは著者の僕ひとりという最低人数で実施された。

インタビューをする側のみだった頃、少しだけ不思議に思っていたことがある。カメラマンはインタビューカットを撮影し、終了後にバストアップや、場所を移動してメインになるカットを撮影するケースが多いのだが、それまでの間、どのようなことを考えながら待っているのだろう。ライターは基本的に取材相手の対面に座り、取材相手の言動に注意を傾けているので、そこまでは目が行き届かないのだ。取材相手に質問をするカメラマンもいることはいるのだけれど、そういうタイプは少なく、たいていは離れた場所で座って待つ。

ところがその日は、最低人数で行われたこともあり、インタビューをされながらカメラマンの姿をじっくり見ることができた。その人は、前著に書いたアルコール依存症や離婚のエピソードを僕が話しているときには、それはもう慈悲に溢れた目をして深く共感するように頷き、僕が冗談を言っているときには、感染防止のためか声こそ出さないものの、心から面白がっている様子で笑顔を見せてくれた。

重要！カメラマンがインタビューカットを撮った後に話を聞きながらリアクションしてくれることは、ものすごく重要だったのである。今までまったく気づかなかったけど、ただインタビューが終わるのを待っているだけではなく、カメラマンはそれこそチームのため、自分の仕事がない時間も活躍してくれていたのだ。

やっぱりインタビューは奥深い。カメラマンのリアクションによって話しやすさがこうも変わってくるとは。そういえば、ラジオでもパーソナリティの語りの間に聴こえてくる放送作家やディレクターの笑い声があるのとないのとでは、番組の雰囲気が違ってくる。これまで一五年以上もインタビューをしてきたと偉そうに思っていたが、まだまだ僕が気づいていない重要な点はたくさんありそうである。

20210205　第31回　それはちょっと　東京　晴一時薄曇

エゴサーチの天才

文筆家だけでなく、名前を出して活動しているすべての人のモヤモヤの種として、「エゴサーチ」の問題がある。自分の名前（ペンネーム、作品など含む）を検索エンジンやSNSの検索窓に打ち込んで、誰かが自分に言及していないか調べる行為だ。人によってスタンスは違い、ネガティブな意見を発見してしまうと気落ちしてしまうため、一切やらないという人もいる。

一方、僕は時間が許す限りエゴサーチし、なるべくすべての言及に目を通すことにしている。すべてに目を通せば、褒めてくれている心優しい人をひとりくらいは見つけることができるからだ。なので、エゴサーチは中途半端が一番いけない。五、六人くらいの意見をチェックして、心が折れてしまう人もいるだろう。だが、僕ほどのプロのエゴサラーになればそれくらいの数ではへこたれず、インターネットの果ての果てまで、自分や作品への言及を追い続ける。

人はしばしば思い違いやタイプミスをするので、「宮崎智之」と検索するだけでは不十分である。「宮崎智之」は当たり前として、「宮崎智幸」「宮崎知之」「宮崎智久」「山崎智之」なども射程に入れなければいけないし、必ずフルネームで言及されているなどと考えるのはまだまだアマチュアであり、「ライター　宮崎さん」と検索すると引っかかることもある。執念深い性格だと思うかもしれないが、そもそも表現者にとって一番怖いのは、批判されることでも、反論されることでもなく、無視されることである。

ところで先日、日課となっている自著についてのエゴサーチを行っていたところ、検索結果に福井県立図書館が出てきた。書籍なので図書館のページが引っかかることは珍しくなく、スルーしようかと思ったが、どうもただの蔵書データベースとは違う雰囲気があったため開いてみた。そのページは福井県立図書館が運営している「覚え違いタイトル集」という名物コーナーで、利用者からカウンターに問い合わせがあった間違った本のタイトルを掲載しているとのことだった。

なるほど面白い。図書館は子どもたちが本にはじめて出会う場所でもある。それくらいユーモアがあっていい。素晴らしい企画だ。さて、我が『平熱のまま、この世界に熱狂したい』は、どう覚え違いされたのだろうか。いつもとは違うドキドキした気持ちでページをクリックした。

『普通のまま発狂したい』

生きていれば、いろいろなことが起きるものである。生きていてよかった。これを掲載する公立の組織があるとは、日本も捨てたものではない。ほかにもヘミングウェイの『老人と海』を『海の男』と間違えた人や、ROLANDの『俺か、俺以外か。』を「俺がいて俺だけだったみたいなタイトルの本ありませんか」と尋ねてきた人がいるなど、僕では正解に辿り着く自信がまったくないものばかり。司書さんたちの「検索」スキルは本当にすごい。僕のエゴサーチ能力なんて屁みたいなものだ。そう感心しながら、ふと目に飛び込んできた「夏目漱石の『僕ちゃん』」でコーヒーを吹き出したのだった。

それにしても、僕の新刊の覚え違いは見事である。覚え違えたことよりも、そう主張している本を読んで、方法を学びたいと思った人がいる事実に、僕は人間の人間たる所以《ゆえん》を見た。ただ、著者としては「それはちょっと難しいのではないでしょうか。可能性がゼロだとは言いませんけど」と回答したい。せめて言葉そのままの意味での「平熱のまま」だったなら、十分にあり得る話だとは思わないでもないのだが。もし機会があったらでいいので、司書さんからその方にご伝言いただけると幸いである。

20210208　第32回　サイン(二)　東京　曇時々晴

先週の金曜日、つまり二〇二一年二月五日、『平熱のまま、この世界に熱狂したい』の刊行記念イベントが下北沢の本屋B&Bで開催された。緊急事態宣言下の無観客オンライン配信だったにもかかわらず、たくさんの人が集まってくれた。むろん、誰ひとりの顔も拝見できていないが、僕には確かに観客の熱気が伝わってきた。

それにしても、一二月前半に出版した本の刊行記念イベントが二月になってしまうとは。安全を第一に考えれば、致し方ないことである。開催には当然慎重になるべきだ。その状況は今も続いている。なのに、帯に推薦コメントをくださった映画監督の今泉力哉さん、版元のウェブマガジンに書評エッセイを寄せてくださった演劇モデルの長井短さんという、ご多忙なおふたりがゲストとして駆け付けてくれた。幻冬舎の編集者・竹村優子さんが当日の司会を務めた。

今泉監督、長井さんの作品が僕は好きだった。Twitterでは以前から相互フォローだし、お会いできそうなチャンスがあったのにもかかわらず、ずっと実現できないままでいた。おふたりと初対面だった。こう見えて（どう見えているのかは知らないが）、僕は初対面の人と会う際にはもの凄く緊張する。しかし、この日ばかりは会える楽しみがまさっていた。ずっと会いたいと思っていたおふたりに会って、語り合えるチャンスなのだ。すでに観たり、読んだりした作品も含めてチェックし、限られたトーク時間の中で訊いてみたい質問を練って当日に備えた。

当日、僕にはもうひとつ重要な仕事が待っていた。サインである。オンライン配信のチケットを申し込む際に、サイン本を購入できるオプションが付いていた。そんな奇特な人がいるものだろうかと半信半疑になりながらも、刊行記念イベントはそもそも自著を売ることが目的のひとつであり、リアルの会場に観客を招き開催すればその場で買ってくれる人がいる。なかにはサインを求めてきてくれる人もいることを、前著や共著を出した際に知った。そして以前に書いたことだが、僕は新刊が発売された直後、わざわざサインをデザインしてくれるサービスに「宮崎智之」の文字を発注していたのだ。

ついに一万四三〇〇円のサインをお披露目する機会が訪れたのである。しかし、一月初旬までは、添付されていた漢字練習帳のような用紙を使って練習していたものの、あまりにもサインを書く機会がないため、その後は完全に放置してしまっていた。だから再度、練習し直さなければいけない。練習し直さなければいけないのだけれど、いつもの愚鈍さがむくむくと立ち上がってきて、なかなか練習帳に向き合うことができない。考えてみれば、小学校の頃から漢字練習帳の類が嫌いだったのだ。でも今は小学生ではなく、三八歳である。そしてこれは宿題などではなく、歴としたお仕事なのだ。僕はイベントの告知が出た一月二六日、久しぶりに練習帳を開いた。まったく書けなくなっている。そのことを確認しただけで、その日は満足した。

竹村さんや、イベントを担当してくれた博報堂ケトルの稗田竜子さんから、「ちゃんと練習していますか？」と何度か確認されていた。練習していなかった。ゲストおふたりの作品をチェックするだけではなく、ほかの仕事も並行的に進めていた。しかし、常に頭の片隅には引っかかり続けていた。ほとんどいないと思うが、ひとりでも僕のサイン本がほしいという奇特な人がいたならば、その期待に全力で応えたい。

はたして僕はイベント前日の深夜、漢字練習帳に再び向き合った。やっぱり書けない（当たり前だ）。だけど何度か書いているうちに、それなりにサインの体をなしてきた気がした。「こういうのは、一日置いたほうが記憶が定着する」と考え、体調管理のためでもあると自分を納得させて、暖かな布団に入った。

当日は、朝からイベントの進行や質問項目を詰めていた。気がついたら一五時になっていた。だが、一九時に家を出れば集合時間に間に合うので、まだ四時間ほど時間があった。僕は腱鞘炎になるのではないかと思うくらい、必死にサインを練習しまくった。練習しすぎてゲシュタルト崩壊を起こし、一度、記憶が白紙の状態に戻ったりしたが、偉い僕は諦めなかった。いったい「納期短縮オプション」とはなんだったのかと思いはしたものの、ひとりでもサイン本を購入してくれた人がいるならば、今からでも最善を尽くすべきである。直前まで練習した結果、集合時間に五分ほど遅れて会場に到着した。

イベントはそれはもう、（少なくとも僕には）最高の時間だった。アクリル板を隔てて並ぶおふたりの話はとても面白く、また僕の質問にも真摯に答えてくれて、新しい発見がたくさんあった。腕の痛さも忘れるくらい、あっという間に時間が過ぎた。まだまだ話し足りなく、できればあと三時間は語っていたいと思った。

イベント終了後もマスクを付けてソーシャルディスタンスを守りながら、おふたりと話し込んだ。すると稗田さんが寄ってきて、「宮崎さん、まだお仕事が残っていますよ」と机の上にサインをする本を置いた。意外とたくさんある。うれしい。こんな愚かな僕にサインを求めてくれる人がいるなんて涙が出そうなのだが、ここでその日一番の緊張が僕を襲ってきたのだった。きちんと書けるだろうか。まさにパニック状態だった。

するとちょうどそのとき、竹村さんが「三人が並んだ写真を撮りましょう」と提案してきた。たぶん竹村さんは気づいていなかったと思うけど、ナイスなタイミングである。さすが竹村さんだ。撮影されている間に落ち着きを取り戻すかもしれない。しかし後からその写真を確認すると、この世の終わりのような表情をして僕は写っていた。

本が積んである机に戻り、震える手でサインを書いた。腱鞘炎になりかけの腕は痛いが、意外と書ける。事前に稗田さんから「為書きなしのサイン」と言われていた。はじめはなんのことかわからないまま、「了解です！」と知ったかぶりをしていた。前日の深夜に調べたところによると、ようは「〇〇さんへ」といった宛名のことらしい。練習を直前まで怠っていた罪悪感もあり、稗田さんに「今日の日付を入れたほうがいいですかね？」と訊いてみた。稗田さんは、「そうですね。せっかくですし入れましょう」と答えた。

その最後の最後に発揮したサービス精神がまさか裏目に出るとは、本当に僕は愚鈍な人間である。後から確認すると、「二〇二一年二月五日」と書くべき日付が「二〇二一年五月二日」になっているサインがいくつかあることが発覚した。しかし、やはり僕はそのとき、パニックになっていたのだと思う。謎のポジティブさを発揮し、日付を間違って書いたサインはむしろ「当たり」なのではないかと考えた。人間のままならなさ、人生の不確かさ、それでも続けていくいじらしさ。そういうものについて語ったのが、このイベントだったのではないか。視聴してくれた人ならばそう考えるはずだと。

「そんなことはない」と気づいたのは、翌日の昼に目を覚ました後のことだった。サインに当たりも外れもない。ただのミスである。しかし、書き直させてほしいと頼むのも気が引ける。イベントで僕は、「この本には「人間の弱さ」について書いたつもりです。それを表現する際に範囲を曖昧にするのは嫌でした。だから、偶然で、一回性の存在である「ぼく」という一人称ですべてを引き受けようと思ったんです。そのことで、「人間の弱さ」という普遍的なものに近づけると考えました」と、堂々と宣言していたのだ。

どう引き受けるべきだろうか。まさか、「未来へのサインです。やったね！」なんてことにはできないだろうし。もちろん交換を望む人がいればそうするが、Twitterを見る限りはイベントを視聴してくれた人の反応は温かく、きっと言い出せない人が多いに違いない。カレンダーで「二〇二一年五月二日」を確認してみた。ゴールデンウィーク中の日曜日である。そうだ！と僕はひらめいた。「当たり」を引いてしまった人用に、（もし需要があるのならば）ひとりでオンライン刊行記念イベントを無料で開けばいいのではないか。そうすれば、そのサインの日付は矛盾しなくなるのではないか。

素晴らしいアイディアを思い付いたのである。僕は愚かな人間なので、昔からミスを取り返すために帳尻を合わすことが得意なのだ。果たしてこれで帳尻を合わせたことになるだろうか。愚かを極めすぎて、もはや自分では判断ができない。なので、「当たり」を引いてしまった人で、もしそれを望む人がいるならば、TwitterのDMやメールアドレスに連絡いただけると幸いだ。

そして、最後に重要な視点を述べさせてもらうと、誰も僕のサインの日付なんか気にも留めていない可能性がある。大いにあり得る。僕は愚かなだけではなく、自意識過剰でもある。

20210209　第33回　自信　東京　佚晴

この連載は平日毎日、一七時に公開される。「よくそんなことできるよね」と感心してくれる人がたまにいるのだが、僕には続けられる自信がある。そもそも毎日ひとつはこの手の小噺を考えて、誰かに、というか主に妻と犬に話している。それなら原稿にしたほうがいい。「話すより、絶対に書いたほうがいいよ」と妻も勧めてくれた。「書けば話さなくて済むでしょ？」と、いつになく強く勧めてくれた。

この連載の構想は以前からずっと頭の中にあった。しかし、毎日ブログを書いている人はいくらでもいるし、「文章を毎日公開する」なんて企画は、別に珍しくも、大したことでもないのではないか、といった思いがあった。だから編集を担当してくれている吉川浩満さんに企画の概要を説明し、「それができたら面白い。すごいことですよ！」と好反応をもらったときは意外だった。「話さなくて済むでしょ？書けば話さなくて済むんだから、やったほうがいいよ」と妻もやたらと真剣に勧めてくるし、絶対に続ける自信があったので、挑戦してみることにした。


「お願い。書いて」

いざやってみると多少の誤算はあった。連載を始めてから改めて実感させられることになった、新型コロナ感染拡大の影響である。僕はふらっと街に出たり、誰かと会ったり、会合に参加したりすれば、たいていひとつかふたつは「モヤモヤ」を見つけてくる。そのことが人からすれば根拠が乏しいと思えるかもしれない自信につながっていたのだが、こうも外出しない日が続くと、「モヤモヤの日々」がどんどん薄ぼんやりしてきて、「靄《もや》がかかった日々」になる。

だが、いまだ自信は揺らいでいない。もっともっと目を凝らせば、日常にモヤモヤが潜んでいるはずだ。家にいて、仕事して、犬の散歩をする日々が繰り返される生活の中にも、きっと見えていないものがある。最悪、「ネタがない」というネタがまだ残されているではないか、と。


ままならない人生を送っている僕がここまで自信を持てる事柄なんて、ほかに思いつかない。しいていえば毛根くらいだが、最近では「薄毛の広告」のせいでそれも揺らいできている。自信を持つことはいいことだ。自分を信頼することが、誰かを信頼する勇気にもつながる。僕はこの自信を大切にしていきたいと思う。

もし今、自分を信頼できなくなっている人がいたならば、この連載と僕を思い出してほしい。あんなにままならないやつでも根拠のない自信を持って連載を続けているではないかと思ってほしい。僕が連載を続けている限りは、少なくとも日本が滅亡したりはしない。みんなに安心してもらいたいのだ。そんな気持ちで今日も原稿を書き続けている。僕より先に滅びる国なんて、いくらなんでも弱すぎる。

僕より弱い国とは

202102

最後に念のため記しておきたいのは、今日の原稿は「ネタがない」というネタを書いているわけでは決してない、ということである。あくまで「自信」について書いた原稿であることを、くれぐれも誤解がないようにお願いしたい。「ネタがない」というネタは、まだ残されている。

20210210　第34回　カレーは辛え　東京　晴後薄曇

真面目な話です

カレーは辛え。ついに宮崎がおかしくなったかと思った人は、「カレーは辛え」ことの大切さにまだ気付いていない。カレーが辛えことによって、世の中の安定と均衡が保たれている事実を知らないのだ。キーマ、マッサマン、ココナッツなどなど、種類はなんでもいいのだが、程度に違いこそあるものの、カレーは基本的に辛い。甘口カレーも特別に辛いわけではないだけで、やたら甘ったるくはない。

先日、たまには贅沢をしようとUber Eats（宅配のようなもの）を利用してみた。なるべく健康にいいものをと、僕はある店を見つけ、「燻製カモのヘルシー弁当」なるメニューを頼んだ。そこまで待たずに配達された弁当は、いかにも栄養のバランスがとれ、健康によさそうだった。しかも美味しい。ところが、メインの燻製カモの横、箱の隅に添えてある卵焼きを食べた瞬間、なんとも言えない違和感に襲われた。甘いのだ。いや、甘い卵焼きもあるのだが、それにして

「ワサビなの?」

も甘い。それは卵焼きではなく、チーズケーキだった。注文ページをよく見ると、「デザート付き」と書いてある。なるほど、これがそうか。ケーキも美味しかったのだけど、卵焼きだと思って食べたものが甘かったことで舌が混乱し、チーズの味が曖昧なまま胃袋に入ってしまった。

印象に残っているのが、はじめてアボカドを食べたときのことである。いつのことだったのか記憶は曖昧だが、少なくとも僕がまだ未成年だった頃、母がスーパーでアボカドを買ってきた。はじめて見る食材だった。母もよくわかっておらず、「醤油とワサビで食べると美味しいらしいのよね」と首をひねっていた。この南国フルーツみたいな食材に醤油とワサビ? 僕は、まずはなにも付けずに食べてみた。頭の中にクエスチョンマークがいくつも浮かんで、しばし呆然とした。「どんな味なの?」と訊いてくる母に、「わからない」と僕は答えた。今となっては当たり前の食材だが、あの時は面食らい過ぎて、本当にどんな味なのかすらわからなかった。

もうひとつ、僕は食べられないほどの好き嫌いがほとんどないのだけど、唯一これは絶対に無理という料理に、魚のすり身の加工食品がある。練り物の食感が苦手なのである。代表的なものに、ちくわ、はんぺんがあるが、問題はおでんは大好きなのに、食べられる具が少ないということだった。そして、僕は関東のおでんによく入っている「ちくわぶ」も、その名前や見た目から毛嫌いしていた。しかし、あるとき、友人が「ちくわとはまったく違うから食べてみろ」と言うので、恐る恐る一口だけ齧ってみた。「うん。これはちくわというよりは、ほうとうに近いね」と納得し、食べられるようになった。

つまり、「カレーは辛え」という事実は、世の中の安定と均衡にとって、とても大切なことなのである。カレーはいつでも辛い。種類によって多少の差こそあれ、カレーは基本的に辛い。この事実が人々の日常に確かな杭を打ち、支えていることに気づいてほし。食べたことのない食材を口にし、新しい味覚に挑戦したい人もいるだろう。しかし、たいていの人はそうではないのではないか。カレーは常に辛くあってほしいと願っている人が大半なのではないか。

人はしばしば「曖昧さ」や「不確かさ」にストレスを感じる。だが、残念ながら人も世もどうしようもなく曖昧で不確かである。そんな不確かさの中から、少しでも確かなものを摑みたいと考えるのは、人の性であろう。先人たちはそういった苦労を何度も繰り返すことにより、「カレーは辛え」という確かさの杭を摑みとった。そして、人間が食べられる食材を探す過程においては、おそらくたくさんの命が失われていったはずなのだ。だから、僕はこれからも「カレーは辛え」という事実を大切にしていきたいと思っている。

昼食をどうするか考えていただけなのに、果てまで来た。僕は辛えカレーが食べたい。

20210212　第35回　バレンタインデー　東京　薄靄

今年もバレンタインデーがやってくる。日本におけるバレンタインは、もともとシンプルなコンセプトだったのにもかかわらず時代が進むにつれ複雑化し、義理チョコ、友チョコ、自分チョコ、逆チョコなど、多様な楽しみ方が広がっている。もはやチョコレートではなくても盛り上がればなんでもいいのだし、各々の楽しみ方を見つける風潮は素晴らしいと思う。しかし、「贈り物」という性質上、人間関係に影響してくるため、職場ではモヤモヤの種になっている。

僕の体験では中学生の頃まではまだドキドキ感が漂う日だった。二月一四日前後には妙に自意識過剰になって、部活動が終わっても意味なくだらだらと校舎に残っていたりしたものだ。「ひとつも貰えなかったらグレるのではないか」と、思春期の息子を心配して母がくれるお節介チョコほど侘しいものはなかった。だが、高校に入ると帰国子女が多い少人数制の学校だったこともあってか、「クラスの女子全員から男子全員へ」みたいなオープンなイベントになった。それはそれで楽しかったけど、次第に自分の中で特別な日ではなくなり、相対化されていった。

社会人になってからは、ホワイトデーも含めて人間関係の維持や社交の意味合いが強くなっていった。会社員だった頃、忙しい合間をぬってチョコを用意してくれる様子を見て、申し訳ないなあといつも思っていた。そういう気持ちをうまく表現して言葉にできない自分にもモヤモヤした。それ自体を楽しめる雰囲気があればそれでいいのだが、相手の役職によってチョコの値段を変えるなど、細かい気配りをしている人もいる。自由な解釈がなされるようになった一方、妙なしがらみが生じるようになり、金銭だけでなく心理的にもコストが生じるイベントになった。自由は時に人を不自由に縛る作用がある。

しがらみチョコ

だが、安心してほしい。今年のバレンタインは日曜日だからだ。休みの人が多い日曜日とバレンタインが重なったことで、少しは世間全体のモヤモヤが薄まるのではないか。しがらみにとらわれず、自由な解釈でバレンタインを謳歌できる人が増えるのではないか。ただでさえ自由が制限される窮屈な日々が続いているのだから、せめてそうなることを心から願っている。

ここで正直に告白したい。バレンタインが相対化されて以来、ドキドキ、ワクワクというより、モヤモヤ、ハラハラといった感情がまさっていってしまった僕だが、三〇代後半になった最近では、年甲斐もなくキュンキュンする日へと進化してきていることを。なぜなら我が家では、「愛犬ニコルから僕がチョコをもらう日」という解釈が追加導入されているからだ。というか、僕が勝手に導入したのである。

犬を過剰に擬人化するのはよくない行為だとされることもある。でも、この日だけは勘弁してほしい。自由な解釈を許していただきたい。僕は本当にうれしいのだ。心の支えになっているると言っても過言ではない。自分でニコルからもらえるチョコを選び、自分で勝手にニコルからもらったことにしてキュンキュンする。当初のコンセプトの原形を留めない僕のバレンタインデーが今年もやってくる。

もうなんでもあり

20210215 第36回 自己宣伝 東京 大雨

　Twitterを眺めていると、たまに「自己宣伝」の是非について言及している投稿を見かける。自分を宣伝する、つまり僕でいうならば、自分の本、雑誌やWEBに執筆した原稿、登壇するイベントや出演するメディアの情報などを、自ら宣伝し、広く周知しようとする行為を指す。自分や自分の作品、情報について触れてくれている人の投稿をリツイート（拡散）することも自己宣伝にあたる。

　自己宣伝を否定的にとらえている人は多い。かく言う僕は、自己宣伝に余念がない人間だ。たしかに自己宣伝をすると、よくTwitterのフォロワーが減る。誰かのタイムラインを、僕の情報で埋め尽くしてしまうのは気が引けるというか、申し訳ないなあと心を痛めるときもある。しかし、自分が宣伝しないならば、誰が宣伝するのだろうか、という思いがある。もちろん出版社や執筆したメディアも宣伝してくれるけど、僕だけの宣伝に時間とコストを割くことはできない。それくらいの常識は、愚鈍な僕でもわかる。

　そして、自己宣伝を徹底的にやってみた結果としてわかったのは、驚くほど人は僕に興味がない、という事実である。Twitterには投稿を解析する機能がついている。それを見るとリツイートや、いいね数よりも、リンク先の記事を読んだ人が少ないなんてことはざらにある。「新刊の予約が始まりました」と躍起になって宣伝している時期にリアルの場で会った人から、「このあと、書店に寄って買うね」と言われたり、逆に発売後に「発売したら買うね」と言われたりしたのも一度や二度ではない。それは相手が悪いのではなく、誰だってそんなものなのだ。自分を振り返ってみても思い当たる節はあるし、少なくとも僕程度の知名度では、それくらいの認識のされ方が当然だと思う。亡くなった父は、思春期を迎えた僕が鏡の前で髪型を入念にセットしている様子を見て、「自分が人に注目されていると思ったときは、十中八九、社会の窓が開いているときだ」と言った。まさにそのとおり。

しかし、「宮崎が新刊について、なんかギャーギャーと宣伝しているな」と思ってもらえたからこそ、たとえ微妙にずれていたとしても、「認識」という現象が生じたことに僕は希望を見出している。気にかけてもらえただけでうれしい。社会の窓で注目されるより一万倍うれしい。

亡き父の名言

さらにもうひとつ、自己宣伝を否定的にとらえる意見として、自分の作品を自分でオススメしたり、自分の作品を褒めている投稿を拡散したりするのは、あまり上品な行為ではないという意見がある。言わんとしていることはわからないでもない。わからないでもないのだが、これに対しては明確に異を唱えたい。なぜなら、僕は営業職の経験があるため、「いや、僕の作品なんて大したことありませんよ」なんてことは口が裂けても言えないと思っているからだ。その作品なり商品なりをつくった本人が大したことないと言っているものを、売る人の身にもなってほしい。買う人の身にもなってほしい。これほど侘しいことはないし、端的にいって失礼である。先人や同世代の書き手を畏敬する気持ちは、人一倍強いほうだと思っている。だが、編集や校正、宣伝、営業、流通、棚に並べて売ってくれている書店員など、自分の本に携わって汗水を流してくれている人の姿をリアルに想像するならば、「少なくとも現時点でのベストは尽くした」と言動で示すのが、著者としての最低限の礼儀ではないだろうか。

実際にやってみるとわかると思うのだけれど、自己宣伝は結構、疲れる。本当はこんなことしたくないと思う瞬間もある。できれば僕も「上品」でいたい。自己宣伝なんかしなくても、たくさんの人が言及してくれて、放っておいても記事が読まれたり、本が売れたりするようになりたい。でも、今の僕はそうでない。注目されていると思ったときはだいたい、社会の窓が開いているときなのである。

20210216　第37回　幼馴染の言い分　東京　快晴

僕の幼馴染に横田大という男がいる。編集者やクリエイティブ・ディレクターをやっていて、三年の間に二度も住民が逮捕された例のアパートに、物好きにも後から引っ越してきた人物である（僕は二〇一号室、横田は一〇一号室なので真下に住んでいた）。きっと横田もお金がなく、困っていたのだろう。そこでの出来事を詳細に語り始めるとキリがないし、横田も怒ると思うので割愛する。それよりも、僕はどうしてもここに記しておかなければならないことがある。

横田とは、小学一年生から同じクラスだった。かれこれ三三年の付き合いになる。横田に限らず女性の友人も含めて地元の幼馴染軍団はいまだに仲がよく、LINEグループもつくられ、たわいのないやり取りをしている。新型コロナの感染拡大以降は途絶えてしまっているものの、定期的に集まって飲んだりもしている。西の奥地の郊外だとはいえ、一応は東京都出身である。今は都心（二三区内）に住んでいるけど、基本的にはずっと「地元」にい続けているのだと思えば、当たり前といえば当たり前なのかもしれない。

幼い頃の僕は、今にも増して愚鈍な存在だった。三月生まれでただでさえ成長が遅かったうえに、年がら年中、鼻が詰まって口呼吸していた。自他の境界がぼんやりとしている期間が人よりも長く、あまり記憶がない。よく記憶していることと、そうでないものの差が激しい謎の現象も悩ましい限りである。だから、横田が語る小学生時代の思い出によって僕の記憶は補完され、かろうじて輪郭をなしている。しかし実際は、横田の証言には異を唱えたい部分がたくさんあるのだ。たとえば、以下のような証言である。

「宮崎は小一のとき、最強の洗剤をつくると言って、石鹼にいろんなものを練りこんでいた」
そんな錬金術師のようなことをやっていた覚えはないし、場合によっては危険な行為だ。
「駄菓子屋の一〇円ガムは、水道水をかけながら練ると美味しいと宮崎が言ったら友達の間で流行ってしまい、公園の水飲み場で、ザリガニやサワガニを捕まえたり、泥遊びしたりした汚い手のままでガムをこねて食べていた。俺は嫌だったんだけど、同調圧力に負けて食べていた」

まったく記憶にないうえ、僕にそんな影響力があったはずがない。あと、なにかを練るのが好き過ぎである。

「Y君（小学校からの幼馴染）と出会ったとき、Y君はサッカーのゴールネットに絡まって動けなくなっていた。Y君はお調子者だから、「またふざけてるんだろう」と無視されていたなか、俺だけは真剣に助けようとした。その横でゲラゲラ腹を抱えて笑っていたのが宮崎だった」

僕は逆だと記憶している。たしか僕は本気で心配して、先生を呼びに行ったのだ。

六歳から三三年間、友人ということは珍しいらしく、僕との関係を説明するとき、横田は必ずといっていいほどこの話をする。プライベートの場では別にいいのだが、なまじ仕事の交友関係が重なっているため、仕事の場でそれを言われるたびに困ったものだと思っていた。まるで僕が変な奴みたいではないか。だが、幼い頃の記憶にはあまり自信がないので、言い返せないでいるうちに、まあそんなことどうでもいいかと、お人好しの僕は思うようになっていった。

そんな横田も二〇一七年に起業して、社長になったのだから大したものである。社員、スタッフが一〇人以上いるらしい。僕は今まで部下がいたことがなく、役職に就いた経験も一度もない。これからもきっとないだろうし、そもそも人の上に立つ資質がある人間だとも思えない。

それに比べて横田は立派だなあとしみじみと思っていたら、あることに気がついてしまった。

あのモジャが？

ん？もしかして横田って偉くなったのかな？僕的には、高校のとき立川駅南口で弾き語りをしていた、モジャモジャ頭のロマンチストなのだが、世間的には偉いのではなかろうか。それはいけない。偉い人にそんなことを言われたら、ままならない人生を送ってきたうえ、「絶対に続けられる自信がある」と、乏しい根拠のまま始めたこの連載の、「平日、毎日公開」というコンセプトが今にも消滅してしまいそうなギリギリになってから焦り出し、震えながら原稿を書いている僕なんてひとたまりもないのではないか。風説があっという間に広がってしまうのではないか。広がる前に書いておかねばならない。

あまり自信がないんだけど、たしか違ったような気がしている。いや、たぶん、おそらくは違ったのではないかと薄ぼんやりと覚えている。どちらの言い分を信じるかは、読者のみなさん次第である。

20210217　第38回　犬大好き　東京　晴後一時曇

日本語は難しい。文章を書く職業の僕でも、正しい日本語を使えていない場合がある。日々精進する必要があるのだけど、コラムやエッセイでは、たとえば文法的に間違っているとわかっていても、あえて表現としてそのままにする判断もあり得るので、話が余計にややこしい。

また、「正しい日本語」とは別の問題として、「これ、どうすればいいんだろう？」と運用に悩むことがある。たとえば「歌を歌う」という表現。なんだかすごくモヤモヤする。ニュースサイトを調べてみると、朝日新聞は「うたを歌う」と表記していた。なるほど。最近はまったく開かなくなり、部屋のどこに埋没しているのかもわからない『記者ハンドブック』（共同通信）には、そう指定されているのかもしれない。しかし、一〇〇年以上の伝統がある、ある地方紙で「主題歌を歌う歌手」という表記を見つけてしまった。間違いではないのだろうが、歌だらけである。「一言で言う」にもモヤモヤする。こちらは「一口で言う」が正しいのだろうか。

挙げ始めるとキリがないし、どうしても納得できないなら類語辞典を引いて表現を変えることもできる。それよりも、僕がこの場で強く問いたいのは、「大」と「犬」が似すぎている問題である。漢字で表記するとそっくりで、僕は昔からこの大問題にずっと頭を悩ませ続けている。

まず、僕は「大好き」を「犬好き」と読み間違える。それは僕が犬を好きだからで、人によっては「犬好き」を「大好き」と勘違いする場合もあるだろう。一番厄介なのは、「犬大好き」である。助詞の「が」や読点を用いれば済む問題なのだが、たとえそうだとしてもややこしい。「犬が大好き」「大が犬好き」「犬、大好き」「大、犬好き」。こう並べてみると、なんだか妙な気持ちになってきやしないだろうか。まさに言葉の犬問題、いや大問題である。「太い犬が大好き」「大好きな犬が太い」に至っては、目がチカチカして直視すらできない。「いぬ」や「イヌ」と表記すればいいのでは？と思った人に問いたいのは、なぜ犬が譲歩しなければならないのか、ということだ。譲歩するのは、「大」や「太」のほうではないのか。「犬ダイ好き」にしてはどうだろうか。なんか駄目そうである。犬大好きな贔屓目《ひいきめ》で見ても駄目そうなので、僕は悔しくて仕方ない。

20210218　第39回　子どもの頃の夢　東京　晴後曇

子どもの頃に描いた将来の夢を覚えているだろうか。僕は昔から本を読んだり、文章を書いたりすることが好きだったので、「文章を書く人になりたい」なんて思っていた記憶がある。ならば夢が叶っていると考えられなくもない。しかし、人間は、特に僕は記憶を改竄《かいざん》してしまう生き物だ。改竄とまでいかなくても、後づけで都合のいいように補完している可能性もある。だいいち、文章を書いてお金をもらい生活をしていくなんて日々は、来月には儚く霧散しているかもしれない。

　では、まったく改竄も後づけもない、子どもの頃の僕の夢はなんだったのだろうか。日々の記憶すら曖昧なのに思い出せるはずがないと諦めていたのだけど、ふと、「あ、そういえばプロ野球選手になりたいと思っていた時期があったな」という嘘偽りのない記憶が蘇ってきた。地

左利きにも憧れた

域のチームや部活動で習ったことはないものの、子どもの頃は友達とよく広場で野球をして遊んでいた。とくに明確な理由はないけど、なんとなく投手になりたいと思っていた。あとは、漫画『ドラゴンボール』の主人公・孫悟空にもなりたかった。肩肘張らず思い出してみれば、子どもの頃の夢なんてそんなものである。

もちろん、プロ野球選手にも、孫悟空にもなれなかった。しかし、子どもの頃の夢について考えているうちに、「なる」ということ以外にも、「する」という意味での夢もあったはずだという、当たり前のことに気がついた。そして僕は大切なことを思い出してしまった。なんで今まで忘れていたのだろうか。僕は大人になったら、ヤクルトを何本も買ってマグカップに注ぎ込み、一気飲みしたいと思っていたのだ。さらに、ケンタッキーフライドチキンを際限なくこれでもかってくらい食べまくってみたいと夢見ていたのだった。

これは、すぐに叶えることができる夢なのではないかと、目から鱗が落ちる思いがした。といっても、よくよく考えてみれば、ヤクルトを一気飲みするとお腹によくなさそうだし、油物が苦手になった現在は、ケンタッキーフライドチキンはひとつかふたつ食べられれば十分である。それ以上食べたら、胃もたれしてしまいそうだ。

そしてもうひとつ思い出したのは、僕は孫悟空になりたかったわけではなく、かめはめ波を打ちたかったのだった。仮に叶ったとしても、今ではどこに打てばいいのか見当がつかない。

20210219　第40回　三つ子の魂　東京　快晴

最近、詩の暗誦を日課にしている。丸谷才一のエッセイ「動物園物語」（文春文庫『男もの女もの』収録）によると、英国で教育を受けた文筆家の吉田健一は、詩の暗誦が定着していない日本の教育について、「ぢやあ大学の文学部で何をするんですか？」と訝しがっていたらしい。機嫌が良くなると英語の詩を諳《そら》んじていたという吉田と比べるのはおこがましいのだが、僕も暗誦しているうちに言葉のリズムや呼吸、日本語独特の飛躍などについて少しずつ考えるようになっていった。記憶力が高まり、新型コロナによる外出自粛のせいで衰えてしまった表情筋が鍛えられるのもうれしい副産物だ。なにより、やっていると楽しい気分になる。

小学生の頃、あまりにも勉強しない僕をさすがに心配したのだろう。無為に過ごしている僕が読書と文章を書くことにはかろうじて興味を持っていると発見した父は、『朝日小学生新聞』に作文か詩を投稿させる教育を思いついた。詩をいくつか書き、何篇か掲載された。「こいつは詩が好きだ。もうこれしかない！」と思った父は、自分が愛読していた中原中也の詩を読み聞かせてくれるようになった。そのうち僕にも朗読や暗誦に挑戦させるようになっていった。

だから僕にとっての文学とは、「父が一緒に遊んでくれる楽しい時間」だった。父が亡くなった今でも、そういう感覚、憧憬を抱いている。そんなこともあり、ふと思い立って暗誦を日課にしようと思ったとき、最初に手に取ったのは、やはり中原中也の詩集だった。助詞などの細かい記憶違いはあったものの、不思議なことに「サーカス」や「湖上」「朝の歌」といった、何度も暗誦していた詩は四十歳手前になった今でも覚えていた。「三つ子の魂百まで」というが、こんなに愚鈍な僕でも身についているものはあった。

ひとつだけ、もう時効だと思うので告白すると、僕が『朝日小学生新聞』に詩を投稿していたのは、単純に詩のほうが作文より字数が少なかったからである。たしか、紙幅を稼ぐためにやたらと改行した作文を、父が詩と勘違いして投稿したこともあったような気がする。もちろん今は、「詩のほうが簡単」などとは一ミリも思っていない。しかし、当時の僕は本当に愚かで怠け者だったのだ。まあ、父は僕の一万倍はお人好しだったから、「詩を好きになってくれたなら、結果オーライさ」と笑ってくれているに違いない。

20210222　第41回　赤子の将来　東京　快晴

うちには昨年から赤子がいる。「しっかりしなければな」と、こんな僕でも気持ちが引き締まる。生後九か月になったばかりの息子である。まん丸としている。

「この子の人生を背負って」などという気負いではなく、ここで書きたいのはもう少し基礎的な振る舞いのことだ。つい最近まで、「あう」「まんま」と声を発し、泣いているか飲んでいるか寝ているかしかしなかった赤子も、いつのまにか座れるようになり、つかまり立ちするようになり、意思のようなものが芽生えてきた。遊びを覚えてきた。だから赤子用のオモチャや絵本を使い、一緒に遊んでいる。赤子が眠たそうな気配を見せはじめたら、ベッドに連れて行って寝かしつける。

赤子だとはいえ、遊んでいるとけっこう疲れる。僕の体力がないせいもあるが、ぐったりする。しかし、僕はここで思うのだ。ベッドに連れて行く前にオモチャや絵本を片付けなければいけない、と。赤子はまだ赤子だからできないけど、いつかは自分で片付けることを教えなければならない時期が来る。だから、「オモチャは、元の場所に戻すんだよ」などと言いながら、片付ける様子を見せたあとにベッドに連れて行くことにしている。

一方、僕の仕事部屋は本や書類で埋まり、床が見えない状態になっている。たまに本をきちんとまとめて積んだり、書類を整理したりしているのだが、探し物をするたびに元の汚い部屋に戻る。今までの人生で数百回は反省しているものの、なかなか改善できない。そのことを赤子はむろん知らない。知られてはならない。そんな僕でも赤子と一緒に過ごしていると、「しっかりしなきゃな」と殊勝にも思うのだから不思議である。どういうことなのか。

パパの秘密

考えてみれば、これはなにもうちの赤子の前だけの現象ではない。見通しのいい道路に信号機と横断歩道がある。いけないとわかっていても、急いでいるときにはついつい赤信号でも横断してしまうことがある。しかし、小学生くらいの子どもが近くにいたら、青信号になるまで絶対に渡らない。そういう人は、僕以外にもいると思う。真似されたら危ないという理由もあるが、それを言うなら大人だって危ないのだ。なのに周囲に大人しかいない場合は、お互い牽制し合いながらも誰かひとりが口火を切った瞬間、みんながぞろぞろ渡りだす。「赤信号みんなで渡れば怖くない」である。そのなかにひとりでも子どもがいたら、だいたいは誰も渡らない。

これは本当に不思議な現象だとしみじみと思う。「自分は駄目なやつだが、将来がある赤子や子どもには、そうなってほしくない」と、どこかで考えているのだろうか。少なくとも僕はそう感じる。しかし、それが僕だけではなく、ある程度、普遍性を持った感情だとするならば、前の世代も同じことを考えていたという仮説につきあたる。親の言う「勉強しなさい」ほど、むなしく響くものはない。赤子も、いつか同じ道をたどるのだろうか。

ならば、人よりも一層、愚か者な僕がその場を取り繕う立派さを見せたところで、なにになるのかという疑問がわいてくる。むしろ最初から愚かな部分を見せる反面教師の役割を担ったほうが、教育にいいのではないか。そんなことを考えながら赤子を凝視していると、視線に気づいたのか僕のほうを振り向いて「あう～」と叫び、オモチャのマラカスを振り回した。僕は愛犬ニコル（二歳五か月）に助けを求めたが、犬は丸くなって昼寝していた。

20210224　第42回　拝啓、週刊誌様　東京　晴時々薄曇

普段は紙派です

つい先日、僕は原稿の資料として、最新号の週刊新潮に掲載されている記事を読みたかった。コンビニはマンションの目と鼻の先だし、そこで売っていなくても徒歩一〇分の場所に書店がある。複数の原稿を抱えていたため、まだいいやと思っているうちにその原稿の締め切り日が迫ってきて、いつも通り慌て始めた。コンビニはすぐだが、もう売っていない可能性がある。

一分一秒でも惜しいと考えた僕は、「そうだ。こういうときにこそ」と、AmazonのKindle版（電子書籍）で購入することにした。しかし、購入したKindle版にはお目当ての記事がない。なぜだろう。目次に戻っても見つからないし、全ページ（電子書籍で）めくってみてもやはりない。こんな理不尽なことがあるだろうか、と思いながら表紙に戻るとそれは週刊文春だった。

なんてことだろうか。まあ、焦っていたのだから仕方ない。週刊文春も仕事が終わったら読むだろう。気を取り直して週刊新潮のKindle版を購入しようとしたところ、週刊新潮にはKindle版がないことがわかった。なるほど。そうなのか。

ならば買いに行くしかないと決心したその瞬間、妻が僕の仕事部屋のドアをノックし、「ちょっとコンビニに行ってくるけど、なにかいる？」と訊いてきた。なんと神がかったタイミングだろうか。僕は「週刊新潮があったら買ってきて」とお願いし、「はーい」と言って妻は部屋を

出た。はたして妻が好物のブルガリアヨーグルトと一緒に買ってきてくれたのは週刊文春だった。結局、そのあとすぐ僕が八階からエレベーター（焦っている僕には、実はこれが面倒くさいのだ）で降りてコンビニに行き、無事に最新号の週刊新潮を購入できたのであった。

それにしても、恐るべき週刊文春。週刊新潮を買おうとしても、なぜか週刊文春を買ってしまう。週刊新潮だって、超メジャー週刊誌である。発行部数こそ下回っているものの、歴史は週刊文春よりも古い。それほど週刊文春に勢いがあるということだろうか。しかし、これは僕たち夫婦が間抜けなだけで、週刊新潮さんはまったく悪くない。こんな原稿まで書いて失礼である。読みたかった記事はとても参考になった。最終的にはしっかり購入したので、ご無礼をお許しいただきたい。

そして週刊文春さんには、同じ号の電子版と紙版の二種類を購入したということをお伝えしておきたい。もしかしたらご存知ないかもしれないが、僕は週刊新潮さん、週刊文春さんに限らず、日本中で発行されているすべての週刊誌が大好きであり、かつ昨年末に『平熱のまま、この世界に熱狂したい』を発売したばかりなのだ。

書評でも掲載された日には何冊買ってしまうのか、自分でも見当がつかない。

まさに「文春砲」

20210225　第43回　King Gnuの新井さん　東京　晴時々薄曇

この連載を読み返していたら、重大なモヤモヤを思い出してしまった。それは、僕のプロフィールに「東京都出身」と書かれていることである。連載の著者紹介ページにそう書かれてあった。というか自分で書いたのだけど、なるほど、たしかに僕は東京都出身である。だが、すでに述べているとおり、僕は東京の西の果ての奥地、東京都福生市出身なのだった。ごく稀に、東京には二三区しかないと勘違いしている人がいるらしい。そんなことはない。むしろ市町村部（三多摩と呼んだりする）のほうが圧倒的に広いのだ。山手線や二三区を基準にして新宿、渋谷辺りを「西側」と呼ぶ風潮があるが、僕からすると片腹痛い。東京は東西に長く、地理的な中心地は国分寺市辺りである。

その国分寺市を、さらにさらに西側に入っていった場所に、僕の出身地である東京都福生市はある。東京ドームがある文京区よりも埼玉県所沢市に近いため、子どもの頃は巨人ファンより西武ファンのほうが多かった。子どもがかぶる野球帽も、西武の青色が主流だった。市内の道路標識には、東側に向いた矢印とともに「東京」と書かれていた。「そうか。ここは東京ではないのか」と幼心に思っていたものだ。実際に、福生の人は都心に行くことを、「東京に行く」とよく表現する。僕が大学生のとき、家族ごと駅前のマンションに引っ越すまで住んでいた実家の前では、蛍が儚く光って飛んでいた。

東京に行く

ここで話をややこしくしてしまうのは、福生市は東京の田舎ではあるものの、米軍横田基地があり、都心とはまた違った独特の音楽や文学などのカルチャーがあることだ。都心の大学に入学しサークルに入ったとき、「東京都出身です」と自己紹介すると、「東京のどこ？」と訊かれた。どうせ知らないだろうと思って、「立川より奥」とか「八王子のほう」とか言って誤魔化していたが、同じ文学部の学生だけは違った。「あ、そこって村上龍の『限りなく透明に近いブルー』の舞台になった場所でしょう？」と言ってもらえるからである。ただし、その彼は、「ふっさ」を「ふくお」と読み違えていた。

そんなわけで、僕は自分を東京都出身だとすることに、ずっと違和感を抱いていた。福生市出身の有名人が公式プロフィールに「東京都出身」と記しているのを発見し、「なんで福生市まで入れないいんだろう」と憤っていたものだった。だから、物書きをはじめた当初の頃は、プロフィールの提出を求められるたびに、「東京都福生市出身」と書いていた。しかし、「福生市」の文字がそれはもう、すぐ削られる。たしかに、地元に関係ある仕事をするときでない限り、「福生市」は無駄な情報だ。東京でも知らない人がいるくらいだから、全国の人にはなおさら関係ない。考えてみれば、「大阪府箕面市出身」などと書かれても、逆に僕にはぴんとこない。

月日を経るに従い、僕もいい加減に諦めて、「東京都出身」とだけ書くようになっていった。しかし、ある日、地元から「King Gnu のベーシスト・新井和輝さんは福生市出身である」という情報がもたらされた。にわかに信じがたい。あの飛ぶ鳥を落とす勢いの人気バンドのベーシストが福生だとは。恐る恐るインターネットで検索してみると、その情報は事実だった。しかも、プロフィールにきちんと「福生市出身」と書いてあったのだ。

新井さん……。なんて立派な人なんだ。一度だけ観に行ったライブのMCでたった一言しか話さなかった新井さん。いつまでも地元愛を忘れないでいる新井さん。僕も見習ってこの連載のプロフィールを「東京都福生市」に直してもらおうかと思ったが、せっかく新井さんほど有名で実力ある人が福生を背負ってくれているのだから、余計なことをして足を引っ張らないよう、僕は出しゃばらずにいたい。

20210226　第44回　読書ができなくなった人へ　東京　曇

最近、僕の周辺で、「以前よりも読書に集中できなくなった」「読書が進まなくなった」という声を聞くようになった。外出を控え、巣篭もりする時間が増えた人も多いのだから、今こそ本に向き合う絶好の機会だと思いきや、読書好きの中にも同じような現象が一部で起こっているようだ。かくいう僕もそのひとりだった。

本は現実とは別の世界を見せてくれたり、別の見え方を提示してくれたり、現実の世界をより鮮明に見せてくれたりする。そしてなによりも、読書好きにとって、言葉でつくられた世界

読書は人生の喜び

トム・ブキャナン

に触れることは、その世界が自分にとって不快で都合が悪いものだったとしても、それを含めて喜びや楽しみになる。ところが、新型コロナの感染拡大が深刻化して以降、見えないストレスやプレッシャーに晒され続けているのが影響したのか、僕はいつものように活字の世界に集中できず、うまく文章表現や内容が頭に入ってこなくなってきてしまった時期があった。

本に、活字に親しみを持って過ごしてきた僕にとって、これほど辛いことはなかった。世界と僕をつないでいる回路のひとつが分断されてしまう状態に陥った。しかし、東日本大震災や原子力発電所の事故が起こった二〇一一年、実は同じような体験をしていたので、今回は本が読めなくなった状態からの脱出方法を、僕は用意していた。それは、「こういうときこそ、何度も読み返している本をゆっくり再読する」という、単純な方法である。

僕の場合、それはF・スコット・フィッツジェラルドの『グレート・ギャツビー』である。アメリカ文学に特別詳しいわけではないのに、なぜかこの小説は何度も読み返してしまう。ギャツビーが、本当にグレートだからである。それを毎回、確認したいのだ。あと、トム・ブキャナンを、僕は許せるかどうか。前者は、今回の再読でもやはりグレートだということに一層、確信を持った。一方、後者については何度目の再読かわからないし、すでに主要登場人物の年齢をとっくに超えているのに、僕はまだ許すことができなかった。ただ、若干の変化はあった。すべての憤りをブキャナンひとりに押し付けるのは酷だとも、今回の再読では少し感じたのだ。また、何度も再読すると、以前は気にならなかった部分の受け取り方も変わってくる。今回は村上春樹訳で再読したのだが、ギャツビーの口癖であるold sportを「オールド・スポート」と訳したのは秀逸だとあらためて感じた。だが、ふくろう氏の最後の台詞は、野崎孝訳の「かわいそうなやつめ」のほうが圧倒的にしっくりくるし、哀しくも美しい余韻を残す。個人的にはとても重要な台詞だと思う。原書で読めない僕が考えても仕方ないことかもしれないが、次に両氏の訳による『グレート・ギャツビー』を読む際には、この場面に注目してみたい。

こんなふうに、何度読んでもその度に新しい発見があり、楽しめる本を一冊でも持っておくことが、「読書ができなくなった」精神状態から脱する一助になる。再読の魅力については理屈で説明できる部分とできない部分があるのだけど、何度も読んでいるから物語や人間関係を把握する必要がないので、読み始めるハードルがシンプルに低い。このことは大きいと思う。そしてなぜか、一冊でも読めるとほかの本にも手が伸びるようになる。

小説でなくて、映画でも音楽でも美術でも漫画でも落語でもなんでもいい。ほかでもない「自分の人生」に寄り添ってくれる作品があると、ときに人は救われる。

202103

20210301　第45回　受験シーズン　東京　薄曇一時雨

受験シーズンも終盤に入っている。コロナ禍で試験に臨む受験生、準備・運営する教職員など関係者の努力を想像するに、並々ならぬストレスやプレッシャーに晒されているはずだ。無事に実施できることを祈るしかできなくてもどかしい。

受験といえば、高校、大学受験を経験した。どちらもドタバタと詰め込んで、どちらもギリギリで滑り込んだ。そしてドタバタとし過ぎて、どちらもその後、体調を崩した。なので、受験について語る資格があるのか甚だ疑問であるものの、僕は受験を通してごく自然に感じられた「自分は特別な人間ではない」「上には上がいる」という感覚を、今でも忘れないでいる。

人間は学歴ではない。いろいろな環境の人がいる。受験勉強は、人生のある時期に、あるひとつの能力を測るものである。それらすべてを理解したうえで、僕がある時期に、あるひとつの能力において、「自分は特別な人間ではない」「上には上がいる」という感覚を抱いた事実は、意外と重要なことなのではないかと思う。自分より優秀な人がいて、自分が大したことないやつであるなんて当たり前なのだ。大人になるとそこらへんの感覚が、なぜかボンヤリしてくる。たくさんの複雑な基準があるゆえに自分を特別視し人を見下したり、安易な成功法に飛びついたり、逆に能力の低さを極端に嘆いたりもする。

しかし、ある基準においてだとしてもそんなこと「当たり前」なんだという姿勢で臨めば、極端に独りよがりになる危険も、自信を喪失する機会も減るのではないか。そんなこと当たり前なのだから、目の前にいるすべての人を尊敬しながら、自分のできることを精一杯やっていこうと思えるのではないか。そして、今いる場所や環境の基準だって、ひとつの基準に過ぎないのであると、客観性を持てるようになるのではないか。ひとつの「当たり前」を忘れずにいることは、大切な態度なのである。

だからこそ、その「基準」はフェアでなければならない。環境もできる限りフェアにする必要がある。今まさに、大切な当たり前を守るため働いている人がいると思うと頭が下がる。

20210302　第46回　巣篭もり旅行　東京　雨時々曇

珍しく僕が活躍

先日、家族で旅行した。妻、赤子、犬、僕の四人（一匹含む）。旅行といっても大それたものでなく、同じ二三区内で犬が宿泊可能なホテルに二泊三日しただけである。それでもかれこれ一年間、ほとんど巣篭もり状態で過ごしていたのだから、とてもいいリフレッシュになった。

フリーランスで在宅勤務歴が長い僕にとっても、ずっと同じ家に巣篭もりし続けるのはストレスだった。妻や赤子、犬も同じか、それ以上のストレスを抱えていることだろう。今回は出不精の僕が珍しく、休暇をとってリフレッシュすることを発案した。本当なら山奥の温泉旅館にでも泊まって、自然の中で心と体を癒したいところだけど、現在の緊急事態宣言下ではそうはいかない。それに同じ家族の犬も連れて行ってあげないと不公平であると考えた。そんなこんなで、家から近い都心部でホテルを予約し、「巣篭もり旅行」することを思いついたのだった。

インターネットで見つけたのは、普段は選ばないであろうグレード高めのホテルだった。思っていたよりもずっと安い。もしかしたらコロナ禍で宿泊需要が減っているからなのかもしれない。家から近いが区は違い、周辺に犬同伴可の商業施設がある。これはいい。場所を変えてゆっくり巣篭もりすることが今回のコンセプトだが、出掛ける場所があるに越したことはない。近くに公園もある。ここまで調べた段階で妻に旅行を提案すると、すぐにのってきてくれた。「巣篭もり」するためにホテルをとるなんて贅沢な気もするけど、ここ一年間、散財もせずひっそりと暮らしてきたのだ。これくらいの贅沢をしてもバチは当たるまい。

珍しく僕が活躍

結果的にこの旅行は大成功だった。文筆家の吉田健一は、随筆「或る田舎町の魅力」（ちくま学芸文庫『日本に就いて』収録）で、「なんの用事もなしに旅に出るのが本当の旅」と書いている。まさにその通り。「田舎町」ではなく、住んでいるマンションよりむしろ都心部への旅行となったが、場所と部屋が変わるだけでこんなにも気分が違うとは。同じ巣篭もりでも、一年間、巣篭もりし続けた家にいるときと比べて桁違いの解放感が満喫できた。

唯一の失敗は、ホテルの部屋での巣篭もりを充実させるため、厳選に厳選を重ねた赤子と犬のオモチャをそっくりそのまま家に置き忘れてきてしまったことだ。夢中になり過ぎて出発を遅らせてまで厳選したそれらを、家に忘れてきてしまった。なんなら家に取りに帰ることもできる距離だったが、それをしてはさすがに旅行ではないような気がした。近くの商業施設でオモチャを買うことにし、そこで家族と一緒に選ぶのもまた楽しかった。

「用事もなしに」が旅の魅力だとしても、やっぱり出掛ける場所があるに越したことはない。「或る田舎町」ではなく、都心の街を旅先に選んだからこそ、こういった臨機応変な対応ができたのである。旅の達人である吉田健一からすると野暮に映るかもしれないが、いつも詰めがあまい僕にとっては、都心での「巣篭もり旅行」のほうが向いているのかもしれない。

犬も普段とは違う部屋で遊び、普段とは違う場所を散歩できて楽しそうだった。旅行を終えて家に帰ってきたとき、「やっぱり家が一番だね」って顔を犬がしたような気がしたが、さすがに話ができ過ぎているし、きっと僕の思い込みだろうから、今日はここらへんで筆を置きたい。

20210303　第47回　東京都出身ふたたび　東京　晴

「東京都出身」と名乗ることへの違和感を表明した回を読み返していたら、なぜだかもう少し書きたくなってきた。繰り返すが、山手線や二三区を基準にして、新宿、渋谷辺りを「西側」と呼ぶ風潮があるのは、僕からすると片腹痛い。東京は東西に長く、地理的な中心地は国分寺市辺りである。その国分寺と立川の中間にあるから「国立」なのだと知っての所業か。そう言えばこんなモヤモヤもあった。友人にいわゆる三代以上前からの東京人（江戸っ子？）がいるのだが、彼は昔からやたらタクシーを使いたがる。

え？電車で行けばいいのになぜ？みたいな移動にもタクシーを使おうとする。いや、別にそれはそれでいいのだが（節約はしたい）、単純に不思議だったのだ。なんで、こんなにタクシーを使いたがるのだろうか、と。若い頃なんかは、さっと手を挙げてタクシーを拾う彼の慣れた動作がやけに粋に見えて、これだから都会の人は……と悔しく思ったものである。

しかし、僕も東京の西の奥を出て、都会住まいする生活が長くなった。そしてしだいに彼の考えがなんとなく理解できるようになってしまった。都心を鉄道で理解しているとわからないが、地形で理解している都会の人は、「この街とこの街は電車だと不便だけど、タクシーで移動すればすぐだしラク」ということを知っているのだ。地図が頭に入っているのだ。

乗車人数や距離、乗換の手間を考えると、タクシー移動のほうが費用対効果がいい場合がある。少しだけ都心に詳しくなり、そんなことが理解できるようになってしまった自分が悔しい。

20210304　第48回　大酒飲みの親戚のおじさん　東京　晴後薄曇

真面目なことばかり書いていたら、くだらない話を書きたくなってきた。僕は最近、真面目に暮らしているので、それとなくつらつら日々を書き綴っていると、自然の流れで真面目な話になってしまうのだ。なんか不真面目な出来事や考えはなかっただろうか。そう真面目に悩むこと自体が、愚鈍なくせに実は生真面目な僕の弱点のような気がしないでもない。

上品な親戚たち

父方の親戚はすでに全員他界しているのだが、母方の親戚は長命でいまだに賑やかである。ただし賑やかというのは数の話であり、冠婚葬祭の折などに集まってみると、それはもうみなさんとても大人しい。母が長女の三姉妹は、母は例外的にわりとお喋りだけど、ふたりの妹（僕の叔母）は上品を絵に描いたような人たちなのだ。だから結婚式の親族スピーチなどでは、とにかく真面目で、しかも真心のこもったメッセージを木訥《ぼくとつ》と読みあげる。そんななか、存命の人物中、親族の間で「不真面目枠」として認知されている存在がふたりいる。僕と叔父である。

その叔父さん、三姉妹の真ん中の妹（母のひとつ下の妹で僕の叔母）の夫はSさんといって、司法試験を目指していた時期もあったが、今は会社員をしている。このSさんは大の酒好きなのだ。東北の実家から日本酒が届くたびにうれしそうな顔をして、僕をよく晩酌に誘ってくれた。Sさん夫婦は、僕の祖父母の介護の関係もあり、僕の両親が住む実家のマンションの上の階に住んでいるのだった。

今は亡き父も交えて飲んでいたのだが、事実上、親戚の中で大酒豪のSさんとまともに飲み合えるのは僕だけだった。母、叔母、同じく近くに住んでいる僕の姉夫婦は下戸である。僕が実家を離れたあとも、僕が帰ってきたという情報をどこかで仕入れては、うれしそうに酒瓶を持って下の階まで来てくれた。Sさんとの晩酌は、このうえなく非生産的で最高の時間だった。晩酌といっても、ふたりとも食が細いためヘルシーだった。酒を飲み過ぎること以外は。

そんな僕も酒の飲み過ぎがたたって体を壊し、四年九か月前から断酒している。Sさんはその報に、とても落胆していたそうだ。それ以来、冠婚葬祭の席でも親族で酒を飲むのが自分だけになってしまったため、なんとも元気がない。会場で浮いてしまうのが嫌で、あまり飲まないようにしているらしい。真面目で厳かなスピーチばかりの中、酔っ払って調子に乗ったひょうきん者のSさんだけが笑いをとっていたのに、それもなくなった。

ということで、最近では二番目に不真面目な僕が、「不真面目枠」を代表して笑いをとるのが恒例になっている。本当に難儀な人生である。僕は元来、生真面目なほうなのだ。母方の親戚に真面目な人が多すぎて、相対的に「不真面目枠」に入っているに過ぎない。しかも、僕はも

う お酒が飲めないのである。素面《しらふ》のまま不真面目をやらなければいけない身にもなってほしい。

そういう謎の責務を背負ってしまうのは、僕が真面目だからだろう。でも、僕は愚かな人間だから認知がおかしいだけで、やっぱり不真面目なのかもしれない。それはわからない。わからないのだが、とりあえずSさんに言いたいのは、気を遣わずどうぞお好きなだけお酒を飲んでください、ということだ。そもそも大酒飲みなのに、「周りは誰も飲んでないし」なんて気にしてどうするのか。「不真面目枠」は、ふたりで支えてこその不真面目枠だと、僕は思っている。

20210305　第49回　犬を洗う日　東京　曇後一時雨

汚れても可愛い

犬を洗おうと思った。犬の臭さや汚れるにつれてしっとりしてくる毛の感じも好きなのだが、そんなのは僕のエゴであり、愛犬ニコルの健康のためにも「犬洗日（いぬあらいび）」をつくらなければいけない。つい先日、朝起きたら「今日だ」と直感し、夜になってから洗おうと思った。しかし、いざ洗おうと準備をしていたところ、シャンプーを切らしている事実に気がついた。「まったくない」わけではないんだけど、もしかしたら足りないかもしれない微妙な量だった。最近、遊びまわっていたためいつにも増して汚れているニコルを見て、その日は諦めた。

次の日、新しいシャンプーを手に入れた。夜まで待っているとまたなにかの不都合が生じるかもしれないと恐れた僕は、一六時前に洗うことにした。今度は万全だった。ブラッシングをしてニコルを風呂場に連れていき、シャワーできれいに洗った。シャンプーも、やっぱり昨日の量だと足りないことがわかった。僕にしては珍しく、冴えた判断をしたものである。

しかし、ここから先がいつも問題なのだ。シャワーで洗い流し、タオルドライするところまでは大人しいのだけど、ニコルはドライヤーを極端に嫌がる。大嫌いなのである。とはいえ、寒い季節なのだからなおさら早く乾かしてあげたいという気持ちがあった僕は、「いい子だね〜、いい子だね〜」「気持ちいいね〜。綺麗になって、さらに可愛くなっちゃうね〜」などと犬をなだめすかしながら、迅速な動作を心がけて犬を乾かしたのであった。

モジャ洗日

大急ぎで乾かしたせいで、犬はモジャモジャだった。ヤバい。ブラッシングして整えてあげなければいけない。と思いつつ、犬の興奮がおさまるのを待っているうちに仕事の時間になってしまい、夜にやることにした。偶然にも次の日は、ニコルを「姫」と呼んで可愛がってくれているドッグホテルのデイサービスに予約を入れていた。僕はこの日常を、姫と呼ばれるニコルの日常を守るために、頑張っているといっても過言ではない。しかし、仕事が終わった僕は疲れ切ってしまっていた。少しブラッシングしてみたのだが、サッと一度やったくらいでおさまりそうな中途半端なモジャじゃない。アットホームなドッグホテルなので、予約日は朝の散歩がてらニコルを迎えに来てくれる。いつもだいたい九時過ぎである。

そんなあまえから「続きは朝起きてからやればいいや」と思って眠ることにしたのだが、僕と犬とが起きたのはインターフォンが鳴ったときだった（正確には二度寝してしまっていた）。すでに九時過ぎである。急いで準備してなんとか送り出したのだが、さすがにブラッシングしている時間は確保できなかった。姫は戻って来たときも変わらずにモジャだった。

20210308　第50回　大酒飲みの親戚のおじさん（二）　東京　雨一時曇

大酒飲みの親戚のおじさんの話を読み返していた。その回では、意図的に触れていないことがあった。でも、もうすでにあそこまで書いちゃったのだから、もっと踏み込んで書いちゃっても別にいいはずだよね、と誠に勝手ながら思ってしまった次第なので、続きを書こうと思う。

僕が以前に福生市の実家に帰ったとき、玄関側のあまり使われていない部屋に日本酒が置いてあるのを発見した。母は下戸のはずだからどうしたのだろう、と思い訊いてみたら、それはSさんが置いていった日本酒だった。実家の部屋はバルコニーが広い。しかし、同じマンション内でも造りが違うらしく、Sさんの部屋のバルコニーはそこまで広くないのだという。「だからほら、Sさんってお酒飲むのが好きじゃない？」。母とSさんのどちらが言い出したのかは不明だが、月を見ながらお酒を飲むと楽しいということになり、「勝手に鍵を開けて入ってきてバルコニーに出て飲んでいい」と決まったらしい。そんなことになっていたなんて。Sさんが月を見ながら酒を飲んでいたとは純粋に驚いた。親戚に酒を飲める人がいなくなったくらいでしょげていたSさんが、月を見ながら酒を飲んでいるなんて、にわかには信じがたい。

あと、こんなことできれば言いたくないのだが、地元の福生市は都心から遠く離れたかなりの郊外なのにもかかわらず、夜空が明るいのだ。それは米軍横田基地があるからである。空が仄かに赤い。バンド・赤い公園は、アルバム『公園デビュー』の収録曲「くい」で、そのことについて歌っている。だから正直に言って、そんなに綺麗に月や星が見えるわけではない。もちろん都心部よりは綺麗に見えはする。Sさんが生まれた東北の空はどうだったのだろうか。

僕も敵わない弱さ

かつてSさんは僕と酒を飲むとき、「智くんには敵わないなあ」「いや〜、やっぱり智くんには敵わないなあ」としきりに連呼する癖があったので、「この前、財布を落としたんですよね」と言ってみたことがある（本当に落としたのだが）。それでもやはり、「敵わないなあ。いや〜、智くんには敵わない」と感心しきりだったのだから、人の話を聞いていない潔い酔っ払い方が素敵だなと思った。そんなSさんが、月を見ながら酒を飲んでいる場面を、僕は想像してみた。

大して綺麗に見えない月に向かって、「いや〜、やっぱり敵わないなあ」とか呟いているのだろうか。「智くんには」と言ってなければいいなと、僕は切に祈った。

20210309　第51回　クレーム対応　東京　曇一時雨

僕が東京都出身と名乗ることに違和感があると書いたら、なんとFacebookで友達から、「あそこらへんは山梨かと思っていた」というクレームが入った。孤独に続けていたこの連載にもついにクレームが入るようになったかと感慨深い限りだが、クレームというのはつまり文句なわけなので、真摯に応えることにした。

まず貴殿のおっしゃることは正しい。正しいのであるが、それはひとつの史観だけにとらわれていないだろうかと問いたい。なるほど中央線で考えると、たしかに中央本線は八王子を通り抜け山梨に向かう。「八王子千人同心」の始まりは甲斐国だといった背景も、もちろん知っている。そのうえで指摘したいのは、八王子は南多摩であり、僕が書いているのは西多摩のことである、という視点である。

たしかに西多摩も山梨に縁が深い。しかし、少なくとも僕が住んでいた福生市あたりでは、鉄道より道路のつながりのほうが日常の基本だった。国道一六号線を八王子方面に行くと神奈川へ、瑞穂町側に行くと埼玉へといった感覚を抱いて暮らしていた。電車を使うときは、通勤や通学でない限り、青梅線圏内の立川に行けばだいたいこと足りた。クレームは「子どもの頃は巨人ファンより西武ファンのほうが多かった」という記述を受けてのことだと思うのだけど、指摘したとおり埼玉との近似性は別に不思議な話でもなんでもない。もっと詳しく知りたければ、柳瀬博一『国道16号線――「日本」を創った道』(新潮社)などを参照されたい。

こんなことを僕は必死に書いている。晶文社のサイトに必死に書いている。ご存知だとは思うが、晶文社は東京都千代田区神田神保町一丁目にある。いや、もちろん興味は持ってくれているとは思うのだけど、単純に編集担当の吉川浩満さんとしかやり取りしていないから、よくわからないのだ。吉川さんは、「これは重要な仕事ですよ」とおだててくるが、果たしてそうなのだろうか。怪し過ぎる。この問題で頭に血が上っているほうの僕が、「まあ、他の都市でも同様の問題はありますしね」と冷静なフォローを入れてしまうくらいの怪しさだった。晶文社、そして読者のみなさんはこの話に興味があるだろうか。僕の連載は大丈夫なのだろうか。

吉川さんが怪しい

20210310 第52回 高級なドライヤー 東京 晴

「犬洗日」の原稿を読んでいたら、またモヤモヤを思い出してしまった。我が家には「高級なドライヤー」があるのである。そのドライヤーで犬を乾かしたのだ。

誕生日にささやかなプレゼントを贈り合う風習が、僕と妻とにはあるのだが、お互い好みが違うのだからと、相手にほしいものを事前に訊くことになっている。ふたりとも優柔不断なので、これがなかなか決まらない。そんなこんなで二年間経ってしまった時期があった。計四つ、クリスマスも数に入れるなら六つのプレゼントが宙に浮いてしまっていた。さすがにそろそろ清算したほうがいいだろうと話し合い、ふたりで使える商品をひとつだけ買うことに決めた。

ここまで粘ったのだから妥協はしたくない。どうせならすべて合算して、納得いくいいものを買おう。そう意気込んで悩むこと実に三か月、妻の案として浮上したのが「高級なドライヤー」だ。なるほど、たしかに僕も毛根が気になり出した年頃である。毎日使う製品なのもいい。よし、それにしよう。友人の美容師に訊くなどし、ふたりが納得して選んだドライヤーは、なんと五万七二〇〇円だった。一度決めたら止まらない僕も、さすがに躊躇する値段だった。

冷静な頭で考えてみた。仮にスルーしたプレゼントが六つ分と計算するなら、ひとつあたり九〇〇〇円で五万四〇〇〇円。残りの三二〇〇円でドライヤーを買うのだと思えば、むしろ慎ましくすら感じてくるから不思議だ。結婚記念日だってプレゼントがなかった。八つ分のプレゼントが溜まっていると考えると、ひとつあたり約七〇〇〇円である。それに犬と赤子も我が家にはいる。そう計算した結果、とても費用対効果のいい買い物である気がしてきた。僕と妻は、普段は倹約してここぞというときにお金を使う「一点豪華主義」の思想が共通している。

それで、実際に効果はあった。と思う。たぶん。いや確実に髪のまとまりがよくなり、艶もでてきた気がする。だが、このレベルの製品までいくと、ドカーンとすぐに効果が出るというよりは、ずっとこつこつ続けることによって、徐々にだが着実に効果が実感されるものなのだ。

だからいけないと言っているわけではなく、ドカーンという感じではなかったなと思ってしまっただけである。着実に効果が出ているのだから失礼な限りだが、貧乏性の僕としては、ドカーンとした値段の割には、ドカーンという感じではなかったと思ってしまった。その考え自体に小物感が漂っていてドカーンとしていない。

20210311　第53回　一〇年前　東京　快晴

一〇年前の今日、東日本大震災が発生した。地震発生時、僕は当時勤めていた編集プロダクションにいた。のちにビルのテナントに移転するのだが、そのときはマンションの一室だった。打ち合わせのために六本木まで行く準備をしているまさにそのとき、大きな揺れに見舞われた。

生まれてはじめて経験する激しい揺れだった。事務所にいた僕とふたりの同僚は、机の下にもぐり込んだ。地鳴りも聞こえて恐ろしかった。揺れている時間が延々と続くと思うくらい長く感じた。死にたくないと思った。揺れがおさまった頃、新潟県中越地震を経験した同僚が、「建物の外に出ましょう」と呼びかけた。僕ともうひとりの同僚は指示に従って階段を降りた。

外は建物から避難してきた人で騒然としていた。近くにある雑貨屋の商品が床に散らばっているのが見えた。スマホで情報をチェックすると、どうやら震源は東北地方らしい。こんなにも揺れたのに、関東の地震ではないなんてどういうことだろうと考え、ゾッとした。

にもかかわらず、危機感が薄かった僕は、財布を事務所に忘れてきたことに気がついて、取りに帰ると言い出した。同僚から「まだやめておいたほうがいい」と何度も忠告されたのに、建物の中に戻ってしまった。案の定、部屋で財布を探している間に、もう一度、強い揺れがきた。

その頃は自転車で高円寺から下北沢の事務所まで通っていたため帰宅難民にならなかったが、環状七号線や井の頭通りにクルマと人の列が連なっている光景を、いまだに忘れることができない。そのあと起こったことも、テレビで観た被災地の凄惨な映像も忘れることができない。


「一〇年ひと昔」と言うが、一〇年前の今日のことを、つい最近の出来事のように感じる。「もう一〇年も経ったのか」という思いがどちらかといえば強い。まだ被災地は完全には復興していないし、原発事故の問題も残っている。ひと昔という実感を得るには、傷跡が生々しい。

そして現在は、新型コロナの感染が広がり、新たな課題が出てきている。つい先日、東京で大きな揺れを感じる地震があった。忘れないでいたつもりだったのに、実は徐々に記憶が薄れてきていることに、そのとき気がついた。当時よりも防災意識が乏しくなっている自分がいた。

忘れられない日

そして一〇年という年月は人の環境を変えるもので、今では〇歳の赤子や愛犬ニコル、東京の郊外で一人暮らしする母などのことも考えなければいけない。仮に避難所生活になった場合の感染対策もきちんと検討しておくべきだ。僕にできることは一〇年前にあった出来事を忘れないこと、その経験や教訓を未来に生かしていくこと、死者を悼むことである。

20210312　第54回　誰かが褒めていなければ褒めにくい問題　東京　曇

つい先日、「好きな本をどんどん紹介していきたい」とTwitterに投稿した。投稿した後に、そんなことわざわざ宣言しなくても勝手にやればいいじゃないかと気がついた。最近では発表の媒体がなかったとしてもSNSがある。勝手に投稿すればいいのである。いったいなんで僕は、こんな当たり前のことを投稿したのだろう。

よく考えてみると、そこに深いモヤモヤがあるような気もしてくる。僕は、「誰かが褒めていなければ褒めにくい問題」というものがこの世にあると思っている。いや、もしかしたら僕だけなのかもしれないが、「お、この作品すごく面白い」と思ったとしても、どこか自分のセンスに自信が持てず、「他に誰か褒めてるかな?」なんて検索してみたくなる。僕の思う「センスのいい人」が褒めていれば、「これは間違いない」と安心して紹介できる。僕もそれなりに本を読んでいるほうだとは思う。でも、ついつい他人の評価に依拠したいと思ってしまう弱さがあるのだ。だから、あんな投稿をしたのだろうか。

そんな気もするし、そこまで大それたことではない気もする。誰がなにを褒めるかなんて、一部に例外はあるものの、自由に決まっている。仮にそれが世間の評判と違っていたとしても、だからなんだというのか。もともと僕は愚鈍であり、誰にも期待されていないのが唯一のいい

この本は例外です

ところなのである。なにをそんな自意識過剰に考えているのだ、と納得したのでモヤモヤは晴れたのだが、投稿には「自分の本もいいと思ってるので紹介します」という続きがあったことを最後にお伝えしておきたい。好きな本の紹介も、自己宣伝もどんどんしていく所存だ。

20210315　第55回　三月生まれ　東京　快晴

吉川さん生まれる

昨日三月一四日は、この連載の担当編集・吉川浩満さんの誕生日である。Facebookには、そういうことを教えてくれる機能があり、昨日が吉川さんの誕生日だとわかった。ホワイトデーに生まれてくるとは、なかなか小粋な人である。お祝いのメッセージを送ろうと思ったが、今年の三月一四日は日曜日で、翌日がこの連載の掲載日であるのだった。小粋な日に生まれた吉川さんにならって、この場を借りて祝意を伝えたい。この原稿は、本日掲載分の締め切り一〇分前に書いている。掲載ストックなんて小粋なものは、この連載には存在するはずがない。もう数時間経てば掲載時間になってしまう。早くこの贈り物を書きあげなければならない。

吉川さんが三月生まれだとわかって親近感が一気に増した。僕も三月生まれだからである。三月生まれの人は、よく「成長が遅くて苦労した」と言う。生物学的、科学的にはどうなのかはわからないけど、そういう印象を持っている人は多いと思う。たしかに、僕も幼稚園、小学生の頃は小さくて、なにをやらせても人より駄目だった。両親によると、幼稚園の参観日で、園児が順番に跳び箱を跳んでいたらしい。小さい体で一生懸命跳び、最後は着地のポーズをする。その微笑ましい光景に、保護者から歓声と拍手が起こっていた。いよいよ僕の番になった。跳び箱に向かって突進していく僕。両親が固唾を呑んで見守っていると、跳び箱の前で急旋回して走り抜け跳び箱の後ろに回り込み、ピタッと止まって着地のポーズを決めたのだった。

僕はまったく覚えていない。ただ、なんとなく練習で飛べなかったから、僕だけはそうやっていい、みたいな話になったような。三月生まれの人は、多かれ少なかれそういう体験がある。

三月生まれのひとりとして僕が一番不満に感じていたのは、学年末の慌ただしさや学期末テスト、春休みといったドタバタの中で誕生日がみんなから忘れられやすいことだ。大人になってもフリーランスには三月に確定申告がある。ドタバタし過ぎて、自分の誕生日を忘れていた年もあったほどだ。あと、これは何度でも声高に叫びたいのだが、僕は高校受験を一四歳、大学受験を一七歳でやったのである。あと一年くれればと悔しく思うのは、僕だけなのだろうか。

根に持っている

大人になってからは成長も追いつき、むしろ僕だけなかなか歳をとらなくてラッキーと思うようになった。しかし、三五歳を超えたあたりから、それもモヤモヤに変わった。たとえば現在、同学年の友人は三九歳になっているのに、僕はまだ三八歳である。三九歳といえば三〇代最後の歳で、独特な感覚があるのかもしれない。友人はその感覚をとっくに味わっているのに、自分だけまだ三八歳なのがなんとも居心地が悪い。一月になったら勝手に年齢が上がるライフハックを取り入れていることは以前にも書いた。愚鈍な僕としてはあらためて冴えた発想だ。

202103

そんな僕も明日で三九歳である。僕もようやく三九歳になるのだ。うれしいというよりは、なんだかちょっとだけホッとした気がする。そんなこと今はどうでもよくて、すでに締め切りの時間が過ぎてしまっている。吉川さんへの誕生日プレゼントが無事に掲載されますように。

20210316　第56回　断酒　東京　薄曇時々晴

酒を飲み過ぎてアルコール性の急性すい炎に二度なり、二度とも入院した。すい炎はあまく見てはいけない病気であり、同時に僕はアルコール依存症でもあった。断酒して四年一〇か月になる。僕が断酒してしみじみ実感したのは、積み重ねることの大切さだった。断酒とはつまり、「飲まない」という決断を繰り返すことである。はじめは「断酒する」と意気込んでいた僕も、もっと消極的で受け身の姿勢でいるほうが自分の感情に近いのではないかと思うようになった。単純に「する」を繰り返すのは疲れるし、世の中に「しない」という決断は、飲酒の問題に限らずどのような場面でもあり得るのだ。少なくとも僕はそう思うようになった。

僕が今のところ断酒し続けているのは、「しない」ことを積み重ねていった結果だ。「する」だったら続かなかった気がする。「する」という意気込みは素晴らしいが、意気込まないのが断酒には肝要だと、今の僕は感じている。ただ「しない」を繰り返す。いつかはその感覚すら消えて、「酒を飲まない」が当たり前になる日が来るのだろうか。まあ、来なくても続けなければいけないのだけどね、と消極的に受け入れている。飲み始めたら「毎日、平日公開」なんて僕には無理だと思うので、この連載が続いている限りは飲んでいないと思っておいてほしい。

20210317　第57回　絶対にバズらない犬　東京　晴後薄曇

犬を飼っている友人と、「愛犬家はみんな、うちの犬が一番可愛いと思っている説」について話し合ったことがある。あくまで説なので全員ではないかもしれない。僕の周りの愛犬家には確かにそういう節があるし、なにより僕自身、ニコルが一番可愛いと思っている。「それは自分が飼っている犬なのだから当たり前だろう」と思うかもしれないが、僕が知る限りその度合いは、犬に興味がない人にとっては想像以上のものだ。

うちの犬が一番

愛犬家はそもそも犬が好きなわけだから、すべての犬を可愛いと思っている。個体をきちんと識別して、その犬なりの可愛さがあると思っている。ビジュアルがもの凄く美しい犬がいることも知っているし、最近はYouTubeやInstagramでそうした犬を見かける機会もある。しかしそれでもなお、個体ごとの可愛さや、もの凄く美しい犬がいるとわかっていてもなお、うちの犬が一番可愛いと思っている。どんな可愛い仕草をする犬がいてもうちの犬の仕草が一番可愛いし、「「もの凄く美しい犬」は美しいけど、うちの犬にはうちの犬のよさがある」ではなく、素直に「「もの凄く美しい犬」よりも、うちの子のほうが美しくて一番可愛い」と思っている。

少なくとも僕と友人はそういうタイプだった。究極的には「他者」の気持ちを完全に理解することはできない。それは相手が犬でも同じだ。でもだからこそ、ふとした瞬間に愛情がとめどなく溢れ出てくる。YouTubeで見る犬の動画も可愛いものの、ニコルのなんでもない表情や仕草を見ると、「ああ、なんともニコルらしいな」と感じる。この感覚は、究極的にはニコルのことを理解できないながらも、ずっと寄り添ってきた時間の重みである。ニコルはニコルのままでいてほしいと切に願う。もちろんしつけはする。しかし、それも犬の安全のためである。

僕はバズりたい

僕はTwitterにニコルの写真や動画を上げる際、「なにかやらせていて可愛いもの」ではなく、「可愛い仕草や表情をした瞬間、慌ててスマホを準備して撮影したもの」を投稿するポリシーを持っている。あとは、ニコルを撮ったわけではないのに写り込んでいて、その素の感じが可愛い写真。僕のTwitterアカウントでは、僕よりニコルのほうが圧倒的に人気である。あくまで主役は犬なのである。なにかやらせて撮影するのでは、ニコルの可愛さは十分に伝えきれない。なんでもない瞬間のニコルを切り取って残したい。ニコルの可愛さを生かしてあげたい。しかし、犬はずっと同じ表情や姿勢をしてくれるわけではないので間に合わない。結果、ブレる。だからなのか、ニコルはあんなにも可愛いのに、そういった部分も含めて可愛いと思ってくれる一部の好事家にしかウケない。バズら（拡散され）ないのだ。犬なのにバズらない。そんなところも可愛くて仕方がない。うちの犬は世界で一番可愛い、絶対にバズらない犬なのである。

20210318　第58回　三つ目のヨーグルト　東京　快晴

僕が決めるの?

レジ袋が有料化されてずいぶん経った。二〇二〇年七月一日に有料化が始まった当初は、ただでさえ新型コロナ拡大による行動変容が求められる時期だったので、買う側も売る側も混乱していた。僕も新型コロナの報道に釘付けになり、有料化を意識していなかった。

有料化が始まった当日、家に閉じこもっていても気が滅入るので、家の模様替えをしようと量販店で買い物をしていた。買い物かごふたつに詰め込んだ商品を会計しようとすると、店員から「袋は何枚にしますか?」と訊かれた。そうか。今日から有料化なのか。う〜ん。しかし、何枚かと聞かれても見当がつかない。「いくつくらい必要ですか?」と、僕は逆に質問してみた。すると、「当店ではお客様に決めていただくことになっています」と店員。後ろを振り返ると、何人かの列ができていた。

大きい袋を四つ、いやそれでは足りないかもしれない。余ってもいいから、とりあえず六袋くらいもらっておいたほうがよさそうだ。はたして六袋で会計し、袋に商品を入れてみると四つでおさまった。あとのふたつは自宅に保管しておくことにした。レジ袋ふたつくらいなら大した出費ではない。しかし、そもそも資源節約、海洋プラスチックごみ問題、地球温暖化などに対応するためレジ袋を有料化し、過剰な使用を抑制することが目的だったはずだ。なのに、むしろ多めにもらってきてしまった。

これは店員が悪いわけではない。最初の時期は、運用の方針がうまく機能していなかっただけだろう。最近では各店とも柔軟に対応してくれることが増えた。とくに枚数を伝えなくても商品が入るだけのレジ袋を用意してくれる店員や、一度、レジ袋に商品をつめてみて、足りなかったら改めてレジ袋を用意し、枚数がわかった段階で会計する店員もいる。

ミュージカン

最寄りのコンビニで少しまとまった買い物をした。いつもの店員さんは、一生懸命ひとつのレジ袋におさめようとしてくれている。しかし、傍から見て限界である。ブルガリアヨーグルトを三つも買いだめした僕が悪いのである。ブルガリアヨーグルトは妻の大好物であり、見つけ次第、買いだめして冷蔵庫から切らさないようにするのが、我が家の暗黙のルールなのだ。

押し込まれた容器が、インスタントコーヒーの瓶に変形させられている。無理な体勢によじれてしまったブルガリアヨーグルトの悲鳴が聞こえてくるようだ。世代が違うとまったくわからないと思うけど、昔、ビールや清涼飲料水の缶が、音楽に合わせて踊るおもちゃがあった（ミュージカンと呼ぶらしい）。変形した容器は、その踊ったときの形をしていた。苦しそうに踊っていた。そこで、どうしても入りきらない三つ目のブルガリアヨーグルトを僕が引き取り、「カバンに入れるので大丈夫です」と伝えた。

なるほど。世の中はよくできている。そういうことだったのか。僕は今までは意識が低すぎた。三九歳にもなって恥ずかしい限りだが、生まれて初めてエコバッグを買おうと思った。

20210319　第59回　マスクは大事　東京　晴時々薄曇

つい先ほど、寝不足の目を覚まそうと、コンビニにエナジードリンクを買いに行った。マンションからコンビニまでは誇張なしに徒歩一〇〜二〇歩程度で、すぐに行くことができるのだ。エレベーターを降りてエントランスを抜けた。その際、すれ違った年配の女性に「こんにちは」と会釈した。女性は怪訝な目で僕を見た。管理人室から顔を覗かせているいい管理人さんも僕を凝視している。まあ、昼間からふらふらしているフリーランスの僕（三九歳、バツイチ、アルコール依存症で断酒中）は、怪しい人物だと思われるのは慣れているので、気にしないでコンビニまで行くことにした。しかしそこでも、自動ドアが開いて僕が店内に足を一歩踏み入れた瞬間、客やいつも見慣れた店員が一斉に僕に視線を向けたのだった。

さすがに違和感を覚えた僕は考えた。もしかしたら社会の窓が開いているのかもしれない。亡くなった父は「自分が人に注目されていると思ったときは、十中八九、社会の窓が開いているときだ」という大切な言葉を遺してくれた。しかし、社会の窓は開いていない、というか部屋着のスウェットなので社会の窓がないのだ。なのに、なぜこんなにも僕は注目されているのだろうか。などと不思議に思っていたところ、僕はあることに気づいてしまった。

マスクをしていない。そうか。僕はマスク着用を忘れてしまっていたのか。コンビニの近くに住んでいる人はわかると思うのだけど、コンビニが近いとその店舗をほとんど自分の家と同じ感覚で使うようになる。この前も牛乳を買おうと思ったものの、冷蔵庫がいっぱいになっていることを思い出し、また今度でいいやと買うのをやめた。偉そうにコンビニを自分の家の冷蔵庫扱いしているのである。必要なときに、ふらっと買いに行けばいいや、と。そんな気軽な感覚から、いつもなら感染予防対策には余念がない僕も、ついついマスクを忘れてしまったのだ。心に隙ができた。店の前には、「マスクのご着用にご協力ください」と張り紙されている。すぐ部屋に引き返して、マスクを着けてから再びコンビニに行ってエナジードリンクを買った。

これも歴史の記録

緊急事態宣言も明後日二一日には解除されるという。いつの間にか気の緩みが出てしまっていたことを反省し、引き続き感染予防対策に努めたいと思う。そしてもうひとつ言うと、僕は花粉症なのである。例年、春より秋のほうがひどいが、今年はなぜかすでにアレルギー反応が強く出ている。薬を処方されていたものの、眠たくなるのが嫌で今日は飲んでいなかった。マスクをせずにマンションを出た数分で完全に鼻がやられてしまい、目もおでこも痒い。おさまった頃には、この原稿の締め切り（今日の一三時）を三時間も超えていた。あと、一時間で公開だ。新型コロナにも花粉症にも連載にも、マスクはとても大事なのである。

20210322　第60回　春はすごい　東京　曇後一時雨

春らしい陽気の日が増えてきた。花粉症の季節である。家族の中で一番よろこんでいるのは愛犬ニコル（二歳六か月）だろう。昨日をもって、新型コロナ感染拡大にともなう一都三県の緊急事態宣言が解除された。さっそく春の日差しを浴びながら外出したいところだが、三九年間、虚弱体質として生きてきた僕は、人一倍、警戒心が強いのが唯一の長所である。

今年は花見が開催されるのだろうか。花見といえばいつも思い出してから後悔するのが、「花見の季節は意外と寒い問題」だ。暖かい春の陽気という朗らかなイメージに誘われて、ついつい薄着で出かけてしまう。しかし、実際には花見の季節は、まだまだ冷え込む。桜の木の下に陣取り、お酒を飲んだりしているのだから、当たり前といえば当たり前なのだけど、なぜか毎年「桜の季節は意外と寒い問題」を忘れてしまう。そして、しばしば風邪を引く。どんなに暖かい日でも、上着や膝掛け、足の裏など末端を温めるカイロを持って行くのが絶対によい。

一年以上、自粛していたのだから落ち着いたら外に出たい。都心の部屋に引き籠もっていたので、盛り場に行きたい欲求よりも、自然と触れ合いたい気持ちのほうが今は強い。なんでもかんでも「問題」にしてしまって恐縮だが、世の中には「ダンゴムシが絶滅してしまった問題」というものがあると思っている。実際はもちろんそんな事実はない。だが、子どものとき、あれほど身近な存在だったダンゴムシを、僕は少なくとも一〇年は見た記憶がないのである。

これは今が都会暮らしだからではなく、自然溢れる東京の西の奥にある福生市（僕の出身地）でも、大人になってからはダンゴムシを見かけなかった。同じ世界を見ているつもりでも、子ども時代と、大人になってからでは見ている世界が違うから、このような誤認が生じてしまう。「蠢動《しゅんどう》」という言葉があるほど、春は虫や草花の生命力が一気にわきあがってくる。春はすごい。緊急事態宣言が解けたからといってすぐに大手を振って外出することは、人一倍、警戒心が強いのが唯一の長所なのでできないが、まず身近な自然からダンゴムシを探したいと思う。

20210323　第61回　本の片付けについて　東京　快晴

僕は仕事部屋を片付けなければいけなかった。そして、猛烈に片付けたかった。床に本や雑誌などが散らばって、足の踏み場がない状態になっている。ずいぶん前から早く片付けるよう、妻からせっつかれていた。収納など諸々の都合上、仕事部屋が片付かなければ、リビングも寝室も片付かないのだ。赤子（一〇か月）や犬に、より快適な生活空間を提供したいと思う。しかし、なかなか片付かない。

実は何度か片付けはしたのだ。僕は漫画も好きなので、本棚は基本的に漫画で埋まってしまっている。コンビニコミックス版で揃えたあだち充『H2』が明らかに幅を取りすぎている。部屋の間取りや広さを考えれば、これ以上、本棚を増やすことができない。本は漫画の本棚の上や、窓際にある広いスペースに並べたり、床に積んだりしている。なので、一度片付けても、仕事で必要な本を探す過程で、あっという間に元の汚い部屋に戻ってしまう。それを何度も繰り返し、今、汚さはピークを迎えている。

妻はさすがに焦れていた。そして、僕も疲弊していた。早く部屋を綺麗にしたい。妻と僕は話し合い、二月中には必ず部屋を綺麗にすると約束した。ところが、急な仕事や新規の執筆依頼が立て込み、状況は様変わりした。合間を見つけて片付けていたものの、その時期に限って原稿の執筆に行き詰まることが何度も続き、結果、約束する前より部屋が汚くなってしまった。

ネガティブになっても問題は解決しないので、「次の日曜日までには必ず」と誓って、妻も応援してくれた。まずは手元の仕事を終わらせてしまおう。平日毎日、一七時公開のこの連載も、たまにはストックなんかを作ったりしてみたい。それで土・日に時間を作り、一気に片付けるのだ。そう考えていた僕だったが、ことごとく土・日までに仕事が終わらないわ、土・日に体調を崩すわで、一週目が過ぎた。ほぼ同様の理由と結果で二週目も終わった。そして三週目の昨夜、二一時に仕事が終了した。リビングに戻ると、そこには露骨なまでの諦めムードが流れていた。僕は疲れていた。体は元気なのだけど、仕事で神経を使い、頭が上手くまわらない。まるで悪夢を見ているかのようだった。走っても走っても目的地に辿り着かない悪夢を見ているようだった。妻にしては珍しく早く、もうその日は寝るという。僕も諦めてベッドに入った。

その瞬間、僕のなかでなにかが目覚めた。怠惰を極めたような僕だが、責任感というか、使命感というか、どちらかと言えば罪悪感に耐えられない気持ちが抑えられず、僕はすでに寝た妻と赤子、犬を残して仕事部屋に戻った。今回も、平日にちょこちょことやっていた。今までの失敗から学んでたどり着いたのは、窓際のスペースや床に本を積むのでは、片付けては汚くなってをずっと繰り返すので、ジャンルや著者ごとに分類して収納しておくのが一番、ということだ。多めに買っても他に用途があるだろうと、ネット通販でLサイズカラーボックス二個セットを七組注文した。しかし、届いてみると、カラーボックスが意外に小さかった。というか、本が思ったよりかさばるのである。読書家なら引っ越しの際に誰でも直面することだが、本は普段思っているよりもっと実際はかさばる物質である事実を、すっかり忘れていた。ちょこちょこ細かい分類をつくっているうちに、カラーボックスを二度追加注文した。二個セットが計二一組。用意はできている。徹夜で集中作業した。僕は武者震いした。

大岡昇平の『武蔵野夫人』は、「昭和・日本文学」か「日本近現代文学」に分類したいが、僕はTBSラジオ「文化系トークラジオLife」で出会ったメンバーと一緒に「武蔵野」という表象について探っているので、カテゴリーは「武蔵野」だ。そうやって細かく、また文脈に沿って分類し、本をカラーボックスに収納していった。ボックスにはメモをつけた。

いつのまにか夜は明けていた。もうすぐすべてが終わるタイミングで、この連載の本日分の締め切りが近づいてきたために一時中断し、今、原稿を書いているわけである。なんと、本の分類と収納はすでに済んでいる。やった！ついに片付けが終わる。僕のせいで我が家を悩ませ続けた「片付け事件」が終結するのだ。原稿もなんとか書き終わりそうになった今、僕の仕事部屋は、本が収納された計四二個のカラーボックスで足の踏みどころがない状態になっている。

20210324　第62回　角さんの分類　東京　晴時々薄曇

分類は意識の流れ

カラーボックスを注文し、そこに本を細かく分類して収納する手法を思いついた。実際にやってみると「分類作業」による効能が得られるようになった。たとえば、中公新書の『オスカー・ワイルド「犯罪者」にして芸術家』（宮崎かすみ）は、さまざまな分類ができそうだ。今は小川公代さんが『群像』二〇二一年三月号まで連載した「ケアの倫理とエンパワメント」に紐づいて興味を持っているので、「ケアの倫理」のカテゴリに入れた。ヴァージニア・ウルフの著作も、同様の理由で同じカテゴリに入る。キリスト教についての本は、西洋史とあわせて参照することが多い。「キリスト教・西洋史」と分類しておくと、あとで本を探すときに見つけやすいだろう。そんな感じで著者名やジャンルだけではなく、自分自身の興味関心と照らし合わせて分類していけば、自分の思考の流れみたいなものが薄らと輪郭を帯びてくる。

今太閤

ところが、さまざまな蔵書の中でも、どうしても納得いく分類ができない本があった。田中角栄についての本である。僕は、旅行先のコンビニで「田中角栄伝」のような漫画や、古本屋で「田中角栄伝説」のような本を見つけると、ついつい買ってしまう癖がある。毀誉褒貶《きよほうへん》が激しい人物だが、「庶民宰相」「今太閤」と呼ばれた角さんの伝説的なエピソードは面白い。

そんな「角さん本」が、我が家には五冊ある。どうしたものか。「政治」「日本史」のカテゴリがよさそうではあるものの、どちらも蔵書がそこそこあり、角さん五冊を受け入れる余裕はなさそうだった。こうなったら漫画の本棚に入れようかとも考えた。しかし、我が仕事部屋では、漫画の本棚だけがお洒落さを保っているため、いきなり角さんの本や漫画があるのはどうも違和感があった。いっそのこと「角さん」という分類を作ろうかと思ったけど、角さんのためにカラーボックスを新たに使うのはもったいない気がした。悩んだ僕は半ばやけっぱちで、新しいカラーボックスに「昭和の日本」と分類名を書き、そこに収納することにした。

すると、不思議なことがおきた。「批評、評論、思想、現代社会」などと、ざっくり分類していた本の中から、「昭和の日本」にバッチリ当てはまる本がたくさん出てきたのだ。あの本も、この本も、もはや古典扱いされているあの名著も、角さんの上にどんどん積み上がっていく。かくして、角さんから始まった「昭和の日本」は一大勢力に成長していった。さすがは角さん。人心を掌握して、束ねる手腕は本にも健在である。

冗談はさて置き、蔵書を整理するという営みは「思考の整理」にもなる。書店員や司書、立派な蔵書家の方からすると、「なにを当たり前のことを」と思うかもしれないが、そのことが今回の片付けでよくわかった。そして今、本を収納したカラーボックス四二個で仕事部屋が足の踏み場がない状態になっており、積み重ねると地震がきたら危ないこともわかったため、防振用グッズをインターネットで探している。我が家の「片付け事件」はまだまだ続きそうである。

20210325　第63回　目黒の秋刀魚　東京　曇後一時雨

今よりずっと若いとき、仕事のつながりではなく、ひょんなご縁からたまたま知り合ったある会社の社長に、食事に誘ってもらったことがある。回らないタイプの寿司である。必死に食べていたため、あまり細かい記憶はないのだけど、とにかく食べるネタすべてが旨い。ネタにもシャリにも個性がありつつ、過剰には主張し合わずに調和している。なんとも上品な感じがした。素材の味を最大限に生かすための調和だ。

父親と同じくらい歳が離れ、ましてや社会的立場がまったく違うのだから、若輩者の僕がお金を出すのは逆に失礼な気がした。でも、まったく払う素振りをしないのも、どうなのだろう。そんなふうに悩んでいたのだが、社長は僕の気づかぬ間に会計を済ましてくれていた。すべてが洗練されていた。

店を出た僕は社長にお礼を言い、その後も「いや〜、それにしてもこんなに旨い寿司をはじめて食べました。なんというか、とても上品というか」とひとりで感嘆していた。それを聞いた社長は、酒が入って柔和になった表情をさらにほころばせ、「まあな。でも、本当はたまに食べるカップラーメンが旨いと思ってしまう瞬間があるんだよ。化学調味料が入ってガツンとした味のカップラーメンってさ、やっぱり旨いよな」と照れ臭そうに言った。

吉田健一は、随筆「食べものあれこれ」（中公文庫『舌鼓ところどころ』収録）のなかで、「秋刀魚は目黒に限る」と断定した殿様の味覚ほど確かなものはない、という趣旨の文章を書いている。落語「目黒の秋刀魚」は、殿様が鷹狩の折、庶民の食材だった秋刀魚を目黒でたまたま食べて以来、家来たちに秋刀魚を所望するようになったが、家来たちが日本橋の魚河岸で用意して丁寧に調理した秋刀魚の味に納得できず、「秋刀魚は目黒に限る」と言ったという、殿様の無知が笑いの種となっている滑稽噺だ。しかし、吉田は家来が用意した秋刀魚ではなく、目黒で本当に秋刀魚らしく焼いた秋刀魚が本物だと自分の舌のみで断定した殿様こそ、いわゆる世間で考えられている「食通」なんかよりも、その味覚の正確さにおいて信頼できると考えた。

叩き上げで海外赴任の期間も長く、はじめて創業一族以外から社長になったという社長。いつも、接待などで旨いご飯を食べている社長。それでも家で寝ている深夜、たまにふと起きてしまい、空腹を満たすためにお湯を沸かし、ひとりで食べるカップラーメンを心底旨いと思うという。社長に上りつめ、本物のグルメを知っていてもなお、そうした庶民感覚、深夜に誘惑に負けてカップラーメンを食し、「やっぱりこれが一番旨いんだよな」としみじみ思ってしまう愚かさをずっと持っていて、それを照れまじりに、息子くらい年齢が離れている僕に伝えてくれるチャーミングなこの社長こそ、本当の食通であり、かつ食いしん坊なのだ。

さて、僕はというと今、目黒に住んでいる。しかし、目黒で秋刀魚をまだ一度も食べたことがない。「渋谷らくご（シブラク）」で「目黒の秋刀魚」の演目を聴いて以来、食べたくて仕方がないのだが、まだ食べられないでいる。区内では「目黒さんま祭り」なるものまで開かれているのに食べられていない。秋まで都心の目黒に住んでいられるためにも、たくさん働かなければいけない。そして僕も、たまに食べる深夜のカップラーメンが大好きである。

背徳的な旨さ

20210326　第64回　桜ばな　東京　晴

東京は、桜が満開を迎えている。ここ一週間ほどドタバタが続いていた僕は、まだ今年の桜をまともに見ていない。今日は天気がいいから、犬と一緒に桜並木のある目黒川沿いを散歩してみようと思っている。桜が咲くと、またこの季節がやってきたのかと、毎年のように感じる。

桜ばないのち一ぱいに咲くからに生命（いのち）をかけてわが眺めたり

（岡本かの子、歌集『欲身』より）

満開の桜を前に、「あと何度、桜咲く季節を過ごせるだろうか」なんて、妙に感傷的な気分になる瞬間がある。まだ若いとはいえそこそこの年齢になったからそう思うようになったのではなく、一六歳の僕も同じことを思っていた。蕾が膨らみ、花が咲き、満開を迎えたと思ったら、あっけなくも儚く散っていく。毎年、繰り返し積み重ねられる桜への想いは、自然の美しさと同時に人間の生の有限さを改めて思い出させる。引用した岡本かの子の歌を知ったときから、僕は桜を生命をかけて眺めることに決めた。仮に、これで最期の桜になっても後悔しないように生命をかけて眺める。命の限り眺める。

一方で、暖かくなるにつれて膨らみが増し、生命の息吹とともに開花する桜を見ていると明るい気持ちになってくる。厳しい冬が終わり、柔らかで朗らかな季節がやってくる。陽気な気持ちになって、外出したくなる。桜を見ながら日向ぼっこしたくなる。春は、別れと出会いの季節である。ちょっと浮き足だった気分になり、たまにはハメを外したくもなる。桜はさまざまな感情を人に引き起こす。桜には名状しがたい危うい魅力がある。

桜の危うい魅力

まだ今年は一度も見ていないのに、桜のコラムを堂々と書いている自分がなんとも頼もしい。昨今は新型コロナの感染拡大を防ぐため、場所によっては公園の利用制限や、宴会自粛の呼びかけが行われている。他方、人間の想像力は大したものだと思ったのが、オンラインでの花見や、桜の名所をめぐるリモート観光、ＡＲ（拡張現実）の技術を使って現実には目の前にない桜をスマホ越しで楽しむ企画などが組まれていることだった。やっぱり桜は、危うい花である。人間をどこまで連れて行くのかわかったものではない。そして僕は、オンラインだろうが、Ａ

Rだろうが桜は桜。生命をかけて眺めるつもりだ。

20210329　第65回　コンプレックス　東京　晴後時々薄曇

僕は、自分の「自己認識」にあまり自信がない。三九年間、一応、自分という存在と付き合いながら生きてきたのだから、「自分とはこういう人間だ」とある程度は説明できるかもしれないが、その認識がことごとく間違っているような気がしてならない。自分がわからないのだ。

フリーランスになる前、下北沢にある編集プロダクションに勤めていた。どういう流れだったか忘れたけど、仕事の手を止め、「コンプレックス」の話になった。誰もが心のどこかで劣等感を抱えている。話はとても盛り上がった。意外な人が、意外な劣等感を覚えているものである。明け透けに話してくれたおかげで、僕もずっと人に言えなかった劣等感を打ち明ける気になった。そして、「実は僕、つり目なのが嫌で自分の顔が好きになれないんだよね」と告白した。

つり目が気になる

一瞬、時が止まったあと、大阪出身でツッコミが上手い後輩の山本莉会さんが怪訝な顔をし、「それ、冗談で言っていますよね？」と訊いてきた。冗談などではなかった。とくに自分の風貌が気になる思春期には、「つり目だから表情が硬く見える」と真剣に悩んでいた。別につり目が悪いわけではない。ただ単に自己イメージとして、自分がつり目であることに違和感があったのだ。つり目でカッコいい人はたくさんいる。しかし、僕のつり目はどうもしっくりきておらず、できればたれ目で生まれたかった。そう思っていた。

僕の真意をはかりかねていたのか、他のスタッフは黙っていた。そんな沈黙を切り裂くように、「宮崎さんは、どう見てもたれ目ですよ」と、山本さんが言った。「歳を重ねるごとに、目尻が少しだけ下がってきた気はする」と答えたが、当時のスタッフの中で一番、仕事ができると評判だった山本さんは引き下がらなかった。「いや、そういうレベルではなく、完全にたれ目ですよ」。目尻が下がってきたなどというレベルではない。というかそれ以上、下がりそうにもない。宮崎さんは出会ったときも、SNSで昔の写真を見てもずっとたれ目である、と。

そこにいた他のスタッフも、「宮崎たれ目説」に満場一致で同意した。宮崎がまたくだらないジョークを言い出したのかと思っているスタッフもいたようだった。家に帰り、鏡で自分の顔をまじまじと見てみた。どう見ても、たれ目だった。まごうことなき、たれ目だった。僕はいったいなにに対して悩んでいたのだろう。誰がどう見てもたれ目なのに、三〇年近くずっと自分がつり目であることに悩んでいた。本当に僕は、間抜けで愚鈍な人間である。

いまだ疑ってます

その後も「いやいや、やっぱりつり目なんじゃないか」と疑い、何度か別の人に訊いてみたが、答えは「たれ目」だった。僕が編集プロダクションを辞めるとき、送別会で山本さんが「すぐに読んでください」と言って、アルコール依存症の壮絶な体験が綴られた故・鴨志田穣さんの著作『酔いがさめたら、うちに帰ろう。』（講談社文庫）をプレゼントしてくれた。その二か月後、僕はアルコール性の急性すい炎で入院した。さらに約三年後、同じ病気で入院し、おまけにアルコール依存症とも診断された。そのときになってようやく、ずっと本棚に差して放置していていた『酔いがさめたら、うちに帰ろう。』を読んだ。なんでもっと早く読まなかったのだろうと後悔した。仕事ができる人は一味違う。

20210330 第66回 やる気 東京 曇一時晴

やる気というものは厄介で、あったりなかったりする。すごくやる気があるときもあれば、すごくやる気がないときもある。常にほどほどのやる気を維持し続けるのは、意外と難しい。

これは僕が人より特別に気分屋だからではなく(自分では気分屋だと思っていない)、程度の差こそあれ誰にでもそういう要素はあるのではないか。やる気は、あったりなかったりする。どんな偉い人でも、やる気がないときはない。仮にやる気がないときにやる気がある人がいたとするならば、そのスキルは人類の貴重な財産になるので、すぐさま本を書き、多言語、多地域で発売するべきだ。世界的なベストセラーになるに違いない。少なくとも僕は即購入する。

しかし、実際にはそんな人はいないので、人生はどこまでもままならない。だから、たとえやる気がなくてもやるべきことはやれるように、仕組みやルールをつくることを、最近思いついた。たとえば、朝九時までにはパソコンの前に座り、正午から一時間ほど休憩して、夕方、夜まで働く。毎週木曜日の午後四時から一時間は、必ず仕事部屋を片付ける。そうやってやる気がないときでもある程度はやれるように、仕組みやルールをつくり習慣化していけば、仕事が進むのではないか。

つい先程もそんなことを考えながら、僕ってなんて冴えているのだろうと自分に感心していた。やる気について見切ったつもりでいた。「やる気問題」について悩み続けていたが、これで解決するに違いない。僕はベストセラー作家になる。しかし、よくよく考えてみると、僕が思いついたやる気にかんする対処法のすべては、会社員時代には当然のように行っていたものばかりだった。フリーランスになって八年以上経っていた。時が過ぎるのは、驚くほど早い。

八年越しの気づき

20210331　第67回　イノベーション　東京　晴

イノベーションが求められている。別に僕には求められていないのだが、世の中には求められている。まさかスマホのような通信機器が当たり前になるとは思わなかった。堀井憲一郎の『若者殺しの時代』(講談社現代新書)によると、フジテレビの月九ドラマで初めて携帯電話を使ったのは石田純一らしい。一九八九年に放送された『君が嘘をついた』において、ラジオディレクター役の石田純一がスポーツカーで中山美穂のマンションの前に乗り付け、巨大な車載電話を外に持ち出して話している場面が最初だった。それから三二年。今はスマホでパンケーキの出前をとる。イノベーションは常に求められ、産業や雇用も生んでいる。

僕は鈍臭く不器用なので、イノベーションを繰り返す世の中の速さに、しばしば辟易する。周りの同世代は、ほとんどスマホの「フリック入力」ができているのに、いまだにできない。ここらへんを分岐点に、時代から遅れをとった感じが出てきた。しかし、職業柄、新しい情報には常に触れるし、たとえ億劫でも新しいテクノロジーを導入せざるを得ないケースが多いため、まあなんとか時代に振り落とされずに済んでいる感じだ。

ところで最近、部屋の片付けをしながらいくつか気づいたことがある。そのひとつが、この世の中には、「乾電池がやたらと家にある現象」が存在するということだ。とにかく、いろいろな収納場所から、乾電池が出てくる。未開封のものもあれば、開封済みのものもある。開封済みのものは、どれが使えて、どれが使えないのか調べてみない限り判別がつかない。

なぜ、「乾電池がやたらと家にある現象」が起こってしまうのか。理由はいくつもある。たとえば、乾電池が必要になるたびに乾電池を買ってしまうのだが、前回、多めに買っておいたことを忘れていて、ストックが溜まってしまう、というもの。あとは、分別して捨てなければならないので、使用済みの乾電池がついつい家に溜まってしまうといった理由もある。

これはイノベーションでなんとかならないものだろうか。具体的にどうやるのかはわからないけど、乾電池がネットかなにかに接続され、電池の残量がなくなったら自動で注文してくれて、さらに使用済みの乾電池を引き取ってくれるサブスクリプション（定額課金制）サービスがあったら、問題はすぐに解決しそうだ。どなたか立派な人に検討いただきたい。

僕は、すべてのイノベーションが人間をよい方向に導くとは思っていない。得られるメリットと比べ、人間の人間らしさに与える影響が大きいイノベーションには、とりあえず保留する態度をとるタイプだ。しかし僕ほど愚鈍な人間になると、ある部分は機械に丸投げしたくなってくる。「乾電池がやたらと家にある現象」がストレスなので、機械の力を借りたくなってくる。すぐにでもイノベーションを起こしてもらい、最新テクノロジーにお任せしたい。まだ片付かぬ仕事部屋を見ながら、しみじみとそう思うのであった。

人任せが一番

202104

20210401　第68回　原稿の提出方法　東京　曇後晴

技術革新について書いていて思い出したのが、僕が物書きを始めてからもたくさんイノベーションは起きていて、原稿の提出方法にも影響を与えているということだ。

いまだに手書きの原稿を手渡しする先生方もいると噂に聞いたことがあるものの、少なくとも僕の周りにはそういったアナログ派は存在しない。個人的には、そういう古い出版文化を経験したことがないので、うらやましく、憧れの対象として逸話を聞いている。当たり前だけど、今はパソコンで原稿を書き、メールで提出するスタイルが一般的になっている。

手書きは無理です

ところが、それも徐々に変わってきている。記憶が正しければ二〇一二年くらいから、Facebookのメッセンジャーで原稿がやりとりされる機会が増えた。若いライターから初めてメッセンジャー経由で原稿を受け取ったときは度肝を抜かれたものだ。今ではそれも珍しいことではなく、なにを隠そう担当編集の吉川浩満さんとのやりとりは、すべてメッセンジャーを使っている。たまたま吉川さんと僕がメッセンジャーを頻繁に確認するタイプだからそうなっただけで、LINEなどのアプリを利用している人もいるだろう。実は、僕なんかが知らない、最新鋭のテクノロジーを使ってやりとりするのが、すでに主流になっている可能性もある。

クラウド無精

そして最近、というかけっこう前からメジャーになってきたやり方として、「クラウドで原稿を共有し、そこで編集のコメントや指示、修正・加筆などが行われる」といったスタイルがある。僕はなぜか、昔からこの「クラウド」というものが苦手で、クラウドで共有した原稿を修正する感覚が、身体的に馴染まない。そもそも、操作方法がよくわからないでいる。

僕は、「Microsoft Word for Mac」で書いた原稿を、吉川さんにFacebookのメッセンジャーで提出する。その原稿を吉川さんが編集し、疑問点や提案のコメントを追加したWordファイルをGoogleドライブ（クラウド）にアップしてメッセンジャーにURLを送ってくれる。一方、僕はクラウドサービスの使い方がよくわかっていないので、Googleドライブからファイルをダウンロードし、手元で原稿を書き直す。そしてまた、Wordファイルをメッセンジャーで送る。クラウド上で原稿が修正されることはない。

ふたりとも、なかなかしぶとい人間である。そのやりとりを六、七回も繰り返しているのに、まだどちらからも「ファイルで直接やりとりしましょう」「クラウドで共有するスタイルに統一しましょう」といった提案がなされていない。僕はファイルでの提出にこだわり、吉川さんはクラウドでの作業にこだわる。どちらも文句ひとつ言わずに、あくまで自分のやり方だけにこだわり続ける。つまり、吉川さんと僕は、とても気が合うのである。

思想や価値観、方法論が合致するよりも、気が合うほうが何倍も大切であるのは、これまでの愚鈍な人生で摑んだ数少ない真実である。これからもお互い建設的な議論など一切せず、無言で自分のやり方を貫きとおすに違いない。仕事を効率化したり、技術革新したりすること以上に大切にしたいものを持っているからだ。そういうところが、吉川さんと僕の気が合う部分なのだと勝手に思っている。

20210402　第69回　キャズム超え　東京　曇

僕には日常で見たものや感じたことを概念化し、独自の言語をつくり出す癖がある。なにか気になるものがあれば、それを表す言葉がないかを探すのは、一種の業のようなものだ。当然、「モヤモヤ」も、その営みのひとつだと言える。だが、簡単にはいかず、目の前の現象や感情に注意を払い、考えに考え抜いても適切な言葉が出てこないときがある。そういう言語化できない、語り得ない言葉がある限り、この仕事をやり続けるのだと思う。

それで、つい昨日、書いたばかりの文章のなかに、言語化できないモヤモヤがあるのを発見してしまった。僕は、クラウド上で原稿を書いたり、共有したり、コメントをもらったり、修正したりすることに、どうしても身体的な抵抗があるとした。これは一方で、「MacBook ProのOSでMicrosoft Word for Macを使いタイピングしたWordファイルをメッセンジャーで送信するのは、身体的に馴染んでいる」という感覚だったりもする。デジタル盛り沢山なのに、アナログな行為として感じているのが面白い。この感覚に名前を付けられないだろうか。しかし、僕の中では「身体感覚」のモヤモヤを言語化するのが、最も難易度が高い営みなのだ。

身体感覚がうまく言語化できたものとしては、僕と妻が「キャズム超え」と呼んでいる現象がある。「キャズム」とは、ジェフリー・ムーアが提唱している主にハイテク分野におけるマーケティング理論に出てくる言葉で、ざっくり説明すると、(1)新しいものをすぐ取り入れるイノベーター、(2)それらの動向を見て初期段階で取り入れるアーリーアダプターの次に、(3)前のふたつの層に追従するアーリーマジョリティという購買層があり、(3)に届いてこそ製品やサービスは普及段階に入ったといえる。しかし、(2)と(3)の間には「深い溝（キャズム）」があり、それを超えてブレイクするには高いハードルがある、といった内容だ。

僕と妻は、美容室に行く決断をする瞬間の身体感覚を「キャズム超え」と呼んでいる。髪の毛が伸びてきたなと思う。でも、まだ切らなくても平気だと思う。また少し髪が伸びてきたなと思う。もうちょっと切らなくても大丈夫かなと思う……を繰り返し、ある瞬間、突然、「キャズム超え」する。「キャズム超え」する前と後で、髪の長さが変わったわけではない。「キャズム超え」する〇・一秒前までは「切らないで大丈夫」と思っていたのだから当然である。にもかかわらず、唐突に「キャズム超え」はやってきて、「すぐ美容室に行かなければならない！」となる。伸びた髪を切りたい感情が堰を切ったように溢れ出す。もしかしたら一万分の一ミリくらい伸びたのかもしれない。そのわずかな感覚の差で「キャズム超え」し、ブレイクする。

どうだろうか。伝わっただろうか。伝わらないと話が進まないのでとりあえず伝わったことにさせてもらうと、ようはクラウドに対する身体感覚を、これと同じようにうまく言語化できないものか、と僕はモヤモヤしているのである。「時代についていけなくなった中年」とかではなく、もっと適切な言葉があるように思う。

ちなみに、僕がクラウド上での共有が苦手なのは、「自分の原稿」という気がしないからだ。自分の原稿なのに「所有」している感じがしないのが、どうしても嫌なのである。デジタル化は許容してもクラウド化を拒否し、所有にこだわる身体感覚。これは意外と現代的で重要な問題だと思っている。このままではただの「時代についていけなくなった、所有欲のある中年」になってしまうので、早く言葉をつくらねばならない。どなたか立派な人が考えてくれないものか。さもなくば、デジタル時代の過渡期に生じた僕の感覚は、簡単に忘れ去られてしまうであろう。言葉をつくるのは、時代の感覚を後世に遺す行為でもある。

20210405　第70回　白くて丸いやつ　東京　雨時々曇

ここ数か月の買い物で一番満足している製品は、Apple社のスマートスピーカー「HomePod mini」だ。例の「Hey Siri」と話しかけると、いろいろやってくれる最新テクノロジーである。と言っても、我が家では高度な使い方はせず、もっぱらリビングで音楽をかけるために使われている。「Hey Siri! King Gnu の「Vinyl」をかけて」と言うと、音楽を流してくれる。赤子と犬が大喜びする。赤子は最近、音楽に合わせて体を揺らしたり、手でリズムをとったりするようになった。犬はとにかく賑やかなのがうれしいようで、ぴょこぴょこ跳ねまわっている。たまに、「きんぐるーじゅの「びにる」は見つかりませんでした」などとSiriが間違うので、なるべくゆっくり滑舌よく言うようにしている。僕と妻が話しかけると、Siriがいい声で応えてくれる。それを見て、赤子と犬も「HomePod mini」の存在を「白くて丸いやつ」と認識したらしく、家族に新しい一員が増えたと思って親しみを覚えているようだった。

この前、妻が赤子を連れて里帰りした。僕と犬は留守番をした。妻は昨年春に発令された一度目の緊急事態宣言下で里帰り出産した。そのときも同じく東京で留守番していた僕と犬は、妻と三か月以上も離れ離れになってしまった。そのトラウマで犬が寂しがると心配していたのだが、今回のニコルは冷静だった。またすぐに戻ってくることが、わかっているようだった。昨年の修羅場を経て成長したのである。寂しがってはいたけど、受け入れている様子だった。
そんな偉い犬をよそに、僕は相変わらず愚鈍でドタバタしていた。妻と赤子が里帰りした翌日にiPhoneをなくしたのだ。家の中にあると思うのだが、どこにあるかわからない。妻がいないので電話をかけてもらうこともできない。どうしようか悩んでいたところ、「Hey Siri!」という言葉がハッと降ってきた。「Hey Siri!」には、白くて丸いやつだけではなく、iPhoneも反応するのである。一緒に反応されて不便な思いを何度もしたものだ。一緒に反応しないように設定ができるはずなんだけど、面倒臭がりの僕はそれをやっていなかった。よしこれで探そう。

「ここにいますよ」

僕は「Hey Siri!」と言いながら、歩き回った。まったく反応がない。廊下や洗面所、寝室でも結果は同じだった。困り果てた僕は「Hey Siri! どこにいるの?」と憤りながら叫んだ。すると、「わたしはここにいますよ」と例のいい声が聞こえてきた。慌てて後ろを振り向いたらそこには白くて丸いやつがいて、頭部をピカピカと点滅させていた。ケージの中で寝ていた犬が顔を上げ、白くて丸いやつを一瞥してまた寝た。「妻と赤子はいなくなったけど、白くて丸いやつはいるんだね」と思っていそうだった。iPhoneは翌日、仕事部屋の本の間から出てきた。

20210406　第71回　お洒落な部屋着　東京　曇

四月から「部屋着お洒落化計画」を進めている。フリーランスになって以来、基本的にはずっと家で仕事をしているので、一日中、パジャマで過ごすことが多かった。さすがにそれではメリハリがなさ過ぎると「部屋着に着替える」という概念を取り入れてみたものの、この部屋着も過ごしやすいラフなスタイルを追求するうちにパジャマとあまり変わらなくなり、今年の冬は野外フェス用のアウトドアウエアを部屋着に導入し、寒さをしのいだ。結局はそのまま寝るのが快適になり、話は振り出しに戻ってしまった。

しかし、ただでさえフリーランスは公私の境目がつけにくいうえ、新型コロナ感染拡大以来、家に引きこもっている時間が増えた。だらだらと仕事して、だらだらと生活しているのは、公私どちらの面においてもよくない。だから僕は妻に、「明日からは、部屋着をお洒落にする！」と高らかに宣言し、二〇二〇年度の幕を閉じたのであった。

日常にメリハリを

四月一日、午前中はいつもの部屋着（パジャマ）で過ごした。寝ていたからである。昼に起きて、仕事部屋のクローゼットに向かった僕は、その日の「お洒落な部屋着」のコーディネートを考えた。せっかく新年度がはじまるのだから、爽やかな明るい服装にしようと考え、あずき色のスキニーパンツに、お気に入りの茶色いロングTシャツを着て、その上から白のオーバーサイズシャツを合わせた。髪が伸びすぎていたので、悩んだ末、グレーのキャップをかぶった。

僕は、お洒落は好きだがあまり自信がない。一方、妻はお洒落であることに人生を賭けている人間だ。僕は緊張しながらリビングに行き、「どうだろうか」と妻に訊いた。

妻は僕の「お洒落な部屋着」姿を呆然と見つめたあと、「それは、えーと。どうなんだろう……」と表情を曇らせた。まずい！　お洒落にはうるさい妻に「部屋着お洒落化計画」をぶちあげること自体が間違いであった。その昔、世田谷区茶沢通りの、とある三〇〇メートル範囲内の地域で「お洒落番長」として鳴らした妻の御眼鏡に適う部屋着を選ぶなんてハードルが高すぎたのだ。そんな考えを頭の中で巡らせていると、呆気にとられていた妻が調子を取り戻し、「だって、そんなシャツとか。普通に汚れるよ？」と言った。

たしかに公私の境目をつけるための「お洒落な部屋着」だとしても、いつも通り仕事部屋にいるわけで、家の中には犬も赤子もいる。掃除をしたり、食器を洗ったりもする。こんなひらひらしたオーバーサイズの白シャツを着ている場合ではない。僕は四月六日現在、「お洒落な部屋着」がいかなるものなのか見当もつかず途方に暮れ、パジャマを着て過ごしている。

20210407　第72回　双子のライオン堂の竹田さん　東京　晴

赤坂に「双子のライオン堂」という書店があり、竹田信弥さんが店長を務めている。竹田さんとはよく一緒に仕事をするので親しい仲だと思うのだけど、どういう性格なのか説明が難しいため、とりあえず「書店界のドン・キホーテ」を名乗っている人物だと覚えておいてほしい。もちろんディスカウントストアではなく、ドン・キホーテ・デ・ラ・マンチャである。

竹田さんといつ出会ったのか、記憶が定かではない。同じ場所に居合わす機会が多い人だし、気が合いそうだなあと勝手に思っていた。そして忘れもしない二〇一九年五月一一日、僕は「渋谷のラジオ」で二〇～二一時の枠をもらい、自由に喋っていいチャンスに恵まれた。その少し前に「渋谷のラジオ」に出演した僕の話を偉い人がたまたま聴いてくれ、しかも放送の中で「ラジオパーソナリティをするのが夢です！」と発言していたため、「それならば試しに一時間だけ、好きなことを話してみないか」となったのだ。

僕は考えた。僕はお喋りなので、一時間どころか三、四時間はひとりで話し続ける自信がある。でも、どうなのだろうか。知名度も人気もない僕が、自由気ままに喋り続けても、リスナーにとって面白い番組になるだろうか。無駄な部分だけ生真面目な僕は、当日の構成台本を自らつくり、話の聴き手（受け手）になってくれる人物、つまりアシスタントのような人がいたほうが面白くなりそうだと結論を出した。そこで白羽の矢が立ったのが竹田さんである。竹田さんは、僕より四、五歳くらい若いと記憶しているのだけど、なんともゆったりとしていて安定感がある。なによりも、笑い声が豪快で素晴らしい。そんなわけで、竹田さんにスタジオに来てもらい、僕のくだらない冗談に大いに笑ってもらうことにしたのだ。

あれから二年近く経った現在、僕にパーソナリティとしてお声がかかることは一度となく、一方、竹田さんは同局の番組「渋谷で読書会」で毎週金曜日の朝九時からパーソナリティを務めているのだから、あら不思議である。竹田さんは「アシスタントのような人」などではなく立派なパーソナリティで、僕は自著の宣伝のために出演させてほしいと腰を九〇度に曲げてお願いする、崖っぷちに立たされたしがないフリーライターなのであった。

四月二日の金曜日、そんな竹田さんに店舗まで会いにいった。以前この連載で紹介した小田晃生君と、双子のライオン堂でオンラインイベント（トーク&弾き語りミニライブ）を開催するためである。僕が店舗に着いて企画の説明をすると、竹田さんはすぐに快諾してくれて、具体的な条件などを提示してくれた。あとは、調整した企画概要やプロフィール、宣材写真、出演者のコメントを揃えるだけである。僕は積読がたくさんあるのにもかかわらず、溜まりに溜まった読書欲を少しでも満たすため、八千円ほど本を購入した。日曜日までには情報をまとめ、月曜日のなるべく早い時間から告知を始める約束をして家に帰った。

帰ってすぐ小田君に連絡し、イベントの企画内容を調整した。翌々日の日曜日には、約束どおり必要な情報や素材をすべて送った。だが、竹田さんからの反応がない。日曜日の深夜二四時半ごろ、「まだまだお知らせあったんですが、今日はもう無理そうです（。ω。）」という妙な顔文字つきのツイートがあった。それを見て、「竹田さんも忙しそうだから、告知ページの確認は明日になりそうだな」と思った。しかし、わずか三〇分後に、今度はLINEで「朝までには告知ページをつくります」と連絡があった。さらにその四〇分後には、「すみません！もう少しお待ちください」と再び連絡がきた。いったい四〇分の間になにがあったのか。完全にとっ散らかっている様子が手に取るようにわかった。「なんて見込みがあまい人なんだ」と思った。

というのも、僕も同じだからわかるのだ。なんとなくできそうな気がして約束する。しかし、現実的には間に合わない。だが、根が真面目だから大幅に遅れることはなく、精一杯、間に合うように努力する。結果、予定よりちょっとだけ遅れる。自分の能力や作業時間についての見込みが、徹底的にあまいのである。結局、小田君とのイベントは、昨日の火曜日に正式告知された。同じ「見込みがあまい族」でも、竹田さんがパーソナリティになれて僕がなれないのは、僕が「物書き界のドン・キホーテ」ではないからに違いない。

というか、「書店界のドン・キホーテ」がどんな存在なのか、愚鈍な僕はいまだによくわからないままでいる。今度、竹田さんに会ったら訊いてみようと思う。

20210408　第73回　人生で最高に幸福な時間　東京　晴時々薄曇一時雨

社会人になって出会った先輩が言っていたことで、深く記憶に刻まれている言葉がある。「人生で最高に幸福な時間とは、キャンプや家での飲み会で俺が眠ったあと、みんなが俺のことについて話しているのを、実は起きている俺が聞く時間だ」

なるほど。奥深い。もちろん、「○○って不真面目なようで、いつも周りに気を遣ってくれるよな」とか、「実は私、高校生のとき、○○君のことが好きだったんだよね」とか、好意的に語ってくれている場合のみである。そこまでいかなくても、自分のいないところで自分が話題になっているのは素直にうれしい。居場所がそこにあるような気がする。自分の話題が普通に交わされるコミュニティーがあるのは、寄るべない人生を歩むうえでの足掛かりとなる。

しかし、そんな幸福はめったに起こらない。そもそも「自分のいないところで」が条件であり、仮にそこで自分のことが話題になっていたとしても、自分ではそれを知る由がないのだ。親切な誰かが「この前、××さんが、〇〇さんのこと褒めていたよ」と知らせてくれる場合もある。だけど現実的には、その逆の情報を知らせてくれる人はたくさんいるのに、褒めてくれている情報を知らせてくれる人格者はなぜか極端に少ない。

そんなこと百も承知だから先輩は、「キャンプや家での飲み会で俺が眠ったあと、みんなが俺のことについて話しているのを、実は起きている俺が聞く時間」とあえて限定したのだろう。「人生で最高に幸福な時間」は、待っているだけでは訪れない。自分で手繰り寄せるものなのである。僕は、そんな立派な信念を抱き、飲み会のたびに実行している先輩を尊敬している。

立派で愚かな先輩

だが、僕はとても疑い深い人間なのだ。「「キャンプや家での飲み会で俺が眠ったあと、みんなが俺のことについて話しているのを、実は起きている俺が聞く時間」と思っているのは宮崎だけであり、本当は宮崎が起きているのを知っているんだけど、慈悲の心から褒めてくれているみんな」になっていないか不安で仕方ないのである。この先、偶然にも自分にそういう「人生で最高に幸福な時間」が訪れたとしても、どうしても不安になり疑ってしまう。

先輩はどうなのだろうか。不安とかないのだろうか。

これはあるある

20210409　第74回　スマホの充電ケーブル　東京　晴後曇

部屋を掃除していると、いろいろと発見がある。家にいくつも溜まってしまうものとして、スマートフォンの充電ケーブルがあることに気がついたのだ。古い型のものも含めると、計九つの充電ケーブルが我が家から見つかった。異常である。

僕も妻もiPhoneを使っている。まず最近のiPhoneはケーブルの種類が変わった。昔のものは使えないため捨てる必要がある。そもそも、なぜこんなに充電ケーブルが溜まるのかというと、Apple社が正式に発売する純正品のケーブルが、よくなくなるからである。探したり、新たに購入したりすればいいのだけど、とりあえず目の前のiPhoneを充電しなければならない問題を解決するために、コンビニや百円均一でiPhoneに「対応」していると謳われている充電ケーブルを買う。しばらくは使えるのだが、数週間か数か月後には使えなくなる。端的にいえば、これを何度も繰り返しているから充電ケーブルが溜まる。純正品ではないケーブルは、なぜか初めは使えるのだけど、ある日、突然充電できなくなる。「このアクセサリは使用できない可能性があります」などと表示が出る。純正品ではないのだから、「使用できない可能性」は、もちろんこちらも当然、了解している。

僕がモヤモヤするのは、純正品でないケーブルがある日、突然充電できなくなる現象ではなく、逆にむしろなぜ初めだけは充電できるのか、という点である。最初から純正品でしか充電できなくしておけば、話は早いではないか。非純正品は、わずかな期間しか使えない。しかし、わずかな期間だけでも使えてしまうから購入し、家に溜まってしまう。いっそのこと、「使用できる期間」を最初からなくしてほしい。

ここまで書いて気づいたのは、充電ケーブルも以前に書いた乾電池も「電気」絡みということである。僕の周囲で、電気が怪しい動きをみせている。電気に翻弄されたくない。でなければ、いつまでも部屋は片付かないどころか、無駄な出費をこれからも重ねるハメになってしまう。それはわかっているのだが、なぜ、電気が僕を翻弄してくるのかまでは、まだわかっていない。

20210412　第75回「されている」東京　晴後時々曇

インターフォンが鳴ったので出た。ある運送業者だった。新型コロナ以降、人との接触を少なくするため、荷物は玄関前に置いてもらっている。そう伝えたが、「開封されているので、念のため大丈夫か確認してほしい」とのことだった。なので、玄関のドアを僕は開けた。運送業者の男性は同じ言葉を繰り返した。僕は開封されている荷物を確認した。仕事で必要な古書だった。帯が少し破れていたが、古書を注文したのだからそんなものだろう。「大丈夫です」と伝えると、男性は短く礼を言い去っていった。無事に資料となる古書も届いたし、僕は仕事部屋に戻った。

ところで僕の荷物は、誰によって「開封されている」荷物だったのだろうか。販売プラットフォームやクレジットカード会社などを除けば、この小さな経済活動には、主に三者が関わっている。販売業者、運送業者、注文者（つまり僕）である。いったい誰によって「された」のか。

まず販売業者だが、自分たちが出荷する商品の梱包を開封する販売業者の動機が、僕にはどうしても見つからない。そもそも開封された荷物は、運送業者が受け取らないだろう。となると、運送業者によって「された」としか思えないのだけど、運送業者は間違いなく受け身表現の「されている」を使った。つまり、運送業者以外の誰かによって「された」のである。そして、最後の容疑者として注文者（僕）が残ることになる。しかし、受け取る前の荷物を僕が開封するなんてことはあり得るのだろうか。いくら僕が愚鈍だからといっても、さすがにそんな過ちはおかしようがないと思うのだが、正直に言って絶対に違うと胸を張れる自信もない。

いや、待てよ。「されている」を受け身表現だと思い込んでいただけで、「する」の尊敬表現だと思えば、確かにすべての辻褄が合うような気がしてきた。「（宮崎様がお荷物をすでに）開封されているので、念のため大丈夫か確認してほしい」だったのである。なるほど。そういうことだったのか。よし、ようやくモヤモヤも解消したことだし、どんどん仕事を進めよう。この連載の締め切りも、実は一時間以上過ぎてしまっている。はやく提出しなければいけない。

それにしても僕は、受け取る前の荷物をどうやって開封したのだろう。カッコいいので、できればもう一度やってみたい。

20210413　第76回　モ、ノ、ハ、ナ　東京　曇時々雨

檀一雄の『小説 太宰治』（岩波現代文庫）に、酒席で太宰が中原中也に絡まれた場面が描かれている。酔いが廻った中也は、「何だ、おめえは。青鯖が空に浮かんだような顔をしやがって。全体、おめえは何の花が好きだい？」と迫った。泣き出しそうな顔をしている太宰に対し、「えぇ？ 何だいおめえの好きな花は」と中也がさらに凄むと、「モ、モ、ノ、ハ、ナ」と、とぎれとぎれに言った。中也の怒号が飛んで、店内は大乱闘になった。

卒業論文に選んだ詩人ながら、なんて滅茶苦茶なやつなんだ。いくらなんでも理不尽すぎる。太宰がいったいなんと答えれば納得したのだろう。どうせ中也のことだからどんな花でも納得しなかったと思うが、僕は酒をやめたので他人の顔を空に浮かんだ青鯖に喩えるなんてことはせず素面の日常を生きて、この連載に綴っている。

先日、家族四人（うち一匹）で散歩に出掛けた。僕は赤子を前に吊るし、妻は愛犬ニコルのリー

ドを持った。日差しが柔らかい、うららかな日だった。近所を歩くだけでも、いろいろな発見がある。野良猫が少ない。古い家屋が取り壊された土地に、雑草がうっそうと繁っている。住宅街から大通りに出ると、妻はドラッグストアに寄りたいと言った。赤子といっても、もう体重が一〇キロ以上である。育児のためにひ弱な肉体を鍛えなければいけない。僕は妻からニコルを預かり、リードを持ちながらベンチに腰掛けた。

妻を待っている間、僕と犬はへばっていた。赤子はキョロキョロと辺りを観察していた。花壇に黄色い花が咲いていた。菜の花だ。なぜわかるのかというと、東京の西の奥のさらに奥にある東京都・福生市で育った僕は、幼い頃、よく近所で菜の花が咲いているのを見ていたからである。好奇心に満ちた無垢な瞳を向ける赤子に僕は花の名前を教えてあげ、童謡の「赤とんぼ」を歌ってあげた。妻が日用品を買った袋をぶら下げて戻ってきた。僕は本当に愚かなので念のため妻にも訊いてみたが、やっぱり菜の花だった。

なにかが違う

菜の花だったとは思うのだが、「菜の花畠（ばたけ）の赤とんぼ〜」などという歌は存在せず、「赤とんぼ」といえば「夕焼け、小焼けの」であり、「菜の花」は別の歌であったことに昨日気がついた。赤子には、とりあえず雰囲気だけでも掴んでおいてほしいと願うばかりである。

20210414　第77回　うぐいすの初鳴日　東京　雨

わざわざ電話

Wikipediaに「おまかせ表示」機能があるのをご存知だろうか。寝つきが悪い夜は、ついつい布団のなかでスマホを開きがちである。SNSを見ると、さらに眠れなくなる。そんなとき、僕は「おまかせ表示」機能を使う。ボタンひとつで、適当なページを自動表示してくれる。変なキノコの生態や、古代の戦争などについて詳細に教えてくれる。そして次第に眠くなる。

昨日、寝る前に「おまかせ表示」機能を使った。表示されたのは「うぐいす」の項目だった。東京都台東区鶯谷の地名の由来など、興味深い記述がたくさんあったのだが、僕が一番驚いたのは、「『ホーホケキョ』とさえずるのを初めて聞いた日を「うぐいすの初鳴日」と呼び、気象庁が生物季節観測に用いていたが、二〇二一年一月以降はアジサイなどの植物のみを対象とした六種目九現象を継続し、うぐいすはそれ以外の種目・現象と共に観測対象から廃止された」という情報だった。「うぐいすの初鳴日」とはいかに。

気になりすぎて、気象庁の大気海洋部観測整備計画課に電話してみた。フリーライターを名乗る怪しい男の質問に、担当者が丁寧に答えてくれた。「生物季節観測」とは、わかりやすい例で説明すると、「さくらの開花・満開」を毎年発表しているあれである。全国の気象台・測候所五八地点で植物三四種目、動物二三種目を対象に開花や初鳴きを観測してきたものの、生態系の変化などを理由に今年からは、「あじさいの開花」「いちょうの黄葉・落葉」「うめの開花」「かえでの紅葉・落葉」「さくらの開花・満開」「すすきの開花」に観測対象を絞ったという。

こんな大切な情報を知らなかったとは迂闊だった。動物系の季節観測はひとつもなくなってしまった。「うぐいすの初鳴日」があったのに感銘を受けたのも束の間、「しおからとんぼ初見」「とのさまがえる初見」「にいにいぜみ初鳴」といった趣深い観測が、軒並みなくなってしまっていた。あったことすら知らなかったのに、なくなったのを嘆くのはお門違いだけど、そんな制度があったなら、毎年楽しみにしておけばよかったと悔やむ思いがある。ちなみに、最後の観測である二〇二〇年、秋田の「うぐいすの初鳴日」は四月一六日で、ちょうど今頃である。

　移り変わる自然の美しさは、人間の心を豊かにするが、目の前の雑事に追われているうちにいつの間にか過ぎ去ってしまった季節も少なくない。時間に追われる日々が続くと、自然を愛おしむ心が失われがちになる。だが、失われるのは心だけではなく制度もまた同じなのだ。日本人は、多くの人が知らない間に「うぐいすの初鳴日」を失ってしまったのだった。

　当方、三九歳のフリーライター（バツイチ、アルコール依存症で断酒中）。もし気象庁さんがお金を出してくれるならば、うぐいすでも、しおからとんぼでも、とのさまがえるでも、全国津々浦々を駆けずり回って「初日」を観測したいと思うのだがどうだろうか。僕には元気がないが、やる気があるときはやる気がある。ないときはない。

ないかもしれない

20210415　第78回　英雄・コービー　東京　晴後薄曇

プロとノーマル

二〇一九年の年始休暇を使って、キューバのハバナに行った。あちらこちらで音楽が演奏され、ラム酒と葉巻を楽しみながら踊っているような街だった。社会主義国家だからと妙な気を遣い、服はロゴが入っていない無地を選んでいったが、現地の人は普通にメジャーリーグやNBA（プロバスケットボールリーグ）のロゴが入った服を着ていた。短期滞在しただけなので実態はわからないけど、おおらかで陽気な空気が街からは感じられた。

民芸品の市場も活気があった。いろいろなものが売っているので、とりあえずはぶらぶらあてもなく歩いてみることにした。すると視線の先のほうに、木の棒のような楽器を二本持ち、打ち鳴らしている黒人の大柄な男性がいた。楽しそうにリズムをとりながら打楽器を演奏している姿と、上半身に着ていたNBAの黄色いユニフォームが、僕の目を釘付けにした。それに気づいたのか、男性は僕に寄ってきて、打楽器の説明をしてくれた。

クラベスというその打楽器は、サルサなどで演奏されるものらしい。手のひらで空洞をつくり、音を調整するそうだ。実際に演奏させてもらったが、なるほど叩いているうちに陽気な気持ちになってくる。早速、値段交渉に移ろうとしたところ、男性はこう続けた。「今、叩いているのは「ノーマル」なんだけど、実はうちには「プロフェッショナル」もあるんだ」

店の奥に入って、なにやらガサゴソとし、男性は僕に「プロフェッショナル」を見せてくれた。叩かせてもらうと、なるほど確かにさっきの「ノーマル」とは音が違う気がする。素材の木も、「プロフェッショナル」のほうが高級感がある。正直、僕にはその差を評価するだけの知識も見識もない。だけど、持ち運びが容易な大きさだし、楽器好きの友人へのお土産に「プロフェッショナル」はいいと思った。男性から提示された金額も思ったより安かったので、ふたつとも買うからマラカスもつけてほしいと交渉した。彼は「ＯＫ！」と笑顔で応じてくれた。

会計を済ませ、楽器が入った袋を受け取ったとき、僕は「コービー・ブライアント」と言った。男性が着ているユニフォーム。名門、ロサンゼルス・レイカーズの永久欠番「24」を背負っていたのは、点取り屋で鳴らし、華のあるプレーでファンを魅了したコービー・ブライアントだった。男性は「コービーは俺の英雄だ」と言い、僕たちは握手をして別れた。

なので、翌年二〇二〇年の年始にコービーがヘリコプターの墜落事故で亡くなった際、真っ先に僕の頭の中に浮かんだのは、ハバナで出会ったあの男性だった。男性は、事故のことを知っているのだろうか。知っていたら僕と同じようにとても悲しんでいるに違いないと思った。

ちなみにその後、「プロフェッショナル」は無事、友人にプレゼントすることができた。「ノーマル」とサービスでつけてもらったマラカスは、赤子のおもちゃになっていて、カンカン、ガンガン、ガラガラ、ジャリジャリと、うるさいことこのうえない。先ほどもあまりにうるさいので「ちょうだい」と笑顔で取り上げようとしたのだが、「ノーマル」とマラカスを振り回しながら「あうー！」と叫び、怒っていたので諦めた。赤子はまだ知らないのだ。父の本気を。いつか打楽器を鳴らしながら本気で踊り狂ってやりたい。

20210416　第79回　ピアノを習っている男子　東京　曇

後悔の話をしだしたら文字数がいくらあっても足りない。ある程度の年月を生きていれば、誰でもそうなのではないか。「人生とはつまり後悔である」と言いたくなるほど、人生に後悔はつきものだ。そして後悔する頃には、だいたいはすでに取り返しのつかない状態になっている。

先日、家に友人たちが遊びに来た。その中のひとりに会社員をしながら宅録（自宅録音）を続けているケンイチ（アーティスト名：different calf）という友人がいて、ふと習い事の話になった。彼はいろいろと楽器を弾けるのだけど、ピアノだけは苦手らしい。小学生の頃、両親にピアノを習えと勧められたものの、猛抵抗して習わなかったのだという。「あのとき、ピアノを習っていれば、もしかしたら人生が変わっていたかもしれない」とぼやいていた。

その話を訊いて思い出したのが、僕もまったく同じ経験があったということだ。気になって母に電話して確認してみたところ、「六歳の六月六日に習い事を始めるといい」という情報をどこかで仕入れた母は、まさにその日から僕にピアノを習わせようとしていた。しかし、先生が家に来るなり僕は大泣きして、ピアノの鍵盤や椅子の上を転げ回った挙句、最後には「死んだふり」までキメたという。

なぜ、そこまで嫌だったのか当時の記憶は定かではないが、「男の子がピアノを習うのは恥ずかしい」という先入観があったように思う。前述の彼もまったく同じことを言っていた。今考えてみれば、性別で判断するような内容ではない。当時はなぜかそう思ってしまったのである。しかし、高校生、いや中学生くらいになると、ピアノを弾ける男子はカッコいい存在になる。大人になった今では、なおさらカッコいい存在だ。僕も友人と同様、「あのとき、ピアノを習っていれば人生が変わっていたかも」とは思わないまでも、もっと精神的に豊かで楽しい人生になったのではないか、とは感じる。やっぱり習っておけばよかったと、少しだけ後悔している。

だが、この後悔は取り返しのつかない種類のものではない。プロを目指すわけではないのだから、むしろ今こそ音楽を楽しめるのではないかとも感じる。ピアノを弾けるとカッコいいよなあ、と憧れる。風貌からよくバンドマンに間違われるので、ギターにも興味がある。管楽器もやってみたい。子どもの頃は喘息気味で肺が強くなかったから、健康にいいかもしれない。「あのとき、習っておけばよかったなあ」と、七〇歳くらいでまた後悔するような気もしている。

20210419　第80回　サークルの夏合宿　東京　快晴

かわり映えのしない日々を過ごしている。外に遊びにでも行けばいいのだろうが、新型コロナの感染拡大が気になるし、執筆や事務作業、家のことなどをやっていると、あっという間に一日が終わってしまう。今週から早寝早起きし、仕事にもっと集中して気晴らしに使える時間を増やそうと昨夜までは思っていた。起きたら昼前だったので焦ってこの原稿を書いている。かわり映えのしない、ままならない日々を過ごしている。

五〇センチでは?

地元が同じで、同じ大学の同じ学部を卒業し、今でも仲のいいTという友人がいる。仮に、「今まで出会った中で、最も個性的な人は?」と訊かれたら、僕は寸分の迷いなく、Tと答える。Tとは大学のサークルも同じだった。夏合宿に行ったある早朝のこと、前夜の酔いを醒まそうと、僕が民宿の庭にある池の前で深呼吸していたところ、Tが突然現れて池に小石を投げた。ぽちゃんという音とともに、水面に広がる波紋。Tは波紋を見て、「四〇センチかな」(たぶん深さ)と言い、その場を去っていった。僕はそれ以来、「Tのような個性的な人が生きやすい世の中にしたい」と心の奥底に使命を秘めて生きてきたが、そんな心配はまったくなく、Tのほうが立派で穏やかな生活を送っているうえ、友人が多くて、僕の数十倍は顔が広い。

昼前に起きて、最初に考えたことをそのまま原稿にしてみた。あの池は、本当に四〇センチだったのかもしれない。問題はなぜTが早朝にその事実を確かめに来たのかだが(あと、本当に波紋から深さがわかるのか)、そういう些事を気にしている僕がおかしくて、Tのほうこそが「宮崎が生きやすい世の中にしたい」と思いながら、友人関係を続けてくれているのかもしれない。そんなことを考えながら、かわり映えのしない、そしてままならない日々を過ごしている。

20210420　第81回　ニコルのこと　東京　快晴

散歩をしていると、よく「かわいい〜」と声をかけられる。この前は、近くの中学校なのだろうか、女子生徒の集団に「かわいい〜」と何度も言われた。外国の人にも英語で「So cute!」と絶賛してもらったことがある。もちろん、愛犬ニコルのことである。僕であるはずがない。

妻と共通の友人が家に来た。妻たちは外で待ち合わせし、カフェでお茶してから家に到着した。挨拶もそこそこ、妻が「うんちした？」と訊いてきた。「したよ」と僕は答えた。妻がさらに「どんな感じだった？」と質問してきたので、僕は「大きくて、健康的なやつがたくさん出たよ」と報告した。目をパチクリさせて不思議そうな顔をしていた友人は、なにかを閃いたような表情に変わり、「ああ、ニコルちゃんのことね」と自分に言い聞かせるように呟いた。

とんだ夫婦だよ

そう。すべてはニコルのことである。

20210421　第82回　やさしくなりたい　東京　快晴

編集者の野地洋介さんが発行するＺＩＮＥ『やさしくなりたい』二号に寄稿した。心臓発作により緊急入院した経験のある野地さんが、「ままならない身体」をテーマに刊行しているZINEである。僕は一号から寄稿していて、「わからないことだらけの世界で生きている」は、『平熱のまま、この世界に熱狂したい』にも収録した。今回は、「セルフモニタリングとしての読書」と題し、心身的な変化を知るための読書や読書環境について考えた。第二号は、能町みね子さんや尾崎世界観さんなど執筆陣の豪華な顔ぶれに驚いた。

それにしても、いい誌名である。僕もやさしくなりたい。日常でやさしさを発揮するには余裕が必要だ。なにかに追われるように過ごしていると、ついつい人にぞんざいな態度をとってしまい、後になって後悔する。やさしくあろうとしても、心が、身体が瞬間的に反応しないもどかしさがある。理念をいくら掲げても、日常における他者との交差によって生じる「ゆらぎ」に対し、一つひとつ対応する余裕がないのでは、ボタンを掛け違えたまま前に進むようなもので、いつかは初めからやり直す必要が生じる。現在の僕である。

とりたてて立派な人間になりたいわけではないが、せめて人を傷つけることはしたくない。それでも人を傷つけてしまうことがある。善意が伝わらないときもあれば、裏目に出るときもある。失敗だらけだ。でも、「やさしくなりたい」という気持ちさえ常に持っていれば、たまにはやさしくなれる瞬間がある。まったくの偶然で生じる場合もあるし、ときには偽善だったり、打算だったりはするだろうけど、少しでもやさしさの総量が増えるといい。

されたくもある

そんな僕が無尽蔵にやさしさを注ぎ込む愛犬ニコル（二歳七か月）だが、今日は妻と一緒にいつものデイケアサービスに行って、歯磨きの練習をしたそうだ。他の犬もいて大はしゃぎだったという。健康な歯を保って、できるだけ長く生きてほしい。ニコルの顔を思い浮かべると、僕もちょっとだけやさしくなれる。

20210422　第83回　赤子はすごい　東京　晴時々薄曇

赤子（一一か月）の成長が目ざましい。少し前まではできなかったことが、どんどんできるようになってきた。つかまり立ちで家の中を移動しまくる。親の物真似をする。音楽に合わせて体を揺らす。生後三か月から一緒にいる犬のぬいぐるみも、最初は存在に気づかないか、ぶんぶん振り回しているかだったけど、最近では愛しそうに抱きしめたり、眠る前に近くに引き寄せたりする。昨日は、ついに「ばぶばぶ」とか言い始めた。まるで赤子のようではないか。

今朝、寝転がっていたら赤子が体によじ登ってきた。首の付け根に座り、足を両肩に固定してマウントポジションを取ると、けたけた笑いながら顔を何度も何度も殴り続けた。僕は「やめてくれ〜」と叫んだ。起き上がって赤子を抱きしめ、高い高いをして遊んであげると、赤子はけたけた笑って喜んでいた。妻も、「〇〇君はパパが好きだねぇ」と微笑んでいた。ほのぼのとした、穏やかな空気が流れていた。相手が赤子でなければ、凶悪事件である。赤子はすごい。

赤子なら許される

20210423　第84回　ダンゴムシを見つける達人　東京　晴

早朝から、「双子のライオン堂」の店主・竹田信弥さんがパーソナリティを務める「渋谷のラジオ」の番組「渋谷で読書会」に出演した。番組にはコーナーがたくさんあるのだけど、僕が出演する回は「作家の〇〇について語りませんか？」と企画を持ち込むケースが多いので、今回は事前に打ち合わせ、ゆるくフリートークすることになった。佐川恭一さんの短編集『ダムヤーク』と沙界夜さんの詩集『君の見ているものが僕に少しも見えなくても』（以上、RANGAI文庫）を取り上げようと思っていたが、もう少し準備してからにすることにした。

放送開始一〇分前の朝八時五〇分にスタジオに着いた。まだ酒に溺れていた時代から「時間を守る」にはこだわりがあった僕だが、なぜか竹田さんの「渋谷で読書会」だけはいつも開始三〇秒前くらいに着くか、一分ほど遅刻してオープニングトーク中にスタジオ入りするのが恒例になっていた。家から歩いて行ける近さと、竹田さんの寛容な性格に安心してか、いつもちょっとだけ到着時間の計算を誤ってしまう。スタッフさんもネタにし、「今日の宮崎さんは間に合うのか」などとTwitterで盛り上げてくれていたものの、竹田さん含め全員年下である。そんな状態にもかかわらず見込みのあまさはなおらなかったのに、今日に限って一〇分も前に着いてしまった。竹田さんも驚いていた。なんとも不吉な空気がスタジオに流れていた。

さて、フリートークとはいったいなんだろうか。せっかく早く着いたのに、その定義について議論することなく番組は始まった。しかし、やってみればなんとかなるもので、「最近、気がついたんですけど、正宗白鳥ってめっちゃ文章が上手いですよね」と語る僕に、「ビートルズは歌が上手い、みたいな感想ですね」と竹田さんが応えたり、この連載の話題になったため、「これまで八三回も連続で約束を守ったことがなかったから、とてもうれしいです」としっかりした、適切なコメントを返したりし、番組は順調に進行した。

ライター、編集者の多田洋一さんが発行する文芸創作誌『ウィッチンケア』一一号に僕が寄稿した掌編創作「五月の二週目の日曜日の午後」の話になった。五月は、僕が一年で一番好きな季節である。「五月ってすごく空気が澄んでいるじゃないですか。あと、花や草木が芽吹く季節でもありますよね。昨年の緊急事態宣言下はほとんど家から出ていなかったので、散歩で外出したときに改めて、「五月って、なんて美しい季節なんだろう」と強く感じました。ほら、ダンゴムシって、子どものときにあれだけ見ていたのに、大人になったら絶滅したんじゃないかと思うくらい見かけませんよね。でも実際はそんなことはないわけで。そんなふうに大人になってからは見失ってしまっていた五月の美しさに、ハッと気がついたんです」。竹田さんは答えた。「五月は僕の誕生月でもありますよね。あと、僕は今でもダンゴムシをよく見かけます」

竹田さんは五月生

竹田さんは五月生まれで、ダンゴムシを見つけるのが上手い。それを聞いた瞬間、僕の目は確かに輝いていた。僕が知る限りでは、ダンゴムシを見つけるのが上手い人に、悪い人はいない。もし竹田さんが悪い人だったら、記念すべき第一号である。だから、本当にフリーにトークして帰っていっただけの僕を、きっとまた番組に呼んでくれるに違いないと固く信じている。

20210426　第85回　人間は弱い　東京　快晴

吉田健一は、随筆「わが人生処方」（中公文庫『わが人生処方』収録）で、太平洋戦争末期、横須賀の海兵団に召集された際のエピソードを書いている。戦況が思わしくない中、空襲による延焼を防ぐため、衣類などの入った雑嚢を兵舎の外に運び出す仕事が毎朝課せられていた。四〇〇人ぶんの雑嚢が外に積まれ、夕方には兵舎に戻された。問題は自分で自分のを運び出すとは限らず、官給品が入った雑嚢をなくしたり、取り間違ったりすれば面倒な事態になることだ。

ところが、吉田は誰がどこに運んだかわからない自分の雑嚢を、いつもすぐどこかの山の一角に見つけることができたという。不思議な現象である。吉田が自分の雑嚢を探すと、いつも目につくところにあった。その体験を繰り返しているうちに、「それがきつとさうなつてゐるのだらうという自信が出て来て、何かその為に生きて行く上で足掛かりが出来た」。

不思議な現象ではあるのだが、僕には吉田の気持ちがわかるような気がする。慣れない場所や環境、変化の激しい生活と時代。そういうものに囲まれると、僕はしばしば自分を見失う。そんなとき、どんな些細なものであったとしても、自分の支えとなる、自分が自分であることを確認するために打ち込まれた杭のようなものがあれば、なにかの足掛かりを得た心持ちになる。
現在、誰もがいじらしく持っていたそういった感覚が、どんどん崩れ去っていってしまっているのではないか。さまざまなものを失い、さまざまな変更が余儀なくされてきた。多くのかけがえのない命が失われ、経済的にも精神的にも圧迫されている。人間は弱い。脆くて壊れやすく、人生はままならない。不確かで不安定で、常に完璧な理性を発揮することもできない。もちろん個人差もあるだろうが、実際には弱々しい「いじらしさ」によって、自分が自分であることを確かめながら生きている。

少なくとも僕はそうだ。これから社会がどうなっていくのか、前途を考えると茫洋とする。だから、ものすごくおこがましくはあるが、この平日毎日、一七時公開の連載を続けていくモチベーションがいつになく高まっている。もともと高まっていろよって話だが、いつになく高まっている。第一義的には自分のためである。そして、もし誰かにとって「杭」のような存在にこの連載がなれたなら、なおうれしい。今日も犬が可愛くて、とくにニコルが一番である。

20210427　第86回　気圧のせい　東京　薄曇時々晴

薄田泣菫《すすきだきゅうきん》の随筆「早春の一日」（ウェッジ文庫『獨樂園』収録）は、「読書にも倦きたので、庭におりて日向ぼっこをする」と、なんともほのぼのとした一文から始まる。きらきらする光を両肩から背中に受けていると、身体が日向臭くなってきて、泣菫はとろとろ居眠りでもしたい気持ちになってくる。だが、白雲のちぎれが陽の面を掠めて通ると、肌を刺すような冷たさがやってきて、「その度にだらけようとする気持ちはひき緊められて、「春もまだ浅いな。」と、おぼえず口のなかで呟かれようというものだ」と書いている。

さすがは、新聞の短文コラムとして名高い『茶話』を連載した泣菫である。ほんのわずかな自然の変化を綴る筆致は、鋭い観察眼と軽妙洒脱なユーモアに満ちている。

しかし、ほんのわずかな自然の変化を文章で綴る泣菫がすごいからといって、それを語る僕もすごいのかと訊かれたら、やっぱりそうではない。このままでは泣菫の随筆を紹介しただけになってしまうので、自分の身の回りについても話すと、つい先日、そろそろ暖かくなってきたと思って半袖で寝たところ、朝方に寒くなって起きてしまった経験があったばかりだから、泣菫のこの随筆を思い出したのだ。あらためて読み返し、自然と季節の移り変わりの美しさを愛でつつも、「春もまだ浅いな」と自然に文句を言っているのが実にいいと思った。

ある種の諦念とともに、「春もまだ浅いな」と毒づく感覚は、軽やかで慈しみに満ちている。僕も自然が好きだけど、自然はしばしば人間にとって脅威になり、完全にはコントロールできない。だから僕も泣菫を見習って、堂々と毒づこうと思う。

僕が調子が悪いときは、だいたいが気圧のせいである。頭痛が気になり、せっかくのだらけた気持ちに水を差される。不安定な気圧には、「まだまだ修練が足りないな」とうそぶきたい。

20210428　第87回　読書　東京　曇

読書はそれ自体が喜びであるが、その過程に「読書計画」を立てる楽しさがある。なんでもいいのだが、連休のまとまった時間を使って二葉亭四迷を読もうと計画したとする。二葉亭は、言文一致体の嚆矢《こうし》となった『浮雲』のほかは、小説を二作品（『其面影』『平凡』）しか残していない。これだけでは連休が余ってしまいそうなので、二葉亭に影響を与えた坪内逍遥を読むか、それとも二葉亭が翻訳したロシア文学に手を伸ばすか。もしくは、二葉亭についての理解を深めるために、中村光夫の『二葉亭四迷伝』を読むのもいい。中村光夫を読んだなら、『日本の近代小説』などほかの評論にも、この際、手を伸ばして取り組んでみたい。

ああ、楽しいな

と、ちょっと考えただけでも楽しい気持ちになってくる。紙に読書計画を記し、壁に貼って「これで完璧だ」と悦に入る時間が、僕は大好きである。ただし、事前に立てた計画どおりいかないのが読書の不思議なところでもあり、面白いところでもある。山田美妙や尾崎紅葉など、同じく言文一致の確立に取り組んだ作家に寄り道する場合もあるだろうし、いきなり現代作家に飛ぶこともあるだろう。気が変わってビジネス書を読み出すなんてこともあるかもしれない。

専門的な研究のために読書をするのでない限り、読書計画などというものは絵に描いた餅になるケースがほとんどなのだ。そうだとしても僕はこの読書計画を練りに練る楽しさを手放したいとは思わない。読書計画を立てるのも、その計画が崩れるのも「読書」なのである。そして、読もうと思って買っておいた本が見事に積読になるわけだ。読書のいいところは、仮に積読したとしても、いつかまたその本が「計画」に組み込まれる復活劇が、たびたび起こることである。最大の問題は、蔵書をいかに収納するかだ。

驚くべきことに、仕事部屋の片付けを思い立ってから一か月以上経った現在でも、僕の部屋は四二箱のカラーボックスで埋まっている。妻の勧めで大きめのコンテナボックスを三箱購入したので、もう一度分類し直して連休中にはきちんと収納したいと思っている。本の片付けや収納も「読書」の一部なのかもしれない。最近では、そう考えるようにしている。

20210430　第88回　運転免許　東京　快晴

昨日まで雨だったのに、こうも天気がいいと外に出かけたくなってくる。緊急事態宣言下であるため、どうせ叶わない願いだろうけど、もし僕が運転免許を持っていたら妻と赤子と犬を乗せて、自然を満喫できる行楽地までドライブし、澄んだ空気を思いっきり肺に吸い込みたかった。だが、僕は運転免許を持っていない。二〇代の頃は地域紙で記者をしていたため、毎日のようにクルマを運転していたのだが、三〇代になってアルコール依存症を自覚してからは、自主的に更新をやめたという、偉いんだか偉くないんだかわからない理由で失効させてしまったのである。その判断は今考えても正しかったと思う。若い頃はなにかと運転を頼まれる機会が多いし、そうなったら断る自信も、酒を飲まない自信も当時はまったくなかったからだ。

断酒をして、そろそろ五年になる。愛犬ニコルを、もっと自然がある場所に連れて行って、めいっぱい遊ばせてあげたい。一度目の緊急事態宣言下で生まれた赤子は、生まれてからずっと「外出自粛モード」で生きている。遠出は避けつつ、風景が綺麗なところに連れて行ってはいるのだが、やっぱり狭い家の中で過ごしがちである。毎日、絵本の読み聞かせをしていて寂しいなと思うのは、赤子は絵本に出てくる自然や動物を、ほとんど見た経験がないことである。

これからどうなるのかはわからないが、都会暮らしでは味わえない体験を赤子と犬にさせてあげるため、いつかもう一度、運転免許を取りたいと真剣に考えている。僕は優良ドライバーで、運転が好きだった。教習所でも、仮免許の学科試験に落ちた以外は、優秀な生徒だった。学科で落ちたのは選択問題にとことん弱いからだ。試験をつくった人がすごくいじわるで、すべてが引っ掛け問題に思えてくる。簡単な問題であればあるほど、「いやいや、そんな簡単なはずはない」と深読みする癖がある。「この明らかに一時停止に見える標識が、一時停止であるはずがない」と裏をかいて誤答する。僕以外の人間をもっと信用して、次は一発合格したい。

202105

20210506　第89回　連休明け　東京　薄曇時々雨

フリーに有休なし

大型連休が終わり、多くの人が出社している。カレンダー通りならそうなのだが、会社が木曜日、金曜日を休みにして（もしくは有給休暇を取って）、五月一〇日が連休明けのパターンもあるらしいから、まだ連休中の人もいるかもしれない。無意識に「出社」と書いてしまったけど、仕事によってはリモートで勤務を始めている人もいる。今年の大型連休は自粛モードであるため、ゴールデンウィークとは呼びにくい。そんな気持ちを抱きながら、この間を過ごしていた。

といっても僕はフリーランスなので、この連載をカレンダー通り休んだ以外は、いつもと同じ通常運転で仕事をしていた。自分で休日を決められるのが、フリーランスという業種の数少ない利点のひとつなのである。なにもみんなが休んで混雑している期間に、わざわざ休む必要はない。だけど、この大型連休は、行楽せずに巣篭もりをしている人が多かっただろう。僕もいつもと同じように、巣篭もりをして仕事をしていた。なんだか、頭が混乱してきた。

そんな僕も、四月後半から比較的、忙しい日が続いていたからか、大型連休中に一度、「明日だけは休みたい」と音をあげた日があった。どうしてだろう。なんだかまた頭が混乱してきたのだが、別に間違ってはいないと思うので続けると、大型連休中に一度、「明日だけは休みたい」と音をあげた日があったので、妻にそう言ってみた。「もちろん家のこともするし、気が乗ってきたら仕事もするし、どこかに出掛けるわけではないからずっと家にはいるんだけど、明日だけはそんな感じで自由に過ごしていいかな？」と訊いた。妻は「もちろんだよ」と答えた後に一瞬だけ沈黙し、「でもそれって、いつもとどう違うの？」と腑に落ちない顔をした。

そう。いつもと同じである。いつもと違うのに、いつもと同じ。一方、いつもと同じなのに、いつもと違うとも言える。これはどうも臭う。警戒したほうがよさそうだぞ！と、その場では妻に返すことはできずに、うなだれていただけだったので、今、そう書いておこうと思った。

どこも違わない

20210507　第90回　応援しがい　東京　曇後雨

先日、音楽家の小田晃生君と一緒に有料オンラインイベントを開催した。トークの後に小田君の弾き語りミニライブを予定しており、いつも出演するイベントとは少し趣が違うので緊張していた。しかし、リモートの画面越しに聴こえてくる小田君の歌声と演奏は素晴らしく、リラックスしながら疲れを癒す時間となった。

素直な小田君

イベントで小田君は、「今はファンの方に、いろいろとお願いしてしまうかもしれないけど、いつか応援しがいがあったと思ってもらえるようになりたい」と言った。小田君の言うとおり、新型コロナの感染拡大以降、リアルでのライブやイベントを開くのが難しくなり、自分の作品や活動に注目を集めるのが、以前よりもさらにハードルが高くなっている。だから自己宣伝する。読者のみなさんに、情報のシェアをお願いする投稿もする。とても心が苦しい。できることなら、そんなことはしたくない。でも、しなければ本は売れないし、原稿も読まれないのだ。だからせめて、「いろいろ苦労したけど、ずっと応援してきて本当によかった」と、いつか思ってもらえるよう、売れっ子になりたい。苦労をともにしてくれる読者のみなさんに恵まれ、将来、大きな恩返しをしたいと僕は思う。小田君もきっと同じ気持ちで発言したのではないか。

さて、「応援しがいのある三九歳、フリーライター」とはどんな存在だろうか。字面だけで判断すると、どうも応援しがいのある感じではない。もう大人なのだから自分でなんとかしろと、ほとんどの人が思うであろう。でも、僕はまだまだ応援してもらわなければ困る知名度しかないので、なんとか「応援しがい」のある三九歳にならなければならない。ＲＰＧ（ロールプレイングゲーム）のようにＨＰ（ヒットポイント）を設定して、僕の心が折れそうになるごとにＨＰが減っていき、この連載の文字が薄くなっていく演出はどうだろうか。最終的にHPがゼロになると、本文がまっさらになって読めなくなる。

なぜそんなに応援されたいのか。物書きという職業は、お金が入ってくるタイミングが勤め人とは違っていて、たとえば一年後に出るか、出ないか（というか書けるか）わからない本のために、骨身を削っている期間なんかもある。つまり、現実的な収入の問題はもちろん一番大きいのだが、そもそも心が折れてしまうのを避けなければ、仕事が続かないのだ。逆に言えば、生活に十二分なお金をもらっていたとしても、心が折れてしまうと続けるのが危うくなってくる。だからこそ、応援しがいのあるやつになって、褒めてもらったり、盛り上げてもらったりする必要が出てくるわけである。

これは、おそらく僕だけの考えではないはずだ。物書きのみならず、音楽家などほかの表現者も、少なからず同じ思いを抱いている。だから、「僕を応援してほしい」なんておこがましい押し付けをする気持ちはないのだけど、もしこの原稿を読んでいる方で、応援したい表現者がいる方がいたならば、文字や声にして表明してあげてほしい。孤独な戦いをしている表現者にとって、これほど励みになることはほかにないと思っている。

またいつもの悪い癖で、いい人ぶってしまった。応援しがいがあるやつになるために、ここでは素直な気持ちを書いておきたい。できればでいいので、僕を応援してくれると幸いである。というか、僕を応援してほしい。応援されなければ消えてしまいそうな弱々しい存在なので、ある意味、応援しがいはあるとも考えられる。いつか大恩を返せる人間になりたい。

20210510　第91回　赤いカーネーション　東京　晴

昨日五月九日は「母の日」だった。赤子にとって僕の妻は母であり、もちろん現時点では赤子に祝う意思があるかはわからないが、ただでさえコロナ禍で緊張やストレスに晒されているわけだし、妻にとっては初めての母の日である。「父さん、二〇二一年の母の日は、きちんと祝ってくれたんだろうね」と、将来意思を持った赤子にそう言われるかもしれない。しかしそのことに思い至ったのは、母の日の直前になってからであった。配送サービスを調べてみたものの、やはり遅すぎたのか、目ぼしい商品の配達日は母の日の翌日（本日）になってしまっていた。

ということで昨日、「赤子を連れて散歩してくる」と言い、花屋にカーネーションを買いに行った。サプライズするつもりはなかったのだけど、「今から母の日のプレゼントを買ってくる」とわざわざ伝えるのもしっくりこないため、何気なく家を出た。おそろしく暑い日だった。すでに一〇キロ以上ある赤子を前に吊るし、花屋までの道のりを歩いた。途中、このイベントにニコルが参加できていないと気がつき、メッセージカードに犬の名前も入れることにした。

花屋は、思った以上に混雑していた。父と子という組み合わせが意外と多く、なかには僕と同じように〇歳児の赤子と一緒に来ている父もいた。若い女性と五〇代くらいの男性、そして店内のレジの横に座っている年配女性の三人で切り盛りしていた。ソーシャルディスタンスを守る工夫もされていて、この日に備えていたようだった。赤子は入り口付近にあった一輪挿しの赤いカーネーションを指差して、「あじゃ」と言った。「あじゃ」がなんなのかまったくわからないが、「赤いカーネーションがいい」と指示された気がした。せっかく初めての母の日なのだから、一輪挿しではなくアレンジメントされた花鉢にしようと思った。

目の前を女性の店員さんが横切ろうとしたので、その旨を伝えてみた。ところが、赤いカーネーションを主体としたアレンジメントの商品は人気があり、数が少なくなっていた。そのなかでは「あじゃ」に叶いそうな商品はなかった。予算を伝えてアレンジメントしてくれないかと頼んでみた。母の日の花屋は混雑している。「少しお時間がかかってしまいますが……」と申し訳なさそうに言われたので、予約しなかったことを悔やみつつ、「それじゃあ、このお花でお願いします」と、すでにアレンジメントされている商品から、ひとつ選んで指差した。

ベテランが動いた

その瞬間だった。レジの横に座っていた年配の女性がすっくと立ち上がり、「わたしがやります」と言った。インナーに入れた色が金髪になり、伸びに伸びきった髪を隠すように被ったキャップ、オーバーサイズのＴシャツに、アウトドア用のロングパンツ、ＫＥＥＫの白いサンダルという、まるで野外フェスに行くような格好をし、ムチムチ真っ盛りの赤子を吊るして無計画に現れた僕を見るにみかねたのだろう。ベテラン自らアレンジメントしてくれることになった。なんて素敵な花屋なんだろう。にもかかわらず、僕ときたら渡されたメッセージカードに

「ママ、いつもありがとう」と大きく書きすぎて、赤子とニコルの名前を添えるスペースがなくなってしまい、若い女性の店員さんに声を掛け、もう一枚もらうという体たらくぶりだった。

それにしても暑い日だった。別の場所にも寄ろうと思っていたのだけど、赤子はすでに疲れて寝ていたし、熱射病なども心配だったのですぐに帰った。マンションのエレベーターに乗っている途中で、ニコルの名前を書くのを忘れていたことに気がついた。僕は部屋に戻るなりそそくさと仕事部屋に入り、ボールペンで「ニコル」と狭いスペースになんとか書き足した。消せるボールペンしか見つからなかったが、焦っていたのでこの際、仕方ないと諦めた。

消せるボールペン

「母」という枠に勝手に押し込めるようでよろしくないだろうかと気になっていたものの、妻は本当に意外だったようで喜んでくれた。贈り主である赤子と犬は、そのとき爆睡していた。

20210511　第92回　あいみょん　東京　曇

生後一一か月の赤子を抱えて、「母の日」のカーネーションを買いに行ったとき、赤子は一輪挿しの赤いカーネーションを指差して「あじゃ」と僕に指示を出したわけだが、最近では「あじゃ」以外にも、いろいろな言葉を喋るようになった。

すべて記載していたらキリがないので、代表的な言葉と意味（たぶん）を以下に並べてみよう。

●「まんま」―要求
●「あんま」―要求（中）
●「あんまぁ〜あ！」―要求（強）
●「あじゃ」or「あちゃ」―好意
●「あくん」or「なくん」―ご機嫌
●「あう〜！」―怒り
●「ぶんぶんぶん」―不機嫌
●「ぱふぁ（パパ？）」―内緒話するような静かな声でささやく

すぐに思いつくのは、こんな感じである。妻に聞けばもっと細かく言葉の分類がわかるはずだ。妻（赤子の母親）については、「まんま」「あんま」などと混同して呼んでいるように思う（母親だけではなく、父親の僕にも「まんま」「あんま」などを使う）。それにしても、なぜ、「ぱふぁ（パパ？）」だけを、その存在を隠すようにささやくのだろうか。まったく理由がわからない。

存在を隠すように

ところで、我が家のリビングでは、テレビをインターネットに接続し、ミュージックビデオを何気なく流しっぱなしにしていることが多い。赤子も音楽が好きで、よく体を揺らしている。赤子を観察していて気づいたのが、赤子はシンガーソングライターの「あいみょん」が好きという事実である。「愛を伝えたいだとか」などアップテンポな楽曲で、派手な原色を使った演出のミュージックビデオを、特に好んでいる。ん？　あいみょん。あじゃ……。

もしかしたら赤子は、「あいみょん」が言えるのではないだろうか。「あじゃ」が言えるなら、「あいみょん」もそう遠くなさそうである。しかも、「あじゃ」は好意の言葉だ。目の前には、あいみょんの楽曲に体を揺らし、マラカスのおもちゃをぶんぶん振り回している赤子がいる。

僕は必死にテレビの中のあいみょんを指差し、「あいみょん、あいみょん」と何度も繰り返した。さらにあいみょん自身が「あいみょんです」と言う動画を探して、「ほら、あいみょん。あいみょんだよ！」としつこく教えた。もしかしたら、赤子が初めて話す明確な単語が「あいみょん」になるかもしれない。僕はもう一度、口をゆっくり動かして「あいみょん」と言った。マラカスを持ちながらキョトンとしていた赤子がついに口を開いた。

「あ○▼※△☆▲※◎★●みょ……んが」

「……んが」

言えたような、言えないような。厳密には言えてないのだけど、いつもテレビの中で歌っている人物が「あいみょん」であることは、少しだけ理解できたのではないか。我が家は褒めて伸ばすが教育方針なので、「すごい！　あいみょんが言えたね。あいみょん！」と大袈裟に言い、僕は赤子を抱きしめた。赤子は、「あう〜！」と叫んで、またマラカスを振り回していた。

20210512　第93回　「まだ生きている」　東京　曇

辻潤の随筆「まだ生きている」（講談社文芸文庫『絶望の書・ですぺら』収録）は、「まだ生きている、というしるしになにか書いてくれというN君の註文によってペンをとりあげたところなり」の一文から始まる。この一文さえ読めば、先を読まなくても別にいい。名文である。

実際にこの随筆は、文庫（講談社文芸文庫）にして一ページ、たった九行の短文であり、最後まで読んだとしても、結局は最初の一文に辻の気持ちが端的に強くあらわれているのではないかと感じる。この人物の壮絶な人生についてはここで語る文字数はないが、よく言われる「文章の重み」とは、こういうことなのだろう。頭だけでこねくりまわした文章や、紋切り型の思考形式を使って書いた文章では、こうはいくまい。さらに言ってしまえば、最初の一文を読まなくても、タイトルと著者名だけ読めば十分である

誰かが辻のふりをして文章を書くことができてしまう以上、本当なら印刷された活字の文章は生きている「しるし」にはなり得ない。今なら、その日付の新聞を持った自分を撮影し、Twitterに投稿するなどの手段がある。だが、辻はたった九行の短文だけで、自分が生きている「しるし」を示した。それは辻の文章が唯一無二のものであり、誰が読んでも「ああ、これは辻の文章だ」とわかる独創的な魅力を持っていたから可能だった。

いたら教えて

ところで、僕も「まだ生きている」ので文章を書いているのであるが、辻のようにまだ生きている「しるし」に書いているわけではない。「宮崎はもう生きていないだろう」なんて思っている人がいない（たぶん）から「しるし」を示す必要がないし、文章だけで「しるし」を示せる力量が現時点の僕にはあるのだろうか。ないかもしれないが、この連載が続いている以上、僕はなんとか元気にやっている。「しるし」を示せと依頼が来る前に文章を鍛えておかなければならないのはもちろんのこと、そもそもそういう依頼が来ないよう、なるべく元気に頑張りたい。辻潤の「まだ生きている」は、最初の一文だけではなく、全文にわたって名文である。それを確認したうえで、もう一度、最初の一文に戻ってもらいたい。言葉が人生のような人である。

20210513　第94回　断酒(二)　東京　雨

断酒して五年が経った。長かったような、短かったような不思議な気持ちがする。僕の場合はアルコール依存症で断酒したので、生きている限りは酒を飲まない日々が続くのだろう。

まだ五年しか断酒していないので大きなことは言えないが、僕にとって断酒とはつまり、大したことない自分を誤魔化したり、無理に奮い立たせたりせず、ただそのままに受け入れる態度なのだと思う。行為でなく態度と書いたのは、最終的には「断酒をする」、あるいは「酒を飲まない」という行い、決断自体が消滅するのが好ましいし、僕はあくまで断酒する態度を示しているに過ぎないからである。こう書いている次の瞬間にも、酒に手を出している可能性は十分にあり得るのが実情であり、嘘偽りなく素直に言うならば今だって酒を飲みたいのが本音だ。

実際に僕が五年間、酒をやめられているのは、意志が強いからではない。次の瞬間にも酒を飲んでしまう可能性があるおぼつかなさ、飲み始めたらまたすぐにやめられない状態になり、しかもそれらしい理屈をこしらえて強弁しているに違いない愚かさ。再び酒に手が伸びそうになったとき、寸前のところで僕を止めてくれるのは「意志の強さ」ではなく、「弱さ」のほうである。「弱さ」の自覚こそが、断酒をし続ける心の杭となっているのだ。

弱さゆえの断酒

『しらふで生きる 大酒飲みの決断』（幻冬舎）は、酒徒で知られた町田康が酒をやめた理由などを綴った名著である。そのなかで町田は、酒を飲んでも飲まなくても「人生はもともと寂しいものである」と記している。僕の今の実感にこれほど合致する言葉はほかにない。むしろ僕は酒をやめるまで、「寂しい」と本当には思ったことがなかったような気がする。寂しさとは、ゆっくりと、静かに、深くやってくるものなのだと、酒をやめてから感じるようになった。

それがいいことなのか、悪いことなのかはわからない。しかし、僕は「寂しい」と思えるようになって、今はとても幸せである。

20210514　第95回　慎重さ　東京　薄墨一時晴

愛犬ニコルは布団にもぐるのが大好きだ。この前、仕事部屋からリビングに戻りニコルを探したのだが見つからなかったため、寝室にいる妻に訊いてみた。妻は自分がくるまっている布団を指差して、「ここにいるよ」と言った。僕は布団の上から、なかにいる犬を撫でた。赤子が生まれて以来、少し大人になった。「お前は、なんていい犬なんだ」と、僕はニコルを撫でながら労い続けた。ニコルにしては、凹凸のない質感が妙だなと思った。

僕が事実に気づいた瞬間、妻もまったく同じタイミングで事実を把握したらしい。「この人、私の太腿をニコルと間違えている」。妻はハッとして僕の顔を見た。僕も同じタイミングでハッとして妻の顔を見た。犬は迷惑そうに布団から顔を出し、爆笑する夫婦を交互に見ていた。

つい先日、僕は赤子を布に包んで抱っこしていた。妻が寄って来て、布越しに僕の二の腕を揉みながら、「いい触り心地。柔らかくて気持ちいい」と言った。たしかに僕は筋肉がないので、二の腕が柔らかい。妻はなおも熱心に僕の二の腕を揉み続け、「なんでこんなに柔らかくて可愛いんだろう。ムチムチしていて最高だよね、赤ちゃんの太腿って」と言った。

僕は今、慎重さについて考えている。

20210517　第96回　朝一の僥倖　東京　曇時々雨

せっかくの週末だったのに、ずっと家で仕事をしていた。さて、今日の「モヤモヤの日々」はどうしようか、などと考えながら、なんとなくテレビを観ていた。いつもと同じ朝だった。NHKの情報番組「あさイチ」では、スマホとの上手な付き合い方について、専門家を交えながら特集していた。出演者のスマホの使い方も紹介されていた。

すると、どこかで見たことある、というかここ半年、常に見続けている物体が目に飛び込んできた。一瞬の出来事だった。見間違いかと思ったが、再び同じ場面の映像になり、今度はスマホで撮影できたので間違いない。いや、それにしても……。僕はまだ目を疑っていた。深呼吸し、スマホの写真を開いた。「ワゥッ」。いつもは吠えない犬が短く吠えた。保存された写真をじっくり確認して、ようやく確信に変わった。そこには、『平熱のまま、この世界に熱狂したい』が写っていたのだ。お笑いコンビ「たんぽぽ」の川村エミコさんがスマホを見ながら椅子に座っている映像が番組内で流れ、その机の上に僕の本が置かれていたのである。

「ワゥッ」

なんということだ。

よく言われることなのだけど、本を出版する前後の数か月はとくに、書き手はとても不安定な心持ちに晒される。どのように受け止められるだろうか。批判はされないだろうか。そもそも、きちんと読者のもとに届くだろうか。ちょっとした出来事で一喜一憂し、マイナス思考にハマってしまっているときなんかは、「この世で僕以上に価値のない人間はいない」なんて妄想まで浮かんでくる。だから、たとえ本の内容が紹介されなかったとしても、誰かのもとに届いている事実がわかっただけで、飛び跳ねるようにうれしいのだ。川村さん、僕は川村さんのことを一生応援し続けます。そう心に誓い、川村さんの初エッセイ集を注文したのであった。

ところで番組では「スマホ依存」が取り上げられ、スマホを使い過ぎない方法や心がけが紹介されていたのだが、思ってもみなかった朝一の僥倖《ぎょうこう》にテンションが高まり、証拠写真をスマホで撮った挙句、各種SNSにスマホからアクセスして自慢している僕は、はたしてスマホと上手に付き合えていると言えるのだろうか。この段落もスマホだらけだし、突然の出来事に番組の内容をあまり覚えていないため判断がつかない。夜にはダークモードにして画面の背景を黒くするようにしているものの、使用時間はほとんど減っていない。かわりに減っているのが、読書時間だ。僕はスマホより本が好きである。NHKと川村さんと同じくらい好きである。

20210518　第97回　寝てない自慢　東京　曇時々雨

仕事ばかりしていた。本当に仕事ばかりしていたのだ。昨日の午前一〇時半、この連載の原稿を提出してからというもの、本日午後三時の今に至るまで仕事していたのだから、「仕事ばかりしていた」という表現に納得していただけると思う。つまり昨日分の原稿を書いて以来、仕事しかしていなかったことになる。これではモヤモヤしようがない。仕事しかしていなかったのだし、そもそも仕事が徹夜になってしまったのは、他の誰でもない僕の怠惰が原因である。

つい先ほどまで待たせてしまった編集者にも、今も本日分の原稿を待っているこの連載の編集担当・吉川浩満さんにも迷惑をかけてしまっている。先ほど吉川さんに電話したが、妙に明るい声で「大丈夫ですよ。休憩をとって、ゆっくり書いてください」と言っていた。あの諦念にも似た明るさは、滅びの前に訪れる朗らかさのそれではなかったか。そうでないと祈りたい。

「寝てない自慢」をしていた若い頃が懐かしい。繰り返し言うが、昨日（今日？）の徹夜はひとえに僕の怠惰が招いた結果である。そもそも僕は、寝つきが悪いくせにロングスリーパーなので、滅多に徹夜なんてしないのだ。三九歳で徹夜をした今の感想としては、ただただ腰が痛い。

もう限界なので最後に予言しておくと、僕はこの原稿を送ったら一〇〇パーセントの確率で寝ている。いつもは連載が公開された直後に晶文社の公式投稿をリツイートしたり、自分でも告知の投稿をしたりしているが、今日はそれをしないで寝ている。僕が起きて再びスマホを開く頃には、たくさんの読者の方から「お疲れ様でした」といった心温まるコメントが寄せられているだろうか。もしくは「今日は更新しないんですか？」といった問い合わせのツイートが寄せられているのだろうか。それらは僕の自意識過剰からくる妄想で、なにも反応がないのか

諦念と明るさ

もしれない。今の思考能力では判断できないものの、「この原稿を送ったら一〇〇パーセントの確率で寝ている」という予言だけは間違いなく的中しているはずだ。なぜなら寝るからである。

20210519　第98回　一時間一〇分のモヤモヤ　東京　雨一時曇

一昨日は徹夜で、昨日この連載の原稿を書いた直後に寝た。そこから約一〇分の短い覚醒を経て、本日の午前一一時に起床し、今、この原稿を書いている。一〇分の覚醒期間になにをしたかといえば、トイレに行ったのと、犬（二歳八か月）を撫でたくらいである。ざっと一九時間はほぼ連続で寝ていたことになり、まだ僕にそんな体力があったのかと驚いている。起きている間にその体力を発揮できればいいのだが、それができたら僕は偉い人になっているはずだ。

ところで、この連載も本日で九八回目を迎える。今週の金曜日に一〇〇回になることを記念し、翌週の月曜日、一〇一回目を公開後の夜に、編集担当の吉川浩満さんと一緒にオンラインで無料のトーク配信を開催する。今、「プロポーズ」という言葉を思い浮かべた人は注意してほしい。それは平成三年に流行したテレビドラマであり、若い人には通じない可能性がある。広い世代に通じない冗談はなるべく避けて書きたいとは思っているけど、意外と難しいものだ。

僕は執筆にずっと「Microsoft Word for Mac」を使っている。ツールバーにある「上書き保存」のアイコンはフロッピーディスクのままだ。その頑なさが古参にはありがたい限りではあるが、若い読者にはフロッピーディスクを見たことがない人もいるのではないか。そういえばこの前、無意識に「レンジでチン」という言葉を使ってしまった。今どき「チン」と鳴る電子レンジは珍しい。うちの電子レンジは「ピー、ピー、ピー」と鳴る。レンジでピーである。

そんなことを考えながら原稿を一時中断して休憩しようと、インスタントコーヒーを飲むためにキッチンの電気ケトルのスイッチを入れた。湯が沸騰するまでの間、ボーっとキッチンを眺めていたら、「サラダ油」が目に飛び込んできた。サラダ油は、いったいなんで「サラダ」なのだろうか。昨日、原稿を提出して以来、まだ一時間一〇分しか起きていないのに、モヤモヤは尽きぬものである。だからこの連載もなんとか続けられている。

20210520　第99回　筋トレ嫌い　東京　曇時々雨

いよいよ体力がなくなってきた。もともと体力があるほうではないのに、新型コロナの感染拡大により外出する機会が減ったため、少しの運動でもすぐ疲れる。今朝もよく通っていた古着屋のInstagramを眺めていたら、どうしてもほしいTシャツを見つけてしまったのでオンラインストアで購入した。普段なら電車で数駅の場所にある店舗に行って、素材やサイズ感などを確かめてから買うのだが、こういう日常の些細な判断が積み重なり運動不足になる。結果、体力が落ち、余計に外出しなくなってしまう。

犬の散歩など、気晴らしになる外出機会をなるべくつくろうとは意識はしている。しかし、この状況下では外出の機会が減ることは致し方ない部分がある。ならばせめて家のなかでできる運動をしようとは思っているものの、僕は運動、とくに筋トレが大嫌いなのだ。以前、友人たちと一緒に自治体が運営しているジムに行ってみたことがある。身長、体重、血圧などを測り、体力テストをした後にトレーニングメニューを決める流れだったのだが、なぜか僕だけ「すぐにトレーニングするのは危ない」という理由から、ヨガマットのうえでストレッチしたり、ランニングマシーンのうえを歩いたりさせられた。二〇代の頃である。三九歳の今はどうなってしまっているのだろうか。

ジムを出禁に

僕が筋トレを嫌いな理由は大きくわけてふたつある。ひとつ目は、単純に疲れて苦しいから。なにを言っているのだと思うかもしれないが、僕はこれでも中・高校時代はバスケットボール部に所属していたのだ。対戦型のスポーツは飽きずにできるけど、「自分と戦う系」は対戦相手の自分が弱すぎて、すぐに勝負がついてしまう。ものの数分で負ける。ストイックな筋トレは僕にはとことん向いてない。

マッチョは嫌い

ふたつ目の理由は、自分の体が筋肉質のマッチョになるのが嫌だからである。これぱっかりは上手く説明できそうにないのだけど、とにかく筋肉がついている自分の体に拒否感がある。筋肉がついたこともないのになぜ拒否感があるのか、という疑問に書いていたら気づいてしまった。わからない。理屈ではないのだと思う。当たり前だが、別に筋骨隆々な人が嫌いなわけではない。鍛え抜かれた肉体は美しい。あくまで自分がそうなるのに抵抗があるだけである。真剣にトレーニングしている人からすると、そう簡単には筋肉は肥大化しないとお叱りを受けるだろう。運動、栄養、休息を厳密に管理しても、なかなかマッチョにはなれないとも聞く。そうだとしても、目的が筋肉をつけるトレーニングである限りは、モチベーションは高まらない。僕はどうして筋トレに対し、こんなにも態度がでかいのだろうか。それもわからないが、とにかく嫌なのだ。

ラクダも禁止に

何年か前、姿勢をよくする目的で筋トレを始めたことがある。きついトレーニングは続かないし、なるべくシンプルな方法で鍛えたいと思い、書籍や雑誌、インターネットで調べた結果、「ラクダのポーズ」なるものを発見した。膝で立ち、体を反り返して両手でかかとを摑むポーズである。ヨガのポーズの一種だという。サンスクリット語名「ウシュトラ・アーサナ」。これには妙に惹かれたのだが、ラクダから元の体勢に戻ることができず、妻に禁止されたのだった。

さて、どうしたものか。僕はどうしたら体力がつくのだろう。ちなみに、僕は汗をかくのも嫌いである。今はどのみち外出を控えているが、日光を長く浴びていると熱が出ることがあるため、ランニングなども厳しい。これらの条件をすべて頭に入れたうえで、さっきからインターネットを検索しているのだけれど、「これだ！」と思う情報が出てこない。インターネットも大したことないなと、また大きな態度でふんぞりかえりながら毒づいている。

20210521　第100回　目出度い　東京　雨時々曇

この連載も、今日で一〇〇回目になる。「平日、毎日一七時公開」というコンセプトでスタートし、おおよそ半年が経った。これまでの人生において一〇〇回も連続で約束を守ったことがかつてあったのかと過去をたどってみたが、あったような、なかったような記憶がおぼろげだ。なんとも心許ない人生だとあらためて思う。いずれにしても目出度いことである。目出度いついでに言うと、昨日五月二〇日は赤子の一歳の誕生日だった。

「一升餅」という言葉をご存知だろうか。一歳の誕生日を祝う伝統行事で、一升の餅を背負わせると、食べ物に一生困らなくなるといった言い伝えらしい。一升と一生をかけているわけだ。こういった時世なので大したお祝いもできないと残念がっていたところ、妻からの提案でこの「一升餅」を家でやってみることにした。恥ずかしながら僕はこの風習を知らなかったのだけど、周りの友人に訊いてみたら、「ああ、あの餅を背負うやつね」という反応が返ってきた。わりと有名らしい。ただし一升の餅は二キロ近くあるとのことで、赤子が背負えるのか、終わった後に食べきれるのかという懸念があった。

そこで妻が見つけてきてくれたのは、一升餅の代わりとして用いられる「一升パン」である。

一升パンとは

なるほど、パンなら餅よりは腹にたまらず食べきれそうだ。インターネットで注文し、誕生日の数日前に届いた「一升パン」には、「1」の文字とローマ字で赤子の名前が書いてあった。思ったより巨大だった。赤子と見比べてみても明らかに大きい。本当に背負えるのだろうかと思いつつ、お互い忙しい時期だったので考えるのを先送りにして、説明書に書いてあったとおり冷凍庫で保存した。大きすぎるので無理やり押し込んだ。

さて、いよいよ赤子の誕生日である。ささやかながらリビングを飾り付けし、東京の郊外に住む僕の母と甥をMacBook Pro、大阪に住む妻の両親をiPadでつないで、夕方から誕生日パーティーを始めた。しかし、三つの場所をリモートでつなぎながらパーティーをするのは、意外と難しかった。会話は混線するし、こっちには赤子と犬という予測不可能な生き物たちがいる。それでもバースデーソングをみんなで歌い（ネットの関係で遅延してバラバラだった）、蝋燭を（僕がかわりに）消した。その後しばらし談笑し、実家から送られてきた誕生日プレゼントを開けて、みんなでわいわい楽しんだ。とても穏やかで平和なムードが漂っていた。

赤子が少しだけ飽きてきた頃、僕と妻は思い出した。そうだ。「一升パン」があるのだった。僕と妻は冷凍庫から「一升パン」を取り出して、これからやることを説明した。妻の両親はこの風習を知っていて、「風呂敷みたいなので包んで背負わせるといいよ」と助言してくれたが、僕の母はまったく知らなかったようで「そんな伝統があるんだ。面白いね」と興味深そうに笑顔を見せていた。愛犬ニコルも巨大なパンが珍しいらしく、ジタバタして騒ぎ始めた。問題は、そのやりとりが画面の向こうと我が家で同時に行われ、しかも「一升パン」を背負わせようとしても、パンが大き過ぎるのか、赤子がムチムチし過ぎているのかはわからないが、とにかく風呂敷で包んだパンを体にくくりつけることができない。次第にぐずり始める赤子と、はしゃぎ回る犬と、やんややんやと画面越しに騒ぎ立てる親たち。混沌が場を覆うなか、僕は床をずり這いする赤子を追っかけて「一升パン」を載せ、「背負った！」と高らかに宣言した。

「背負ったー」

そんな目出度い話題を記念すべき第一〇〇回目に書こうと思いながらその日は疲れて床に就いた。翌日（つまり今日）は午前一一時から美容室の予約があり、それまでには原稿を提出しようと思っていたのだが、はたして起きたのは午前一〇時三〇分だった。急いで美容室に行き、編集担当の吉川浩満さんに連絡して帰宅したらすぐ書く旨を伝えた。「いつも原稿の提出が遅くなって申し訳ないです」と。それはまぎれもない事実なのだが、ひとつだけ吉川さんに言っていないことがある。僕が原稿のことを思い出したのは、美容師さんが僕の左髪のインナーにしこたまブリーチを塗りながら、「今日は金曜日で……」と何気なく話し始めたときだった。今日を土曜日と勘違いしていたのだった。無事に一〇〇回を迎えられて目出度い限りである。

20210524　第101回　怪談タクシー　東京　曇一時晴

昨日、渋谷の美容室に行った。タクシーで帰った。原稿の提出が遅れていたし、忙しい日々が続いていて疲れていたのである。徒歩でも帰れる距離だったから節約したかったが仕方ない。混雑していたため、迂回路を使ってくれた。料金はややかかったが、スムーズに帰宅できた。

自宅マンション前にタクシーは止まった。一〇六〇円だった。僕はカバンから財布を取り出し、一一一〇円をキャッシュトレイに置いた。すると初老の男性運転手は一〇〇円を指差して、「お客さん、これ一〇〇円ですよ」と言った。確かに一〇〇円である。どう返事したらいいかわからず黙っていると、「これ一〇〇円ですよ」とまた言ってきた。知っている。そして、それのなにがいけないのだろう。

「そうですね」。僕は少し不安げに答えた。だが、運転手は「一〇〇円ですけど、いいんですか?」と同じ言葉を繰り返した。そこですぐに「はい」と言えればよかったのだが、そのときの僕は疲れていたし、原稿が遅れていて焦っていたのだ。自分の思考能力に自信がなかった。どうすればいいのか。僕は試しに一〇〇円を取り、財布に戻してみた。キャッシュトレイには一〇一〇円が載っていた。なにも反応がない。たまりかねた僕は、「これでは足りませんよね?」と尋ねた。「そうですね」と運転手は答えた。僕もそう思った。いったいなにが正解なの

勇気ある決断

だろうか。外出を控えているうちに世の中があまりにも複雑になりすぎて、僕の手には負えない状態になってしまったのかもしれない。

トレイに一〇〇円を僕は戻した。するとまた運転手は、「一〇〇円ですけど」と言った。僕の混乱は頂点に達していた。もう限界だった。僕は意を決して、「あの、一〇〇円ではなぜいけないのでしょうか」と訊いてみた。懇願するように訊いてみたのだが、運転手は「わたしは大丈夫ですが、お客様は一〇〇円でいいんですか?」と逆に質問してきたのだった。もう逃げられない。疲れた頭を高速でフル回転させ、さまざまな角度からその後に起こる事態を想定してみたが、やっぱり僕も一〇〇円で大丈夫だった。「はい。一〇〇円で大丈夫です」と、僕は自分を信じて決断した。自分を信じたのは久しぶりだった。

運転手は、ようやく納得してくれたようだった。頑張った甲斐があった。運転手はトレイから一一〇円を取り、お釣りを用意しながら「レシートはいりますか?」と訊いてきたので、これには即断で「はい」と答えた。運転手は頷き、お釣りの五〇円を渡してくれた。沈黙が車内に流れた。一〇秒が永遠の時間に感じられた。僕は消え入りそうな力のない声で、「あの、レシートは?」と訊ねた。運転手は「レシートは必要なんですね?」と確認し、渡してくれた。

すべて、実際に起こった出来事である。不思議だったのは、運転手の一連の対応がクレームを入れたくなる不遜なものではなかったことだ。あくまで客である僕の立場を尊重し、なにからの強制も受けない自由な意思で「一〇〇円で後悔しないのか」「レシートは本当に必要なのか」という判断を下してほしいというような、真摯さがあった。僕になにか大切なことを伝えたがっているようにも見えた。

あれは夢だったのではないか、と帰宅してから思った。時間は昼間だったけど、白昼夢を見ていた可能性もある。しかし、財布の中には一〇六〇円を支払ったレシートが残っていた。あっ！　そのとき、僕の背中に冷たいものが走った。もしかしたら、あのタクシーは……。

どう考えても普通のタクシーで、どこにでもいる初老の運転手だった。なおさら恐ろしい。

20210525　第102回　生まれて初めて　東京　晴時々曇

昨日はこの連載の一〇〇回記念トークライブを、担当編集の吉川浩満さんと配信した。そのことを書けばすぐに原稿が完成するのだが、芸のない人間だと思われるのではないかという謎の被害妄想に取り憑かれたおかげで、また提出がすっかり遅れてしまっている。ひとつだけ昨日のモヤモヤに触れると、僕と吉川さんとは黒いTシャツを着ていた。家を出る前に、黒か青かで迷って黒を選んだだけに、なおさら悔しい。家に帰って映像を見てみると、ペアルックみたいで悪くないなと思った。そんな感じである。

さて、なにを書こうか。普通に考えれば昨日のイベントについて書くのが正解なだけに、なぜ書かないという制約を設けてしまったのだろうかと、二段落目にしてすでに後悔している。しかし、人間は制約があったほうが、クリエイティブになれるとも聞く。たしかに、なにを書いてもいいと言われるのが、書き手としては一番困る。この連載にはテーマの制約もなければ、文字数の制約すらもない。そう決めて吉川さんに頼んだのは僕である。

なんだか自分で自分の足を引っ張ってしまっているようだが、僕にはマゾヒズムの傾向は一切ない。この世で一番嫌いなのは痛いこと、二番目は怒られることである。かといってサディスト的な性格でもないような気がする。そんなにパキッと二項にわけられるほど、人間は単純ではないのだ。よく飲み会でSかMかといった話題になることがある。あれほど非生産的な議論はない。「僕はドMなんです」と言っていた人がいたが、僕の想像するドMはそれは大層えらいことになっている状態を指すので本当かどうか疑っている。文章をなんとなく書いていたらモヤモヤを発見してまった。自分で自分の足を引っ張るとは、どういう状態なのだろうか。比喩だとはわかっていても、きちんとやってみるのが僕の美点である。左肩がもげそうになった。

どうも論点が定まらない。やはり普通にイベントのことを書くべきだっただろうか。掲載時間が迫っており、今さら書き直すわけにはいかないので仕方ない。でも、こういういじけた感じも含めて、素の自分を出していきたいと話していたのが、昨日のイベントではなかったか。こんなに終わらせ方のわからない原稿も生まれて初めてである。生まれて初めてというのは、なんにせよ目出度い。赤子は、ほとんどのことが生まれて初めてであるため本当に凄いと思う。

そう言えば、昨日のイベントは疲れていて思考のブレーキが効かなくなっていたせいか、いつもよりペラペラと饒舌に語っていたのだけど、それがよかったのか視聴した方がYouTubeのコメント欄に「初めて出会うタイプの天才!」と書いてくれた。「すごい。天才って言われたのなんて生まれて初めてです。これを一生の励みにして頑張ろう」と喜んでいたところ、吉川さんがすぐさまスクリーンショットを撮って、メッセンジャーで送ってくれたのだった。まったく世話の焼ける僕である。

20200526　第103回　最高の海外旅行　東京　曇一時晴

海外旅行があまり得意ではない。異文化に触れるのは刺激的だし、海外に行くこと自体は好きなのだけど、体が環境変化に弱いため体調を崩す可能性が高いのだ。実際に数えるほどしか渡航しておらず、そのほとんどでなんらかの体調不良を起こした。どうしても腰が重くなる。

一方、留学経験がある妻は、海外旅行が好きである。僕も得意ではないだけで嫌いなわけではないため、妻と付き合ってからは強く誘われれば行くことにしていた。現在の情勢ではとても海外旅行どころではないので、もっといろいろな国に行っておけばよかったと後悔している。

数年前、妻とタイに行った。旅行前に友人から、「現地の水があわない場合があるから、不安ならなるべくペットボトルか瓶の飲料水かソフトドリンクを飲んだほうがいい」と助言された。飲食店で提供される飲み物の氷も水道水が使われている場合があるため、できるなら避けたほうがいいという。なるほど。タイに限らず水があうか、あわないかの問題は海外旅行につきものだし、なによりも体調を崩しやすい僕である。実際は大丈夫なのかもしれないが、せっかくの海外なのだから楽しみたい。用心するにこしたことはないと、友人の助言を守ることにした。

さて、タイに到着してまず思ったのは、とにかく暑いという当然の事実である。気温が高いだけではなく、日差しが東京と比べて桁外れに強い。日光に弱い僕は少し不安を覚えた。旅行自体はとても楽しくて、首都のバンコクだけではなく、リゾート地であるサメット島にも行き、ビーチでのリラックスタイムを満喫した。

ちょうど旧暦の新年を祝う水掛け祭り「ソンクラーン」が行われる時期だった。現地の子どもたちから、バケツや水鉄砲で水をかけられまくった。灼熱の太陽に照らされながら浴びせられる冷たい水。僕はなぜだかテンションが高まってしまい積極的に参加し、びしょびしょになるまで遊んだ。当時からすでにアルコール依存症による断酒を始めていたため、あそこまで気持ちが昂ぶったのは久しぶりだった。妻は、「あんなに元気な姿ははじめてみた」と喜んでいた。

本当に智くん？

自ら水を大量に浴びに行っておいてなんだが、友人の助言どおり飲料水には注意していた。ペットボトルのドリンクを飲み、飲食店では氷を抜いてもらっていた。あるレストランでランチを食べたあと、僕は無性にコーヒーが飲みたくなった。ここは南国のタイである。さすがにホットコーヒーを飲む気にはなれなかった。僕は店員さんを呼んでアイスコーヒーを頼むことにした。もちろん氷抜きである。僕は拙い英語でこう言った。

「Ice coffee without ice」

沈黙と奇妙な空気がその場を覆った。店員さんはすぐに気を取り直して、「OK! Ice coffee without ice」と、チャーミングな笑顔を見せてくれた。そして数分後、「Ice coffee without ice」が僕のもとに届いた。普通のコーヒーだった。ぬるくて普通の味がするコーヒーだった。

結果的にタイ旅行は大成功で、帰国してからも体調を崩すことは一切なく、むしろいつもより元気だった。特に水掛け祭りは楽しかった。それからというもの、僕は風呂に入ったら必ず冷水シャワーを浴びてテンションを高めるようになった。しかし、冷水を浴びるたびに「うっひょー！うっひょー！」と奇声をあげるため、近所迷惑だからと妻にやめさせられた。新型コロナの感染拡大が収束したらまたタイに行って、目一杯、水を浴びながら叫びたい。

20210527　第104回　神隠しの犯人　東京　大雨

とにかく物をよくなくす。これはある種、僕の宿命のようなもので、もしなくした物を探すというタスクが人生になかったなら、第二外国語を習得できただろうと思うほど、探し物に時間と労力を費やしてきた。今は、つい五日前に購入したAudio Technicaのワイヤレスイヤホンを探している。ちなみにこのイヤホンは以前、黒色の商品を購入したのだが、見事になくしてしまった。外には持ち歩いていなかったので、絶対に家にある。いくら探しても出てこない。僕は諦めて同じ商品を再び購入した。今度はなくしても見つけやすい青色の商品にしたのに、どうしてこんなにも物をよくなくすのだろうか。僕と妻はこの現象を「神隠し」と呼んでいる。

冬には、足元を温めるミニサイズの電気マットがなくなった。僕は冷え性なため、仕事机の下に置いておくと、体が温まって風邪を引きにくい。非常に活躍するアイテムだった。「電気マットがない」とぶつぶつ呟きながら、家の中を歩き回っている僕を見て妻は、「また神隠し?」と呆れ顔だった。確かその電気マットは、七、八年前に大型スーパーで発見し、一八〇〇円ほどで買ったのだった。値段と使用年数を考えれば、こんな僕のもとから消えないで、辛抱強く活躍してくれたほうである。新しい商品を買おうと思っているうちに冬が終わってしまった。

春の暖かさを肌で感じられるようになった頃、妻が申し訳なさそうな顔で僕に近づいてきた。手にはあの電気マットを持っていた。妻いわく、僕が電気マットを使おうと寝室の収納から取り出し、リビングに置いて仕事部屋に持って行く準備をしていたわずかな時間があったらしい。

その際に犬が電気マットに興味を示し興奮し出したため、テレビの裏に隠した。それを見つけて、「しまった。神隠しの犯人はわたしだ」と気づき、おそるおそる白状したのだという。

謝る妻に、そんなことは些事であると僕は伝えた。そんな濡れ衣は、実家で暮らしている頃から何度も経験してきた。一〇〇回の神隠しがあったとして、僕のせいではなかった事例はせいぜい一回である。正確に統計をとれば、おそらく一の値を下回るはずだ。僕が物をなくしたとき、他の人がなくした可能性をわざわざ考慮に入れるほうが、日々の生活が煩雑になってしまう。僕は僕の行為や判断に対して、まったく信用していない。ほとんどのミスが僕のせいであり、そのことについて僕は世界中の誰よりも自信がある。そもそも、僕はリビングに置いておいたことすら忘れていたのである。それを思い出しただけでも妻は立派なのだ。

全身をたぎる自信

自信満々に伝えた僕に妻がどう反応をしたのかすら、今となっては覚えていない。Audio Technica のワイヤレスイヤホンはまだ見つからないし、ついでに言えばそのとき妻から受け取った電気マットがどこにあるかもわからない。僕のせいである自信が全身をたぎっている。

20210528　第105回　駄目さが希望　東京　薄曇

亡くなった父は、人を褒めるのがとても上手かった。学校の勉強をまったくやらず人より秀でた特技もなかった僕を、「お前は、想像していたよりもちょっとだけいい結果を残すから偉い」と褒めてくれた。中学生のとき、5段階評価で「2」ばかりの通知表を持って帰った際には、「アヒルが泳いでいるみたいだな」と言っていたし、「3」が少し増えたときには、「耳が多くなってよかったな」と励ましてくれた。勉強しろとは一度も言わなかった。

冒頭の発言は、他に褒めることがなく、苦肉の末に放った一言だったのかもしれない。「アヒルと耳」は、愚かな息子をなんとか盛り上げようと、詩が好きだった父が頭をひねって考え出したレトリックだったのだろうと思う。心配ばかりかけて親孝行できなかった悔いが今も残る。

再び父の名言

父から受け継いだ、この「消極的な称賛」というレトリックは、実家を出て別々に暮らしてからも、たびたび僕を窮地から救ってくれた。その効果を発揮したのが、アルコール依存症になって断酒をしなければいけなくなったときだった。断酒については非常に複合的で、一口に「これが効いた」と断言することはできないのだけれど、いよいよ決意しなければいけなくなった際、僕は以下のように考えていた。その時点ですでに独立しフリーライターになり、曲がりなりにもそれ一本で生計を立て、あまつさえわずかな貯金までつくっていた。「毎日、朝から酒を飲んで、体も心もこんなにボロボロなのに、なんとか締め切りを守って仕事をしている。これで酒をやめたら、僕はすごい文筆家になってしまうのではないだろうか」

断酒をして五年が経った今、その目論見が当たったかといったら、そうではない気がする。むしろ、期待を持たないほうが断酒を続けられることがわかった。だが、酒をやめた初期において僕を励まし、支えてくれたのは、そうした謎の楽観主義、根拠のないプラス思考だった。アルコール性の急性すい炎で二度入院し、三度の飯より好きだった酒を三四歳でやめなければいけなくなった。それでも極度の悲観に陥らずに済んだのは（だいぶ悲嘆にくれてはいたが）、幼い頃から慣れ親しんだ「消極的な称賛」のおかげだった。

僕は相変わらず駄目なところだらけだ。自分が立派な人間であるなんて、とてもじゃないけど思えない。でも、不完全な部分が多いからこそ、まだまだ伸び代があると、また根拠もなく思っている。駄目さが希望。これからも想像していたよりもちょっとだけいい結果を残し続けていきたい。いつか本当に立派になる日まで。アヒルが白鳥になった例もある。

20210531　第106回　心のなかの仄暗い場所　東京　曇後晴

週末にかけて、気分が落ち込んでいた。別に嫌なことがあったわけではないし、仕事もそれなりに進めていた。しかし、どうも心の調子がすぐれない。外出する気も起きないし、こういうときはゆっくり休むに限るのだが、かといってすぐ昼寝ができるわけではない。僕は寝つきが悪いのだ。なにか楽しいことをしよう。そう考えて積読している本を読もうとしたけど、文字に集中できなかった。ならばオンラインサービスで映画を観ようと思い、インターネットにつなげたテレビをつけた。観たかった映画がいくつも見つかった。だが、その時の僕には二時間、映像の世界に没頭できる自信がなかった。

赤子と犬と遊び、いよいよ体も疲れてきた。この状態なら仮眠できるかもしれないと思ってベッドに横になった。眠れないし、心が休まらない。さて、どうしたものか。「なんか調子が悪いな」と思い続けているのもつらいだけなので、本棚から画集と写真集を取り出した。すると、パラパラとページをめくっているだけでその世界に入っていくことができた。集中できなくなったらいつでもページを閉じ、ほかの作品集に手を伸ばせるのもいい。

僕は日常に埋没しながら生きるのが好きである。しかし、その一方で、ただ単に美しいだけのものに強烈に引かれてしまう側面が自分にあることを知っている。今回の謎の気分の落ち込みには、仄暗く、物悲しい、愁いを帯びた作品が、僕の心の深い場所に沁み込んできた。そういえば若い頃、失恋をした際には明るい音楽ではなく、暗い音楽を聴くほうが慰めになったものだ。暗い心は、暗い心が癒してくれる。不完全な人間らしい、なんとも妙な特性である。そして、これは僕に限った話ではないのではないか。久しぶりにそんなことを思い出していたら、徐々にいつもの調子を取り戻してきた。

ちなみに、失恋した際に聴く音楽としては、中島みゆきをお薦めしたい。どうだろう。歌詞を引用すると怒られるのだろうか。僕は怒られることが大嫌いなので引用はやめておくが、「わかれうた」の冒頭のフレーズを聴いてほしい。「さすがにその経験はありません!」となって、少しは気持ちが癒されるはずだ。その経験があるのなら、あなたはなかなかの人物である。

202106

20210601　第107回　朝顔観察日記　東京　晴時々曇

一大ドラマ始まる

そろそろ朝顔の種を植えなければいけない。僕は朝顔の花が大好きで、夏に育てることが何年か続き、一度は中断したものの、その習慣を昨年復活させたのである。僕が朝顔を好きになったのは、『万葉集』に収められている、以下の和歌に出会ったことがきっかけだった。

展転《こいまろ》び恋ひは死ぬともいちしろく色には出でじ朝貌の花

歌意：身もだえして恋に苦しみ、死ぬようなことがあろうとも、はっきり態度に出して人には知られまい。朝顔の花のようには。

素晴らしい歌である。朝顔のようには恋心を態度に出さない。それはつまり、「朝顔の花は恋心が色に出てしまっている」という意味にも解釈できる。朝顔はいろいろな色で咲き、濃淡も花によって異なる。花にも表情があるのだ。そう思うと、朝顔が愛しく見えてくる。この和歌で詠われている朝顔は、桔梗を指しているという説がある。実際に、歌意を引用した『万葉集全訳注原文付 第二巻』(中西進、講談社文庫)では、桔梗説がとられている。一方で、『万葉集』成立の時期には、すでに朝顔が伝来していたとする専門家もいる。いずれにしても、万葉の時代に生きた人々の想像力はとても豊かである。

五木寛之は、随筆集『朝顔は闇の底に咲く』(東京書籍)の中で、『ヒマワリはなぜ東を向くか』(滝本敦、中公新書)に出てくる、ある植物学者のエピソードを紹介している。植物学者は、朝顔を研究していくうちに、「朝顔の花が開くためには、夜の暗さが必要なのではないか」という仮説にいきついた。五木はこの説に感銘を受け、「人間も希望という大輪の花を咲かせるのは、かならずしも光の真っただなかでも、暖かい温度のなかでもなかろう。冷たい夜と、濃い闇のなかに私たちは朝、大輪の花という希望を咲かせる。夜の闇こそ、花が咲くための大事な時間なのだ」と思考を飛躍させて考えた。

二〇二一年夏。今年の朝顔に、僕はどのような心象風景を見出すのか。まずはその前に、兎にも角にも朝顔の種を植えなければいけない。二度の引っ越しと、幾度の暴風雨をくぐり抜け

朝顔と夜の闇

た鉢が、そろそろ耐久年数を過ぎようとしている。プラスチック製で青色のその鉢は、小学生の頃、朝顔観察日記をつけるために使っていたものとそっくりだった。そんなところに郷愁を覚えていたのだけど、つい先ほど、前の鉢よりは少しばかりお洒落な鉢を、新しくネットで注文してしまった。SNSに朝顔観察日記を投稿したら、人気者になれるかもしれないという邪な心がそうさせたのである。僕は本当に、心から純粋な気持ちで朝顔が好きなのだ。今年の朝顔に、僕はどのような心象風景を見出すのだろうか。

20210602　第108回　祝日がない月　東京　曇

Googleがある

この連載もそろそろネタがなくなってきたのではないかと思うかもしれないが、そんなことはない。自分のスケジュールのすべてが記載され、仮に乗っ取られでもしたらもはやなにをどうすればいいのか途方に暮れるしかないほど重宝しているGoogleカレンダーを開いて僕は驚いた。昨日から六月だったのである。もう二〇二一年の半分が終わる月に突入しているではないか。なんというモヤモヤだろう。

考えてみれば、今まで土日や祝日が関係のある仕事に就いたことがなかった。しかし、「平日、毎日一七時公開」のこの連載を開始してからは、社会人になってはじめて曜日の感覚が生活に定着した。僕の人生にとって、とても大きな変化である。だが、月数の感覚はそうではなかったようで、僕は昨日の原稿を五月に書いているつもりで執筆していたのだった。

さて、そんなことよりも大切なモヤモヤがある。僕の大好きなGoogleカレンダーをチェックしてみたところ、なんと六月には祝日がない。こんなことがあっていいのだろうか。ただでさえ日本人は働きすぎなのだと聞く。雨が多いじめじめした季節なのだし、一年の折り返し地点の月なのだから疲労が溜まっている人も多いはずだ。もちろん僕もそのひとりである。祝日はこの連載の貴重なひと休憩になるのに、今月は祝日がない。といって、僕独自の祝日をつくるわけにはいかないから、もう諦めるしかないのだろう。

もしも僕が偉くなったら、六月に祝日をつくることをお約束したい。絶対そんなことはあり得ないと思うけど、この場を借りて一応表明だけはしておく。なにかの間違いで僕が偉くなどなってしまったならば、きっと祝日どころの話ではなくなる。毎日が日曜、というか曜日の感覚を失わないでいられるのかどうかすら怪しい限りである。そんな僕が偉くなったとき、いよいよこの国も黄昏を迎える。

20210603　第109回　朝顔観察日記(二)　東京　曇一時晴

僕は、もともと夏が大嫌いだった。今でも好きではない。暑いからである。そして日差しが強い。肌が日焼けに弱く、こんがり小麦色になるどころか、赤く腫れて何日も痛みが残る。日焼け止めにも弱く、大人用を使うと必ずと言っていいほど肌がかぶれる。日焼けにも日焼け止めにも弱いとは、僕は前世でどんな業を背負ってしまったのだろうか。しかし、幸いにも赤ちゃん用の日焼け止めならかぶれる心配はない。最近では赤子と共有して使っている。そんな僕だが、朝顔の和歌に出会い、朝顔を育てるようになってからは、夏が少しだけ好きになった。朝顔の種を植えると、ちょっぴり感傷的な気分になる。またあの暑い季節がやってくるのだ、と。

あだち充と入道雲

もうひとつ、僕に夏を少しだけ好きにさせてくれたものがある。それは入道雲だ。漫画家・あだち充の描く入道雲の素晴らしさに気づいてから、僕は遠くに浮かぶ入道雲を見るのが好きになった。とくに、不朽の名作『タッチ』（小学館）に描かれた入道雲は、何度もページをめくって眺めてしまうほどお気に入りである。甲子園出場が決まったあと、上杉達也と浅倉南は、目の病気で入院している監督・柏葉英二郎の病室に見舞いに行く。柏葉は、達也たち明青学園野球部のメンバーをしごき、試合でも理不尽な采配を振るうなど対立する関係だった。だが、そのような行動は過去のわだかまりから生じたものであり、達也はそれを見抜いていた。

病室で手術を待つ柏葉に、達也は「リンゴ」を渡す。達也と南が去ったあと、柏葉はその「リンゴ」の正体に気が付く。日差しの強い夏の日だった。柏葉の体を心配し、窓を閉めようとする看護師。柏葉はそれを制し、「でも、暑いでしょ？」と訊く看護師に「リンゴ」を握りしめながら、「夏は好きなんですよ」と自分に言い聞かせるようにつぶやく。夏の抜けるような青の空には、入道雲が浮かんでいた。

熱く語りすぎてしまった。朝顔観察日記の話をしなければならない。昨年までは、小学生のときに持っていたようなプラスチック製の青色の鉢を使っていたのだが、今年は新品を買うことにした。Twitterのフォロワーさんが朝顔を育てるのに使っている白い鉢がお洒落だなあと以前から思っていた。しかも、三つの鉢をならべて育てている。よし、僕もそれを真似しようと思い、さっそくネットで注文した。

そして今日の午前中、その鉢が届いた。段ボールを開けて、僕は唖然とした。大きいのである。いや、それにしても大き過ぎる。注文する際、二三型、二七型、三〇型、三七型の四種類があった。僕はこの手の数字に弱いのだ。値段もほとんど変わらないし、三七型を注文しようとしたのだが、一応、妻に訊いてみることにした。妻は寸法を教えてくれと言った。僕は一生懸命、注文ページから寸法の表記を探し、「三七〇×三五九ミリメートル」と伝えた。「それは大き過ぎる!」と妻が言ったので、そんなものかなと思い、三〇型を三つ注文することにした。

その三〇型が大きい。あまりにも巨大なのである。まるでバケツのようだ。というか、家にあるバケツより三倍以上の大きさがある。だが、せっかく注文したのだから、とりあえず種を植えようと気を取り直して、家に保存してある使いかけの底石と培養土を鉢に入れた。う〜ん、半分、いや六割程度しか鉢に土が盛れていない。しかも鉢があとふたつある。

これではさすがにあんまりだと思い、今日は諦めて培養土を新たに購入してから植えることにした。とりあえず、ぱっと目についた中で平均的な量だと判断した一四リットルの商品をネットで買ったのだが、それが多いのか少ないのか僕にはわからない。妻に訊きたかったけど、あいにく妻は今日、出掛けているのだった。

朝顔観察日記がなかなか始まらない。

20210604　第1110回　雨のことば　東京　雨

「私がいないと私を求め、私がいると私の前から逃げる」。なにを言い出したのかと思うかもしれないが、これはポーランドのなぞなぞで、答えは「雨」。日本には「雨の降る日は天気が悪い」ということわざがあるそうだ。意味は「わかりきったこと」。身も蓋もない感じが僕好みである。これらは講談社学術文庫の『雨のことば辞典』（編者：倉嶋厚、原田稔）で紹介されている内容だ。日本における四季折々の「雨のことば」が約一二〇〇語も収録されているほか、なぞなぞやことわざ、言い伝えなど、雨にまつわるコラムが掲載されている。枕元に置いて気が向いたときに読んでいるのだが、まだすべては目を通せていない。数が多いからというよりも、読み終えてしまうのがもったいないからだ。今日のような雨の日にはうってつけの本である。

雨の日は悪天候

同書は五十音順に「雨のことば」を紹介している。この手の本は冒頭から順に読むよりは、適当にぱっと開いて目についたページを楽しむに限る。さ行には「桜ながし」という言葉が載っている。「桜ながし」と言えば、宇多田ヒカルが『エヴァンゲリヲン新劇場版：Q』のために書き下ろした名曲を思い出させる。宇多田の曲のタイトルは「桜流し」という表記である。てっきり宇多田の類稀なる感性で生みだされた造語かと思っていたのだが、「桜ながし」は鹿児島県肝属《きもつき》地方の言葉で、「桜の花に降りかかり散らしてしまう雨」の意だという。「なぜかあわれ深いひびきがある」と解説されている。宇多田はこの言葉を知っていたのかもしれない。

「身を知る雨」の意味は「わが身の上を思い知らせるように降る雨」。涙に掛けて使われる場合が多く、『後拾遺和歌集』に、「忘らるゝ身を知る雨はふらねども袖ばかりこそ乾かざりけれ」という詠み人しらずの和歌がある。「夕立」には、「夕立つ」という動詞の用法があることも知った。本の内容を紹介し出したらきりがなく、このまま日が暮れてしまいそうだ。

それにしても今日の雨は酷すぎる。我が家はマンションの八階にあるため、風で窓がぶっ叩かれたような音がする。外で誰かが窓を叩いているのではないかと疑うほどだ。そんな雨を表現した言葉はないかと頁をめくっていたところ、「かんざさーめ」という言葉が目についた。秋田県地方の言葉で、「風をともなった吹き降りの雨」の意。「かんざさーめ」の語感がなんともよく、何度も復誦したくなってくるが、今日の天気はそれどころではない。ほぼ嵐である。

今、また家の窓が「ドン！」という大きい音とともにぶん殴られた。なんという不躾な雨だろう。原稿の締め切りギリギリまで同書を必死に調べてみたけど、意味としては当てはまって

「かんざさーめ」

も、僕の今の心境まで表してくれる言葉がなかなか見つからない。僕は今日、夕方に用事があって外出しなければいけないのだ。

「雨の降る日は天気が悪い」。結局はこの一言に尽きることに、僕はようやく思い至った。昔の人のつくったことわざは含蓄がある。雨の降る日は天気が悪くて、本当に困ったものである。

20210607　第111回　バンドマン(二)　東京　曇後一時晴

新型コロナの感染拡大以降、四キロほど太ってしまった。なんとかして体重を元に戻さねばと思っていたのだが、代謝が落ちた三九歳の体は以前のようにはすぐ減量できなくなっていた。しかし、四月後半あたりから忙しい日々が続いていて、気がついたら体重が元に戻っていた。忙しくて、食事をしっかりとるのが疎かになっていたせいだ。ダイエットできたのはうれしいけど、不健康な痩せ方である。体重と一緒に体力も落ちてしまい、疲れが溜まりやすくなった。

昨日、外出の用事があってマンションのエレベーターに乗っていた。一緒になった初老の男性が「今日は赤ちゃんと一緒ではないんですね」と話しかけてきた。赤子を前に吊るして散歩に行く僕の姿が異様で印象深かったのだろうか、そのときのことを言っているようだった。「今日は一緒じゃないんです」。そう答え、「まだ一歳なんですけど、重たくって。抱えていると腰痛になってしまいそうです」と苦笑いした。初老の男性は、「いやいや、まだお若いんですから」と励ましてくれた。とても感じのいい紳士だなと思った。たしかにこの歳で年寄りぶるのは早すぎる。「はい。（赤子のために）育児も仕事も、もっと頑張らなければですね」と僕は元気に答えた。エレベーターのドアが開いた。「ひらく」のボタンを押して、「お先にどうぞ」というジェスチャーをした。男性は二度ゆっくりと頷いたあと、「ありがとうございます。頑張ってくださいね、音楽活動」と言って去っていった。

マンションのエレベーターでバンドマンと間違えられたのは、これで二回目である。どうすれば誤解が晴れるのだろうか。とはいえ下手に訂正すると、「ではお前はいったい何者なんだ」と余計に怪しまれてしまいそうなので、このままでもいいような気がしている。楽しい四〇代になりそうだ。

20210608 第112回 風邪予報士 東京 晴後曇一時雨

そういえば、ここ最近、風邪を引いていないことに気がついた。体調不良はいくらでもあったのだが、「ああ、これは風邪だな」という風邪らしい風邪は引いた記憶がない。僕はもともと風邪を引きやすい体質なので、少しでも予兆を感じたらすぐに休む。生姜湯や柚子湯、葛根湯などを飲んで体を温めながら横になる。それでだいぶ風邪を食い止められる。もう一年半近くも本格的な風邪を引いていないのは、新型コロナの感染対策をしているからだろうか。「風邪かな?」と思ったらすぐ休む習慣も、以前より徹底している。しかし、プロの「風邪予報士」といえども油断はある。絶対に使い方は違うが、「弘法も筆の誤り」がある。

平熱は三五度台

一昨日、珍しく薄着で寝たところ、起きたら悪寒がした。そこですぐ対策を講じればよかったのだけど、そのままシャワーを浴び、パソコンに向かってしまった。午前中は順調に仕事をこなしていたものの、正午頃から雲行きが怪しくなってきた。喉が痛くなってきたのである。常備している喉飴を舐めても治らない。熱をはかってみると三六・六度だった。平熱が低い僕でも、さすがにこの体温では熱があるとは判断しない。だが、ここでほっと一安心するのは素人の仕事だ。僕はプロの「風邪予報士」なのだ。フリーランスなのだし、自分の健康は自分で守らなければならない。喉が痛いうえ、熱はないとはいっても風邪っぽいほてりを身体や吐く息から感じる。本当は仕事が終わったら荒れに荒れている仕事部屋の片付けをする予定だったのだが、昨日は万が一の場合を考えて無理をせず、横になりながら本を読んでいた。ちょうど妻も赤子も犬も家をあけていたので、自分のペースでゆっくり休むことができた。

コロナ以前ならばここまで神経質にはなっていなかったと思う。ただ喉が痛いだけで熱がないのならば無理はしなかったとは思うが、気を付けつつも普段どおり過ごしたはずだ。しかし、コロナ禍以降はそうはいかなくなった。熱や、喉の痛み、さらにそれ以上の症状が出てしまったら、感染を疑わざるを得ない。これでもかというくらい対策し、警戒しながら暮らしてはいるけど、素人考えでただの風邪かどうか判断するのはかなり怖い。

今日起床したら、喉の痛みがすっかり治まっていた。相変わらず熱もない。ほっと一安心といったところだが、僕はプロの「風邪予報士」である。少なくとも今日までは、慎重に様子を見ようと思う。

20210609　第1113回　紫陽花　東京　晴一時薄曇

すでにお気づきかもしれないが、紫陽花が綺麗である。薄々気づいてはいたものの、今年に入ってからことさら、紫陽花が綺麗だという事実を実感するようになった。これも自粛疲れのせいだろうか。いや、紫陽花はずっと前から綺麗だったはずだ。今までの僕がどうかしていた。

紫陽花は、土壌が酸性なら青、アルカリ性なら赤に咲く。語源については諸説あるが、『雨のことば辞典』では、青い花が集まって咲く様子から「集真藍（アヅサアヰ）」と呼ばれていた説を紹介している。僕が住むマンションの近くに咲く紫陽花は青色だ。いや、もしかしたら藍色なのかもしれない。青と藍がどう違うのか、厳密に区別する目が僕にはない。服も青系統の色を好んで買っているのに、そんなことすらわからないとは。つくづく、僕は愚鈍な人間である。

近代日本画の巨匠・鏑木清方は、紫陽花を愛し、別号として「紫陽花舎」を好んで用いた。泉鏡花などの文学者とも親交が深かった鏑木は名随筆家でもあった。「失われた築地川」（岩波文庫『随筆集 明治の東京』収録）のなかで、「築地一丁目の河岸に、内側に薔薇、外側には紫陽花を植えならべて生垣とした大きい邸があった。私があじさいに魅力をおぼえたのはこれからで、成人したら、こういう垣のある家に住みたいと願った（…）」と幼少時代を述懐している。「建物に二階以上のものはあまりなかったが、どの家にも庭は手広く取ってあって、そこにはまたあじさいが多く植えられていた。（…）異人館と呼んでいた西洋建築の立ちならんだあたりに見出したのが、どうもところを得ていたように思われてならない」。

二〇一九年七月、鎌倉文学館で開催されていた特別展「三島由紀夫『豊饒の海』のススメ」を観に行ったとき、庭園に見事な紫陽花が咲いていた。赤、青、薄紫。正確に色彩を言葉にできないのが残念だが、バラ園で有名な庭園のなかでも、あのとき一際、紫陽花に心を打たれたのは、ずっと前に読んだ鏑木の随筆が頭の片隅に残っていたからかもしれない。旧前田侯爵家別邸である鎌倉文学館は、『豊饒の海』の第一部『春の雪』に出てくる松枝侯爵家別荘のモデルになった。マンションになかば引きこもりながら過ごしている今も、洋館と庭園の気品高いイメージが、雨の季節の匂いを僕に思い出させる

紫陽花と西洋館

昨日は体調不良の名残があり、この連載を書いた以外は、ゆっくり休んでいた。午後になってから喉の痛みが少しぶり返した気がした。やっぱり無理せず休む日と決めてよかったと、プロの「風邪予報士」としてなおさら自信を深めた。僕は自分が駄目なことに対しては、確固た

る自信を持っている。僕の駄目さを、僕以上に知っている人はいないだろう。「風邪予報士」には駄目さの自覚が必要なのだ。

夕方になって外が涼しくなってきた。ずっと家のなかにいたので、一日一度は綺麗なものを見たいと思い、マンションから徒歩三〇秒の場所に咲いている紫陽花を眺めに行くことにした。暑さで少ししぼんでいるが、相変わらず美しい。そしてやっぱり青い。いや、藍色なのかもしれない。夕日がビルの間から差し込み始めた。都会の片隅で、紫陽花に見惚れているジャージ（パジャマ）姿の三九歳。

背後を誰かが通り過ぎた。気配だけ感じて、僕は紫陽花に見入っていた。その誰かは数歩進んだところで一瞬立ち止まり、僕のほうをチラッと見た。つい先日、マンションのエレベーターで「頑張ってくださいね、音楽活動」と声を掛けてきた紳士だった。顔を上げて視線を向けた僕から男性は慌てた様子で目を逸らし、マンションのエントランスに入っていった。僕はこのマンションに住み続けることができるのだろうか。紫陽花が好きなバンドマンが近くに住んでいたら、とても素敵なはずである。そう思い直してくれればいいのだが。

20210610　第114回　ニコルの人気　東京　快晴

YouTubeチャンネルを開設している。「宮崎智之 Tomoyuki Miyazaki」のチャンネルだ。外国の方が観る可能性を考えて、ローマ字表記も加えておいた。YouTube自体には二〇一三年三月に登録していたのだが、チャンネルを運営し始めたのは二〇二〇年一〇月からである。なぜその時期なのかというと、『平熱のまま、この世界に熱狂したい』が発売される前々月だったからであった。新型コロナ感染拡大の影響で、リアルの場でのイベントや販売促進は難しい状況が続いていた。しかし、自著を広めるためにもできる限りのことはしたい。慣れない動画メディアにも挑戦する必要があるだろうと考え、事前にチャンネルを開設しておいたのである。

とはいえ、いったいなにをすればいいのかまったくわからない。動画のアップロードなど基本的な操作も調べなければできなかったくらいだから、編集やライブ配信なんてもってのほかだ。チャンネルを開設した時点では、本が発売されてすらいない。どうしたものか。悩んだ結果、というのは嘘で、ほとんどなにも考えないまま、とりあえずスマホに保存してあったニコルの動画をアップし、発売まで間を持たせる作戦を実行したのだった。

するとどうだろう。みるみるうちに再生数が伸び始めたではないか。ほとんど工夫をしていないのに、なぜかたくさんの人に視聴されている。動画のタイトルも「犬、一箇所にとどまって去る」「ただの歩く犬」「綱を追う犬」「ただそこにいるだけの犬」「犬、眠りながら少し動く」といった捻りがなく、そっけないものばかり。ニコルの肉球だけをただ一一秒間、映した動画「肉球を愛でる権利」は外国の方に人気で、「Encore（アンコール）」とフランス語でコメントされたのだが、どうすればいいのかわからなかった。気がつけば総再生数が二六万回を超えてい

「ただの歩く犬」

た。編集もなにもしないでただダラダラと、以前、撮影した動画をアップしているだけなのに。

ここで僕は考えた。この状況でいきなり僕が出てきて、本の宣伝をしだしたら、顰蹙《ひんしゅく》を買うのではないか。もともとの目的がこのままでは果たせなくなってしまう。非常に困った状況である。しかし、みんながニコルの動画を観てよろこんでいるではないか。しかも世界中の人たちが。ニコルに比べれば僕なんて、箸にも棒にもかからないどうでもいい存在である。僕より犬のほうが立派に生きている。

以前、Twitterで「皆さんが僕のツイートに求めているのはなんでしょうか?」とアンケートを取ってみたところ、「犬」と答えた人が圧倒的に多かった。ちなみに、「鋭い社会批評」と回答した人は一割ほど。まあ、鋭さを求められたところで僕も困るだけなのだが、そのときニコルの人気を痛感した。天稟《てんぴん》。天賦の才。ニコルには、なんとも形容し難い独特のチャームが備わっている。僕とは大違いだ。この連載だって、本当はニコルが書いたほうが人気が出るはずである。ただ単にニコルが犬だから、僕が書いているに過ぎない。そして犬より人間のほうが偉いなんて道理はどこにもないのである。

天賦の才

ニコルを定点で映した動画をアップし、音声だけで僕が本の宣伝をする。本の情報が必要ない人には、音声をミュート(消音)してもらう、という方法を考えてみたのだけど、そんなせせこましいことをして、誰が喜ぶのか。出来の悪い息子を気にかけてくれていた動物好きな亡き父も「卑怯なまねだけは絶対にするな」と何度も言っていた。ついに僕は英断を下した。このまま犬だけをアップし続けよう、と。

今年五月、五か月ほど放置してしまっていたYouTubeチャンネルを再開した。相変わらず「宮崎智之 Tomoyuki Miyazaki」のチャンネルだが、アップしているのは犬の動画である。放置していたせいで、チャンネル登録者数は激減していた。現在、一三二人。厳しい世界である。別に儲けようとしているわけではない。犬の魅力を世界中の人に伝えたいだけなのだ。いや、そういう言い方も欺瞞である。ただ単に僕が犬の魅力を叫びたい。それだけに過ぎない。

最近、休暇も兼ねて一〇日間ほど、妻と赤子と犬は親戚の家に行っている。もちろん妻と赤子もそうなのだが、犬に会えなくてとても寂しい。犬が寝床にしいているお気に入りのタオルを嗅ぎながら恋しさをしのいでいる（どこかで似たような小説があった）。ニコルは天性の人気者なので仮に儲かってしまったら、自然豊かな場所に連れて行ってあげたいと思う。

20210611　第115回　弱音　東京　薄曇

普段から自分は弱いだとか、愚鈍だとか散々言っておいてなんだが、もしかしたら僕は「弱音」を吐くのが苦手なのではないかと、ふと思った。というか、そういう仮説を立ててみたところ、そうなのではないかと思うようになった。それは昨日、ウェブメディア「幻冬舎plus」で公開された長井短さんのエッセイ「完璧ではない自分とタイマン張るの辛い」を読んだことがきっかけで、そこにはこう書かれていた。

「ちょっと疲れたからもう全部やめて寝てたい」とかすぐにでも大きな声で言いたいのに

「いやでも、今の私の状況は誰かにとってはとても羨ましいことであって、つまり、私が今の自分を放棄したがるのは良くないですね」

頭の中にいる良識を司る自分が早口で捲し立ててくる。こいつは誰だ。どうして、適当に何の気なしに弱音を吐かせてくれないんだ。

これを書いている今も私は「いや、言うてもそんなにしんどくないですってことをきちんと書かないと誤解されるぞ」って警報を感じている。そして、その警報は正しい。

頷きすぎて、首がもげそうになった。「わかる」と簡単に思ってはいけないことはわかっているけど、わかると何度も思っているうちに、もしかしたらこれは自分が書いた文章なのではないかと錯覚してしまったほどだった。長井さんは、モデルや女優業をしていて、エッセイ集も出している。ほかの人からすると、羨ましい人生を歩んでいると思われているだろう。長井さんに憧れている人は多い。

こいつは誰だ

そして僕も、弱いだ、愚鈍だと言っていて、本当にそうなのだが、相対的に考えれば恵まれているほうだという自覚はある。僕より大変な思いをしている人が、世の中にたくさんいるのはわかっている。そうお叱りを受けたこともある。しかし、僕には僕しか知らない「僕だけの地獄」がある。いや、僕だけではなく誰もが「自分だけの地獄」を抱えて生きているのではないか。僕はそう考えている。「人間の弱さ」について考える際には、社会的なレイヤーと、個人的なレイヤーをある程度わける必要がある。弱さに限らず、悲しさ、寂しさ、つらさ、心許なさ、やるせなさといった感情を考えるうえでも、この発想は大切だ。それらすべては決して相対的には測れない絶対的なものなのだから。

僕が日常的になにかを失敗するときは、弱音を吐くのに失敗していることが多い。自分を強く見せようとして弱音を吐かない場合もあるし、これは僕の弱点として自覚があるのだが、「弱音を吐いて誰かに助けを求めるより、自分の力でやってしまったほうが早い」と思ってしまう癖がある。人とコミュニケーションを取ると不確定要素が増えてしまい、「自分の力」という確定要素（と思っているだけのもの）を頼るほうがラクだと判断してしまうのだ。極私的なことを書いて申し訳ないのだけど、妻と喧嘩になるときは、僕が弱音を吐くのを嫌がった挙句、自分の力だけでは解決し難い事態に陥って、妻に多大な迷惑をかけてしまったケースが大半である。さらにあろうことか、追い込まれた僕はそれに気づかない。本当に迷惑な人間である。

とはいえ、そんな僕でもいつもつらいわけではない。「今日は大丈夫だよ！」と思う日もあるし、それこそ相対的に考えて、明らかに僕のほうが相手よりラクだろうと思う瞬間もある。そんなときは、できるだけ優しい人でありたい。せめて手の届く範囲にいる困っている人たちに、声を掛けられる人でありたい。

だからこそ、辛いときは堂々と弱音を吐こうと思う。弱音をもっと躊躇なく吐けるようになれたなら、余裕があるときに「今日は大丈夫だよ！」と手を挙げられる人になれるのではないか。今より優しい人になれるのではないか。弱さを持ち寄りながら生きていけるようになれるのではないか。そんなふうに考えている。

20210614　第116回　犬の帰還　東京　雨

犬が帰還した。妻、赤子、愛犬ニコルは一〇日ほど前から親族の家に休暇も兼ねて行っていて、昨日の夕方前に我が家に帰ってきた。一人暮らしには慣れているとはいえ、犬もいない完全なひとりは久しぶりである。犬は仕事がある僕と一緒に残るはずだったのだけど、コロナ禍ではなかなか旅行ができずマンションにずっといて、都会の街を散歩する生活が続いていた。場所を変えるだけでも気晴らしになるだろうと考え、犬も一緒にお邪魔することになった。

なぜ妻や赤子とも離れていたのに、ことさら「犬の帰還」を強調するのかというと、映像通話で意思疎通ができる妻と赤子と違い、ニコルはおそらく臭いなどで人を判断しているのだろう、映像通話にはほとんど反応してくれないのだ。赤子はまだ一歳だが、顔と声で僕がわかるらしく、なぜかいつもその存在を隠すように小声でささやく「ぱふぁ（パパ？）」までやってくれた。それにしてもどうして僕に言う「ぱふぁ」だけ、あんなにもか細い声なのだろうか。

これまでの経験でわかってはいたものの、やっぱり今回も犬は映像通話にはほとんど反応しなかった。ニコルだけなのか、ほかの犬もそうなのかはわからないけど、人間とは感覚が違うから仕方ない。でも寂しい。恋しい。犬を身近に感じたい。僕はニコルが布団がわりに使っているお気に入りのタオルに顔を埋め、大きく息を吸って臭いを嗅ぎながら犬の帰還を待った。

臭可愛い

犬はいつもの赤いキャリーバッグに入れられて帰還した。妻と赤子に挨拶したあと、すぐにキャリーバッグからニコルを取り出し、抱きしめた。そして思いっきり臭いを嗅いだ。そうそうこの臭い。雨の日の草むらみたいな獣臭さ。新型コロナに感染した際に発現することがあるという嗅覚異常がないか確かめるのにも一役買っているニコルの臭い。なんて臭可愛いのだろう。僕はニコルを目一杯、嗅ぎ続けた。しかし、移動で疲れているのか、あまり反応はなく、ケージに戻してあげると水を少し飲んだあとは、ハウスに閉じこもって寝てしまった。犬でも「やっぱり家が一番だなあ」とか思うのだろうか。起こすのも可哀想なのでそっとしておいた。

妻が一〇日間の報告をしてくれた。赤子も犬も新しい刺激を得て、生き生きと過ごしていたという。広い家でリラックスしつつも、他の犬とも遊べる環境だったので、犬は帰る直前まではしゃぎ回っていたらしい。喜ぶ姿が目に浮かぶし、妻からもらった動画でその様子を知っていた僕は、やっぱり犬も連れて行ってもらってよかったなあと、つくづく思った。僕は、「仕事をして、部屋を散らかして、部屋を片付けた」と、一〇日間の報告を端的、かつ正確に伝えた。

今日、関東甲信地方が梅雨入りした。平年より七日間遅いという。僕はその報道に触れて、関東がまだ梅雨入りしていなかったことを知った。四季の移り変わりを愛しているとかいつも言っておきながら、僕の季節感覚も当てにならないものである。天気予報で今日は雨が降ると知っていたので午前中に散歩に行こうと思っていたものの、犬はまったく起きようとしない。ニコルは、「睡眠＞散歩＞食事」の優先順位で生きている。幼少の頃から犬を飼い慣れている妻によると、この優先順位は珍しいそうだ。犬はだいたい食事と散歩を猛烈にねだるものだという。

ニコルは一度ダラけるとテコでも動かない。本当に動かない。移動させようと思っても、まったく体に力を入れないため、ふにゃふにゃして運びにくい。ニコル用の大きなヘラ（お好み焼きをひっくり返す時に使うような）を特注で頼みたいくらいである。それも含めて犬が帰還した。臭可愛くて、ダラけた犬が帰還したのだ。今日は、まったりと過ごしたいと思う。

20210615　第117回　冷房の設定温度　東京　晴一時曇

暑い日が続くと思ったら、昨日は少し涼しくなった。今日はまた暑い。東京では六月八日～一〇日までの三日間は最高気温が三〇度を超えた。このタイミングで冷房をつけ始めた人が多いのではないか。我が家は、僕が暑いのにも寒いのにも弱いので、五月には早々とつけていた。

職場の冷房問題

環境省は、冷房の設定温度を二八度と推奨している。職場によっては、設定温度の独自ルールをもうけるケースもある。しかし、人によって体感温度は違っていて、しかもフロアのどこに座っているかによっても暑さ、寒さの感覚が違ってくる。二〇代の頃に勤めていた会社で、僕は冷房の真下のデスクに座っていた。なんとなく、若い男性は暑がりという先入観が世の中にはあるような気がしているが、僕は暑いのに弱くもありながら、ベースの体質としては生粋の寒がりだという面倒臭いやつなのである。だから、とにかく寒かった。冷房の設定温度に対して発言するには未熟者すぎると勝手に思い込んでいた僕は、これみよがしにカーディガンを羽織り、熱い日本茶まで啜って寒さをアピールしていたものの、どちらかというと暑がりが多い職場だったため環境が改善されることはなかった。

まあ、そんなこと些事だと言われればそうなのかもしれない。しかし、人によってはそれで体調を崩す人もいるし、実際に僕も何度か崩していた。環境省は二八度と言っているけど、冷房の性能や座っている位置、それぞれの体質に合わせて職場の環境を整えたほうがいいと思う。そのほうが仕事の生産性も高まるだろう。今日はすごく建設的なことを書いている。

外気にも弱い

我が家は、どちらかというと妻が暑がりで、僕が寒がりである。だが、寒がりといっても暑いのも嫌いなので、当然、冷房はつけたい。最近はそんなことは言わないけど、同棲を始めた当初は繁華街に住んでいたため、窓を開けるのも嫌がっていた。僕は外気にも弱いのだ。

とはいえ、一緒に住んでいるうちにいろいろな合意が形成されていった。今住んでいるマンションのリビングでは、だいたいいつも二七度の弱風に設定している。ちなみに、ニコルは間違いなく暑がりである。だからこれは犬も含めて考えた合意なのだ。それに加え、ニコルには冷たいクールプレートを買ってあげた。夏場にはその上で横になっている。最近ではなぜかヨガマットの上がお気に入りである。赤子はよくわからないが、極端に暑かったり、寒かったりするのは避けたほうがいいに決まっているので、気をつけるようにしている。

今日は赤子が早朝に起きて騒ぎ出したので、犬も含めた家族全員が寝惚け眼をこすりながらリビングに集まり、朝食をとった。寝起き、かつ早朝ということもあって、冷房が寒く感じた。妻にそう伝えると、「冷房の目の前の席だからね」と言った。そうなのだ。最近、部屋の配置を変えて、僕の席が冷房の目の前になってしまったのだ。妻の一言で席を変更することになった。単純なことである。単純なことを率直に口にして解決できる関係こそ大切なのであった。

20210616　第118回　ためらい　東京　雨時々曇、雷を伴う

在来線すら回避

今まで積極的には触れていなかったことについて書きたいと思う。と言っても、この連載をずっと読んでくれている読者の方はすでにお気づきだろうけど、僕は現在、極端に外出を制限した生活を続けている。それは、新型コロナへの感染を警戒しているからである。

もともと在宅勤務が可能な文筆業だし、コロナ以降はリモートで取材やイベント出演もできるようになった。僕は自分の体が弱い自覚があり、それに加えて二〇〇九年～二〇一〇年に流行した新型インフルエンザに罹患した苦い経験もあるため、かなり早い段階から対策していた。その警戒を今でも解いていないのだ。もちろん犬の散歩や生活に必要な最低限の外出はしているものの、普段の行動範囲はせいぜい半径三、四キロといったところだろうか。

そして、これはもしかしたら驚かれるかもしれないが、新型コロナが流行し始めた昨年の二月後半あたりから、僕は在来線に一度も乗っていない。タクシーを使っている。仕事でどうしても外出しなければいけない用事はせいぜい月二回程度なので、頻繁に外出していた時期と比べると、月に使う交通費は安くなっている。そんな状態でも生活をなんとか続けていけるのは仕事の特性と、アクセスのいい都心に住んでいるからである。対策したくてもどうしても外出し、人と接触しなければいけない人が多いなか、僕はとても恵まれている。

なぜそこまで警戒するのか。いろいろな理由はあるのだけど、個人的に不安に思っている大きな要素のひとつは僕が喘息を持っていることだ。先日、別の用事で病院に行ったところ、医師から「喘息はあまくみてはいけないので、基礎疾患として申請し、ワクチンを優先接種したらどうか」と助言された。そのことについては、親族の間でも話にあがっていた。しかし、僕の中で少しのためらいがあった。というのも、僕は「喘息」という診断書を今までもらった覚えがないのだ。診断書？と呼ぶのだろうか、喘息を持っているのにもかかわらず、そのへんの知識が曖昧だったのである。幼い頃は喘息の症状がひどかった。母の話によると、医師から医療費助成の申請をするように勧められたのだが、当時はあまり情報がなく、「もしかしたら将来、就職などに響くのではないか」と考えて申請しなかったという。

そして、中学生、高校生と成長していくにつれ身長が伸び、部活動のおかげで体力もついてきた。徐々に喘息が出ることも少なくなっていった。大人になってからは、年に二、三回ほど症状が出る程度になった。とはいえ症状がまったく出なくはならないので、旅行に行く際などは常に喘息の薬を持って歩いている。薬がなくなったり、なくなりそうになったタイミングで病院にかかったりする際に処方してもらっている。そんな状態でしのいでいたため、自分の喘息が優先接種できる「基礎疾患」にあたるほど慢性的で重いものなのか判断しかねていたのだ。

ここ数年はなぜか喘息の症状が出ることが以前より増えているが、症状の重さにグラデーションがあるので、絶対に増えている、悪化しているとは自分では判断が難しい。ただ、医師が言うには基礎疾患の申請に診断書は必要ないという。自治体の窓口に問い合わせても同じことを言われた。まずは基礎疾患を届け出て接種券をもらい、接種前の医師による予診で状況を確認してから、接種するかどうか判断される。

人間とは不思議なもので、不安ならまずは申請してみればいいではないかと思うかもしれないが、自分の喘息の状態について正確に把握せずその時々の対処でしのいでいたうえ、六五歳以上の母がまだ接種できていないのに僕がしていいのかといった後ろめたさから申請をためらっていた。ワクチンについての知識も乏しかった。しかし、親族や友人に相談したところ、やはり申請したほうがいいという結論になった。とくに母は、「昔から肺が弱くて何度も肺炎になりかけたんだよ。絶対に申請して。なんでしないの?」と強く勧めてきた。

複雑な世界の逡巡

重い話を急にして申し訳なく思う。だが、ずっとモヤモヤしていたことなので、日々の生活を綴るこの連載で書かないのは不誠実な気がしていた。コロナ以後、世界の複雑さを前に僕は目眩を起こし、逡巡してばかりいる。申請はすでに済んでいる。区によると六月二五日以降、順次、接種券が送られてくるそうだ。最終的な判断は、接種前の医師による予診で決まる。専門家に判断をゆだねる。コロナ以後に経験したためらいの数々を考えると、ゆだねることができる問題であるだけ、複雑ではないとも言える。そんな世界を、僕は生きている。

20210617　第119回　ラーミヤンでバーメン　東京　曇時々晴一時雨

物書きをやっているくせに、僕は固有名詞がすぐに出てこないときがある。最近では改善されたが、とくに書き言葉ではなく、喋り言葉の場合は、この困った現象が起こりやすい。以前、新宿のゴールデン街で飲んでいた際に、「ほら、なんだっけ。あの四角い……、洗濯機を冷たくしたようなやつ」と言葉に詰まっていたところ、横で飲んでいた後輩が「もしかして冷蔵庫のことですか？」と教えてくれた。

地元の幼馴染み集団の中では、僕のこの困った癖は常識になっている。コンビニを区別して呼ぶことに煩雑さを感じ、セブンイレブンとローソン以外の店を概念化して、すべて「ファミマ」と呼んでいた時期もあった。優しい友人は、「どこそこのファミマで集合ね」と連絡したら、そこがミニストップだろうが、デイリーヤマザキだろうが、サンクスだろうが、なにも言わずに来てくれた。しかし、やはり待ち合わせにまぎらわしく、コンビニに対しても失礼であるという理由から友人たちにやめさせられた。ちなみに、サンクスは、その後、ファミリーマートと統合されたので、僕に先見の明があったと言えなくもない。

もうひとつ、僕の困った癖として、固有名詞を絶妙なニュアンスで間違える、というものがある。漫画『ONE PIECE』に出てくる伝説の大海賊・白ひげを「ひろしげ」と何度も言うものだから、その度に「しろひげ、ね」と律儀に訂正してくるONE PIECEファンの友人が不憫になり、最近では「白ひげ」をその異名ではなく、本名であるエドワード・ニューゲートと呼ぶことにしている。そっちのほうが間違えそうなものだが、そうでないから謎である。

極め付けが、「ラーミヤンでバーメン」だ。僕はファミレス「バーミヤン」のラーメンが大好きなのだ。とくにお金がない若い時期には、友人から「昼飯なに食べる？」と訊かれると、「ラーミヤンでバーメン！」と明るく、元気に答えていた。僕の固有名詞を覚えられなかったり、間違ったりする癖は、「なにが言いたいのか絶妙にわかる」という域に留まっているぶん、親切な友人たちに恵まれたおかげでたまに訂正されるも、なんとなくゆるく温存されていた。

しかし、今はプロの文筆業なのだからそうはいかない。もちろん、書き言葉の場合は厳重に注意して、これらの困った現象が起こらないように気をつけている。そして、ラジオやイベントに出演する機会も増えた今では、悪癖を直すため努力するようになった。具体的にはゆっくり喋る、普段から気を付ける、音読や滑舌トレーニングをするといった程度ではあるが、僕はいつかラジオパーソナリティになって自分の番組を持つのが夢なので意外と真剣だ。

ラジオといえば、最近、赤坂にある書店「双子のライオン堂」の店主・竹田信弥さんがパーソナリティを務める「渋谷のラジオ」の番組「渋谷で読書会」に、よく出演させてもらえるようになった。そういった縁もあり、お互いの新刊についての対談イベントを行い、今日、レポート記事の後編が公開された。それを告知しようとTwitterに文字を打ち込んでいたところ、「竹田のライオン堂

田のライオン堂の双子さん」と無意識に書いてしまっていた。

ツイートする前に気づいてよかった。ラジオ出演という貴重な機会を失うところだった。一方、「竹田のライオン堂の双子さん」でもみんなわかるだろう、と楽観的に考えてしまう僕も同時にいた。宮崎のなかにたまに出てくる悪崎である。しっかりと生きていきたい。

20210618　第120回　朝顔観察日記(三)　東京　薄曇一時晴

朝顔の芽が出た。新しく買った三つの白い鉢に、それぞれ三本、三本、二本の計八本。どれも葉は二枚で、黄色がかった緑色をしている。元気がなく見えるのは、日照時間が少ないせいだろうか。しかし、今年もきちんと朝顔の種をまき、まずは発芽を迎えることができたのだ。

今さらながら、自然とは不思議なものである。ただの小さい黒い粒だった種を土に植え、日光に晒し、水を与えていると、勝手に生命力を発揮して発芽してくれる。黒い粒だったときと、どう違うのだろうか。土と日光と水が、種になにかを吹き込むのだと思う。おそらく義務教育で習ったそれらの知識を、いまだ正確に把握できずにいる。だが、知識のあるなしにかかわらず、種は発芽し、そのうち蔓が伸びて花を咲かせる。人間が、社会がどのような状況であろうとも、その基本的な自然界の摂理は変わることがない。なにか特別な人為的操作を加えない限り、当たり前だが、朝顔の種からは朝顔の芽が出る。人間のままならなさに比べれば、なんと心強い存在なのか。朝顔の芽を見ていたら、不安定な心が少し安らいできた。

今度は土問題

前回の観察日記からほどなくして一四リットルの土が届いた。かなり大きい袋に入っていて、ずっしり重い。これなら大丈夫だろうと鉢に入れたところ、なんと一鉢ほとんど空っぽのまま土がなくなってしまった。また追加で注文しなければならない。僕はノートパソコンを開き、ネットショップを眺めた。五リットルの土がある。これでおそらくは大丈夫だろう。五リットルといったら大した量である。よく妻に頼まれて二リットルのミネラルウォーターをふたつ買って来るが、たいそうな重さだ。それより一リットルも多い。よし、これにしよう。

待てよ、と僕は思った。多めに買っても別にいいのではないか。家まで配達してくれるのだし、たとえ余ったとしても保存しておくか、ほかの植物を育てるのに使えばいい。値段だって高額ではないではないか。直前でそう思い直し、「1」となっていた注文の数量を、おもむろに「2」に変えた。計一〇リットルである。結果的に、この判断が功を奏した。僕にしては珍しく適切な判断だった。追加一〇リットルで三〇型の三つの鉢がぴったり埋まった。

ちなみに、妙なところだけ律儀な僕は、きちんと三つの鉢の用意が終わるまで種を植えなかった。だから、三つともスタートラインは同じである。この連載における「朝顔観察日記」では、朝顔にかんする小説や随筆、詩歌などをあわせて紹介しようと思っているのだが、すでに長文になってしまった。取ってつけたように紹介するのも作品に失礼なので、今日はここらへんで筆を置くことにする。
かわりといってはなんだが、断捨離中の実家の母が見つけ出し、ノートごと送りつけてきた僕の詩を載せたいと思う。小学二年生のときの作品（一九九〇年）だ。亡くなった父の教育方針で、僕は『朝日小学生新聞』に詩を投稿していたのだった。掲載紙の切り抜きがないところから推測するに、不採用になったか、出来が悪くて父が応募しなかったかのどちらかだろうが、くしくも僕の今の心境を的確に言い表している。

人間はくたびれる

人間

にんげんは、
いろいろ
やって。
くたびれる

句点の入れ方がナイスである。二〇二一年の朝顔観察日記が、今ようやく始まったのだ。

202106

20210621　第121回　マリトッツォ　東京　曇後晴

急に甘いものが食べたくなった。酒をやめて以来、甘党になったのだ。元の甘党に戻ったと言ったほうが正確かもしれない。しかし、仕事に没頭しているうちに食生活が乱れ、ついついパソコンの前にへばりつきながら甘い菓子を食べて済ます日々を少し前から過ごしていた。だから、最近では甘いものを封印して、一日三食きちんと食べることを心がけていた。

上品な甘さが好き

その日は妻も赤子も犬もいなかった。間食するのはよくないが、昼食の一食分を甘いものに置き換えるのならそこまで悪くはないのではないか。自分に甘い僕は、ほかにも甘いものを食べていい理由を五、六個ほどこしらえた。さらにとことん自分に甘い僕は、外に出るのを億劫に思い、Uber Eatsを使って甘いものを宅配してもらうことにした。「甘い」ばっかりでなんだかよくわからない文章になってきたが、それくらいの贅沢はたまには許されるはずだ。

アプリを開くと、カフェやケーキ屋など、家の近くにある店が表示された。世の中にはいろいろな洋菓子があるものである。スマホの画面をスクロールしながらそう感心していたそのとき、なんともインパクトある、今だかつて見たことがない洋菓子が目に飛び込んできた。シュークリーム？に似ているのだけど、生地が口をぱかっと大きく開いたような形をしていて、そこから溢れんばかりの生クリームが顔を出している。その生クリームの表面にイチゴやバナナ、オレンジピールなどがくっついているではないか。なんと愚かな食べ物だろう。しかし、愚かしい食べ物ほど美味しいことを、僕は知っている。店が家から近く、二〇分ほどで届くという。もうこれしかない。今、これを頼まなければ、僕は一生後悔するだろう。

問題は、値段が一一〇〇円もすることだった。サービス料、配送手数料を加えると一四一〇円。この食べ物はふたつ単位でしか頼めないのだ。つまり、商品はひとつ五五〇円である。たまの贅沢だと思えば許容できる範囲ではあるものの、もうひとつの問題としてこれだけ胃に溜まりそうなものをふたつも食べられるだろうか、という懸念があった。無理だったら冷蔵庫に保管しておいて、古くなる前に食べればいいか。そう考え、僕はホワイトチョコがまぶしてある商品を一セット注文した。ほぼ時間通りに、その食べ物は家の玄関前に届いた。

実際に見ると、さらに愚かしい食べ物であることが、びんびんと伝わってくる見た目をしていた。人も食べ物も見た目で判断するのはよくない。僕は恐る恐るその食べ物を口にした。豪快に開けた口の中に、生地と生クリームを放り込んだ。美味しい。そして思ったより甘くない。僕は人より少食なほうだが、それでも胃への負担はそれほど感じなかった。ホワイトチョコの食感も見事である。気づいたらふたつとも完食していた。値段も妥当だと思った。

だがしかし。僕は思った。この食べ物は危険である、と。ただでさえ快楽に弱い僕に、こんな愚かしい食べ物をコントロールできるはずがない。僕は僕の愚かさを誰よりも知っている。

深入りは禁物だ。愚かさには自信がある僕はそう思い、その日のことを忘れようと努めた。

数日後、休暇を兼ねて親戚の家に行っていた、妻と赤子と犬が帰ってきた。「仕事をして、部屋を散らかして、部屋を片付けた」と、妻に留守番中の報告を端的、かつ正確に行った。どうしても我慢できなくなり、Uber Eats の画面を見せて妻にあの食べ物の存在を教えた。

「マリトッツォ」という名前を、そのときはじめて知った。妻によると、イタリアはローマから上陸した洋菓子でコンビニでもオリジナル商品が発売されるなど、今まさに飛ぶ鳥を落とす勢いの人気だという。そうだったのか。僕は知らぬ間に、流行に乗っていたのだ。そう思うとうれしくなり、ちょっとした満足感を覚えながら仕事部屋に向かった。原稿に集中し始めてしばらく経った頃、玄関前に人の気配がした。もしかしたら妻がマリトッツォを頼んだのかもしれない。コロナ以後は、なるべく届け物は玄関前に置いてもらうことにしている。仕事部屋からすぐに出て、玄関のドアを開けた。はたして、そこにはマリトッツォがあった。

包装を開けて中身を確認した瞬間、「しまった！」と思った。一セットしか買っていなかったのである。一セットでふたつをふたりで食べるのだから妻の判断は正しいのだが、「意外とふたつ食べられるよ」と説明しておけばよかった。妻も美味しいと言いながら、少し物足りなそうな顔をしていた。しかし、それを口に出すと僕が、「もう一セット頼もう」と言い出しかねないと思ったのか、妻は黙ったままだった。

20210622　第122回　歴史の分岐点　東京　曇

たまに起こる珍現象として、ずっと前に投稿したツイートがリツイートやいいねされる、というものがある。みなさんにも経験があるのではないか。普段は気に留めずスルーするのだけど、つい最近、この現象が起こったときはなんとなく理由が知りたくなった。そのツイートは、世界初の「緩まないネジ」を発明した道脇裕さんのインタビュー記事（リクナビNEXT「プロ論。」二〇一六年二月一七日付）についてのものだった。道脇さんの名前で調べてみて、理由がすぐにわかった。二〇二一年六月一七日の「カンブリア宮殿」（テレビ東京）で道脇さんが特集されたのである。それを観た視聴者が検索し、僕のツイートを見つけたのだろう。

カンブリア宮殿で「学歴ナシの天才発明家」と紹介されているように、僕が以前に読んだ記事でも、冒頭で学歴について触れられていた。道脇さんは、既存の学校教育に疑問を持ち、「今のままの日本の教育ではダメだ」と先生に訴える小学生だったという。義務教育は自主休学し、高校もほとんど通わずに、その間、新聞配達やビラ配り、商店街の手伝い、住み込みの漁師、とび職の職人などを経験した。科学実験や電子工作にも興味を持って取り組んだ。

道脇さんが一番こだわっていたのは、「この世とはなんなのか？」「（自分は）なんのために存在しているのか？」といった問いの答えだった。学校の教育が、その答えを教えてくれるとは思えなかったのである。しかし、さまざまな経験をした結果、道脇さんは「自分はバカである」という事実に気が付く。そして、バカを克服するための方法論を考えた末にたどり着いたのが「徹底的に勉強する」であり、しかもその方法は「社会が定めている教育カリキュラムと極めて似たモノ」だった。その後、道脇さんは大検を受け、アメリカに留学した。

紹介したエピソードは記事の前半部分に過ぎず、アメリカ留学も結局はすぐにやめてしまったという。僕が以前、ツイートしたときに面白いと思ったのが、型破りな人生を歩み、型破りな発想力で次々と新しい発明や問題解決を行っている道脇さんが、いろいろ考え、いろいろ経験した結果、意外にも自分が不満を抱いていた「社会が定めている教育カリキュラム」の（ある程度の）出来のよさに気づいたという話だ。ただ単に既存の制度に従うのではなく、疑問を抱き、考えた結果の答えだったから価値があったのだろう。

以前、やる気はあったり、なかったりするときがあり、とくにフリーランスになってからは仕事のやる気をコンスタントに維持するのが難しく、その方法を考えた結果、僕が思いついたのは、ほとんどが会社員時代には習慣化していたものであった、と書いた。道脇さんと怠惰なだけの僕を比べるのはおこがましい限りだけど、そういうことは案外、あり得る話なのである。

とはいえ、コロナ以後、働き方も、学校教育も、さまざまな側面で変化している。いや、そのはるか前から、現場では時代に対応するべく、新しい取り組みが試され続けている。いつの時代にも、どんな人にも通用するグランドセオリーなど存在しない。だからこそ、たとえ少しずつであっても問題点を改善し、よりよい仕組みや環境をつくっていく必要があるのだ。

一九八二年三月生まれの僕は、思えばいつだって、「これからは、今までのやり方や考え方は通用しなくなる」と言われ続けながら育った。たしかにその通りで、多くのものが変化していった。よく変化したものもあれば、悪くなったように感じるものもある。「今が歴史の分岐点だ」と、小学生のときも、三九歳になった今も言われ続けている。いや、一九八二年三月生まれだからではなく、いかなる世代の人も、そう言われ続けてきたのではないかと思う。

いずれにしても、歴史をすべてなかったことにするのは不可能であり、今が分岐点かどうかも、実際には後から振り返ってみなければわからないことである。積み重ねられた歴史のなかで、改善すべきもの、そのなかでも今すぐ改善して実行に移さなければならないものはなにか。残していくべきものはなにか。その判断の速度が以前よりも求められているのは確かなように感じる。焦りはあるけど、僕は僕の目で、できるだけきちんと見極めたい。そして、微力ながらも実行に移していける勇気がほしい。そんな思いで今日も目を凝らしながら生きている。

20210623　第123回　本の片付けについて（二）　東京　曇時々雨

昨年末から続いている部屋の片付けがまだ終わっていない。主に本の片付けである。一応、読書家を名乗っているので、何冊あるか数えたことはないものの、ちょっとやそっとでは整理ができる数ではないのだ。妻には二月中に片付けると約束していた。しかし、珍しく集中して舞い込んできた仕事の依頼や、体調不良が重なり、約束を守るどころか部屋はさらに汚くなった。四二個のカラーボックスで足の踏み場がなくなる事態が長らく続いていた。

それからどうなったのか。賢明な読者の方ならおわかりだと思うけど、今、僕の部屋は汚さのピークを迎えている。カラーボックスに何度も足を取られ豪快に転び、本は散らかるわ、体は痛めるわ、さらには分類した本を探すたびに、以前と変わらず部屋が散らかった。分類が細か過ぎて、僕の頭では覚えきれなかったのである。仕事部屋は玄関近くにあって、マンションの通路側にある窓際前のスペースがなぜか広い。しかし、そこにカラーボックスを積むとWi-Fiがつながりにくくなるという予想外、かつ致命的なトラブルも発生した。

コンテナが登場

蔵書を売却したり、処分したりする手もあるが今回は行わない。なぜなら、過去二度の引っ越しで、かなり本を手放しているからだ。今はそれなりに厳選された蔵書になっている。どうすれば解決するのか。妻と相談しつつ辿りついたのは、大きいコンテナボックスを買うことだった。分類が細か過ぎたのと、カラーボックスが多いと余計にかさばるというのが、これまで得られた知見である。僕は部屋に置くことができるコンテナボックスの数を計算して注文した。

部屋に置けるコンテナボックスの限界は七個である。それを前提に計画を練りに練った。

《宮崎の本保管計画》

●デスクや窓際前のスペース、本棚の上↓近々、読む予定のある本を並べる
●ボックス(一)↓小説、エッセイ(日本、海外を問わない)
●ボックス(二)↓詩歌(日本、海外を問わない)
●ボックス(三)↓批評、評論、思想、哲学(日本)
●ボックス(四)↓批評、評論、思想、哲学、歴史(海外)
●ボックス(五)↓歴史、古典文学(日本)
●ボックス(六)↓ノンフィクション、各種専門書(日本、海外を問わない)
●ボックス(七)↓上記の分類の中で、一年以内に読む可能性が低い本
●窓際の壁にある大きな引き出し↓読み返す可能性は低いが、資料として保管したい本
●カラーボックス六個↓長期スパンの仕事で何度も読む専門書など(デスクの下に収納)

計一〇パターンの分類である。以前と比べて、なんと半数以下。僕はとても賢い。計画は完璧である。そして現在、計画をつくったところで止まっており、部屋には四二個のカラーボックスに加え、七個のコンテナが積みあがっている。もはやカオスである。カオティックだ。

今週六月二五日、「渋谷のラジオ」に出演する。来週七月三日には、赤坂の書店「双子のライオン堂」で開催される読書会に、スペシャルサポーターとして参加する。どちらもリモートで家からつなぐ予定だ。最近ではラジオ番組でも、終わったあとにパソコンの画面に映った出演

者の様子を撮影して公開する。僕は間に合うのだろうか。ラジオ出演まで、あと二日。

20210624 第124回 赤子の躍進 東京 曇後一時雨

赤子（一歳一か月）が立った。これまで長い間、ずり這いするか、摑まり立ちするかだけだったが、最近になって摑まり立ちでの伝い歩きが頻繁になり、たまに摑む椅子や机や壁を渡る際、完全に両手が離れている瞬間があった。そして昨夜、ついにしゃがんだ体勢からふたつの足で大地（床）を踏みしめた。のんびりめに成長していた赤子が躍進したのである。

昨夜、風呂からあがり、タオルで体を拭いていた。洗面所にあるはずのパジャマを寝室に置き忘れて来たことに気がついた。下着を履いて肩からタオルを羽織り、リビングを通って寝室に向かおうとした。リビングのドアを開けると、赤子がいた。ハイハイのような格好をしてお尻を突き出し、産まれたての子鹿みたいにぷるぷると震えていた。これはまさか……。

「立った！」。僕は思わず絶叫した。リビングのテーブルで寛いでいた妻は、必死の形相で駆け寄り、スマホを構えた。赤子の人生史上に残る決定的な瞬間。妻の両親と僕の母とは、以前から専用のアプリを使って赤子の画像や動画を共有していた。コロナ以後に生まれたので、まだ十分に会わせてあげられていない。このチャンスを逃してはならないと、妻は考えたのだろう。

しかし、赤子はすぐに床に手をつき、元の体勢に戻ってしまった。「ああ……」と、妻と僕はため息をついた、その瞬間、再び赤子が子鹿になり、両足で立ち上がった。「立った！」。妻は絶叫し、慌ててスマホを構えた。「立った。立ち上がったぞ！」と、僕も奇声をあげた。

そのとき、重大な事実に気がついた。僕はパンツ一丁だったのである。妻が撮影している映像から逃れるべく、高校生ぶりに反復横飛びした。ニコル（二歳九か月）が台所に入るのを防ぐために設置された柵にぶち当たったが、そんなことはどうでもよかった。犬は音に驚き、ハウスから顔を覗かせていた。赤子を後ろから撮影していた妻は、スマホを構えたまま赤子の正面に回り込んだ。僕はその動きを避けるように、また反復横飛びをした。「ワゥッ」。いつもは吠えない犬が短く吠えた。

ほんの一瞬の出来事だった。しかし、たしかに赤子は立ったのである。妻とパンツ一丁は、赤子を抱きしめて労った。妻は撮影した動画を早速、アプリで共有した。すぐに妻と僕の母からコメントが付き、お祝いムードで盛り上がっていた。動画をよくよく観てみると、最後の〇・五秒くらい、赤子が立った体勢からしゃがみ、ずり這いで彼方へと突進していく場面の隅に、僕の青白い脛が映り込んでいた。むろんそんなことはどうでもよく、僕以外は気づいてさえいなかった。躍進した赤子はすでに眠っていた。

20210625　第125回　未来からの前借り　東京　曇時々雨一時晴

今日は朝九時から「渋谷のラジオ」の番組「渋谷で読書会」に出演した。赤坂の書店「双子のライオン堂」の店主・竹田信弥さんがパーソナリティを務める番組である。作家の友田とんさんと一緒にゲスト出演し、小説家・佐川恭一さんの作品について大いに語り合った。

新型コロナ感染対策のため、ゲストの友田さんと僕はZoomを使ってリモートで出演した。さて困った。今、僕の部屋は大量の蔵書と、四二個のカラーボックスと、七個のコンテナボックスで埋め尽くされている。ラジオなので映像は流れないが、出演者やスタッフには散らかったカオティックな部屋が見られてしまう。片付けなければいけない。しかし、僕は作品をひとつ取り上げるのにも、その作家の作品すべてに目を通さなければ気が済まないたちなので（もちろんできる限り）、片付けに手が回るかどうか。

まだ片付け中

結果、賢明な僕は、昨日の夜の時点で絶対に間に合わないことを確信した。片付けのほうである。徹夜しても無理、というか佐川作品を読むために使う時間が仮になかったとしても、最低三〜四日はかかるだろう。一昨日の時点で気付くべきだったのだ。バーチャル背景を使う手も考えたが、ああいうものはどういう背景を選ぶかでセンスが問われる。僕は大雑把なようで、そういう細かい部分を気にするやつなのだ。収録後、Zoom画像を撮られて公開されるのだから、なおさら気になる。僕は痛いのと、怒られるのが大嫌いだが、その次くらいにセンスがないと思われるのがどうしても耐えられない。最終的には、放送直前に本とカラーボックスとコンテナを部屋の隅に移動し、Zoomの画面に映る部分だけ綺麗にするという、呆れるほどの対症療法を実行した。

対症療法が「対処療法」でないことを、たった今、調べて知った。そういう勘だけは冴えている。自分の愚かさに自信があるので、いつも使っている言葉でも一度は調べてみるようにしているのだ。対症療法も対症療法で乗り切った。これは素晴らしい対症療法だったと自分を誇りに思う。対症療法という言葉で連想するのが、エナジードリンクである。今まさに、三五五ミリリットルの缶が目の前にある。別に悪いものではないけど、これに頼り過ぎるのも対症療法に似ている。未来からなにかを前借りしているような背徳感が漂っている。

せめて少しは体に気を使おうと無糖にしているのだが意味があるのだろうか。健康を取り戻すため、日本酒のワンカップでビタミン剤を飲んでいた時代を思い出す。今は断酒しているが、エナジードリンクも一日何本も飲んだり、毎日連続で飲んだりすることは避けたい。

前借りとはつまり負債を抱えることである。出演は無事終わったものの、散らかったものを部屋の隅に寄せ過ぎて、カラーボックスが天井まで到達している。ドアの取っ手の逆側四分の一が、バリケードで塞がれている。僕は部屋からどうやって出ればいいのか。前借りした時間を利子付きで返すために時間を使う。人生は、そんな時間で溢れている。

　どうにかならないものかと思いながら、エナジードリンクを一気飲みして気合を入れた。これから僕は部屋を脱出し、妻と赤子と犬が待つリビングをひとり目指すのだ。

20210628　第126回　計画の大切さ　東京　晴後薄曇

　週末は、仕事と家事と育児、犬と朝顔の世話をした。仕事部屋の片付けはまだ終わっていない。部屋が余計に散らかったわけではないし、なにかが後退したわけでもない。つまり現状維持である。僕はこれまで、時間術や目標達成のための思考法といった類には興味を持ってこなかった。仕事においてはある程度、目標を立ててはいるが、それも三〇代になってからは、三年、五年、一〇年計画くらいのゆるいスパンで動いている。達成できたものもあれば、できなかったものもある。もう少しスピード感があってもいいのかもしれない。

　週末もできれば現状維持ではなく、仕事部屋を片付けたかったし、赤子や犬を連れて広い公園にでも行きたかった。読書をもっとしたかったし、映画も観たかった。もちろん、現状を維持するだけでも大変だ。でも、もっと工夫すれば、時間を有効に使えたのではないか。

　妻と赤子や犬とは、常にかけがえのない、交換不可能な、一回性の時間を過ごしている。できるだけ家族との親密な時間を増やしたい。今しか経験できないこともある。仕事においても四〇代は正念場だ。三月生まれなので三九歳になったばかりの感覚があるけど、周りの友人は続々と四〇代に足を踏み入れている。根本的な教養の部分を底上げしなければ、これからは通用しないだろう。日々の仕事や生活で得た実感によって成長しながら、教養を深めるための時間を確保しなければいけない。友人たちとも、もっと話がしたい。

二〇代は仕事ばかりしていた（あと、アルコール依存症になった）。なにかを犠牲にし、なにかを見てみないふりして生きるのは、もう御免である。自分の大切なものを踏みにじらないでも生きていくためには、当然いろいろな心がけや環境、制度への働きかけが必要だが、「きちんと計画を立て、時間を有効活用できるようになる」ことも意外と重要なのではないか。少なくとも僕はまだそれを十分にやっていない。とは言ってもなにから手をつけていいのかわからない。文筆業は仕事があるときと、ないときの差が激しい。そういう意味では、この連載は生活のテンポをつくるのにもってこいである。

まずはこの連載を午前中までに提出するルールを徹底しよう。編集の吉川浩満さんも僕も、突発的に体調を崩す可能性があるのだから、そういう一大事に備えてストック原稿も書いておこう（まさに計画的である！）。それで……。そうだ。今日はこの原稿を書き終えたら、「日々の計画」を考える時間をつくろう。計画を立てるための時間を計画的につくらなければならない。

計画を計画的に

自治体に基礎疾患を申請していた、新型コロナのワクチン接種券が届いた。副反応で熱が出ることもあるらしいから、出てしまった場合を考え、接種後の日程を考慮に入れて計画的に予約を取らなければいけない。やるべきことはたくさんある。きちんと計画的に日々を過ごせるのだろうか。とても心許ない気持ちなので、最後に僕の好きな中原中也の「頑是ない歌」(『在りし日の歌』収録)から一節を引用して、今日のコラムを終えたいと思う。

考へてみれば簡単だ
畢竟意志の問題だ
なんとかやるより仕方もない
やりさへすればよいのだと

わかるぞ!

中也との付き合いはもう三〇年以上になるが、「わかる。わかるぞ」と、しみじみ感じる。

20210629　第127回　朝顔観察日記(四)　東京　曇時々雨

朝顔の鉢に支柱を立てた。水を吸収し、心許ない六月の日光を必死に浴びながら順調に育ってくれている。都会暮らしなので、赤子の教育に少しはいいかもしれないと思い、毎日、朝顔に水をやるときには、じょうろと一緒に赤子を抱えて外に出ている。しかし、「このイベントに愛犬ニコルが参加していない」ということに気がつき、妻に頼んで四人(一匹含む)でベランダに出るようになった。赤子を左手で抱えながら右手でじょうろを持つのは僕の体力では厳しかったので、妻が赤子、僕が犬とじょうろを抱えた。

今朝は、いよいよ鉢に支柱を立てることにした。計八本と発芽した本数が少なく、また僕が間違って巨大な鉢を買ってしまったのが功を奏したのか、どの芽も発育がよかった。有機物のみならず無機物にまで憐憫の念を抱くほど気弱な僕にとって、生長の遅い芽を取り除く（間引く）作業がない今年は、穏やかな気持ちで観察できている。

朝顔と小説の神様

志賀直哉は、「朝顔」（岩波書店『志賀直哉全集 第九巻』収録）という文章を書いている。ちょうど三ページの短い随筆のように思えるのだが、宗像和重の「後記」によると、初出は一九五四年一月一日発行の「心」第七巻第一号で、目次では題名の下に「（小説）」と記されているそうだ。小説は「私は十数年前から毎年朝顔を植ゑてゐる」の一文で始まる。

「私」は、熱海大洞台の住まいの裏山の中腹に、掘立小屋の小さい書斎を建てた。窓の前の急斜地に四つ目垣を結い、ゆくゆくは茶の生垣にしようとしていた。しかし、それには何年かの年月がかかるので、とりあえず東京の百貨店で買った朝顔の種をまいたという。夏になり、母屋は子どもや孫で一杯になった。そのため、「私」は一か月ほど、書斎で寝起きした。年のせいか早朝に目覚める日が多く、出窓にあぐらをかいて、外の景色と四つ目垣を眺めた。

「私は朝顔をこれまで、それ程、美しい花とは思つてゐなかつた」と述懐する。「一つは朝寝坊で、咲いたばかりの花を見る機会がすくなかつた為めで、多く見たのは日に照らされ、形のくづれた朝顔で、(…)」。しかしその夏、朝顔の美しさは特別なものだと感じたのだ。

朝顔の花の生命は一時間か二時間といっていいだらう。私は朝顔の花の水々しい美しさに気づいた時、なぜか、不意に自分の少年時代を憶ひ浮べた。あとで考えた事だが、これは少年時代、既にこの水々しさは知ってゐて、それ程に思はず、老年になって、初めて、それを大変美しく感じたのだらうと思つた。

小学生あるある

たしかに僕も朝顔といえば、小学校の夏休みが始まる前の日、大量の荷物（本当は徐々に持って帰ればよかったのだが）と一緒に鉢を抱えて、家まで汗を流しながら歩いたしんどい記憶しか残っていない。朝顔を美しいと思ったのは、大人になってからだ。今日は、じょうろで水をやる作業に加え、鉢に支柱を立てなければいけなかったので、妻が抱っこ紐で赤子を吊るし、犬を抱えてくれた。僕は水をやったあと、必死になって三つの鉢に支柱を立てた。

犬は外の景色をきょろきょろ眺めていた。赤子は、はじめは「あじゃ」と言いながら朝顔の葉を触り、すぐに手を引っ込めてはまた葉を触り、を繰り返していたが、僕が支柱を立てる頃にはすっかり飽きて、うとうと眠たそうにしていた。犬はずっときょろきょろしていた。

赤子も犬も、いつか大人になったら朝顔の美しさに気が付くのだろうか。いやしかし、犬は二歳九か月だから、人間でいえば成人の年齢に達しているはずである。でもまあ、生まれてからまだ三年未満しかこの星に存在していないのだから仕方がない。そしてなによりも、まだ朝顔は花を咲かせていないのだ。きっと花が咲いたら、赤子も犬も喜ぶだろう。花は綺麗である。

20210630　第128回　一年の折り返し　東京　曇時々雨

六月が終わる。明日で一年の折り返しを迎えることになる。一年は三六五日だから正確に計算すると七月一日ではないのではないかとツッコミを入れる読者は、この連載にはいない。モヤモヤを解消するだけでなく、モヤモヤのままでい続ける耐性をつけることも大切である。

六月は祝日が一日もなく、大変な思いをした人が多いと思う。「平日、毎日一七時公開」のこの連載を執筆している僕も大変だった。七月のカレンダーをチェックしてみたところ、二二日（木）が「海の日」、二三日（金）が「体育の日」で祝日である。つまり四連休なのだ。

四日も連載を休めてうれしい、ではなく、みなさんに「モヤモヤの日々」をお届けできなくて寂しい。寂しいので、ゆっくり休んで気を紛らわしたいと思う。休めるのはとてもうれしい。とかいって別の仕事が詰まっている可能性もあるが、四日間もうれし寂しい休暇を過ごしたら、僕はどうなってしまうのか。ただでさえ矛盾を解消することなく、そのまま共存させているややこしい性格をしているので、うれし寂しい日々を過ごしているうちに、楽しいつらいとか、面白つまらないとか、元気モリモリもう限界とか、そんな感じの破綻をきたすかもしれない。

そろそろ夏です

二三日の「体育の日」は、東京オリンピックの開会式が行われる。なるほど、こちらは祝日としての理屈は破綻していないがモヤモヤはする。モヤモヤ耐性があってもモヤモヤするし、きっとモヤモヤがすっきりすることもない。本当にこのまま開催されるのだろうか。こんなにも開催への実感がないオリンピックは有史以来、珍しいのではないか。祝日のない六月を乗り切ったと思ったら、今度はモヤモヤだらけの祝日がある七月を迎える。

二〇二一年も後半戦に突入する。目で見て、耳で聞き、頭で考え、日々の生活から得たリアリティを自分の言葉で伝えていく。今年の後半戦も、物わかりが悪く頑固なくせに、意志が弱くてすぐへこたれる僕に根気強く付き合っていただきたい。僕は、犬が大好きである。

202107

20210701　第129回　家賃の支払い　東京　大雨時々曇

これは本当によろしくないのだが、僕は家賃の振り込みの期日を失念することがたまにある。期日までに振り込まなければ迷惑がかかる。事務作業が苦手だと言い訳している場合ではない。振り込みが遅れると、期日の翌日に不動産管理会社の担当Eさんから電話がかかってくる。僕は遅れたことを謝罪し、電話を切った直後にスマホでネットバンキングにアクセスして、すぐ振り込む。そして、管理会社に電話し、「今、振り込みました」とEさんに平謝りする。

電話大好きFさん

何度か振込の期日を失念して同じやりとりが続いたので、あるとき僕はEさんに「本当に申し訳ないです。ただでさえお忙しいのに、お仕事を増やしてしまって。来月からは必ず期日までに振り込みます」と強い意志で宣言した。するとEさんは言った。「いえいえ、大丈夫ですよ。

宮崎さんもお忙しいですよね。これからは私が毎月電話しますので、着信があったら振り込んでください。電話に出る必要もありませんし、振り込み完了のご連絡も一切必要ありません」

一度だけ、僕のほうから自動引き落としの打診をして、申込書を送ってもらったことがあった。どこまでも愚鈍な僕は、その申込書を失くしてしまい、再び送ってもらいたいとEさんに謝罪した。そのときもEさんは、「電話をしますので、それから振り込んでもらえれば大丈夫ですよ」と言った。着信があった後に振り込むルールをEさんに提案されて以来、僕はその約束を守り続けている。電話に出ないし、折り返しもしない。すべて指示どおりにしている。

今ではEさんが振り込み期日に電話してきているのか、過ぎてから電話してきているのかすらもわからない。振り込み期日がいつなのか忘れてしまったのだ。もうなにもかもがわからない。僕が愚かな人間である事実のほかに唯一わかっているのが、Eさんは電話をかけるのが好きだということである。

今年の四月だったと思う。別の振り込みをする際にふと思い出し、月の前半に早々と家賃を振り込んだ。その月の後半にはEさんからの着信はなかった。Eさんは悲しんでいただろうか。

すべて指示どおり

20210702　第130回　名選手、名監督にあらず　東京　大雨

育児の分担についてはいろいろとあるが、僕が明確に中心的な立場で行っているものに「寝

かしつけ」がある。なぜ寝かしつけなのか。僕が昔から寝つきが悪くて苦労しているからである。寝つきが悪い人のつらさが身にしみてわかり過ぎて、眠れない人のためにつまらない話を深夜に延々とする音声を、インターネット配信していたこともある。「名選手、名監督にあらず」という言葉がある。名選手ではないぶん、寝かしつけへのこだわりが人百倍はある。

　赤子は一度寝ると深く、夜泣きも少ないほうだと思う。しかし、僕に似てしまったのか、やや寝つきには難がある。僕は赤子がより赤子だった頃から赤子の寝かしつけを担当して（もちろん最初は妻に助けを求めることが多かった）、研究し続けてきた。

ドナドナと陽水

　まず昼寝の場合は、こちらからあまり働きかけず、ベビーベッドで仰向けにさせ、音を立てずに見守っているのがいい。すぐ寝ない場合は小さな音で音楽をかける。サブスクリプション（Apple Music）で童謡を中心にゆったりとした音楽を選び、曲順にもこだわっている。今のところ「小さい秋みつけた」から「ドナドナ」で終わる全一六曲。大人が歌っているのか、児童合唱団が歌っているのか、アレンジはどのようなものか。自分の耳で聴き、厳選したプレイリストだ。一一曲目に井上陽水「少年時代」を配置したのが、ナイスだと思う。

　夜は、絵本を読み聞かす。赤子が一番好きな絵本はエミリー・メルゴー・ヤコブセン著『よるくまシュッカ』（中村冬美訳、百万年書房）である。この絵本は百万年書房の北尾修一さんから発売前にモニターを頼まれ、うちの赤子には向いていると思ったので推薦コメントを寄せた。最近では、赤子に（読み手である僕が）話しかけるシーンや、独自のジェスチャーも加えている。

それでも寝ない場合は、安価で購入した天井に映るプラネタリウムをつける。『よるくまシュッカ』が「ほしのもり」などを旅行する内容であるため、物語性を持たせている。それでも駄目だったら、鼻歌でジョン・レノン「Love」をハミングする。同世代にしかわからないと思うけれど、僕は野島伸司脚本のテレビドラマ『世紀末の詩』が好きなのだ。

赤子固め

それでも寝ない夜がある。夜のほうが難易度が高く苦戦しがちだが、昨夜がまさにそうだった。僕は横になって赤子を抱えた。赤子がどのような姿勢だと寝やすいか、僕は赤子以上に知っている。力を入れずに、赤子の姿勢を固定する技まで会得している。僕はその姿勢でぐずり泣く赤子にあれやこれやと話しかけ、何度もなだめた。一度、赤子の気分を変えるためにリビングをうろうろ歩いて、また寝室に戻った。やや落ち着いてきたものの、なおもぐずる赤子に僕はこう宣言した。「○○君が寝られないことなんてあり得ない。なぜなら、○○君が寝るまでパパが寝ないからだ」。毅然とした物言いが効いたのか、赤子はその後すぐに寝た。

一連のやりとりを聴いていた妻も、ついでに寝てしまった。まだ大人が寝る時間ではなかった。妻は寝つきが天才的にいい。犬も寝ていた。三流選手は、名監督になれるのか。僕はひとりで起きていた。

20210705　第131回　気になる投票所　東京　曇時々雨

　歯が痛かった。ちょっと前から痛みだし、まだいける、まだ大丈夫と思っていたのだが、一昨日の夜に強く痛み出したので、痛み止めの薬を飲んで寝た。翌朝起きて、悶絶しながら日曜日に診察している歯医者に電話をかけた。幸いにも当日に治療してもらうことができた。

　そんなこんなで、黄昏時を迎えてしまった。妻が用事で出かける時間になってしまった。東京都議会議員選挙の投票に行かなければならない。赤子を見ている任務があったのだが、この際、一緒に連れて行こうと思った。犬には留守番していてもらえばいい。

　ふと思った。犬は投票所に入れないのだろうか。「選挙 犬連れ」で検索してみると、横浜市保土ケ谷区のホームページがトップヒットし、「ペットは投票所に入場することはできません。ただし、上下四面すべてが囲まれた容器に収納されている場合は、投票所に持ち込むことができます。盲導犬、介助犬、聴導犬は入場できます」とあった。どうしても気になってしまい、選挙管理委員会にも電話してみた。上記とほぼ同じ回答だった。「ですが、投票所が混雑していたり、アレルギーがある方がいたりする場合は、最終的には現場の判断になります」

　なるほど、納得した。投開票の当日に、お手を煩わせた。僕は傘をさし、一〇キロ以上の赤子を前に吊るして投票所に指定された小学校までのゆるい登り坂を歩いた。小降りとはいえ蒸していて、汗で額が濡れた。選挙ポスターの立て看板があった。赤子が「あちゃ」と指差したため、「このなかから、パパの意見を反映してくれそうな人を選びます」と説明した。

投票所には、スタッフのほかは誰もいなかった。赤子を吊るし、汗をだらだら流しながら入ってきた左側だけ銀髪（インナー）の僕と、むちむちの赤子。全員がこちらを凝視した。手をアルコール消毒し、「入場券」を渡した。希望者にはポリ手袋が配布されていたので、「こういうのはなんでもやってみよう」と声を出して箱から勢いよく抜き取ると、三枚目がひらひらと床に落ちた。慌てて拾おうとする僕を、「私がやります」とスタッフが制止した。

鉛筆はすべて消毒済みで、使用後に回収するとのことだった。「密」を避ける対策が取られていたものの、僕と赤子しかいない。記載台の正面の壁には、政党名と候補者名が書いてあり、赤子がそれを「あちゃ」と指差した。「今回は都議選なので候補者名だけ。秋までにある衆院選では比例代表の用紙に政党名を書きます」と教えた。投票箱の前に行き、「ここにさっきの投票用紙を入れます」と言いながら投票して、鉛筆を回収箱に入れた。出口付近で若者たちが子ども用と思しき風船を配っていたのだが、なぜか僕と赤子にはくれなかった。

帰り道でも湿気が気になった。傘がやけに重たく感じた。赤子がいろいろなものを「あちゃ」と指差すので、「これはクルマ」「う〜ん。なにかの植物の葉っぱだね」「これは高級なクルマ」と教えながら家に帰った。犬は久々の留守番にもかかわらず呑気に寝ていたようで、よたよたしながら出迎えてくれた。「あちゃ」と指差す赤子に汗だくの僕は「ニコルだよ」と答えた。

完全に不審者

20210706　第132回　ありのままを書く　東京　曇時々雨

ありのまま、今、起こったことを書こうと思う。昨日は一九時頃から仕事部屋の片付けを始めた。珍しく集中して作業ができた。このまま最後までやり切ってしまおうと考えたが、すでに二三時になっていた。夜更かしはよくないし、本を移動させる作業で腰が崩壊しそうだった。ところが、布団に入っても寝つけない。僕は寝つきが悪いのである。急に力作業をしすぎて、なにかが刺激されたのかもしれない。結局、眠りについたのは朝四時頃。こんなことなら部屋の片付けを続けていればよかったと思ったけど、それをやらずに粘りに粘って獲得した睡眠だった。状況を察してか、妻も起こさないでいてくれて一〇時まで熟睡できた。

朝食をとって、再び布団に潜り込んだ。リビングから妻が赤子を抱いて顔を出した。「布団にくるまって目を閉じているようだけど、原稿の内容を考えているんだ」と言った。「パパはすごいね。寝転びながら仕事してるんだって」と妻は赤子に言った。赤子はニヤッと笑った。

のちに腰が問題に

起きたら正午だった。二度寝してしまっていたのだ。僕はごく稀に、睡眠しながら原稿を書き上げることがある。夢の中で書く内容を考え、構成を練って執筆する。起きたときには頭の中で原稿が出来上がっているため、あとはキーボードに打ち込むだけ。今回も奇跡的にそれが起こったので、安心して仕事部屋に向かった。向かったのだが、椅子に座ってノートパソコンを開いたその瞬間、すべてを忘却してしまった。

だから、ありのまま、今、起こったことを書く。ああ、よかった。なんとか一三時の締め切りに間に合いそうだ。しかし、ふと不安になった。この原稿の二段落目に起こった出来事は事実なのか、それとも夢だったのか。その時にはもうすでに二度寝していた可能性があるし、そもそも一度起きたのかさえも怪しい。僕はリビングに戻り妻に訊いてみた。僕の言ったとおりだと妻は証言してくれた。僕は妻の目をじっと見つめた。妻は優しい。そうではないと言ったら「ヤバい。書き直しだ！」と夫が騒ぎ出すと思って、嘘をついてくれているのではないか。

僕は疑い深い人間なので、この手の「悪魔の証明」にはまると考え続けてしまう。まるで白日夢である。なのでそういう疑念も含め、ありのまま、今、起こったことを書いた次第だ。

20210707　第133回　七夕の願い事　東京　曇一時雨

七月七日は七夕である。由来は諸説あり、風習も地域によってさまざまだが、なんとなく一般的に浸透しているイメージとして、願い事を書いた短冊を笹の葉に吊るすというものがある。赤子が生まれて以来、なるべくそうした季節の催しは大切にしていきたいと思っている。

七夕が近いと気づいたのは三日前だった。いつも使っているショッピングサイトをチェックしてみたものの、家で慎ましく行うための飾り付けで、七月七日までに確実に配送される商品はすでに品切れとなっていた。考えることはみんな一緒なのである。商品はあるにはあるのだが、僕が確認した時点では、「笹の葉六〇本セット」とか、「ミニ提灯一二個セット」とか、おそらく保育園や幼稚園、町内会などのイベントで使用される想定の商品ばかりだった。狭い我が家では、笹の葉六〇本を飾るスペースも意義も見出せない。

妻と相談した結果、短冊は折り紙で、笹の葉はリビングにあるストレリチア（極楽鳥花）という観葉植物で代用することになった。ストレリチアは花が咲いておらず、目を糸のように細めて見ると笹の葉に見えなくもない。赤子には、いずれ正式なやり方を教えればいい。

さて、短冊に書く願い事をどうするか。考えてみれば、大人になってから七夕に願い事をした記憶がない。いや、二〇代後半だか三〇代前半だかの頃、行きつけのバーに笹と短冊があったので、願い事を書いたことがあったような気もするし、なかったような気もする。つまり実質的にはないと言い切ってもいいだろう。三〇代最後の七夕に、なにを願うべきなのか。

「家族が明るく元気に過ごせますように」ではちょっと抽象的すぎるし、かといって「一〇〇万円ください」では情緒がなさすぎる。僕のことだから、きっと後者は過去に二回くらいは書いた経験があるはずだ。赤子と犬は、なにを願うだろうか。やつらは字が書けないため、代筆する必要がある。しかし、赤子と犬は字を書けないどころか、喋ることもできないではないか。

短冊のイベントは夜なので、そのときに訊いてみようと思うが、赤子は「あちゃ」か「あじゃ」

か「ぶんぶん」と言うだろうし、犬に至っては偉すぎて吠えもしないだろう。

僕は、「あちゃ赤子」「クゥーン犬」と短冊に書いて、観葉植物に吊るそうと思う。やつらの願い事は「寝たい」「ご飯が食べたい」「散歩に行きたい」くらいだろうから、きっと叶うのだ。それが僕の願い事である。

20210708　第134回　あるひとつの日常　東京　雨

また東京都に「緊急事態宣言」が発令されるそうだ。「緊急」だらけで、もうなにがなんだかわからない。調べてみたら四度目だという。感染拡大防止の対策は急務であるとはいえ、政治や行政の対応には不満だらけだし、このままでは経済が、生活がもたない。僕は、人命を最優先に考える社会になってほしいと思っている。しかし、足元の生活が崩れてしまっては人の命も危うい。五輪開催についてどう考えればいいのかちっともわからない。

赤子は、一度目の緊急事態宣言下で生まれた。東京郊外に住む僕の母をはじめとした親族に、いまだ十分に会わせてあげられていない。最初の混乱期（当時は本当に先行きが不透明だった）に出産したこともあり、「親族に会いに行くこと」「普段の外出のこと（会合出席など）」等について、親族間でさまざまな「基準」を設けた。そのほとんどが暗黙のものだが、基準がなければその都度、話し合わなければいけなくなり、刻々と変化する複雑な状況に対して精神的な負荷が重くなり過ぎるからだ。

在来線を使わないなど、僕がプライベートでの外出を極端に制限しているのもその「基準」のひとつ。体が弱く、喘息持ちのうえ（喘息が感染や重症化リスクを高めるかどうかには諸説ある）、喘息とは関係ないが、三〇代は今のところ三回入院した。なのでこの連載は、普通では考えられないほど狭い行動範囲でしか生活していない人間の記録として書かれている。僕の母はまだ二回目のワクチン接種が終わっていない。僕は明々後日の七月一一日（日）に、一回目のワクチン接種を予約している。親族内でワクチン接種が順調に進めば、昨年五月から運用していた「基準」が変わる。と思っていたら、また緊急事態宣言だ。

昨年五月の妻の出産時、僕はこの世界の複雑さに目眩を起こすことしかできなかった。自分の行動や決断が、周囲や社会に対してどのような影響を及ぼすのか。「あなたはこういう状況で、こういう事情が考慮された結果、こういう行動を取るべきだ」と誰かに決めてほしかった。世界を単純化してほしかった。一年以上経った今、親族間の「基準」がほとんどそのままで運用されているのは、その延長線上にある葛藤の痕跡である。

複雑さへの目眩

だがそんななかでも、僕なりに成長した部分はあると思っている。赤子と愛犬ニコルという、コントロール（説得）がほぼ不可能な相手と対峙しながら、それでも生活の彩りや豊かな精神性を家族のなか、そして大切な友人たちとの間で維持しようと努力してきた。仕事をなんとか続け、自分の手の届く範囲にはなってしまっているものの、周囲や社会に対してできる限りベターな選択を心掛けてきたつもりである。

つらいときは音をあげてもいい。決めたことでもやめてしまっていい。勝ち負けなんて、なおさらどうでもいい。弱くていい。それでも絶対に譲れない「あるひとつの日常」を、これからも綴っていく。

20210709　第135回　朝顔観察日記(五)　東京　雨時々曇

朝顔が順調に成長している。支柱に蔓が絡み始めた。相変わらず日照時間が短く、曇りがちの日々が続いている。低気圧のせいなのか、不安定な社会情勢によるストレスのせいなのか、常に偏頭痛がする。そんななかでも、朝顔はお構いなしに成長している。朝顔は育てやすい植物だと思う。小学生の教育に利用されているのも頷ける。

今日は摘芯を行った。摘芯とは、伸びた蔓をハサミで切り、脇芽を育てる栽培方法だ。脇芽を伸ばすと、咲く花も増える。これは大人になってから知った方法だと思っているのだが、もしかしたら小学生のときに習っていて、実際にやっていたのかもしれない。記憶が薄ぼんやりしている小学生時代のことを思い出すのは、もはや不可能な年齢になった。

たまたま摘芯をしようとしたタイミングで赤子が昼寝してしまったため、今日の作業はひとりで行った。赤子に説明するために、一応、切った蔓を鉢の脇に置いて残しておいた。摘芯はもう一度する予定だから、今度こそ見せてあげたいと思っている。

朝顔に可哀想な気がする摘芯だが、それは人間本位の感情であり、実際にはそんなことお構いなしに、脇芽はどんどん伸びていく。不確かな人間や社会と比べれば、植物は逞しく、確かさを感じさせてくれる。金子みすゞの詩「朝顔の蔓」（春陽堂書店『みすゞさんぽ――金子みすゞ詩集』収録）には、朝顔の蔓がどこにすがろうか探しあぐねている様子が詩作品として描かれている。西にするか、東にするか。蔓の逡巡が伝わってくるようで、個人的に大好きな作品だ。

そして、そんな迷いを振り切るように成長する朝顔の姿を、こんな一節で表現している。

それでも
お日さまこいしゅうて
きょうも一寸
また伸びる。

いじらしくも逞しいこの植物に、僕は毎日励まされている。

次回、急展開へ

20210712 第136回 ワクチン接種一回目 東京 薄雲

ドキドキ

昨日は新型コロナウイルスのワクチン接種（ファイザー社製）を受けた。一回目の接種である。七月一一日（日）一九時一〇分は、僕がLINEで予約した時点では最速で接種できる日時だった。「日曜の夜なのか」と理由もなく不満に思っていたけど、なるべく早く受けたほうがいいだろうし、昨日は夕方まで雷鳴が響いていたので、結果的に夜の時間帯で助かった。接種会場に持っていくのは、接種券と本人確認書類と予診票。本人確認書類は、僕は運転免許証を持っていないからパスポートと、念のため健康保険証も持参した。予診票は事前に内容を記入しておく必要がある。体温を直前に測り、三六度二分と書いて会場に向かった。

区から送られてきた「ご案内」には、三密（密閉空間、密集場所、密接場面）を避けるため、予約した時間帯に来場するように書かれていた。「つまり早く行き過ぎても迷惑がかかるのかな？」と思い、一〇分前に家を出た。会場は徒歩三、四分ほどの近場なのだ。しかし、なぜか会場のある建物を通り過ぎ、隣の建物に行ってしまった（ふたつはとても似ている）。間違いに気がついて慌てて戻ったのだが、幸いにも時間には間に合いそうだった。会場は建物の九階なので、エレベーターのボタンを押した。

その建物の構造上、僕の家から行くと二階からエレベーターに乗ることになる。一階から乗ってきた先客が三人いた。僕は扉の手前に立ち、九階まで上昇していくのを待った。「あ、これは三人が先にエレベーターに乗っていたのに、僕のほうが早く降りて会場の受付に到着してしまうパターンだな」と、あるあるのモヤモヤを感知した僕は、扉が開いた瞬間に「お先にどうぞ」と三人にジェスチャーで示した。三人は軽く会釈してエレベーターを降りた。

検温を済まし、受付に書類を提出した。接種券がすぐに出てこず、カバンの中をガサゴソと探した。こういうことのないように、必要な書類はクリアファイルに入れて持参することをお勧めしたい（僕に言われたくないと思うが）。しかし、あれだけ「事前に記入を」と書かれてあった予診票を、その場で記入している人がいて、「僕以上におっちょこちょいがいるんだな」と安心した。僕の受付番号は「31番」。NBAのインディアナ・ペイサーズで活躍した伝説的な3ポイントシューター、レジー・ミラーの背番号と同じである。緊張していたのか、そういうちょっとしたことが慰めになった。

ペイサーズの永久欠番の番号が呼ばれ、予診室に入った。僕はアレルギー体質なので、担当医師に念入りに説明した。結果、問題ないと判断され、いよいよ接種室へ。部屋にはパイプ椅子があって、そのまま座ると左腕に打たれる位置関係だった。僕は担当者に「右腕でいいですか？」と訊いた。というのも、赤子を寝かしつける際に左で腕枕し絵本を読み聞かせることが、寝かしつけるうえでの重要なルーティーンになっていたからだ。担当者は頷き、椅子を反転さ

レジー・ミラー

せた。筋肉注射は痛くなく、気付かぬ間に終わっていた。

その後、一五分間、会場で待機した。その間に、二回目の接種の予約を別の担当者が取ってくれた。最速で八月一日。その日程だと、自宅から少し遠い会場になってしまう。同じ会場で接種を受けるには、後日、LINEで申し込む必要があった。なるべく早いほうがいいだろうと判断し、その日程にした。

　副反応で熱が出る可能性もあると聞いていたので、帰りに薬局に寄り、予診担当の医師が教えてくれた成分入りの解熱鎮痛剤を購入した。なるべくギリギリまで体調を確認したかったため、編集担当の吉川浩満さんに頼んでこの原稿は本日の一四時過ぎに書いているのだが、今のところ接種部位が痛いこと以外には大きな体調の変化はない。ただし想定していたよりも痛く、右腕を上げるのが難儀である。

父に悔いはなし

　赤子の寝かしつけのために、利き腕が不便になってしまった。だが、父に後悔はない。今、僕の生活のなかで最も重要なのは、赤子の健やかな睡眠なのだし、痛みもじきにおさまるだろう。昨日、薬局に寄ったあと、最寄りのローソンで「美瑛シングルオリジンミルク」を買った。ハーゲンダッツよりも高級で愚かしいアイスが冷凍庫にある。原稿が終わったら、はりきって食べたいと思う。

20210713　第137回　ワクチン接種一回目（二日目）　東京　曇、雷を伴う

一昨日、新型コロナウイルスのワクチンを接種した。昨日、接種部位の右腕が痛い以外には大きな体調の変化がなかったため、そのことと、接種を受けた当日の様子をこの連載の原稿に書いて一五時前に提出し、一七時に公開された。その後、接種部位の痛みが増してきた。三七度台前半の微熱と倦怠感が出てきたので、購入しておいた解熱鎮痛剤を服用した。まもなく痛みと微熱はおさまった。薬の効果が切れたのか、二三時頃に再び同じ症状が出だしたため、もう一度、解熱鎮痛剤を飲んで昨日は就寝した。

今日は倦怠感が少し残っているものの、接種部位の痛みも微熱もおさまった。とりあえずはよかった、といった感じである。発熱などの副反応は、一回目より二回目のほうが頻度が高いとされている。できるだけ余裕のあるスケジュールを組んだほうがよさそうだと感じた。

昨日の症状とワクチン接種との因果関係はわからないが、大事をとって明日まではなるべく安静にしていようと思っている。積読になっていた本を、先ほど枕元に積んでおいた。

20210714　第138回　ワクチン接種一回目（三日目）　東京　曇

接種日を起点（〇日）と考えると、今日で三日目となる。正直、体調があまりよくない。医療情報だし、個人差があることなので、書くか、書くまいか迷っていた。不安を煽りたくもない。しかし、生活や日常の実感を綴っていく連載なのだから、そのまま書こうと思う。

昨日午前は接種部位の痛みと微熱はおさまったものの、倦怠感が残っていた。ところが、午後から倦怠感が増してきて再び微熱が出たため、鎮痛解熱剤を飲んだ。以降、今日の一四時に至るまで、倦怠感と三六度九分~三七度四分の微熱が続いている。接種部位の痛みはない。

難しいのは倦怠感と頭痛。このふたつは普段からまったくないわけではなく、偏頭痛はしょっちゅうである。しかし、微熱にかんしては、風邪でも引かない限り三七度を超えることはめったにない。かといって今すぐ助けを乞うような辛さではないし、とはいえ外出や長時間の仕事をしろと言われたら勘弁してほしいといった感じだ。アイス枕で頭を冷やし、寝転がっていればそこそこラクである。

実はつらかった

今日一三時三〇分時点での体温は三七度二分。一応、「東京都新型コロナウイルスワクチン副反応相談センター」に電話してみた。接種後、微熱や倦怠感が続くことはたまにあるらしく、鎮痛解熱剤を服用しながら安静にしていてほしいと指示された。同じ症状が今後、何日も続いたり、高熱が出たりした場合は、医療機関への受診を検討してもらいたいとのことだった。症状が悪化している様子はなく、徐々にだが回復しているような気はしている。そして幸いにも、現在は執筆・取材ではなく、資料を読む仕事がメインなので、寝転びながら少しずつ進めていきたいと思う。個人の感想であるため、あくまでご参考程度に。そしてご心配なさらぬよう。犬が不安そうで心が痛む。

20210715 第139回 回復 東京 曇後晴

ワクチンを接種して以来、体調不良が続いていたが、ようやく回復してきた。昨日の夕方は鎮痛解熱剤を服用したものの、効果が切れだす夜中になっても微熱や痛み、倦怠感が出なかったため、そのまま就寝した。今朝は八時前に起床し、昼まで慎重に様子を見ていた。体調も気分もすっきりして、元気を取り戻したようだ。微熱や倦怠感が続くのはしんどかったけれど、正直、接種日とその翌日まであった接種部位（右腕）の痛みが一番つらかったので、それがなくなっただけでも二日目、三日目はラクに感じた。不安はあった。しかし、新型コロナへの感染リスクと比べれば、不安は圧倒的に少なかったと個人的には思っている。

厚生労働省のホームページに載っているデータを確認し、三〇代男性でも発熱や痛み、倦怠感が生じるケースがあり（それぞれの確率にばらつきがあるが）、僕だけが例外的な状態に陥っているわけではないとわかったのも、心を安定させるのに役立った。この連載の読者の方がもし不安になったとき、「宮崎も、なんだかドタバタやっていたな」と思い出すことにより、少しでも心が穏やかになれば幸いである。とはいえ重篤になる場合も稀にあると思うので、十分に気をつけて経過観察してほしい。

さて、症状がおさまると、突然、エネルギーが沸き起こってきたように思ってしまいがちであるから注意をしたい。今回の一連の症状がワクチン接種による副反応かどうかの因果関係は確実にはわからないものの、そもそも僕はワクチンを打つ前からそんなに元気ではなかった。新型コロナの感染拡大によるストレスや運動不足などが重なり、疲れていたのだ。運動の機会を増やして体力をつけなければいけないと、しみじみと思い始めていたところだった。生活リズムも改善していきたい。今回の教訓を生かし、副反応がより起こりやすいと言われている二回目のワクチン接種に備えて、仕事のスケジュールを前倒しに組み直す必要がある。

まずは欲張りすぎず、妻に任せっきりになってしまっている犬の散歩から復帰したいと思う。ただし、それも大事をとって明日以降になってしまいそうだ。コロナ以降、失ってしまった日常はまだ回復していないし、「新しい日常」なるものがどういった日常なのかも、いまだ摑めないままでいる。今は、目の前にある日常からゆっくり回復させていきたい。

そして二回目へ

20210716　第140回　早朝の散歩　東京　曇後晴

犬の散歩をしたかった。ニコルはノーフォークテリアという犬種で体高が低く、毛がもじゃもじゃした小型犬なので暑さに弱い。この時期になると、散歩はもっぱら早朝か日没前後に行っている。できれば早朝の気持ちいい空気を吸わせて、ゆっくり楽しませてあげたいものだ。早朝にするには朝六時には家を出る必要がある。新型コロナのワクチン接種のあと、体調不良が続いていて日常に復帰したばかりの僕にできるだろうか。しかし、僕は犬の散歩をしたかった。なんと今日は朝五時三〇分に起きたのだ。

僕は起きるなりシャワーをさっと浴びて外着に着替えた。ニコルはまだ寝ぼけていたが、散歩だとわかるとにわかに騒ぎ始めた。体調不良で休んでいた四日間、読書にあまり集中できなかったため、僕はドッグトレーナーが公開しているYouTube動画を視聴していた。散歩の前に騒ぐのはニコルの悪い癖だ。僕は毅然とした態度で無視し、犬が落ち着くのを待った。

外に出るとすでにうっすらと日差しが降り注いでいた。しかし、昼間よりはだいぶ涼しい。念のため、犬の首には保冷剤入りのネックバンドを巻いておいた。案の定、犬は大喜びで駆け出した。これも犬の悪い癖で、落ち着けばリードを引っ張らずにきちんと歩けるのだが、散歩の出だしだけはいつも猛ダッシュして大騒ぎする。僕はYouTubeの先生が教えてくれたとおり、リードを引っ張る犬を無視して立ち止まった。しばらくは引っ張り続けていたものの、次第に落ち着きを取り戻し僕のほうに戻ってきた。僕はご褒美のおやつをあげた。

そのやりとりを三、四回ほど繰り返したあとに、ようやくリードを緩めて散歩することがで

YouTubeの先生

きた。今までも同じようなしつけはやってはいたけど、今後はもっと徹底しようと思った。

駒場東大前に向かって、住宅街を散歩した。道端の朝顔が綺麗だった。パジャマ姿でゴミを出す人、すでに通勤服に身を包み駅までの道を歩いている人、ジョギングしている人。驚くべきことにマスクをしながら、しかも重たそうなリュックを背負って走っている人がいた。大丈夫なのだろうか。僕なら確実に倒れている。というか、もうかなり歩いたので倒れそうである。だが、犬はまだ元気そうだ。駅前の商店街は早朝ということもありシャッターが閉まっている店が多く、「八月二二日まで休業します」という張り紙が目についた。誰もいない路地に入ると、犬が「すっきり」した。あまりに健康的で大きな「すっきり」だったので、「ニコルがう〇ちした！ニコルがう〇ちした！あらよっと」と中くらいの声で唄いながら片付けていたら、二〇代くらいのカップルが後ろを通り過ぎた。なんて微笑ましい朝だろう。

微笑ましい朝

結局、一時間以上みっちり散歩した僕と犬は、自宅のマンションに着いた頃にはへばっていた。保冷剤入りのネックバンドがすっかりぬるくなってしまっていたので、念のためカバンに忍ばせておいた予備の保冷剤を犬の首に当てながらエレベーターに乗り、部屋に戻った。

体調不良がおさまり、新しい朝が来た。僕と犬は一時間半ほど爆睡してしまった。目覚めたとき、「もしや夢では？」と自分の偉さを疑ったが、足が疲れているので夢ではない。たぶん。

20210719　第141回　本物を見ること　東京　晴

東京郊外に住む母が、新型コロナワクチンの二回目の接種を終えた。二回目を打った翌日に発熱と頭痛があったようだが、それもわずか一日でおさまり、今は元気だという。同じ東京といっても、母が住む東京都福生市と、僕が住む目黒区とではだいぶ距離がある。たまに冗談で言うことだが、マンションの目の前でタクシーを拾えば品川駅まですぐだし、そこから新幹線に飛び乗ってしまえば新大阪までもすぐである。体感的には新大阪まで行くほうがラクだと思うときがある。父が亡くなり、母は一人暮らしをしている。近くに僕の姉夫婦が住んではいるけど、常に気にしている。母からすると、僕のほうがよっぽど危なっかしく見えているらしい。いずれにしてもまだ油断は禁物だが、高齢の母の接種が終わって一安心だ。

東京都福生市は、僕が育った街でもある。米軍横田基地があり、「基地の街」としてイメージされることが多い。しかし、実は多摩川沿いには自然があふれ、水が豊富な地域が広がっている。僕の父は、姉と僕の教育のため、あえてその地域に家を借りてくれた（僕が実家を出る少し前に、便利な駅前に引っ越した）。幼少の頃は、それはもう自然そのものだった。

父は元蛍研究会員

僕は赤子が〇歳児のときから、絵本の読み聞かせをしている。なぜなら、父が僕にそうしてくれたからだ（父の読み聞かせは、僕が小学校を卒業するまで続き、最後のほうは夏目漱石を読んでもらっていた）。読み聞かせをしていていつも残念に思うのが、絵本の中に登場する動物や植物などを、赤子が実際に見たことがないという事実である。

この前、絵本の中に蛍が出てきた。赤子が「あちゃ」と蛍の絵を指差すので、「お尻らへんが光る昆虫だよ。ゲンジボタルとヘイケボタルというのがいてね」と説明しながら、「そうか。赤子はまだ蛍を見たことがないんだな」と、しみじみ思ってしまった。僕が育った福生市の多摩川沿いには、はけの湧水沿いに公園があって、毎年六月頃になると蛍が飛んでいた。

最近、赤子と僕は詩人・西條《さいじょう》八十《やそ》作の絵本『ひょうたんとかえる』（殿内真帆・絵、すずき出版）が大好きである。カエルの鳴き声をリズミカルに生かした、シンプルで洗練され、かつ滑稽さと温かみがある素晴らしい絵本なのだけど、赤子はカエルの鳴き声を聴いたことがないどころか、姿形すら見た経験がない。カエルは……、すぐに見せてあげられそうなものだ。どこに行けばいいのだろうか。やはり動物園とかだろうか。

少なくとも僕が子どもの頃は、多摩川沿いのその地域にはたくさんカエルがいて、季節になると大合唱していた。コロナ以降に生まれた赤子は、ほとんど東京の都心部に閉じ込められている状態である。僕も妻もワクチン接種が終わったら、まずは福生に帰るつもりだ。「カエルを見せに帰る」などと思った人は、どうしようもなく駄目で、心がとても豊かな人である。

駄洒落は大切

20210720　第142回　文字入りTシャツ　東京　晴後薄曇

日本語がプリントされたTシャツを着ている外国の人を見ると、モヤモヤすることがある。「肉が主食です」といった類の文字入りTシャツだ。しかし、考えてみれば日本人だって外国語がプリントされたTシャツをよく着ている。以前、友人のTシャツに「New York」と書いてあった。「行ってきたの？」と訊いてみたら、「一度も行ったことがない」と言っていた。

まだ若い頃、米軍横田基地の人たちが集まるクラブのような場所に行ったことがある。そのとき、陽気な米兵さんたちは僕のTシャツを見るなり大爆笑して、次々と握手やハグを求めてきた。数人からは、記念撮影までねだられるほどの人気ぶりだった。大学受験し、大学でも英語を習っていたのだけど、僕はTシャツにプリントされている言葉を翻訳できなかった。その言葉が記憶にない今になっては、なぜ辞書で調べなかったのかが悔やまれる。失笑されている感じはなく、「You are the best!」と何度も賛辞をおくられ続けたのであった。

お前、最高だな！

最近、キューバで買ってきたカッコいいTシャツを部屋着で着ている。今年四月から「部屋着お洒落化計画」を実行し始めて以来、たとえ一日中、出掛ける用事がなかったとしても、パジャマで過ごすのをやめようと決心したのだ。そこでクローゼットから取り出したのが、二〇

スペイン語で

一九年にキューバを旅行した際に、お洒落なショップで買ったお洒落なTシャツだった。Tシャツは真っ黄色の原色。バナナヨーグルトが大好きな赤子（一歳二か月）は、妻や僕がバナナを剥く様子を見て、「あまま」と言うようになった。たぶん「バナナ」のことである。ということは、黄色も認識したのかもしれない。そう考え、僕はキューバで自分用のお土産として買ったお洒落な黄色いTシャツを、外着だけではなく、部屋着でも着るようになった。

先ほどそのTシャツにスペイン語でなにかがプリントされているのを初めて意識したので、このコラムを書いている（キューバはスペイン語圏）。上部に「pais en construccion」、下部に「clandestina」とプリントされているそのデザインは、やっぱりお洒落だ。赤子が喋れるようになって質問されたときに答えられるよう、念のためGoogle翻訳で意味を調べてみた。

【Google翻訳】

- pais en construccion - 建設中の国
- clandestina - 秘密

どういう意味なのだろうか。いや、そういう意味なのだろうが、どういうそういう意味なのだろうか。なんとも暗号めいた不思議な並びである。文化が違えば言葉の感覚も違うし、もしかしたらもっと深くキューバの文化を知らないと理解できない言葉なのかもしれない。と思ったところで「待てよ」と思い踏みとどまり、もう少し調べてみると、「clandestina」はブランド、「pais en construccion」はそのセカンドラインの名前であることがわかった（おそらく）。Google翻訳によると、「clandestina」のホームページには、「デザイナーのIdaniaDel Rioによって二〇一五年に設立されたクランデスティーナは、キューバ初の衣料品ブランドであり、デザイナー、アーティスト、クリエイターのユニークな集団」とある。IdaniaDel Rio氏がハバナのスタジオで働いている写真も掲載されている。なんてお洒落なブランドなのだろうか。

つまり、僕の「部屋着お洒落化計画」は、滞りなく実行されているのである。赤子が好きなバナナの黄色だし、「キューバはハバナにスタジオがある気鋭のブランドなんだよ」と説明すればカッコいい。「バナナ」と「ハバナ」で言葉遊びができるかもしれない。僕の経験によると、赤子はそういった「遊び」によって、さまざまなことを学んでいくものである。赤子に質問されるその日まで、Tシャツを大切に着続けると同時に、スペイン語の発音も練習しておきたい。最近の自動翻訳には発音を確かめる機能がついているのだ。クランデスティーナ！

20210721　第1443回　四連休　東京　晴

明日から四連休である。つまり、この連載も四連休である。社会人になって以来、土日や祝日が関係ない職業に就き続けていたため、なんとも不思議な感じがする。といっても、他の仕事をやらなければならないし、なによりも昨年末から戦い続けている仕事部屋の片付けと、そろそろ決着をつける必要がある。連載のない四日間を使って、滞っているタスクを一気に進めるつもりだ。そう簡単に行くかどうか。熱心な読者の方なら、だいたいは予想がつくと思う。僕が張り切ってことに臨むと、ほとんどの場合は裏目に出る。

なので、大きなプラスを狙わずに、とりあえずはマイナスにならない四日間を過ごしたい。具体的には、熱中症やいまだ終息していない新型コロナへの感染などには、とくに気を付けなければいけない。「体育の日」には、東京オリンピックの開会式が行われる。この状態で本当に開催されるのだろうか。と思っていたら、すでに今日正午の時点で、最も早い競技の開幕戦はすでに終わっているのだという。

五輪が始まった

それなりに仕事して、部屋の片付けをして、生活して、家族と過ごす。いつもと変わりない日常が四連休の期間中も続きそうだが、家族四人（一匹含む）で近所に出掛けるくらいのことはしたいと思っている。四連休の間、どのようなことがこの東京で起き、社会の雰囲気や人々の心境はどのように変化するのか、もしくはしないのか。容易には予想しがたい部分がある。

そんな状態なのだから、四連休明けに僕がどうなっているかなんて、誰にも予想ができない。僕自身が一番わからない。物凄い宮崎をお披露目できたらいいな、なんて思ったりしないでもないけど、繰り返しになるが大きなプラスを狙わずに、とりあえずはきちんと連休明けの連載を更新したいと思う。物凄い宮崎になってしまったら、きっと悲しむ人が世界中に五、六人くらいはいるのではないか。

読者のみなさまにとって四連休が充実したものになりますように。そして連休中も働いているみなさま、どうかくれぐれもご体調にはお気をつけてください。連休明けも僕は物凄くなんてなっていないのでご心配なく。

20210726 第144回 日傘がほしい 東京 曇

連休が明けた

それにしても暑い。ちょっと出掛けただけで、どうにかなってしまいそうだ。四連休の最後の日曜日は、昼前に歯医者を予約していた。徒歩五、六分の近場なのだが、少し歩いただけで汗だくになった。日差しが強かった。キャップをかぶり、日焼け止めを塗っておいて正解だった。途中、日傘を差している男性を見かけた。そういえば、何年か前、「日傘男子」という言葉が流行って、記事にしたことがあった。調べてみると二〇一八年に記事を書き、その年も、その翌年も僕は日傘を購入している。しかし、バーベキューなど長時間、日光にさらされるイベントでさした以外は、日常的には定着していなかった。そろそろ本格的に導入するときが来たのかもしれない。

日傘を差してわかったのは、日光を遮るだけではなく、体感温度を下げる効果があることだ。東京のうだるような夏の暑さは、アスファルトからの照り返しも影響しているような気がする。それを防げるため、余計に涼しく感じるのかもしれない。すでに購入した日傘は、どちらも晴

202107　290

雨兼用のものだった。せっかくならちゃんとしたお洒落な日傘を買って使いたい。昨年はコロナ禍の自粛により日傘を使わなかったし、その前に引っ越しもしたので、家に日傘があるのか。探さなければ出て来そうにない。

ちょっと前までは、男性が日傘を差すことに抵抗があった人もいただろうけど、最近ではそうでもなくなっているように思う。考えてみれば性別で傘を差すか、差さないかが変わるなんて、とてもへんてこりんだ。だいいち、この暑さでは下手すれば命の危険すらある。よし、決めた。もう「日傘男子」なんて言葉は使わない。僕は日傘を差す。しかもお洒落な日傘を。

歯がなくなる

その日、歯医者では抜歯が行われた。差し歯の土台にしていた歯が駄目になり、抜くことになったのである。歯が一本なくなった。名状しがたい哀愁を感じた。先生に頼んで、抜いた歯を持ち帰ることにした。もともと土台にしていて駄目になった歯だから、残り滓《かす》のような根っこしか残っていなかった。抜歯といってもそんな辛くないだろうと高を括っていた。しかし、痛いのと怒られるのが大嫌いな僕である。念のため痛み止めを五回分、処方してもらった。

帰りは駅前の書店に寄った。それにしても暑い。タイミングとしては早すぎるが、もう抜歯の部分の麻酔が解けてきたような気がした。書店に着く頃には、本をゆっくり眺める精神的な余裕がなくなり、新刊のコーナーだけをチェックして、早々と退散してしまった。そこから家までの道のりでなにを考えていたのか、僕は思い出すことができない。とにかく暑くてたまらなかった。そして気のせいなどではなく、やっぱり抜歯の部分が痛みはじめていた。

帰ってからしばらくして痛み止めを飲んだ。僕は思った。僕には日傘を買いに行く体力がない、と。そういえば前に購入した二本も、ネットで注文したのであった。どうすればお洒落な日傘をこの目で見て、触って、差し心地を体験してから購入できるのだろうか。日傘を買いにいくための日傘がほしい。

20210727　第145回　髪を切りたい　東京　雨後晴時々曇

髪を切りたい。一昨日、歯医者に行った道程で猛烈な暑さにやられ、髪が鬱陶しくなった。そして今日、久しぶりにキャズム超えした。実は少し前からすでに髪が伸びてきたと自覚していた。伸びた前髪が目に入り仕事や読書、育児などがしにくいので、家にあった小豆色のターバンをしていた。赤子が「あちゃ」と指差すたびに、「ターバンだよ」と教えていたものの、最近では赤子の意識にのぼらないくらい浸透してしまった。「部屋着お洒落化計画」が台無しである。

キャズム超えしたのは、確かに今日である。正確にいうと、今日の午前一一時くらい。その一秒前まではそんなこと露程も思わなかったのに、キャズム超えした瞬間から美容室に行きたくて、行きたくてたまらなくなった。その前後一秒の間になにが起こったのか。一気に五センチくらい伸びたのだろうか。いずれにしてもキャズム超えした前と後とで、まったく世界の見え方が違うのは、いつもと同じ現象である。

次に仕事で人前に出るのは、八月八日（日）の予定である。インナーカラーも入れているので、できれば直前に美容室に行った方が見映えがよさそうだ。しかし、八月一日（日）には、新型コロナワクチンの二回目の接種が予定されている。一回目の後でも、あんなにワーワー、ギャーギャーと騒いでいたのだから、より副反応が出やすいと言われている二回目の後なんて、もうどうなってしまうのか自分でもわからない。僕はとにかく痛いのに弱いのだ。きっとまたこの連載で騒ぎ散らすに決まっている。今から目に浮かぶようである。

ところが今週は忙しく、美容室の予約をとる暇がない。「結論がわかっていることを、わざわざコラムに書かなくてもいいだろう」と思った人は、失礼ながらまだ人間のことを深く知っていないと思う。人間は結論がわかっていて、かつどうしようもできないと諦めていることでも、誰かに愚痴を言ったり、書きたくなったりしたくなるものなのだ。「そんなことない」と思う人がいたならば、僕のTwitterに連絡をいただきたい。その時点で、僕とあなたは同類の友達だ。

とにかく今は髪が切りたい。キャズムはとうに超えている。ワクチンの副反応が思ったよりも軽かったらいいのだけど、なんとなくそうならない自信だけは妙に漲《みなぎ》りまくっている。

予想は的中

20210728　第146回　退屈さ　東京　曇後晴

とくになにもない日々を過ごしている。昔の僕ならそう思っていたかもしれない。朝起きて、ご飯を食べて、仕事して、赤子と犬の世話をして。本当ならもっとやらなければいけないことはあるし、できれば運動も始めたい。最近、妻はYouTubeを観ながらダンスしている。なにもない日々なんてあり得ないのだけど、僕はずっとそれに退屈してきた。退屈し過ぎて無理やりにでも刺激を探し求めていた。そのひとつがアルコールで、僕は朝から晩までアルコールを飲み続けた結果、急性すい炎に二度なり、二度入院し、アルコール依存症とも診断されて、今は断酒をしている。もう五年以上、酒を一滴も飲んでいない。

今も退屈を感じるときがしばしばある。しかし、考えてみれば、酒を飲んでいた時期も同じく退屈だった。いや、酒を飲んでいたときのほうが、より退屈だったかもしれない。僕のような凡人の人生にはなすべきことは少ないかもしれないけど、やるべきことはたくさんある。

そして、毎日のやるべきことをすべてやれず、一日が終わっていく。そのルーティーンは退屈ではあるが、そのなかでも僕でなければできないことはある。人生は偶発的で再現性がない出来事の積み重ねである。その積み重ねのうえに僕が立っているからこそ、僕でなければできないこと、見えないもの、書けないことがあるのだろうし、一回性の積み重ねを共有した他者との関係も、僕がいるからこそ今の形になっている。仮に時間が巻き戻ったとして、同じ人生、同じ他者との関係にならない再現性のなさ、でたらめさがこの世界の面白いところだ。

もちろん、僕に限らず誰もがそうである。誰もが、偶発的で一回性の交換不可能な人生を歩んでいる。今でも人生の退屈さに辟易するときがたびたびあるが、少なくとも今の僕はそういうふうに信じようとしているし、誰もがそういう尊厳を保てる社会になってほしいと思う。

そのうえで、退屈な人生をどう楽しくするか。社会に背を向け、自分の中に閉じこもるのではなく、身近なものに目を向けることによって、世界が広がるような生き方をするにはどうすればいいのか。そんなことを考えながら、とくになにもない日々をじっくり過ごしている。

またすごかった

20210729　第147回　赤子はすごい(二)　東京　曇時々晴

赤子を寝つかせようとしたが、なかなか寝つかない。夜遅い時間や目をこする仕草から判断しても絶対に眠たいはずなのだが寝られず、フラストレーションがたまってぐずり出す。次第に泣き出す。絵本を読んだり、詩を暗誦したり、童謡を歌ったりと、あれやこれや奮闘して寝つかせようとしているのに、そんな僕をぼかぼかと殴る蹴る。僕に当たり散らすことで赤子の気が済むならば、いくらでも当たればいいと思う。

あまりに泣きじゃくり汗だくになっている赤子を見て、とりあえずベビーベッドに戻し、気分を変えるためにも、熱中症を防ぐためにも、ジュースを飲ませることにした。準備している間も赤子は泣き叫び、ベッドの柵をがんがん揺らす。ジュースを渡そうとすると、カップをふんだくる。赤子を刺激しないように近くの大人用のベッドに横になる。頭の上からちゅーちゅーとストローを吸う音がする。やれやれ、ようやく静かになったかと思った瞬間、頭に痛みが走る。なにかが当たった。後ろを振り向いた先には、ジュースのカップを僕の後頭部に投げつけ、責めるように睨みつける赤子の目がある。

ジュースは半分くらい残っていた。僕が、「もう飲まないの？」と訊きながら差し出すと、その手からカップを弾き飛ばす。赤子がまた泣き叫び出したため、「ごめんね。大丈夫だよ」と言いながら抱っこして揺らし、なだめすかす。次第に疲れて眠たくなってきた赤子の体が熱を発し出す。「うっ、うっ……」と被害を訴えるように小さく嗚咽し、瞼の奥に沈んでゆく赤子。微笑みながら、ベビーベッドに戻す僕。すやすやと気持ちよさそうに眠る赤子を見て、赤子の寝顔を眺めている時間が一番幸せだなとしみじみ思う。

額から、赤子に投げつけられた糖質七〇％オフのリンゴジュースが垂れてきた。相手が赤子でなければ、ただの暴力沙汰である。赤子はすごい。

20210730　第148回　ニコルゾーン　東京　曇時々大雨、雷を伴う

愛犬ニコル（二歳一〇か月）のだらけぶりが止まらない。犬としては珍しいだらけぶりである。暑い季節は、散歩ですぐにバテる。体高が低く、茶色のモジャモジャなので暑さに弱いのだ。だ

から、この時期は早朝か夜に散歩してあげなければいけない。それでもすぐにヘタっとなってしまうため、休み休み水を飲ませながら散歩している。たまに保冷剤で首回りを冷やす。それでも散歩がないと不機嫌になるので、注意を払いながら毎日散歩する。

ヤシの実

家に戻って来る頃には、海を漂ってしっとりとふやけたヤシの実のようになっている。手と足を拭き、肉球クリームを塗る。なぜか散歩の後は冷たい新鮮な水しか飲まない犬のために、新しく水を入れ替えてあげる。一生懸命に水を飲んでいる間、保冷剤で首もとを冷やす。

散歩が終わったら、もうほとんどやる気を示さない。ケージの中やリビングなどにお気に入りのだらけスポットがあって、そこをよたよたと移動しながらこれでもかというくらいだらけ倒す。白目をひん剥いて仰向けになり、生物としてのフォルムをぎりぎり保ちながら寝ている。可愛いからいいのだけど、自然界だったらどうするつもりなのだろう。野生として生きるには、だらけた性格をし過ぎている。その弱さが愛おしい。僕たちは寄り添うように生きている。

一番感心しているのは、僕が「ニコルゾーン」と呼んでいる存在である。ニコルをベッドの上に載せてあげると、とことこと歩いて行って、「そこ」に収まる。まるでニコルが収まるために、あらかじめつくられていたような掛け布団のくぼみにすぽっとハマり、短いため息をついて丸くなる。「ニコルゾーン」はニコルがつくったわけでもなく、僕が御膳立てしたわけでもなく、いつも適当な位置に、適当な大きさで存在している。ニコルより先んじて存在している。仮にニコルが世界に存在していなくても、「ニコルゾーン」は存在するように思える。しかし、「ニコルゾーン」が「ニコルゾーン」たりえるのは、ニコルが存在しているからだ。

あなたの家の掛け布団を観察してみてほしい。くぼみをじっと凝視してみてほしい。くぼみに大きなキャラメルコーンが収まりそうだと思ったら、そこが「ニコルゾーン」である。

202108

20210802　第149回　ワクチン接種二回目　東京　晴後曇時々雨

大立ち回り始まる

　昨日は新型コロナのワクチン接種の二回目を受けた。時間は一四時から。朝早く起き、仕事と歯医者と愛犬ニコルの散歩を済ませて、その時間に備えた。歯医者と散歩に行って悟ったことがある。この暑さではワクチン接種会場まで徒歩で行くのは無理である、と。一回目の接種の会場を今回は予約できず、少し離れた会場で打つことになっていた。徒歩三〇～四〇分くらい。電車で行くような立地ではなく、タクシーを使うしかない。

　休日の昼過ぎの時間はタクシーがなかなかつかまらないので、マンションの前まで迎車をお願いした。二回目の会場は一回目の会場より混んでいて、いろいろな年代の人たちがいた。受け付け、医師による予診が終わり、二回目のワクチンを接種した。一回目は赤子の寝かしつけで左腕を腕枕に使うという理由から利き手の右腕に打ってもらったが、あまりにも不自由だったため今回は左腕に打ってもらった。すまん赤子。父には寝かしつけ以外にもやることがあるのだ。帰りも山手通りまで出て、タクシーを拾った。それでも汗だくだった。

さて、副反応がより高い確率で出るという二回目接種後の体調はどうなのか。昨夜から接種部位が痛みだし、寝る前と、今朝に鎮痛解熱剤を飲んだ以外は、本日一三時の時点で大きな体調変化はない。しかし、前回は似たような報告をした後に、微熱が出て下がらなくなったのだ。今回は副反応が必ず出ると想定していろいろと備えていたので、今のところ拍子抜けといったところだけど、副反応が出ないにこしたことはない。このままなにもなく終わるのだろうか。それとも前回のように、接種二日目から、やれ熱が出た、やれ頭が痛いと騒ぎ立てるのであろうか。妻に、「どっちだと思う?」と訊いてみた。妻は呆れた顔をして、「大騒ぎするに決まっているでしょ」と自信満々に答えた。

妻の予想は当たる

それにしても、とりあえずワクチン接種が終わった。二回目のワクチンを接種したとしてもリスクはゼロにならないと言われているが、少しは気持ちの変化はあるだろうか。ひとまず今日は安静にして、副反応が出ないことを願っている。赤子が左腕の接種部位を触ろうと狙っているため気を付けたい。

20210803　第150回　ワクチン接種二回目（二日目）　東京　曇一時雨後晴

接種日を起点にすると二日目になる。体調は概ね一回目を受けた後と同じ経過を辿っている。昨日と今日の早朝までは接種部位（左腕）が痛かった。昼前にはそれは収まり、微熱や頭痛が出始めている。そしてなによりも腰が痛い。副反応には「関節痛」もあるらしい。この筆舌に尽くし難い腰の痛みは副反応なのだろうか。腰痛は接種前にもあったし、ただ単に寝転びすぎて腰が痛いだけなのかもしれない。判断が難しい。熱もせいぜい三七度台前半だ。接種部位の痛みを抑えるため鎮痛解熱剤を服用しているので、本当の体温がわからない。

そんなこんなを、ひとりでぶつぶつ呟いていたら、妻から「とにかく体調が悪いんだから休めばいいのに」と言われた。わかっているのだけど、僕はいつでも体調がそんなによくないのである。きちんと副反応か、そうではないかを見極めて適切な行動をとらなければいけない……などといった反論を遮り、「いや、ワクチン打ったあとは誰でも体調を少しは崩すものなんだから、とにかく今日は休みなよ」と妻はきっぱりと言った。そのとおりである。

子どもの頃から虚弱体質だった僕は、やれ頭が痛いだの、やれ不定愁訴がするだの、いつも自らの体調への不満を口にしているくせに、いざとなったら自分の体調の悪さを過小評価しようとする。「言うほどつらくはないかもな」「ちょっと、つらいと言い過ぎているきらいがある

腰痛の幕開け

な」と、誰も得しない気を遣ってしまう。「思ったより大丈夫かもしれない」で済むなら、それが一番平和だからだ。「僕は大袈裟すぎるのかもしれない」という謎のバイアスが働いてしまう。しかし、副反応が多く出ると言われている二回目接種の直後なのだ。強がったり、体調不良を過小評価したりする理由なんてどこにもない。過小評価のバイアスが発動したとき、だいたいその後はロクなことにならないのも、これまでの経験上わかっている。

だから、どれだけつらいのかは自分でもわからないけど、頭痛と関節痛、微熱、倦怠感があるのは間違いないので、今日は堂々と「つらいかも」くらいのことは言って安静にしておこうと思う。みなさんもつらいときは強がらず、堂々と休んでほしい。ワクチンを打ったのだし、休んだっていいのだ。堂々と休むことが必要である。

つらいかも

20210804　第151回　ピスタチオ　東京　晴

ピスタチオのアイスを食べていた。冷蔵庫に寄りかかりながら、ピスタチオのアイスを食べていた。酒をやめて以来、甘党になった。いや、元の甘党に戻ったと表現するのが正確だろうか。甘いものに目がないうえ、アイスを食べると微熱で火照った体が少しラクになる。

もう体温は無駄に測らないことにしていた。熱があろうと、なかろうと、僕は新型コロナワクチンの二回目を接種した直後であり、頭痛や関節痛、倦怠感があるのは確かなのである。堂々と休もうと決めていた。体が熱いからアイスの冷たさが気持ちいい。

ピスタチオといえば酒飲みの間でも有名で、乾き物によく入っている印象がある。しょっぱくて美味しいのだけど、あまりに量が少なくて、本当に美味しいのか、そうでないのかもよくわからない豆。酒を飲んでいる当時は、それ以上の深追いはしなかった。しかし酒をやめて周りをじっくり見回してみると、ピスタチオはチョコレートになったり、クリームになったり、アイスになったりしている。あの少ししか食べられなかったしょっぱくて美味しいピスタチオが洋菓子になっている。洋菓子なら一度にたくさんのピスタチオを食べられる。

ピスタチオ、すごい。ピスタチオ、やっぱり美味しい。断酒してピスタチオのすごさに気付くとは思わなかった。意外なことで世界は広がるものだと、ピスタチオのアイスを食べながら感心し切っていたのが昨夜のことである。

少し熱があったのかもしれない。ワクチン接種三日目、今日までなるべく安静にしていよう。

20210805　第152回　腰が痛い人　東京　晴後時々薄曇

この連載を、初めて休載しようかと思った。しかし、休載する旨をタイピングするくらいなら、それを今日の原稿にしてしまったほうがいい。それがこの連載の素晴らしいところである。

昨日から腰が痛い。ずっと痛いのだが、いつにも増して、いやちょっと考えられないくらいのレベルで腰が痛い。新型コロナのワクチンを打ってから四日目となる。妻は副反応ではなく、普通にぎっくり腰ではないかと言っている。だとしたらつらすぎる。今は、ベッドから起き上がるだけでも大仕事である。妻に手伝ってもらい、ぎゃーぎゃー騒ぎながら起き上がってこの原稿を書いている。休載のお知らせではなく、あくまで連載原稿であることだけはお忘れなく。

とりあえず、今思うことは、次に腰が痛い人を見かけたら優しくしてあげようということだ。腰は体の中心である。ここが痛いと、日常生活にも不便する。それにしても痛い。もし僕と実際に会った際、腰が痛かったら自己申告してほしい。できるだけ優しく接したいと思う。

20210806　第153回　ワクチン接種二回目（五日目）　東京　晴

新型コロナのワクチン（二回目）を打ってから五日目。昨日は、はじめて三八度を超える高熱が出た。腰は相変わらず痛い。かなり痛い。

昨日までは、妻の介助なしではベッドから立ち上がるのも困難になっていた。今日はなんとか自力で立ち上がれるまでに回復した。昨日の痛みが一〇だとすると、九か九・五くらいにはなったのではないか。少ししか変わっていないけど、改善の方向に向かっているのがなによりうれしい。今日も一〇で変わりなかったり、一一になったりしたらどうしようかと絶望していた。改善傾向にあるならば、明日には二か三になっているかもしれない。楽観的すぎるかもしれないが、今はその希望にすがりつきたいのだ。なぜなら腰が酷く痛いからである。

ということで今日は気の利いたことは一切書けないが、みなさんもご体調にはお気を付けてお過ごしください。来週にはいつもどおり書けていることを、(僕が)心から祈っている。

20210810　第154回　ある夏の思い出　東京　晴

新型コロナのワクチン接種(二回目)による副反応だったのか、先週は熱が出ていたが週末にはなんとかおさまり、腰痛だけが残っている。以前から腰痛はあったのだが、それにしても痛い。痛みがおさまらなければ、病院に行こうと思っている。歯医者もまだ通わなければいけないのに、やれやれだ。まだ三九歳なのだけど、僕の体は痛み過ぎている。

今日の東京は暑いらしい。天気予報によると三八度まで気温があがるそうだ。先週の僕の体温と同じである。先ほど、朝顔に水をやろうとベランダの窓をあけただけで禍々しい熱気を感じとった。とりあえず腰の医者は明日以降にしよう。この気温での外出は体によくない。

大学二年生の頃、実家がまだ駅前に引っ越しておらず、東京の西の果てにある福生市の多摩川沿いに住んでいた。実家から武蔵五日市線の最寄り駅までは徒歩二〇分以上かかった。その熊川駅は当時としても珍しい無人改札駅で、電車の本数も極端に少ない。僕は夏、大学に行くために三五度以上の気温の中、熊川駅まで歩いていた。雑草が生い茂った急勾配の階段を登っていた。草木の匂いが強く、日差しが網膜に突き刺さって痛かった。僕は手で日差しを遮りながら、この瞬間をこれからの人生で何度も思い返すことになるだろうなと直感した。

この直感は的中して、実際にあの瞬間のことを、その後の人生で何度も思い返すのだった。寒さにへこたれて不平を漏らしたくなるとき、あの瞬間のことが脳裏に浮かび、「どうせ夏になったら、暑さに不平を漏らしているんだよな」と、つらさを少しだけ慰めることができた。

そして今日、腰痛を患った僕は、冷房の効いたマンションの一室であの夏の日のあの瞬間を思い出している。あの時、一九歳の僕は家を出たことを心から後悔した。今日は家にいよう。

20210811　第155回　朝顔観察日記(六)〜あきらめない　東京　晴後薄曇

ようやく体調が回復した。とくにつらかったのは腰痛なのだが、昨日この連載を書いて以降、一日中、途切れなく寝ていたら痛みがおさまってきた。医療情報なので迂闊なことは言えない。なんとなくだが、二回目の接種でもともと悪かった腰が悲鳴をあげたのではないかと個人的には思っている。元の痛みが一〇としたら、今日は二・五か三くらいに回復している。

202108　306

そんなこんなで悶絶しながら生活していたところ、朝顔の世話が疎かになってしまっていた。強風が吹いた日に風を避けるための鉢の移動を怠ったせいで、蔓を巻いた朝顔が盛大に倒れてしまった。しかも、三つの鉢が重なり合うように倒れ、蔓も複雑に絡み合っているという惨状だ。その状態で二日放置したため、ほとんど枯れた状態になってしまっている。

以前に、鉢が倒れてから復活して花を咲かせた年があった。今回はそんなレベルの崩壊ではなさそうだ。まだ痛む腰を庇いながらなんとか絡まった蔓を解こうとしたものの、どうやら復活させて育てるのは難しそうである。蔓が伸び始めた頃、この連載で引用した金子みすゞの詩「朝顔の蔓」（春陽堂書店『みすゞさんぽ——金子みすゞ詩集』収録）を思い出す。

それでも
お日さまこいしゅうて
きょうも一寸
また伸びる。

体調が悪かったとはいえ、いじらしく成長する朝顔に申し訳ない結果になってしまった。朝顔さん、すまない。痛恨のミスである。悔しいし、悲しいし、無念さが募るばかりだ。しかし、「人生はやりなおせる。何度でも」という信念を持っている僕は、朝顔を育てるのをあきらめないことにした。無念にも廃棄せざるを得なくなった朝顔のためにも、もう一度、種から植えて育ててみようと思う。通常、朝顔は八月に種を植えるには遅すぎる植物だが、数年前、季節外れの八月から育てて、きちんと九月に開花した。今回もそうなればいいが。

せっかく育てたのに花を咲かせてあげることができなかった朝顔、そして季節外れに育てられる朝顔。人間の都合で振り回しているようで面目ないが、僕にとって朝顔を育てきちんと開花させることは生活そのものなのである。腰が痛い、育てた朝顔が駄目になった。生活はままならない。人生は試練だらけだ。しかし、それらの課題に向き合って生きることが「生活」なのであり、それを記述していくことがこの連載なのだとあらためて思ったのだった。

20210812　第156回　二代目・朝顔観察日記　東京　曇時々雨

自分が書いた昨日の原稿を今日読み返していて、しみじみと感じた。そうなんだよな、と。自分のコラムに感心していては世話ないが、腰もまだ少し痛いし、暑いし、朝顔も崩壊するし、いいことがない。はっきりいって人生はつらい。

そうだよ。つらいんだよ。でもつらいからこそ、人生を容易に放り出したりしてはいけないのだ、とも同時に思った。遠藤周作がどこかでそのようなことを言っていた記憶がある。

昨日の連載を読んでくれた読者の方からも、「夏はまだまだ終わりません‼」とTwitterでコメントが寄せられた。よし決めた。僕はこの夏、朝顔をきちんと咲かせる。そう、二〇二一年の夏はまだまだ終わらない。やたらと暑い、日本人にとっては忘れ得ないこの二〇二一年の夏に、僕は大輪の朝顔を咲かせるのだ。それがある種の使命のようにも感じられてきた。まさかのシーズン2に突入した朝顔観察日記に今後も乞うご期待である。

ちなみに、タイトルについては迷ったが、僕が無惨にも駄目にしてしまった一代目に敬意を払い、「二代目・朝顔観察日記」にしようと思う。

さて、そうと決まれば善は急げである。昨日、ネット通販で新しい種を買おうと検索してみたところ、すぐ（翌日、つまり今日）届く商品は、「朝顔『団十郎』種子一〇粒詰」しかないことがわかった。セール価格で一九三一円。花色は「えび茶」だそうだ。しぶくて、いかにも高級な感じがする。しかし、さすがにこれは高すぎるのではないかと腰が引けてしまう。

そもそも、「ブランド朝顔」という発想が違うのではないかとも思う。二代目・朝顔観察日記に、団十郎？二代目・団十郎？ではない。当たり前ではないか。僕はなにを書いているのだろうか。もう熱はないと思うのだが、自分が少し不安である。そうではなくて、朝顔観察日記に、ブランド朝顔はどうなのかということだ。端的に言って鼻につく。どこかのパーキングエリアで買ってきたみたいな、あの素朴で実直な一代目の魂はどこに行ったのか。

とはいってもブランド朝顔だけになるのが不味いだけであり、ブランド朝顔が交じっているのはまったく問題ないと思ったので、とりあえず団十郎を注文した。本日中には届くと思う。普通の質実剛健な種は、なぜか配送まで時間がかかってしまうので、待つ必要がある。

だから、今週末は団十郎の種を植えていると思う。頑張れ団十郎。綺麗な花を咲かせるのだ。

ちなみに明日からはお盆休み。日曜日から妻の実家に行く。その間は、差し込むだけの自動式水やり機を導入しようと思っている。

20210816　第157回　父と中原中也　大阪　雨時々曇

亡くなった父を思い出すとき、僕のなかに詩人の声が響いてくる。もしかしたらそれは父の声なのかもしれない。僕が赤子のときから父はさまざまな本を読み聞かせしてくれた。それは小学六年生まで続いた。父の声を聞きながら眠りにつくのが、僕の当たり前の日常だった。

もともと父は読書家で、大学は文学部を希望したが、祖父の反対にあい工学部に進学した。そんな祖父も社会科の教員をしながら小説家を志していたのだから、人間とは複雑なものである。超のつく進学校で挫折感を覚えた父は、僕に勉強を強要することは一度もなかった。祖父……

中原中也の詩を父は愛した。母によると僕が生まれ、退院したその日から中也の詩を枕元で朗誦していたそうだ。母はロマンチックなところがあるので、その話は創作、もしくは無意識による思い込みかもしれない。僕がはっきり覚えているのは六、七歳からの記憶である。

しかし、よくよく思い返してみれば、僕の姪がまだ生まれたての赤子だった頃、そのときは

202108　310

文学は楽しい時間

なぜか物理の本だったのだが、絶対にわかりようがない（今の僕でもわからない）内容を熱心に読み聞かせていた。「そんな本を読み聞かせてもわからないでしょう」と言う僕に父は、「いいんだよ。日本語にはリズムがあるんだから」と答えていた。姪は爆睡していた。そんな父だから、〇歳の赤子に中也を読み聞かせるくらいのことは本当にしていたのだろう。

父は中也の代表的な詩「サーカス」の「ゆあーん　ゆよーん　ゆやゆよん」という擬音に戯《おど》けた抑揚をつけて、僕に聴かせてくれた。それが耳に残り、何度も何度も朗誦をせがんだものだ。父自身は「含羞」という詩が好きで、「なにゆゑにこゝろかくは羞ぢらふ」と噛み締めるように諳んじていた。そのような幼少期を過ごしたおかげで、僕にとって文学とは、「父との楽しい時間」である。いまだに眉間にしわをよせてやるようなイメージがないのである。

一九九九年五月二二日、一七歳の僕は父に誘われて渋谷にいた。翌年には閉店が決まってしまっていた小劇場「渋谷ジァン・ジァン」にいた。中也の実弟で、ハーモニカ奏者の伊藤拾郎氏によるライブを観るためである。僕はその頃、進路に迷っていた。迷っていたというか、あまりにも勉強をしなすぎて行き詰まっていたのだ。このままでは入れる大学がほとんどない。かといってやりたいことがあるわけでもないので、就職や専門学校も選べない。

店内は狭くて暗かった。現在では伝説となったアンダーグラウンド芸術の聖地。今思えば、もっと詳細に覚えておけばよかったと少し残念な気持ちがある。そして小柄な伊藤拾郎氏が現れてハーモニカを吹いた。ライブは伝説そのものだった。抒情的な演奏と存在感。なにもかもが衝撃だった。興奮がおさまらない父は、「渋谷ジァン・ジァン」から渋谷駅まで歩く途中で、「俺はあの中原中也の弟の隣で小便したんだぜ」と子どものように自慢していた。どうやら途中休憩の折に、拾郎氏とトイレで鉢合わせしたらしい。笑顔で何度も自慢していた。

その後、僕は猛勉強して文学部に入り、中也で卒業論文を書いた。こんな大切な思い出を、生前の父と語り合わなかったことに悔いが残る。父はほかでもない、「中原中也の弟の隣で小便した」男なのである。うらやましいんだか、そうでないのかはわからないけど、僕はあの日、一七歳にしては背伸びして入った小劇場「渋谷ジァン・ジァン」の雰囲気や、伊藤拾郎氏の存在感、そして子どものようにはしゃいでいた父の笑顔を忘れることができない。

「ゆあーん ゆよーん ゆやゆよん」。擬音に戯けた抑揚をつけて朗誦する。赤子はそれを聞きながら眠りに落ちる。その声は、僕のなかで響いている父の声だ。同時に中也の声でもあり、僕の声でもある。僕も赤子（息子）に同じことをしていた。赤子が〇歳児のときから、中也の詩を枕元で朗誦していた。赤子のなかで響いている声は、どんな声なのだろうか。

20210817　第158回　文化系トークラジオLife　大阪　雨時々曇

先日、「文化系トークラジオLife」のイベントに出演した。「文化系トークラジオLife」は、

青梅の駐車場

202108　312

TBSラジオで偶数月第四日曜日の二五〜二八時まで放送されているラジオ番組で、（原則）奇数月は出演者が自主的にイベントを開催している。今回は、「真夏のオンラインオフ会」だ。

Lifeは二〇〇六年一〇月から放送されている。番組との出会いがいつだったのか正確には覚えていないが、かなり初期から聴いていた。二〇〇五年からの六年間、僕は生まれ育った東京都福生市に本社がある西多摩新聞社に記者として勤めていた。西多摩新聞は一九五〇年創刊の地域紙で、小規模ながらも硬派な編集方針をとっていた。在籍した六年間でどれだけの大切なことを学んだかわからない。その頃のことを書き出すと長くなるのでここでは割愛するが、それでもやはり全国規模のマスコミに登場する物書きに、若い僕は憧れを抱いていた。

当時、特設だった青梅市役所の駐車場の隅っこ、木が影になって多摩川からの風も吹いてくる絶好のポイントに社用車を止め、シートを倒して寝転がりながらLifeのPodcastを聴いていた。どの回で取り上げられるテーマも面白く、トーク内容にも聴き入った。音源を何度も繰り返し聴いた。Lifeで知った本をたくさん読んだ。でも一方で、僕もその場に座りたい、ライター、物書きとして頑張って、いつか僕も出演する側になりたいとどこかで思っていた。東京出身の僕がこういう言い方をすると怒る人がいるかもしれない。しかし、東京の西の果て、青梅市役所の駐車場で休憩を取りながら聴く僕にとって、赤坂のスタジオは遠く感じた。

六年間勤めた西多摩新聞を辞め、下北沢の編集プロダクションに転職した。「いつでも戻っておいでね」と社長は言っていたけど、覚えているだろうか。ICレコーダーで録っておけばよかったと、今になって後悔している。そして、いろいろな仕事と出会いに恵まれ、Lifeに出演する側になれたのだから人生は不思議である。その経緯についてもいつかまた詳しく。

「真夏のオンラインオフ会」には、番組パーソナリティである鈴木謙介（charlie）さんをはじめ、豪華な出演陣とたくさんのリスナーさんが集まってくれていた。前半に「上半期で気になったコンテンツ」について出演者が話す時間があったのだが、（ときにマニアックな）作品についての語りを、こんなにもたくさんの人が熱心に聴いてくれる、という事実を目の当たりにして純粋に感動してしまった。後半はオンライン上で部屋をわけ、各テーマについて語った。出演者も参加者も出入り自由で、活発な交流と議論の場になったと思っている。

個人的には、最後に番組の長谷川裕プロデューサーと犬の話で盛り上がれたのが楽しかった。犬についてあれだけ真剣な目で語る人を、僕の周りでは僕と長谷川さんと、この連載の担当編集である吉川浩満さんしか知らない（けっこういる）。あの目は真剣だった。僕と吉川さん並みの目をしていた。もっと長く語りたいと切に願っている。

「いつかLifeに出たいと思っていたら出演する側になっていた」という話にも通ずると思うのだけど、長谷川プロデューサー、charlieさん、出演者、スタッフのみなさんによる、Lifeのように誰かに語りかけ、誰かに語りかけられる場をつくり続ける営みそのものが、Lifeを特別な場所にしているように感じている。少なくとも僕はそう感じている。最近は出演が減ってしまっているが、またスタジオにうかがう機会があったら、ちょっとだけ昔の自分を思い出してみようと思う。駐車場の車中で寝転がっている人に向かって、僕は語りかけたい。

20210818　第159回　あいつは？　大阪　晴時々曇一時雨

赤子に「パパ」と呼ばせたい人の気持ちが、赤子が生まれてからわかった。うちの赤子はいまだ、「ママ」「マンマ」とは言っても、「パパ」とはなかなか言ってくれない（発声の差の関係なのだろうか）。ましてや、「お父さん」なんて言葉を発するのは、まだまだ時間がかかる。なので、うちも「パパ」と呼ばせようとしたのだけど、なぜかいつも、その存在をひた隠すように小声で「ぱふぁ（パパ？）」とささやく。どうして小声なのかはわからない。しかも最近では、「ぱふぁ（パパ？）」とすら、ぱたりと言わなくなってしまった。寂しい限りである。

一方、最近の赤子は、なにやらよく喋る。なにを喋っているのかわからないが、とにかくなにかをよく喋っている。たくさん喋るなかで、「パパ」にあたる言葉はあるのか。赤子を数日間じっくり観察してみたところ、どうやら今は「あいちゅあ（あいつは？）」がパパらしい。

立ち上がることができるようになった赤子は、よたよたと歩きながら移動する。おもちゃを一通り散らかし放題し、次第に飽きはじめる。周りにあるものを放り投げだす。それにも飽きたら赤子は言うのだ。「あいちゅあ」。あいつは……ここにおります。いつもあなたをじっくり観察していますよ。

20210819 第160回 痛いと言っていい 東京 晴

痛いのと怒られるのが大嫌いである。みんな大嫌いだとは思うけど、僕はことさら大嫌いなのだ。「痛み」については、心の痛み、身体の痛みなどの種類がある。僕は日常的に起こる身体の痛みにすら耐えられず、いつも大騒ぎしている。

アルコール依存症になり、急性すい炎で二度入院した。よく人から、「すい炎って死ぬほど痛いんでしょう?」と訊かれることがある。死んだことがないので判断は難しいものの、たしかにあれは痛い。普通の腹痛とは別の種類の鈍痛が切れ間なく続く。しかし今書きながらも、痛みを正確に伝える難しさを実感しないではいられない。

父が七一歳で亡くなる直前の期間、僕は父と十分と呼べるほどの時間をとることができなかった。とても悔やんでいる。ちょうどフリーランスの仕事が軌道に乗ってきて、自分の企画ではじめて出す単著や、そのほかの企画が進行中だった。離婚して、仕事を辞め、アルコール依存症になった僕は、父に心配ばかりかけてきた。父が生きているうちに少しでも成果を見せ、

「もう心配いらないんだ」と安心してほしかった。だけど今思えば、あのとき父が僕にしてほしかったのは、近くにいて痛みに寄り添うことではなかったのか。結局は自分の痛みは正確には伝わらないし、相手の痛みもわからない。だとしても同じ時間、空間で寄り添うことはできる。今はそんなふうに思っている。

　さて、近頃は腰痛ばかり訴えていた僕だが、ついに治りそうな予感がしてきた。元の痛みが一〇とすると、調子がいいときは一、調子が悪いときは二くらいになってきた。なので治ってはいないし、今も痛いのだけど、あの地獄のような痛さと比べるとまるで小物の痛さである。しかし、だ。僕はここで声を大にして言いたい。あの腰痛はつらかった、と。医療情報なのであくまで個人の視点として受け取ってほしいのだが、ざっくり書くと、もともと腰が少し痛かった→新型コロナのワクチンを接種した（二回目）→熱が出て腰痛も悪化した→熱は下がったが腰痛はさらに悪化した、となる。ワクチンとの因果関係はわからないし、ぎっくり腰という説もある。僕は思った。もともと腰を痛めていたし、痛めたのは自分の生活習慣が悪かったからだし、副反応かどうかがわからないなか、痛いと騒ぐのはよくないかも、と。

　僕に限らず、痛さやつらさを抱えている人の中には、「これくらいで弱音や愚痴を吐いたらいけないかも」と思うタイプの人たちがいる。だが、実際は痛いときは痛い、つらいときはつらいと言ったほうがいいのだ。あとで大事にならなくて済むし、意外と周りの人は手の差し伸べ方がわからなくて困惑していたなんてこともある。だから、今回の一連の腰痛騒動については容赦なく「痛い」「つらい」を連発した。僕がそう書くことで、自分の痛みを我慢せず伝える人が増えればいいと思う。

それにしても、この前の腰痛は痛かった。「いや、これくらいで痛いと言ったらいけないのではないか」とも僕の性格だから当然思ったが、何百回考えても、どの角度からシミュレーションしてもあの腰痛は我慢できないほど痛かった。だからもし、「腰が痛いくらいで騒いでいたら駄目だ」と言う人がいたなら、腰痛が治り、新型コロナが収まった後、その方に、「いやいや、あれは本当に痛かったですよ」と三〇分くらい直接、プレゼンしに行きたい。たとえ痛さが正確に相手に伝わるのは無理だとしても、その態度だけは伝えることができるかもしれない。あれは痛かった。

20210820　第161回　マスクチェーン　東京　晴

新アイテム

この前、テレビを観ているとき、あるアーティストが首回りにお洒落なアクセサリーをつけているのに気がついた。パールのネックレスのような首飾りである。よくよく見ると、その首飾りはマスクにつながっているようだった。カッコいい。これならマスクを外しても、ぶら下げておける。ずっとぶら下げっぱなしにしておくのは不衛生かもしれないけど、ドリンクを飲むときなどに少しだけ外す際に便利そうだ。ドリンクを飲もうとして何度かマスクを地べたに落としてしまった経験があるため、ぜひ取り入れたいと思った。

しかし、あのアクセサリーの名前はなんなのだろうと疑問に思ったまま、なんとなく時間が経ってしまっていた。名前を知らないものを調べるのは意外と難しい。先日、美容室に行った。いつも担当してくれるヘアスタイリストが席を外し、アシスタントと思しき女性スタッフがブリーチを塗る作業をしてくれた。そのときである。鏡に映ったその女性スタッフの首元に、あの首飾りがあるではないか。エメラルドグリーンのそのアクセサリーは、ほっそりした女性の首元にあっていた。

僕は、ここしかないと思って質問した。「あのー、その首にぶら下げてマスクについているアクセサリー、なんていう名前なんですか?」。すると、女性は「う~ん」と一瞬考えて、「わからないですけど、しいて言えばマスクチェーンですかね」と答えた。

なんですか?

マスクチェーン。なんてシンプルな名前なんだ。僕が大学生くらいのときに流行ったウォレットチェーンを思い出す。そう笑顔で言うと、女性は「ウォレットチェーンってなんですか?」と不思議そうな顔をしていた。かつて、そういうアイテムがお洒落だった頃があったのだ。

僕は、テレビで観たアーティストがパールのマスクチェーンをしていて憧れていたのだと伝えた。女性は「パールは大きさにセンスが出ますよね」と言った。そうなのである。大きすぎたらマダムっぽくなってしまうし（あくまで僕のイメージ）、小さすぎたらお坊さんみたいになってしまう。お洒落な美容師さんが言うんだから、やはり上級者向けのファッションなのだろう。自分でも気づいていたけど、これは難儀なミッションになりそうである。

ちなみに女性によると、マスクチェーンは一番安いので三〇〇円くらいで買えるという。家に帰ってネットで調べてみても、確かに高価な商品は少なかった。しかし、女性も言っていたのだが、「パールは安っぽいとすぐにわかる」。僕はお洒落なマスクチェーンにたどり着くことができるのだろうか。以前、今年買うと明言した日傘と同様に、「パールのマスクチェーン」という新しいファッションアイテムを探す旅に近々出たいと思う。もう少し涼しい日に。

20210823　第162回　二代目・朝顔観察日記（二）　東京　曇一時雨後一時晴、雷を伴う

六月一八日に発芽した朝顔の鉢が、体調不良に喘いでいるうちに強風で崩壊してしまった。以前、この連載で書いたが、僕は『万葉集』の和歌に出会ってから、ほぼ毎年、朝顔の種をまいて育てているのである。その朝顔が崩壊してしまった。しかし、読者からのあたたかな励ましと声援もあり、一代目に敬意を払いつつ、もう一度挑戦して「二代目・朝顔観察日記」をつけることにした。季節外れの種まきになり申し訳ないが、僕は二〇二一年夏の東京に、朝顔の花を意地でも咲かせるのだ。ある種の使命のような気持ちが、勝手に芽生えている。

そう決めたのが八月一一日で、二代目の種をまいたのが昨日の八月二二日だった。なんで一〇日ほどの期間が空いてしまったのか。季節外れだったからか、よく高速道路のパーキングエリアで売っているような素朴な種はネットショップに少なく、すぐ届く種としてブランド朝顔の「団十郎」を注文したと書いたが、それと同時に配送は遅れるものの普通の素朴な朝顔の種も注文していた。そこで、僕はあることに気がついた。今年は鉢が三つもあるのである。ならばもう一種類、朝顔の種をほしくなるのが人情というものだ。

追加購入したのは、「ヘブンリーブルー」という名前の、青い花を咲かせる朝顔である。団十郎とヘブンリーブルーはまもなく配送されて到着した。名無しの素朴な朝顔は、配送が遅い。平等にしなければいけないわけではないものの、なんとなく三つとも同時にまいてあげたい。ただでさえ相手はブランド朝顔なのに、素朴な朝顔が仲間外れみたいで可哀想ではないか。そう考えながら待ち、到着したのに時間がとれない日々が続いて、昨日ようやくまいた。

さて、今日は起床して水やりである。品種がわからなくならないために、種が入っていた袋を土に差して目印にした。競い合わそうという気などない。それぞれが、それぞれのスピードで成長すればいいと思う。それを僕は全力で支援する。この二〇二一年夏の東京に、季節外れの朝顔を咲かそうとした人間と、ほかならぬ朝顔たちがいたことをみなさんに目撃してもらいたい。順調に育てば次回の「二代目・朝顔観察日記」は、「発芽編」になるはずである。

新キャラ登場

20210824　第163回　黒マスク　東京　曇

二〇二一年三月三一日まで千葉県のFMラジオ局「bayfm」で放送されていた朝の情報番組「パワーベイモーニング」に、よくコメンテーターとして出演していた。肩書は「モヤモヤライター」。モヤモヤライターという肩書にモヤモヤしないでもないが、僕は元気に「おはモヤございます！」と挨拶していた。マスコミに求められたことはなるべくこなす。気難しい人にならず、気さくで身軽な人間であり続けるのが目標だ。出演するたびに、「〇〇のモヤモヤ」と題して、人間関係や流行、社会現象について解説していた。僕は立派なモヤモヤライターだった。

二〇一九年の年末には、はじめて「モヤモヤ年間大賞」を選んだ。さまざまなモヤモヤがノミネートされ（というか僕がノミネートさせ）、そのなかから「ぴえん」と「黒マスク」が栄えある第一回目の「モヤモヤ年間大賞二〇一九」に選ばれた（勝手に僕が選んだ）。「ぴえん」とは、女子中高生を中心に流行した言葉で、泣いている様子をあらわす擬態語である。悲しいときや、うれしくて感極まったときなどに使われる。最近でも、まだ使っている人はいる。

一方、「黒マスク」は、その名のとおり黒いマスクのことだ。マスクと言えば白色が定番だが、お洒落アイテムとして黒いマスクをつける人も出てきていた。二〇一九年の時点でも、コンビニでちらほらその存在を見掛けることがあった。一部の外国の方のなかには、白いマスクは

「病気」のイメージがあるため、あえて白を避け、黒マスクをつける人もいるという。白に慣れた僕にとって、黒マスクはなんとも違和感があった。なんというか、ちょっとだけコスプレっぽいとでも言うのだろうか。衣装かなにかのように見えてしまい、どうもしっくりこずにモヤモヤしていたのである。これについては、多くのリスナーから共感を得ることができた。とはいえ、新しいものにはなるべく挑戦したいものである。パーソナリティの柴田幸子さんと共に「いつかは「黒デビュー」する」と誓って、年末の放送を終えたのだった。

年が明けて二〇二〇年三月、僕は出演するなりこう宣言した。「「黒マスク」は、二〇二〇年の「モヤモヤしない大賞」に、早くも選ばれました！」。新型コロナの感染が広がり、足元では深刻なマスク不足が叫ばれていた。黒マスクでもなんでもいい。つけられるマスクがあればつけるべきだ。いや、むしろ黒マスクのほうがカッコいいのではないか。つい数か月前に言った内容を堂々と全否定し、潔く意見を変える。数少ない僕の美徳のひとつである。

さて、それからすでに一年半近くが経ったが、僕はなぜかまだ「黒デビュー」を果たしていない（柴田幸子さんは、すでにデビューしたそうだ）。どうしても自意識が邪魔をしてしまうというか、そもそも黒いマスクは日光を集めてしまって暑いのではないかとも思うのだ。

とはいえ最近、自粛生活による体重増加が気になってきた。黒マスクをつければ、少しは顔が小さく見えるかもしれない。今年こそ僕は黒デビューするのだろうか。黒マスクの優れてい

異例の受賞

る点を知っている方がいたら、ぜひ僕に教えていただきたい。黒デビューの参考にする。

ところで、「パワーベイモーニング」でやっていた毎月の「モヤモヤ解説」と、年に一度の「モヤモヤ年間大賞」を、どこかの局でやらせてもらえないだろうか。けっこう面白い企画だったと思う。僕も生活をしていかなければならないので、いつもは商売っけのないこの連載だが、今回は特例として最後に宣伝を入れさせてもらった。お金を稼いで犬に報いたいのだ。

犬に報いたい

20210825 第164回 高身長 東京 曇

よく、身長が高いと言われる。僕の身長は一七八センチである。日本における男性の平均身長が一七〇・六センチなのだから、たしかに平均よりは高いのだが、はたして高身長と言えるのだろうか。父、両祖父が一八〇センチを超えていたため、自分的には伸び悩んだなと思う。しかし、世間では身長が高いという認識になっているようで、よくそう言われるのだ。

ここ最近、腰が悪くて寝転がってばかりいた僕は、HuluでSKY-HI（日高光啓）が主宰するボーイズグループのオーディション「THE FIRST」をずっと観ていた。このオーディションの面白いところは選ぶ側（SKY-HI）の葛藤や、ある種の暴力性に焦点が当たっているところだ。そして、社長（SKY-HIは、一部のファンにそう呼ばれている）がとにかく優しくて、オーディション参加者に気を遣う。「無理し過ぎないで」「少しは休んで」と心配したり、スパルタのトレーナーから参加者が無茶振りされたとき、「それはちょっと難しいんじゃないかな」と間に入って緩衝材になったりする。音楽と参加者へのリスペクトを常に忘れない。

社長の気遣いのなかで一番胸に響いたのが、身長についてのやり取りだった。ダンスしながら歌う技術の習得は、平均身長より高い人のほうが、そうでない人より難しい場合があるのだという。つまり不利なのだ。そんな状況であるのにもかかわらず、よく頑張ってくれたと、高身長組を労っていたのである。これには感動した。一般的に、身長が高いのはよいことだとされている。たしかに高い場所に手が届いたり、人混みの中に埋もれなくて済んだり、身長が高いと得られる利点はある。「身長が高くていいですね」と言われたことは数えきれない。

一方で、身長が高いがゆえのデメリットも少なからずあるのだ。たとえば、よくいろいろな所にぶつかる（特に頭上）、ベッドが狭い、劇場や映画館などで、後ろの座席の人に気を遣う。転ぶと痛い。まだまだあるのだが、一般的に高身長はいいことだとされているので、なんとなく「身長が高いから、これが不便です」と不満を言うのがはばかられてしまう。

そんな（つらさが伝えにくいという意味で）不遇な高身長組にまで、気を遣ってくれる社長。もし勤め人に戻ることがあったなら、あんな上司がほしい。激痛がはしる腰を庇うためエビのような姿勢になりHuluを観ながらそう思っていたものの、後になって調べてみると社長は僕より五歳ほど年下であったのだ。人間の器の大きさは、年齢とは関係ないのである。

理想の上司は年下

20210826　第165回　凪を生きる　東京　薄曇時々晴

文筆家の吉田健一は、我々の眼を新しい世界に対して開かせる言葉に共通する要素は、人目を惹こうとしないことだと、「何も言ふことがないこと」（筑摩書房『言葉といふもの』収録）という奇妙な題名の随筆に記している。いわく、「（…）我我が眼を開かれて知るのは、我々が前から知つてゐたことであり、ただそれまではさうであることだつたことがそれからはさうでなければならなくなる」。僕はこの考え方が好きだ。なにかが「さうでなければならなくなる」瞬間とは、つまりそれに対して親しみを覚える瞬間であり、そのぶん世界が広くなる。

亡くなった父の出身は愛媛県だった。子どもの頃、夏になると毎年、祖父母に会いに父の実家に帰った。父が一人っ子だったこともあり、唯一の孫である姉と僕を、祖父母はとても可愛がってくれた。愛媛に行くと、必ず家族で滞在する民宿があった。海の前にある、小さな町の民宿だ。そこで父や祖父母はよく「凪」という言葉を口にした。凪とは、瀬戸内海などの内海でたびたび発生する自然現象のことである。凪がくるとあたりは無風状態となる。

凪の町、静寂の中

僕は凪という言葉の意味を、大人になってから知った。凪のときの、あの穏やかで静まりかえった町の情景を、僕は今でも忘れることができない。蝉の鳴き声や子どもたちの笑い声、テレビから聴こえてくる高校野球の声援。静寂のなかで、初めからずっとそこにあったものたちが正確に、より細部までくっきり姿を現す。そして、そうでなければならなくなるものに、そこになければならないものに変わっていく。幼い頃、海辺の町で僕はそんな感覚を覚えていた。

凪には、朝凪と夕凪がある。発生する時間帯が異なっているだけではなく、陸風から海風、海風から陸風と、それぞれその前後で切り替わる風が違う。つまり、凪とはただの無風状態ではなく、風が切り替わる瞬間に訪れる束の間の静寂でもあるのだ。目まぐるしく変化する日常を強いられている今だからこそ、しばし凪のなかで考える必要性を、僕は強く感じている。凪のなかに身を置き、目の前にあるものをしっかりと見る。より感じ、より考え、それを自分の言葉にして伝える。そして、風の切り替わる瞬間をとらえていく。

凪を生きる。それはボタンの掛け違いをどこかでしていないか、点検する時間を確保しながら進んでいくような生き方である。停滞などではなく、創造的な無風を感じる営みなのだ。

創造的な無風

20210827　第166回　二代目・朝顔観察日記(三)　東京　晴時々曇

近代日本画の巨匠・鏑木清方は、随筆「あさがお（一）」（岩波文庫『鏑木清方随筆集』収録）のなかで、「朝顔は下手のかくさへあはれなり」という芭蕉の句を引き、こう記している。「牡丹や菊は、どこまでも巧くかけていなければ、その花の気品が出て来ない。だが朝顔は、全く芭蕉のいうように、たどたどしい一筆がきにもしおらしい風情は汲める」

そして朝顔の生命力を、「私たち庶民の間に、この花ほど親しめる花はない。種を播くことさえ怠らなければ、どんな狭い庭にでも一と夏、秋過ぐるまで花を絶たない。庭がなければ鉢に植えても充分な鑑賞が出来る」と称賛している。これほど頼もしい言葉はない。

強風によって崩壊した一代目にかわり、季節外れに種まきされてしまった二代目の朝顔が、ついに発芽した。といっても、高速道路のパーキングエリアで売っているような素朴な種の鉢に三本、ブランド朝顔「団十郎」の鉢に一本だけ生えたのみだ。青色の花を咲かす朝顔「ヘブンリーブルー」の鉢には、まだ芽が生えていない。競い合わすわけではないが、公平に扱いたいという理由から、なぜか一番発送が遅い素朴な朝顔の到着を待ってから種をまいた。

しかし実際には、素朴な種の生命力をあまく見ていたようだ。三本とも葉が緑で瑞々しい。到着するまで待つ必要は、一切なかったようである。一方で、団十郎の芽は葉も黄色がかっていて、どうも元気がない。朝顔は、ずっと昔から庶民に親しまれ、目を楽しませてきた。だからこそ矜恃をみせてほしいのだ。がんばれ団十郎。ブランド朝顔！

団十郎の矜持

20210830　第167回　自分の声　東京　晴一時曇

自分の声があまり好きではない。体内で響いている自分の声は大好きなのだが、録音された声は聴いてもいられない。子どもの頃、ハンディカムのビデオカメラで撮影された自分の映像を観て、「声がいつもと違う」と親に訴えたものだった。でも父は、「お前の声はいつもこんな感じだぞ」と譲らなかった。録音された自分の声を嫌いと思う人は絶対に多いはずだ。

体内に響く自分の声と、人に聴こえている（つまり録音された）声のどちらが本当の「自分の声」なのだろうか。言葉で相手に情報を伝える場合は、後者が「自分の声」だと言える。しかし、その声は発した本人には聴こえないのだから、アナウンサーや俳優、歌手、ボイストレーナーなど特殊な職業でない限り、自分の声を日常的に聴いている人はあまりいない。声のプロでない人間が、自分の声を聴くのはただの苦行だ。そして、それをやらされまくるのがライターという職業である。

ライターの苦行

ライター界には「テープ起こし」というものがある。インタビューをICレコーダーに録音し、あとでそれを文字にする作業である。これをやるのはとにかく苦痛だった。なにせ、好きでない自分の声を何時間も聴かされるのだから。昔は甲高かった声が変声期を経て低音に変わり、いつも少し鼻声で、興奮するとうわずる。早口だし、滑舌も悪い。ライターになりたての頃は、「なんでこのタイミングで沈黙してしまったのだろう」「焦りすぎて質問を飛ばしてしまった」といった話法のテクニックも含め、テープを聴いていると気が滅入って仕方なかった。

最近ではインタビューするだけではなく、ラジオやネット配信に出演する機会が増えてきた。これまで自分が出演する番組は、基本的に聴き返さないようにしていた。なぜなら、自分の声が好きでないからである。嫌いな声を聴かされる挙句、上手く喋れなかった部分が気になって凹んでしまうに決まっているのだ。コロナ以降、極端に人と話す機会が減った結果、表情筋がより固まり、以前よりもさらにこもった、聴きづらい声になった気がしている。

このままではさすがにいけないと思い、近頃は出演した番組は必ず聴き直し、僕としては珍しく改善点をメモまでしている。自分の声の問題もあるが、機材の問題もあることがわかったので、とりあえず古すぎるiPhoneを変えようと決意した。こんな真面目で僕は大丈夫だろうか。なんと滑舌トレーニングまでやっているのだ。しかも毎日かかさずに、である。

少しでも聴きとりやすく、親しまれやすい声になったらいいな、と思っている。僕は、自分の体内で響いている声は大好きなのだけど、こちらは本当に素敵な声なのだ。どうにかして皆さんに聴いてもらいたいのだが、どうすればできるのかまったく以てわからない。

20210831　第168回　優しい死神　東京　曇

顔色が悪いという理由で職務質問された経験がある人は少ないと思う。僕は顔色が悪い。とくに目の下のクマが濃く、いつも寝不足のような顔をしている。中・高校生のときは保健室にふらりと寄れば、「なんで今まで来なかったの?」と先生に言われ、フリーパスで早退ができた。一度、医者に訊いてみたのだが、鼻筋や目の周りの骨格も影響するらしく、僕の場合、目の下のクマをまったくなくすのは難しいのではないかとのことだった。寝不足になると濃くなるが、たっぷり寝たからといって薄くはならない。

クマこそ僕の本体

あるとき、仕事で使う写真のクマを修正技術でとってもらったことがあった。そこには見知らぬ男が写っていた。「これでは宮崎さんだとわからない」という理由で、修正してもらった努力を無駄にしてしまった。その際にわかったのは、僕の目の下にクマがあるのではなく、クマがあって僕がいる、という真理である。つまり、クマこそが僕の本体だったのだ。僕が消えてもクマだけが残る。

そんな顔色のせいで、昔の職場の後輩に「優しい死神」「働く廃人」という二つ名（異名、通り名）をつけられた。どっちがいいかと考えていたのだけど、「優しい死神」のほうが優雅でいいかもしれないと思った。働いていないのがいい。そう言えば、『デスノート』に出ていそうですね」と指摘されたこともある。もうクマを消そうなんて愚かな真似はよそう。

202109

20210901　第169回　フィルムを貼る仕事　東京　曇時々雨

古いiPhoneを買い換えた。最新のiPhone 12 Proである。この連載もすでに一七〇回目になろうとしているが、ここらへんで人気を獲得しておかなければ書籍化されず、されなければ僕がとても困った状況になる。僕は担当編集の吉川浩満さんと一計を案じ、先週の土曜日にTwitterで音声をリアルタイム配信する「スペース」に挑戦してみた。そこで連載の魅力を伝えれば読者が増えるのではないか、と考えたのである（この取り組みは今後もやっていく予定）。しかし、配信中に僕の声がどうしても途切れがちになってしまっているようだった。

iPhoneを買い換えよう。今後こういった機会は増えるだろうし、長く使っていろいろとガタがきていたのだ。そう思って昨日、携帯電話ショップに行って最新機種に買い換えたとき、慎重、かつ自分を信じていない性格の僕は迷いなく保護フィルムを買ったのだけれど、その際に

「スタッフがフィルムを液晶に貼るサービスもございますよ」と言われ、その日、はじめてハッとしたのだった。

なるほど。たしかに保護フィルムを貼るのには難儀する。小さな気泡や埃が入ってしまったり、微妙に位置がずれてしまったりする。値段は税込一一〇〇円とのことだった。「専用の機械かなにかがあったりするんですか？」と僕は訊いた。スタッフは「いえ、スタッフが手で貼ります」と答えた。「綺麗に貼れるんですか？」「はい。もちろん」。慎重、かつ手先が不器用な僕は一一〇〇円を払った。

アクリル板越しに僕の対応をしてくれていたスタッフは、僕のiPhoneと保護フィルムを受け取り、バックヤードに向かった。その途中、別のスタッフに僕のiPhoneと保護フィルムを渡すのを見た。対応してくれたスタッフが貼るわけではないらしく、その間に事務作業を済ませているようだった。

数分後に届いたiPhoneには、綺麗に保護フィルムが貼られていた。完璧な仕事である。心から感心した僕は、「たくさん練習されてるんですか？」と訊いてみた。「はい」とスタッフは答えた。「でも、保護フィルムって高価だから練習するのも大変ですよね」と言うと、スタッフは「本部から練習キットみたいなものが送られてくるんです」と少し小声で話した。

本部の練習キット

僕は各種手続きを行いながら、頭の中では練習キットに一生懸命取り組むスタッフの姿を想像していた。おそらく何十枚、いや何百枚は練習したことだろう。もしかしたら何千枚かもしれない。本番で失敗してしまうと、店に損害が出てしまうからだ。この一瞬、この一事にかけて練習に取り組んできたスタッフの姿を僕は思い浮かべた。そういうスタッフがこの店にもいて、今まさに僕のiPhoneに保護フィルムを貼ってくれたのである。税込一一〇〇円は高くない。僕がここまで綺麗にフィルムを貼れるようになるまで、どれくらいの労力と時間がかかるだろう。そう考えたら、それに取り組んでくれたスタッフに異常なほど尊敬の念がわいてきた。

個人が、個人の場所で個人の方法で戦っているのだ。僕はこのiPhoneで喋る。フィルム貼りの熟達者がフィルムを貼ってくれたiPhoneでたくさん喋って、連載を人気にするのである。

20210902　第170回　ダンス動画　東京　雨

最近、妻がダンス動画をYouTubeで観ながら運動している、と思って訊いてみたら、なんともう三か月も続けているという。凄すぎる。なんて凄いんだ。僕は踊る妻を眺めながら身震いし、戦慄を覚えた。ボクササイズのパンチやキックの鋭さも、どんどん増してきている気がする。あれならいつだって僕を倒せる。しかも一発で。間違いない。僕は妻を素直に尊敬した。

頼もしさの欠片もない夫だが、せめて自分の健康くらいは守らなければいけない。僕も妻に倣ってYouTubeでなにかを観ながら運動することにした。しかし、なかなか自分にあった動画が見つからない。そもそもダンス動画は、僕には難しすぎる。階段を二階まで登っただけで息が切れる状態なのに、飛んだり跳ねたりできたほうがむしろ不思議である。といっても、易しすぎる振り付けだったり、単調な動きだったりすると飽きそうなので、それはそれで体力とは別の理由で続かなそうだ。最弱なくせに、僕にはこのような偉そうなところがある。

それとYouTubeを観ていて気づいたのだけど、エクササイズ系の動画に出てくるYouTuberは、ポジティブな方が多い。動画の終わりに、「今日も自分が輝くために努力できましたね。綺麗でしたよ！」と言ったりする。これには、「なるほどなあ」と膝を打った。僕なら「今日も頑張りましたね。明日も努力しましょう」とか言ってしまいそうだ。それだとアスリート的になりすぎて息が詰まってしまう。楽しく、ポジティブに、ほどほどでできる運動はないものか。

偶然見つけた「自衛隊体操」なるものは、そのネーミングとコンセプトのシンプルさに惹かれてやってみようと思ったのだが、何度か動画を観ているうちに、見た目よりもずっと大変な運動だと気づいて、やる前からやめてしまった。「いっそのこともう、ラジオ体操からはじめてみようかな」とパソコンを操作しながら独り言《ご》ちると、「それがいいんじゃない」と後ろにいた妻が言ったのだった。

自衛隊体操とは？

20210903　第171回　コロナ以後　東京　雨一時曇

気がついたら九月になっていた。緊急事態宣言はいまだ発出され続けている。新型コロナワクチンの二回目の接種を終えて一月以上が経ったけど、思ったより気持ちは明るくならないし、生活スタイルはまったく変わらない。数字の感覚がだんだん麻痺していく。いくら同じ自治体（東京都）に住んでいるとはいえ、一日五〇〇〇人超の感染者という数は、ひとりの人間にとって認知可能な域を超えている。一人ひとりの人生に思いを馳せるほどの想像力は働かず、故に数字の感覚が麻痺してくる。五〇〇一人の一人と、ほかの五〇〇〇人の差がほぼ消滅する。人間の人生は「数」などでは決してない。その感覚が麻痺する。

コロナ以後の世界を生きている。しかし、どの時点からが「コロナ以後」だったのか、僕はずっと特定できずにいる。中国での流行が報じられたときか、日本国内で感染者が確認されたときか、はじめて緊急事態宣言が発出されたときか。個人的には二〇二〇年三月からの全国一斉休校を当時の首相が要請した時点で世の中の空気がガラリと変わったように記憶しているが、反省を込めて正直に言うならば、いつのまにか、気がついたら、徐々に、といった感覚のほうが実際には強かった。

そして、今もそのコロナ以後であるわけなんだけど、先行きが見通せているとはいいがたい状況である。人間は、不確かな状況に長く置かれることにストレスを感じる。そうなってから、一年半ほどの月日が経っているのだ。始点も終点も明確なメルクマール（目印、指標）が見出せないまま、ずっと宙ぶらりんでいる。もともと元気はないけど、より一層に疲れる。

曖昧な境界線

マンションから東京の街を眺めてみる。二〇二〇年春の一度目の緊急事態宣言下と比べると、人通りは多いし、街をゆく人の表情も明るい。もしかしたらコロナ以前に戻ることなんてなく、これからもずっとコロナ以後を生きていくのかもしれない。事実、僕は今の生活に以前よりも慣れつつある。コロナ以後に生まれた赤子（一歳三か月）なんて、コロナ以後の生活が当たり前なのだ。人間は慣れる。良くも悪くも慣れてしまう。数字の感覚も麻痺する。

よほど慎重に見て、じっくり吟味しなければ、なにか大切なものがこぼれ落ちてしまいそうな、嫌な予感がしている。「凪を生きる」精神をもう一度、胸に刻みたい。

20210906　第172回　下北沢　東京　曇時々雨

三年前まで下北沢に住んでいた。最後の二年間住んだのは、妻と同棲するために借りたマンションの部屋だった。この部屋は、広さや駅に近い立地を考えると、驚くほど賃料が安い。角部屋の二階。正面は映画のロケにも使われたことのある居酒屋、横は新鮮な食材が売りの人気居酒屋だった。夜中になると、終電で帰ろうとする女性と、それを必死で引き留めようとする男性とのやりとりが、階下で繰り広げられていた。僕はそれをよくメモに取っていた。

賃料が安いのは、騒々しいからだけではなかった。僕と妻が借りた部屋はもともと大家さんの親戚が住んでいた部屋だといい、マンション全体の設備を点検する際に出入りする扉がある。

「もしかしたら点検や作業でそこを通らせてもらうかもしれない」と事前に説明を受けていた。キッチン近くの天井に扉があった。普段は開かないようになっていた。点検やなにかしらの作業が必要な際に連絡が来て、業者の人を案内すればいいのだろう、と思っていた。

下北沢関係ないよ

その日、僕と妻（当時は彼女）は共通の友人たちと遊んで、早朝に帰宅した。朝九時過ぎ、僕は中途半端な時間に目を覚ましてしまった。トイレに行って再び寝室に戻ろうとしたとき、天井から異様な音が聞こえてくるのに気がついた。なにか金属を切断しているような、強烈に耳につく音だった。しばらくすると音が止み人の声が聞こえてきた。人？当時はすでにアルコールを断っていたのだけども、僕はついに頭がどうかしてしまったのかもしれない。そう思った瞬間だった。例の天井にある扉の隙間から、銀色のワイヤーが出てきたのだった。これには驚いた。僕は慌てて駆け寄った。「すみません！聞こえますか。すみませ〜ん!!」と何度も天井に叫んだが、ワイヤーはどんどん伸びて部屋の中に侵入してきていた。

試しにワイヤーを扉側に押し戻してみると、一瞬ピクッとして止まったものの、またすぐに伸び始めた。「すみません。すみませ〜ん!!」。僕はなおも大声で叫び続けた。このタイミングで、まだ酒が抜け切っていない妻が起き、血相を変えて飛んできた。「どうしたの？」。僕は上手く答えられなかった。なにせ自分でもよくわかっていないのだ。いったいどうしたのだろうか。妻は変わり果てた部屋と、憔悴しきった僕を見て愕然とした表情をしていた。僕と妻はとにかく、「すみませ〜ん!!」と天井に向かって何度も叫び続けた。

ワイヤーはすでに四メートル以上は部屋に侵入してきていた。まさにカオスだった。混沌だった。しかし、僕と妻の必死の叫び声がこのワイヤーに関係しているであろう人物にようやく伝わったのか、ワイヤーは再びピクッとして止まり、わずかな沈黙の後、天井の扉の中に戻っていった。挨拶もなしに登場し、挨拶もなしに帰っていった。僕と妻は安心して寝室に戻り、その日は夕方近くまで寝てしまった。

僕は「ワイヤーが戻ってよかった。あのままで暮らさなければいけなくなるのかと思った」と、心からホッとしていた。後から訊いたところによると、妻は妻で「智くん（僕のこと）がついに頭がどうかしてしまったのかと思って焦ったけど、そうではなくてよかった」と心からホッとしていたそうだ。とくに不動産屋にも連絡していない。あれはなんだったのか。

頭がどうかして

20210907　第173回　偶然の駄洒落　東京　曇一時晴

久しぶりに哲学者・九鬼周造の著作を読み返していたら、「偶然の産んだ駄洒落」（岩波文庫、菅野昭正編『九鬼周造随筆集』収録）という随筆を見つけた。九鬼は「駄洒落を聞いてしらぬ顔をしたり眉をひそめたりする人間の内面生活は案外に空虚なものである。軽い笑は真面目な陰鬱な日常生活に朗かな影を投げる」と記している。なるほど、九鬼の言うとおりだ。

さらに九鬼は「偶然の戯れが産んだ」駄洒落についてエピソードを披露している。ひとつはこんな感じだ。九鬼は喫茶店に行って紅茶とビスケットを頼んだ。しかし、店員は「ビスケットってクッキーのことですか」と首を傾げている。九鬼はそのとき気がついた。今の若い人の間ではビスケットをクッキーと呼ぶのだ、と。クキがクッキーでグキッとした話である。

今の駄洒落が面白かったかどうかは置いておくとして、偶然に駄洒落が生じた状況に目を凝らしながら生活するのは楽しい。僕も何度もこういう状況になった経験がある気がする。不思議なもので「偶然の駄洒落」という言葉が与えられなければ、その事象をキャッチするのは難しい。逆に言葉が与えられれば感知できるセンサーが働き、そういう状況が意外とそこかしこに存在することに気がつく。冒頭からここまでの話を妻にし、僕はあるエピソードを披露した。

ある飲み会での出来事。仕事関係の飲み会で、知っている人は三分の一くらい。僕は前に用事があり、遅れて到着した。なんとなく僕が自己紹介する流れになった。「遅くなってすみません。宮崎智之と申します」と僕は言った。それだけではそっけないと思って、「宮崎なんですけど宮崎県に一度も行ったことがない宮崎です」と付け加えた。一同は大爆笑だった。

妻は言った。「う〜ん。でもそれだと偶然ではないよね。ただ単に駄洒落を言っただけだから」。そもそも僕の駄洒落のどこが面白いのか疑問に思っているようだが、それを言うなら僕のほうが疑問に思っている。あの駄洒落のどこが面白かったのだろうか。妻は続けた。「偶然って言うからには、たとえばそこが宮崎県の郷土料理を出すお店で、苗字が宮崎で、さらに宮崎県に行ったことがない宮崎、っていう要素が揃わなきゃ」。妻は鋭い。そのとおりである。

その後、妻と一緒になにか「偶然の駄洒落」が生じた瞬間がなかったかと考えていたのだが、喉まで出かかっているのに、もう少しのところで思い出せない。悔しい。なにか「偶然の駄洒落」はなかったものか。しかし、当たり前だがこういうものは偶然に生じるものである。僕にできるのは、目を凝らして生活し、その偶然を見逃さないよう心掛けることだ。

読者のみなさんにも「偶然の駄洒落」を経験した人は多いと思う。僕も次はきちんと見逃さずにキャッチし、この連載で報告したい。駄洒落が好きな人は、心が豊かな人である。

生活に駄洒落を

20210908　第174回　スティーヴ・アオキ　東京　曇後雨

コロナ禍だからという理由だけではなく、引っ越して以来、ふらっと外出する頻度が減っていた。下北沢に住んでいたときは、周囲が古着屋だらけだったので、原稿の執筆に詰まると気分転換に古着屋巡りした。いつも同じルーティーンで回り、服を買ったり買わなかったり、原稿のアイディアが浮かんだり、浮かばなかったりしていた。今よりはだいぶ活発な日常だった。

お気に入りの店舗は、Instagramをフォローしていた。原稿に集中できていなかったある日の昼前、ふとInstagramを開くと、行きつけの古着屋のアカウントが新入荷商品としてブルーのブルゾンをアップしていた。カッコいい。しかもなぜか安い。僕はもともとブルーのブルゾンを探していたのである。その店は立地がよく、アップされた後、店舗で即売れてしまうなんてこともある。急がねば。僕はまったく進んでいない原稿を一時中断し、その店に向かった。

店に着いたとき、ブルゾンはまだあった。やっぱりカッコいい。生地もしっかりしているし、サイズも問題なさそうだ。よし買おう、と決断したところで男性店員が近づき笑顔で声をかけてきた。「インスタ、見ましたか？」「はい」「スティーヴ・アオキでしょ？」。……スティーヴ？

スティーヴ？

何年前のことだったのか記憶が定かではないが、今でこそ僕はスティーヴ・アオキを日系アメリカ人の世界的ＤＪとして認知し尊敬しているのだけど、当時の僕は無知だった。店員の話を断片的につなげることでスティーヴ・アオキがとても凄い人であること、そしてこのブルゾンは、そんなスティーヴ・アオキがデザインしたものだという事実がわかった。値段が安いのは店員の好きなスティーヴ・アオキを広めるための、赤字覚悟の値付けなのだという。

僕はまずいと思った。当時の僕はスティーヴ・アオキのことを一切知らなかったのである。そんな僕が店員からスティーヴ・アオキのブルゾンを受け取っていいのだろうか。僕は正直に打ち明けた。スティーヴ・アオキのことを僕に教えてほしい、と。中途半端に知ったかぶりをしてしまうと、店員の気分を損ねて売ってくれないかもしれないと危うんだからだ。結果的にこの英断が功を奏し、僕は店員による熱い演説を二〇分ほど聴いて、スマホでライブ動画も見せてもらった（「アオキ・ジャンプ」は、家に帰ってから、ノートパソコンの画面でしっかり目撃した）。そして僕は、無事、スティーヴ・アオキのブルゾンを購入することができたのである。

そろそろ衣替えの季節が近づいてきた。僕は今年もスティーヴ・アオキのブルゾンを着る。その日に会った人にスティーヴ・アオキの魅力を語る。そしていつか、新型コロナがおさまったあかつきには、スティーヴ・アオキに会いに行くのである。ステージの上にいるスティーヴ・アオキに。青いブルゾンを着て会場に行き、大声で声援を送りたい。

20210909　第175回　親に似る　東京　雨後時々曇

腰痛がすっかりおさまった。腰痛のない生活を送り、赤子や犬と遊ぶ際もおっかなびっくりしなくて済むようになった。それにしても人間（とくに僕）とは忘れっぽい生き物である。あれだけ痛かったのだから、身体のどこかがどうにかなっていたに違いないのだ。せめて一度くらいは医者に行くべきだとは思うのだが、痛みがなくなった途端、痛かったときの感覚をすっかり忘れてしまい、足を運ぶのが億劫になっている。そしてまたいつか腰痛になる。

僕は忘れっぽい。亡くなった父も同様に忘れっぽかった。まだ元気だった頃、「おい、お前。この前のあれのあれのあれはどうなってるんだ？　ちゃんとあれしたのか？」と訊ねられ、さあれしたのか？

すがに適当すぎると呆れたものだが、最近では父と似たようなことを言っている。「頑張らないと親に似る」。マキタスポーツがＴＢＳラジオ「東京ポッド許可局」で放った名言が胸に響く。

私生活でなら多少忘れっぽくても構わないのだけど、仕事ではそうはいかない。手帳に細かく仕事の予定を書く几帳面さもない。たとえ書いたとて、僕は僕の汚い文字が読めないのだから仕方ない。しかし、父の時代と違うのは、今は高度なデジタル社会なのである。僕は予定が決まるやいなや、MacBook Proか iPhoneからGoogleカレンダーに書き込む。細かく書き込めるし、前日や直前には通知をくれる。Googleがなくなったら、僕は明日からなにをすればいいのかわからない。完全に依存しているけど、なければ生きていけないのである。

今朝、寝室でベッドに寝転がっていると赤子が来て、「あぷあぷあぷ」と言いながら、マットレスをバンバンと叩き出した。僕は「赤ちゃんが来た！　赤ちゃんが来た！」と叫び、赤子をベッドまで引き上げた。一瞬、腰に嫌な感覚が走った。赤子を抱えながら腰を慎重に動かしてみたが異常はないようだ。早く病院に行く日を決めてGoogleカレンダーに書き込まなければいけない。それすら忘れそうな僕はどうすればいいのかと途方に暮れるのだった。

20210910　第176回　二代目・朝顔観察日記(四)　東京　晴一時曇

九月に入っても朝顔観察日記は終わらない。今日の最高気温は前日より八度ほど高い三〇度で、久しぶりに日差しも強い。いつもなら暑いのは嫌なのだけど、ずっと曇りか雨が続いていて日照不足の朝顔を思うとテンションが高まる。ベランダに出て、鉢を日向のほうへ移動した。

一代目の朝顔が強風で崩壊し、その遺志を継いで育てている二代目たちだが、高速道路のパーキングエリアで売っているような素朴な種の鉢には四本の芽が生え、支柱を立てた。そろそろ蔓が伸びてきそうである。ブランド朝顔「団十郎」も二本の芽が生えているものの、こちらはどちらも発育がよくない。しかし、着実に、少しずつ、葉に生気の色が表れはじめているのが毎日観察しているとわかる。根気強く付き合いたい。団十郎にも支柱を立てておいた。

問題は、青色の花を咲かす朝顔「ヘブンリーブルー」。こちらの鉢ではまだ一本も発芽していない。季節外れの時期に種を植えたのがいけなかったのだと思う。申し訳ないことをした。

キノコが生えた

かわりにキノコが生えた。間違って買ってしまった大型の鉢の真ん中に、小さくて、上品な、これぞキノコの典型といった美しい形のキノコが一本、ぽつんと生えていた。その凛とした生え方が健気に思えてきてそのままにしておいたのだけど、もしヘブンリーブルーの芽が出たらキノコは引っこ抜いたほうがいいのだろうか。それとも共存させるべきだろうか。そんなことを考えていたら、いつの間にかキノコがなくなっていた。消えた。キノコが消滅した。こんなことがあり得るのだろうか。あり得たから書いているのである。

20210913 第177回 最近のニコル 東京 薄雲

愛犬ニコル（二歳一一か月）があまりにも可愛すぎて一時期、「ニコリンペン」と呼んでいたことがある。毛が伸びてきた「モジャリンペン」が「リンペン」と略され、最終的には「ペン」になったところで、困惑し出して可哀想になりニコルに戻した。可愛さ余ってたまに理性を失い暴走する。「ニコリーノサンドロビッチ」にはまったく反応してくれなかったが。

赤子が凄まじい躍進を見せている。つい最近、二足歩行したばかりだったのに、今はもはや走っている。勝手にドアを開け、家中を駆け回っているのだから目が離せない。一方、ニコルには入ってはいけない場所があり、そうしつけてある。どこもかしこも家の中をうろうろできるようにしてしまうと、誤飲などのリスクが高まって危ないからだ。当然、赤子だって危ない。ではなぜ赤子だけ扉を突破できるのか。それは人だからである。ではなぜ赤子だけ扉を突破していいのか。赤子も駄目なんだけど、言うことを聞くようなやつではないのである。

ニコルは餌をねだって吠えたりはしない。そうしつけてあるからだ。一方、赤子は離乳食を準備している最中に大声で叫ぶ。早くしろと抗議する。赤子はなだめられる。ニコルは我慢する。ニコルは頭がいい。もちろん、赤子も成長すればもう少し物分かりがよくなる。成長すれば赤子は家の中を自由に行き来できるようになる。ニコルはできない。犬だからである。自由に行き来できるようにしてあげたいけど、部屋の構造上、どうしてもそれが難しい。

そう考えるとニコルだけが我慢をしているように思えてきて、憐憫の情がわいてくる。僕は愚かで弱いくせに、憐憫の感情だけは謎に強い。自分が眠れないだけではなく、眠れない人に対して強く憐憫の情を抱き、眠れない人用のリアルタイム音声配信を、眠れない僕がやっていたほどの憐憫屋である。そして垂れ目のニコルは、ものすごく憐憫を誘う顔をしているのだ。姿勢が悪いせいか、余計にしょんぼりして見える。

ニコルの、あの訴えかけてくるような佇まいはただ単にニコルがそういう表情の犬なのか、それとも本当に可哀想なのかという問いについて、たまに妻との間で議論になることがある。いずれにしても「ニコルと言えば憐憫、憐憫と言えばニコル」と思ってしまう。

しかし、そのほとんどがきっと僕の思い込みなのだ。犬は犬で、それなりに楽しくやっているに違いない。広い家に住んであげられないこと、赤子が生まれてからはどうしても赤子に手がかかり、以前のようにはずっとかまってあげられなくなったこと。そんな罪悪感があり、それを投影しているのだと思う。犬がなにを考えているのかなんて、究極的にはわからない。

先週の土曜日は妻と赤子が都内の親戚の家に遊びに行って、そのまま宿泊した。僕は久しぶりに犬と二人（一匹含む）で過ごした。寝る前に犬がやたらと僕に甘えてきた。テレビを観ているときも膝に乗りたがっていた。やっぱりニコルも寂しかったのだろうか。憐憫などではなく、もっと温かな感情がわいてきた。そんな犬も六日後の九月一九日に三歳になる。

20210914　第178回　今日からおじさん　東京　曇後時々雨

珍しく妻からモヤモヤが届いた。「いつまで「赤子」と書くの?」というものである。なるほど、たしかに赤子とていつまでも赤子であるわけではない。いつか「子ども」になる。しかし、今はかろうじて一単語ずつ喋れる言葉がいくつかあるだけで、とてもではないが会話ができる状況ではない。オムツもしている。とりあえずはまだ、「赤子」と書いてよさそうだ。

考えてみれば、深い問題である。僕はいつから「おじさん」になったのだろう。正確に言うと、自分がおじさんであることを突っぱねるのが、いつから憚《はばか》られるようになったのだろう。いつ、おじさんのキャズム超えは起きたのか。もしかしたら、公的機関が「赤子」や「おじさん」の定義をしているのかもしれない。しかし、これらの問題には客観的にどうであるかとは別に、もっと主観的というか、個人史や身体感覚の問題も絡んでくる。「今日からおじさん」と明確に思った日があったかなかったかは記憶が定かではないけど、少なくともそう自認した瞬間がきっとあったのだろうし、今の僕は自分がおじさんであることに違和感はない。

そんなわけで、「いつまで「赤子」と書くの？」のモヤモヤは、民主的な方法で解決することになった。それは、「赤子に訊いてみる」である。それで先ほど訊いてみたのだが、質問の途中で踵を返し、彼方へと駆けていってしまった。やはり当分は「赤子」でよさそうである。

まだ、赤子

20210915　第179回　赤子の茸立ち　東京　晴時々薄曇

我が家のテレビはインターネットにつながっている。ダイアルアップの時代を知っている僕としては、にわかに信じがたいことだが、我が家のテレビはインターネットにつながっている。赤子は、そのインターネットにつながったテレビでミュージックビデオを観るのが好きである。国内外のアーティストのパフォーマンスに合わせて身体を揺らしている。音楽とダンスが好きな赤子なのだ。運動が大嫌いな僕の赤子とは思えないほど元気な赤子である。

そして同時にテレビのリモコンが好きな赤子でもある。末恐ろしいことに、赤子はテレビをインターネットのアプリにつなげる画面を、表示させることができる。しかし、そこからNetflixなのかHuluなのかYouTubeなのかまでは選択する能力はない。なので、そこでつまずくと、「あー！」と大声を出して、リモコンを差し出してくる。YouTubeを開くところまでやってあげると、赤子はある程度、動画を選択できる。勝手に楽しんで踊っている。

だが、そこはまだ所詮は赤子である。変なボタン（「消音」や「一時停止」など）を押してしまったら操作できなくなってしまい、再び「あー！」と叫びながら駆け寄ってくる。

そんな赤子が最も苛立つ現象がある。それは、インターネットがすぐにつながらないことである。ネットワークの関係で、たまに動画がフリーズしてしまうのだ。小さい丸い図形が回転してローディングしている。読み込んでいる。その画面になると、赤子は再々度、「あー！」と叫びながら駆け寄ってきて、僕を叩き、喚きながら被害を訴えるのである。

つい最近、iPhoneを最新機種に変えたばかりの僕は、そのときインターネットを高速光回線にしないかと営業された。もっとたくさん働いて、赤子の苛立ちを解消してあげたい。

20210916　第180回　赤子が強い　東京　晴時々曇

赤子が強い。単純に力が強い。赤子は、太腿がとにかく立派だということで親戚の間でも有名だった。八〇歳を超す祖母の弟は、「この子は足が速くなる」としきりに僕と妻に言ってきた。自分の鈍臭さを振り返り、そんなはずはないと思っていたが、実際に赤子のずり這いは速かった。歩きだした今も速い。走っている。そして力が強いのだ。

赤子はドアを勝手に開けて走り回るし、椅子やベッドなどにも平気でよじ登り、自分で勝手に降りたりする。そんな調子だから、まったく目が離せない。最終的には強制的にやめさせるしかないのだけど、そのときに赤子が強い。ベッドによじ登った赤子を確保しようとしても、物凄い力でシートを掴んで離れない。あの立派な太ももでマットレスを蹴り、ずんずんと進撃していく。やっとのことで捕まえたあとも、足や手をバタつかせて猛抵抗する。

さて、ここで問題なのは、赤子はまだ言語を理解しないということだ。徐々にわかるようにはなってきているようで「駄目！」などと言うと、一度動作を止めるようにはなったものの、結局はやめさせることはできないし、「なぜやったらいけないのか」という説明で納得させるのも難しい。「〇〇君が危なくなる悪戯はやめようね」と説得できればどれだけラクか。

だから最終的には、悪戯が過ぎたら強制終了させる。相手は赤子であって、僕からすれば簡単に抱えることが可能だ。しかし、なかなか赤子も抵抗する。力を加減しながら赤子を抱きしめる。そう、力を加減しながら。現状で、だいたい八〇パーセントの力を使っている。

筋トレする赤子

最近、赤子は筋トレに余念がない。スクワットのような動作や、つま先で歩く鍛錬、頭と腕を床につけ、お尻を天に突き上げる謎のポーズまで、日々、悪戯をするためにトレーニングしている（ように見える）。今の赤子には悪戯が仕事なのだから仕方ないと言えば仕方ない。

僕は筋トレが大嫌いなのだが、赤子に負けないためには鍛えなければいけないのだろうか。残り二〇パーセントの余力では心許ないから、本気で筋トレをしたほうがいいのだろうか。

僕は赤子に毎日、絵本を読み聞かせている。早く言葉を覚えてもらいたいからだ。そして、楽しい言葉の世界に浸ってもらえるように。高まったテンションが、絵本の世界を旅することによって鎮まってくれるように。そして大暴れしながらも最後の最後には眠りに落ちていく赤子の顔を見て「所詮は赤子」と思い、ホッとするのである。

20210917　第181回　彼岸花　東京　曇

昨日は仕事が思うように進まなかったのと、赤子が昼寝の時間にぐずりはじめたため気分転換にもなるだろうと考え、ふたりで散歩に行った。ちょうど金木犀《きんもくせい》が咲き始めたというニュースを読んだばかりだった。赤子に、あの金木犀のいい香りを嗅がせてあげようと思った。

金木犀の香りと言えば、フジファブリックの楽曲「赤黄色の金木犀」が有名だ。金木犀は住宅街の庭木によく見られ、ふとした瞬間に鼻を突くあの切なくてほのかに甘酸っぱい匂いを嗅ぐと、たしかにたまらなくなる。僕は赤子を前に吊るし、住宅街を池尻大橋から目黒川沿いにかけてうろうろ歩き回った。かなり歩いた。トータルで二時間近く歩いたが、なぜか金木犀が見つからなかった。いつもふとした瞬間に匂いで場所を教えてくれるあの花はどこにあるのか。

途中、僕と赤子は目黒川沿いにある「COW BOOKS」に寄って、『続 酒に呑まれた頭』（吉田健一、番町書房）と『島村詩集』（島崎藤村、新潮文庫）を購入した。『酒に呑まれた頭』はオリジナル版と「新編」は持っていたが、「続」があるとは知っていたような、知らなかったような。いずれにしてもいい買い物ができた。金木犀は諦めて帰ろうと思い、その前に店先のベンチで一休みすることにした。

目の前に真っ赤な花が咲いていた。彼岸花である。僕は彼岸花が好きだ。不吉で、吸い寄せられるような危ない魅力、そして金木犀が匂いで一気に人の気持ちをさらうように、彼岸花はその真っ赤な色で人の目線を釘付けにする。なぜ彼岸花に気づかなかったのだろうか。金木犀ばかりに気を取られて、足元に目がいかなかったのだろうと思う。帰り道を歩きながら足元に注意を向けてみると、あちらこちらに真っ赤な彼岸花を発見したのであった。

『万葉集』には、柿本人麻呂による以下の歌がある。

　路《みち》の辺の壱師《いちし》の花のいちしろく人皆知りぬ我が恋妻を

　歌意：路のほとりの壱師の花のようにはっきりと人はみんな知ってしまった。私の恋しい妻を。

一説では、壱師とは彼岸花のことだという。この和歌は漫画家・オノナツメさんの作品『ふたがしら』（小学館）でも引用され、同作品の主人公たちが立ち上げた盗賊一味の名前も「壱師」である。路の辺に、目が眩むような鮮やかな赤で咲く彼岸花を赤子に見せられてよかった。

ところで、帰ってから思い出したのだが、昨年、犬と駒場東大前辺りを散歩しているときに、金木犀の庭木を見掛けたような気がする。今度はその道を散歩してみようと思う。

20210921　第182回　犬の誕生日　東京　晴

先週の土曜日、九月一九日に愛犬ニコルが三歳になった。犬の誕生日である。あの小さかった犬が、今も小さいけど少しは大きくなったなあと、しみじみ思う。赤子（一歳四か月）が生まれてからは大人になった、健気で可愛い愛犬が三歳になったのだ。

毎年、なんらかのお祝いをしているが、今年は僕が仕事で一杯いっぱいになっている時期だったため、準備をすべて妻に任せることになってしまった。夕方六時くらいにリビングに来てほしいと言われ、僕はそれまで仕事に集中した。僕が執筆をひと段落させてリビングに入ったとき、ちょうど妻が飾り付けに使う風船を膨らませているところだったので手伝った。

むせながら風船を膨らませた後、リビングの椅子に腰掛けた僕に妻は紙皿を手渡した。紙皿には、平たく切った薩摩芋と角切りのリンゴがストーンサークルのように並べられていた。なんとも不思議なメニューだが、美味しそうではある。ヘルシーだ。ストレスで暴食しがちな僕の健康を考え、このストーンサークルをつくってくれたのかもしれない。妻に感謝。

「ありがとう」と僕が言うと、妻は「3」の形をした蝋燭をリンゴに差した。なるほどストーンサークルはニコルの誕生日の特別メニューだったのである。考えてみれば当たり前だ。僕のものであるはずがないではないか。そもそも今日はニコルの誕生日である。僕はいつも自分のことばかり考えている、身勝手で未熟な人間である。犬なので蝋燭に火はつけず、飾り付けしたリビングでハッピーバースデイソングを歌い、「伏せ」と「待て」をさせてから、薩摩芋とリンゴをあげた。犬は一生懸命に食べていた。薩摩芋みたいな素朴なフォルムをした犬が、必死に頬張っていた。犬が産まれた目出度い日が、今年も終わろうとしていた。

来年の誕生日は、たとえば山奥のコテージなどを借りて、盛大に犬に報いたいものである。薩摩芋とリンゴを食べたニコルは、満腹のままウトウトと眠ってしまっていた。いずれにしても、家族四人（一匹含む）揃ってお祝いすることが今年もできてうれしく思っている。質素でもいいからこんな誕生日会が、あと三〇回くらい開けたらな。そんなことを考えた。

ちなみに、誕生日会が終わってから薩摩芋をもらったのだが、とても美味しかった。「いい芋なんでしょう?」と僕が訊くと、「ううん。そこのスーパーで安く買ったやつ」と妻は答えた。薩摩芋はとにかく美味しい。安くても美味しい。ニコルもそう思っていることだろう。

いい犬と芋

20210922　第183回　メロトッツォ　東京　曇一時雨後晴

執筆の仕事が思うように進まなくて、ストレスが溜まっていた。疲れていた。愚かなことをしてやろうと思った。あらかじめ計画は練ってあった。「メロトッツォ」を食べるのである。

メロトッツォがなにかを説明する前に、「マリトッツォ」についてもう一度、説明しなければなるまい。マリトッツォとは、イタリアはローマから上陸した洋菓子で、生地が口をパカっと大きく開いたシュークリームのような形状をし、そこから溢れんばかりの生クリームが顔を出している、世にも愚かしい食べ物だ。コンビニでもオリジナル商品が発売されるなどしており、今年流行した商品のひとつである。僕はマリトッツォに出会ってからというもの、たびたびその誘惑に負け（「無理トッツォ」と呼んでいる）、愚かにも幾度か食していた。

そしてつい先日、メロトッツォの存在を朝の情報番組で知ってしまった。ウェンディーズ・ファーストキッチンの一部店舗で限定販売されているメロトッツォは、メロンパンにマスカルポーネチーズ入りのホイップクリームをたっぷり挟んだ「マリトッツォ」風の商品なのだそうである。なんということだろうか。なんという愚かさだろう。ただでさえ愚かなマリトッツォの生地の部分を、メロンパンに変えてしまうとは。狂おしいほどの愚かさだ。流行に見事に便乗している点については、言葉そのままの意味において愚かしくもある。

僕は妻に犯行を持ちかけた。妻はゴクリと唾をのんだ。「やるのね?」と妻は訊いた。「やる」。僕は珍しく躊躇《ためら》わずに決断した。しかも、Uber Eatsという、家にいながらメニューを注文し、

ネーミングセンス

宅配を頼めるサービスまで使ってしまうつもりだった。一番近い店舗まで距離があり、買いに行くのが億劫だったからだ。愚か者は愚行を重ねるものである。

カロリーを気にしている妻は半分、僕はひとつ半食べることにし、メロトッツォをふたつ注文した。ひとつ五五〇円。ひとつはプレーンだが、もうひとつは抹茶あずきが入っている危険な食べ物だ。さらにアイスコーヒーをふたつ頼み、サービス料等を含めて合計二二二一円。到着が待ちきれず、「もう無理トッツォ!」と願っていると、わずか四〇分ほどで届いたのだった。

到着したメロトッツォの愚かさに、僕と妻は思わず息をのんだ。本当にマリトッツォの生地がメロンパンになっている。なんという軽薄さだろうか。なんという安直さだろうか。完全に悪ノリではないか。しかし、愚かなものにしばしば愛おしさを覚えてしまうのが僕という生き物である。メロンパンのサクッとした食感に甘すぎないホイップクリームがよくあい、とても愚かで、とても美味しい食べ物だった。マリトッツォと同様、この食べ物は快楽に弱い僕には手に負える相手ではない。深追いは禁物である。でも、またきっと食べるのだろう。

昨夜はその後、部屋の窓から中秋の名月を見た。今年の中秋の名月は、八年ぶりに満月だった。夜空に浮かぶ丸い名月が、メロトッツォに見えなくもない。いや、あれはマリトッツォのほうではなかろうか。心底どうでもいいことを考えながら、夜はふけていくのであった。

20210924　第184回　筋トレ嫌い(二)　東京　晴

かわり映えのしない日常を過ごしているが、赤子の躍進だけは止まらない。赤子が赤子自身を危険にさらす無茶な悪戯をしたとき、赤子を抱えて制するのに現状で八〇パーセントの力を使っていると書いた。今週は九〇パーセントの力を使うようになった。

一歳四か月の赤子を相手に、もう余力一〇パーセントである。体力をつける必要がある。しかし、僕は筋トレが大嫌いなのである。その理由についてはすでにこの連載で述べたので詳しくは割愛するが、とにもかくにも僕は今、意地でも強くなんてなってやるものか、という謎の使命感に駆り立てられているのだ。その使命を守ることに意固地になっていると言ってもいい。政府のお偉いさんたちが三顧の礼をもって「筋トレしてほしい」と頼んできても、僕は断るつもりでいる。役に立つのが嫌なのである。とはいっても目下の課題として、赤子はどうにかしなければならない。どうしたものか。

そこで僕は、筋トレをして自分を鍛える苦行よりも、赤子も僕も楽しめる戦略を選んだのだった。絵本を読み聞かせたり、赤子にたくさん話しかけたりして言語発達を促し、「〇〇君が危なくなる悪戯はやめようね」と説得する、という作戦だ。よく書店のビジネス書棚に「弱者の戦略」と謳われて置いてある「ランチェスター戦略」なるものも、きっとこういうことなんだろうと予想している（たぶん違うと思うので、関連本を読んで確認いただきたい）。

戦略は功を奏するのだろうか。それとも赤子の強さに滅ぼされ、筋トレを余儀なくされるのだろうか。今日も無茶をする赤子を九〇パーセントの力を使って止めている。いや、九二くらい使っているかもしれない。赤子を抱く、青白くて筋肉がなく骨張っている自分の腕を見ながら、こんなひ弱な僕でも生活していける社会を意地でも守りたいと思う。赤子が言葉を理解するようになったら、そんな父を力で押し切ろうとするのは卑怯者のすることだと教えたい。

20210927　第185回　怪談プリンター　東京　曇時々晴

担当編集者の吉川浩満さんが、朝日新聞に「イヌを守れ、ネコの時代に」という文章を寄稿した。僕は同紙のデジタル版で吉川さんの文章を読んだ。熱い内容だった。そして面白い！

ざっくりまとめると、今は、猫の超俗性、反社会性に人々が魅力を感じる猫の時代である。世俗性、向社会性といった犬的な自らの存在に嫌気が差した人々が、猫を崇拝し始めている。「自らのイヌ性から目を逸らしつつ、外部のイヌ的存在（人間）を攻撃するようになる」といった事態にも発展しかねない。「いまこそ我々は自らのイヌ性を見つめ直し、それを善導する必要がある。ネコの時代の人間からイヌを守ること。そうすることで、ネコをまっとうに、自己嫌悪の裏返しとしてではなく、敬愛できるようにもなるであろう」。こんな感じだろうか。

生粋の犬好きで知られる僕は、深い感銘を受けた。せっかくの名文なので音読してみようと思った。生粋の音読好きでもあるからだ。音読するなら、出来れば紙に刷り出したいと考え、デジタル版の画面を仕事部屋にあるインクジェットプリンターで印刷したのだった。

ザッ、ザッ、ザッ、ザッ。あまり性能が良くないプリンターが一生懸命、記事を印刷してくれている。デジタル版の紙面には、吉川さんの写真が掲載されていた。お、吉川さんの顔が見えてきた、と思った瞬間、キュルキュルキュル～！と音を立て、プリンターが止まってしまった。用紙詰まりだろうか。しかし、エラー表示は出ていない。それはそうと、キュルキュルキュル～という音がどんどん大きくなっていくではないか。排紙口にぶら下がった吉川さんの半身が轟音と共にぷるぷると小刻みに揺れている。どうなっているのか。

と思ったら、今度は音が徐々に小さくなっていっていることに気がついた。風船から少しずつ空気を抜くような弱々しいキュルキュルキュル～が鳴り、さらには途中から、カチ、カチ、カチ、カチと秒針に似た音まで鳴るようになった。間違いない。爆発する。このプリンターは爆発する。しかし、なぜだか体が動かない。ただ記事を刷り出そうとしただけなのに、どうしてこんなことになってしまったのだろうか。吉川さんは相変わらずぷるぷると揺れている。

どんどん音が遠のいていき、ついに止まった。万事休す。もっと長生きしたかった。と覚悟

吉川さん飛びます

を決めたのだが、音が止まったプリンターは吉川さんをぶら下げたままうんともすんとも動かなくなってしまった。そして一〇秒の沈黙のあと、ザッ、ザッと短い音が二度鳴り、プリンターの排紙口から紙が発射された。吉川さんが飛んできた。印刷のされ方にまでこだわるとは、さすが小粋な人である。二枚目以降は、とくに問題なくスムーズに印刷できた。

20210928　第186回　モテとはなにか　東京　曇後晴

最近はまったくなくなったが、若い頃はよく「モテとはなにか」という議論を、友人たちとしたものである。結論から言うと僕は、「「あの人が飲み会やイベント事にいると、なんとなくテンションが高まるんだよね」と不特定多数から思われている人」がモテる人の定義だと思っている。この場合、相手に明確な恋愛感情があるかないかは、大きな問題ではない。

この定義を言うと、「それは結構、ハードルが高いよ」と返されたり、「いや、それではモテるとは言えないでしょう」と断じられたり、人によって反応がまったく異なる。それだけ「モテ」とは、定義が曖昧なまま使われている言葉なのである。「恋人がいる人がモテる人」と素朴に思う人もいるし、芸能人でしかあり得ないシチュエーションを想定する人もいる。

この友人に要注目

しかし実際には、「好きな人と一緒にいられる」という状況がベストなのであり、なにも無理してモテようとする必要なんてない。不特定多数にモテたところで、自分が好きな人に好かれなければ仕方ないではないか。だからモテの話なんて、時間の無駄だからやめよう。あるとき、僕は友人にそう言った。友人は真顔で僕を凝視しながら、「「モテる人が好きな人」を好きになった場合はどうするんだ?」と訊いてきた。僕は少しだけ考え、「それはモテる必要があるかもしれないな」と答えたのだった。

20210929　第187回　二代目・朝顔観察日記(五)　東京　晴時々曇

団十郎が散った。弱々しく発芽しつつも、少しずつ育ってきていたのだが、ついに力尽きた。崩壊した一代目の朝顔たちの無念を晴らす、大輪の大見得を二〇二一年の空に切ることはできなかった。

青色の花を咲かす朝顔「ヘブンリーブルー」も含め、ふたつの種類を育て切れなかった。種子の品質にはまったく問題がない。単純に種をまくタイミングが遅かったのである。立派な朝顔に無理強いをさせてしまい心が痛んでいる。日照時間が少なかったなど悪条件が重なったとはいえ、自然の法則をねじ曲げることはできないのだ。申し訳ないことをしてしまった。

それにしても元気なのが、高速道路のパーキングエリアで売っているような素朴な朝顔である。こちらは順調に育ち、今朝見たら蕾が少しだけ膨らんでいた。今日の東京は朝から晴れ、日差しも出ている。目一杯に浴びて力を蓄えてほしい。そして大輪の朝顔の花を咲かせてほしい。

202109　362

この朝顔を見ていたら、岸田衿子の詩「花のかず」の一節を、ふと思い出した。

ひとは　群からはなれると
花のそばへやってくる

花は　黙っているだけなのに
水は　みなぎっているだけなのに

今、花を育てている人は、きっと同じ気持ちを抱いているのではないだろうか。

20210930　第188回　二つ名　東京　曇後時々雨

二つ名のようなものに弱いのは、幼い頃から週刊少年ジャンプを読みすぎたせいだと思う。たとえば『ONE PIECE』では、主人公ルフィが憧れている海賊シャンクスは「赤髪」と呼ばれているし、相棒のゾロは「海賊狩り」の二つ名を背負って登場した。『SLAM DUNK』にも「エースキラー」「愛知の星」といった二つ名が出てきたのはあまりにも有名だ。僕もいつかカッコいい二つ名がほしい。少年時代、そんな風に思っていた。

さて、そんな僕につけられた二つ名が「優しい死神」と「働く廃人」である。これは昔の職場の後輩からつけられたもので、どう見ても不健康で虚な目をしているのに、仕事だけは大量にこなす異様さから拝命した。うれしくはあるのだけど、なにかが違う。思っていたものと、どうもズレがある。そうモヤモヤしていたところ、『平熱のまま、この世界に熱狂したい』を読んだ方が、こんな感想をツイートしてくれていた。

「透明で澄んだ中島らも」

カッコいい。なんかカッコいい！こういうのを待っていたのだ。中島らもさんに恐れ多すぎる気はするものの、この二つ名は中学生からエッセイを愛読していた僕にとって光栄以外のなにものでもない。実際にそれくらいの文名を獲得できるように頑張りたい次第である。

それはそうと、僕がメディアで拝見した限りでは、中島らもさんはとても透明で澄んだ方だったと記憶している。あれ以上、透明で澄んでしまうなんて僕はどうなってしまうのだろうか。透明になって、目の下のクマだけ残ってしまうのではないか。

202110

20211001　第189回　やりたいことリスト　東京　大雨

緊急事態宣言が解除された。と思ったら、台風が近づいている。以前、強風で朝顔の鉢が崩壊してしまった反省もあり、二代目の朝顔を避難させた。今度は守り切れるといいのだが。

緊急事態宣言が解除されたからといって、すぐに日常が戻るわけではない。行政による制限だけでなく、個人レベルでもどれくらい、どのタイミングで自粛を緩和すればいいのか決めなくてはならないからだ。僕はしばらく様子見という立場になりそうである。

長く続く自粛生活のストレスは、そろそろ限界にきている。最近、「コロナが終息したらやりたいことリスト」をつくって、心の安定をはかっている。「服を買いたい」という項がある。外出が少なくなって服を買う機会が減ってしまった。外出が今より気楽にできるようになったら、

二代目を守る

服を新調して気分を浮上させたい（ただし、自粛で増えてしまった体重を落としてからになる）。さらに、なにか「新しく習い事を始めたい」。さんざんバンドマンに間違えられているため楽器を習うのもいいなと思っていたが、ボーカルトレーニングなんかもどうだろうと思えてきた。なぜなら、僕が超絶に歌が上手かったら面白いからだ。きっと面白いと思う。

あとは、「いろいろな書店をまわりたい」。新型コロナ以前、書店はあまりに身近で、外出すればほぼ毎回のように寄る大切な空間だった。それが今は、以前よりは気軽に足を伸ばせなくなっている。僕にとって書店がどれだけ大切な場所だったか。この気持ちは、新型コロナが収束しても忘れないでいたい。言い出したらキリがないくらい、やりたいことがある。

だが、まずは家族に報いたい思いが最優先にある。クルマの免許を持っていないため、赤子と愛犬ニコルには、極端な移動制限をかしてしまっている。赤子は、生まれてからのほとんどの期間、なにかしらの宣言やらアラートやら重点措置やらが発令されている状態だ。僕と妻の親戚に十分に会わすことができておらず、東京の奥の奥に住む母にも、赤子を二度しか見せてあげられていない。自然豊かな郊外なので犬も連れて会いに行きたいと思っている。

これらの「やりたいことリスト」がすべてやり尽くされるのはいつになることやら。この連載でもたびたび欲望を書き立てているが、僕にはまだまだやりたいことがたくさんあるのだ（そのほとんどが、大したことない欲望である）。やり尽くせるのがいつになるかはわからないけど、このリストを見ていると少しだけ前向きになれるような気がしている。

20211004　第190回　犬年齢　東京　晴一時曇

先日の原稿でも書いたが、愛犬ニコルが三歳になった。ニコルの犬種であるノーフォークテリアは「原野の小悪魔」の二つ名で呼ばれている。名前の由来は藤田ニコルさんではなく、二子玉川で引き取ったから。「ニコタマ」から来たので、ニコルと名付けたのである。

ニコタマの犬

そんなニコルが三歳になったわけだが、小型犬の場合、人間の年齢に換算すると二八歳なんだそうだ。いわゆる成年期で、元気いっぱいの犬である。しかし、僕はこの「犬年齢」という考え方に、なんとも言えないモヤモヤを抱いてしまう。なぜなら、ニコルはまだ三年しか生きておらず、二八歳と言われてもピンと来ないからだ。たしかに、赤子が生まれてからは大人になった。少しだけ赤子から目を離すとき、「ちょっとの間、見ておいてね」とニコルに言うと、戻ってくるまで赤子のそばにピタリとくっついていてくれる。赤子の遊びがエスカレートして、叩かれそうになったり、毛をむしられそうになったりしても怒らずに、さっと身をかわし平然としている。その一方、目の前で馬鹿みたいな顔をして寝ているニコルを見ていると、とても二八歳なんかには見えない。まだまだ子どものように思える。

三年しか生きていないのに二八歳のニコル。人間と犬の時間の感覚は違っていて、僕にとっては三年でも、犬にとってはやっぱり二八年なのかもしれない。だが、そもそも太陽暦で一年を三六五日としたのも人間だし、年齢を数えるという概念だって人間がつくり出したものである。当の犬にとっては別にどっちでもいい、というか興味すらない可能性もある。

犬の年齢について考えていたら、悲しい気持ちになってきてしまった。僕はニコルが家に来た初日に、「この犬がいなくなったらどうしよう」と思って寝られなくなった人間なのだ。ああ……犬。里芋みたいな犬……。僕はこの芋が元気な限り頑張っていきたいと思う。犬には、どこまでも長生きしてほしい。ちなみに人間の考えし計算式によると、ニコルは七歳で人間年齢が四四歳になり、そのときの僕の年齢（四三歳）を超える。ニコルさんになる。

ニコルさん

20211005　第191回　二代目・朝顔観察日記（六）　東京　晴後薄曇

昨日は久しぶりに徹夜だった。頼まれた原稿を徹夜でも終わらせることができず、僕はとりあえず寝ることにした。もう午前五時三〇分だった。東京の街も、徐々にだが動き始めている。ふとベランダを覗くと、赤紫色の花が咲いているのに気がついた。そう朝顔である。

開花したのは、やはり高速道路のパーキングエリアで売っているような素朴な朝顔だった。

202110　368

ほかのエリート朝顔たちにはない雑草魂というか、「多少の悪条件だとしても私は花を咲かせますよ」といった粘り強さを感じる。薄田泣菫は、『泣菫随筆』（谷沢永一、山野博史編、冨山房百科文庫）に収録されている随筆「朝顔の花の動悸」で、朝顔についてこう書いている。

朝顔は夏の暁の薄明かり、「夢」と「うつつ」の交錯揺曳する国から生まれた、（…）朝顔の感受性はその培養者の感情と丹念とを細かなところまで現してゐます。いや、培養者の丹念のみではありません。ぽっぽ、ぽっぽと鳴く水鶏の声の聞こえなくなつた夏の夜のしらじらあけから、日がやや高くなるまでの時の移り変わりを感じて、それを細かく自分の感情に反映し、表現してゐるのは、この花のほかにありません。

あまりにも大好きな文章だったため。多めに引用してしまった。随筆の後半は「（…）朝顔の花と向ひあつてゐる時ほど、花の呼吸といふものを、ありありと感ずることはありません。（…）その呼吸が深くなり、浅くなり、また気ぜはしくなりする敏感さ」は、ちょうど異性と向き合っているときの動悸と呼吸とを思わせると続く。毎年、朝顔を育てている理由は、こうした花や草木などの自然から、人間の心象風景を想起させる表現を獲得したいからだ。

さらに、一度目は失敗してしまったこの朝顔観察日記を諦めず、二代目まで頑張って咲かせようと思ったのは、僕にとって朝顔を毎年咲かすことが、ままならない日常生活に杭を打ち、その確かさを実感する大切な意味を持っているからである。特に今年は例年よりも強く、朝顔を咲かせたいと思った。この、ままならない二〇二一年の東京の夏に、もうひとつの戦いが東京都目黒区にあるマンションのベランダで行われていたことを、せめてこの連載の読者の方だけは、覚えておいてほしい。どんなときでも、どんな時代でも花はたいてい咲くのだ。

とはいえ、これから種の収穫などもあり、まだ二〇二一年の朝顔観察日記は続いていく。今朝、赤紫色の花はやや元気がなかった。今日の日光を目一杯浴びて元気を出してほしい。薄田泣菫いわく、培養者の感情と丹念も朝顔に影響するという。僕も元気に過ごしたい。

20211006　第192回　家賃の支払い（二）　東京　晴時々曇

先月の末頃だったと思う。「03」の市外局番ではじまる番号からスマホに着信があった。着信があって、ワンコールで切れた。間違いない。不動産管理会社の担当Eさんからの電話である。仕事や私用で立て込んでいた。Eさんからの着信があった直後にネットバンキングにアクセスして振り込もうとしたのだが、うっかり残高が不足していた。違う銀行からATMで振り込むか、ネットバンキングに入金するしかない。あとでやろうと思っているうちに案の定すっかり忘れてしまい、思い出したのは次の日、リビングで芋を食べているときだった。

衣食住の「住」にかかわる重大なことを思い出した僕は焦ってEさんに電話した。電話口に出たEさんは、少し気怠そうな声で「どうかしましたか?」と僕に訊いた。「この前、着信があったんですけど……」と僕が言うと、すかさず「わざわざすみません。ワンコールがあったら振り込んでいただければ結構ですので、折り返しは必要ありませんからね」と返した。

僕は珍しく食い下がった。「でも、まだ振り込みが終わってなくて。実はネットバンキングの口座が……」と言いかけたところでEさんが遮り、「ワンコールがあったら振り込んでいただければ大丈夫ですよ」とまた言った。そこで僕は、再びあの話を蒸し返してみた。「あのう、できれば自動引き落としに切り替えたいんですけど、必要書類を送ってもらえませんか」。以前、同じ申し出をしたときは、送ってもらったのにもかかわらず、僕のミスで書類をなくしてしまったのだ。Eさんはしばし沈黙し、声を絞るようにして言った。

「本当にワンコールがあったら振り込んでいただければ結構なんです。あの、なんというか、宮崎さんにとってこの方法はやりにくいでしょうか。ワンコールされるのが不快でしょうか」

そうですね。せめてスリーコールくらいはしてもらわないと。なんてことは一切思わず、どちらかというと迷惑をかけて恐縮しているのは僕のほうであって、不快もなにもいつも本当にありがたいです、といったような返事をしたら、Eさんは心底安心したような声で、「そうですか。よかったです。では、来月からもワンコールしますので、よろしくお願いします」と言い、電話を切った。これがEさんの声を聴く最後になるかもしれないと思ったけど、そこまでは寂しくなかった。

20211007 第193回 勉強 東京 曇

学生時代、受験の直前以外はまともに勉強していなかったので、「勉強」に対してコンプレックスがある。コロナ以後、自宅での時間を持て余し気味になり、ただでさえ落ち着きのない僕は、「こうしている間にも、みんな努力しているに違いない」と気だけが焦っていた。少しは勉強しなければ、と。比較的得意だった日本史と古文から始めてみることにした。大人になってから勉強してみると、以前とは興味をそそられるところが違うようで、大和朝廷の成立前後や壬申の乱など、古代史がとくに面白く感じた。古文も助動詞の活用や接続くらいは、簡単に思い出した。勉強いけるかも。あまりやってこなかっただけであって、今からでも頭がよくなるのではないか。そう思った。

ところが落とし穴があった。なかなか勉強が続かないのである。日々の仕事や生活のあれこれに追われながら、ふと時間ができたときに「さあ、やるぞ!」と机の前に座るのだけど、だいたいはTwitterを徘徊しているうちに時間が経ってしまう。やる気を出すには、やり始めるのが一番ということも知っている。だが、やり始めることができない。一日のルーティンに組み込み、あれこれ考える前に始めている、という行動経済学でいう「ナッジ理論」的なものを表面的には導入してみたものの、僕のやる気のなさは、付け焼き刃での「ナッジ理論」くらいでは奮い立たせることができないのだ。少しでも忙しくなったり、生活リズムが崩れたりするだけで、脆くも計画倒れになってしまう。

うひ山ぶみ

江戸時代の国学者・本居宣長は、学問を志す初学者に向けて、『うひ山ぶみ』（全訳注・白石良夫、講談社学術文庫）に学問の方法や心構えなどを著した。こんなことが書いてある。

（…）たいていは、才能のない人でも、怠けずに励みつとめさえすれば、それだけの成果はあがるものである。晩学の人でも、つとめ励めば、意外な成果を出すことがある。（…）であるから、才能がないとか、出発が遅かっただとか、時間がないとか、そういうことでもって、途中でやめてしまってはいけない。

とてもありがたいお言葉だ。どうやれば怠けず励むことができるのかは相変わらずわからないままだが、『うひ山ぶみ』を読んでいて気づいたことがある。それは、本居宣長が学問を楽しんでいるということだ。日々の学問も楽しいし、なによりも学問につとめ、成果を出したあとの喜びにはなににも代えがたい幸福感があるのだろう。

「より大きな喜びをいつか」と思うと、日々の取り組み方も変わってくる。サボりたくなったときは、いつか来る「大きな喜び」に想いを馳せて頑張りたいと思う。

20211008 第194回 地震 東京 晴

昨夜遅く、千葉県北西部を震源とする地震があった。東京でも震度五強の揺れを観測した。あの日からすでに一〇年以上も経っている。久しぶりに三・一一の恐ろしさを思い出した。

昨夜は妻と赤子は早い時間に寝ていた。僕はベッドライトの灯をつけ、読書をしていた。突然、強い揺れを感じ、しばし思考が停止してしまった。熟睡していた妻が飛び起きて、赤子の上に覆いかぶさった。僕は揺れが少し弱まったのを認めると、リビングに走って行き、ケージの中で震えるニコルを抱きかかえた。揺れがおさまるまで犬を抱えて丸まっていた。

Twitterで情報を確認し、また揺れるかもしれないから気をつけようと妻と話した。赤子は妻の下でひっくり返ったカエルのような姿で寝ていて、結局、一度も起きなかった。呑気である。一方、犬はさすがは野生だけあって震えながら僕の側を離れず、警戒し続けていた。

枕元に備えていた防災グッズもいつのまにかクローゼットの中に収納してしまっていた。時の流れを感じた。しかし、いつ再びあの規模の災害が起きてもおかしくないのだ。防災意識を高めるとともに、頑なに筋トレを拒む「アンチ筋トレスト」の僕も、せめて赤子と犬を抱えながら避難できるくらいには鍛えておく必要があるかもしれない。そんなことを考えた。

朝顔の鉢は無事だった。よかった。さすがに今から「三代目・朝顔観察日記」を始めるのは無理がある。常に頭を悩ませている蔵書もコンテナボックスに入れていたので、本の山が崩れることはなかった。しかし、朝起きて確認してまわると、いくつかの置物や飾りが床に落ちていた。今一度、地震対策を練り直し防災に努めよう。筋トレはそれからでも遅くない。

20211011　第195回　偶然の駄洒落(二)　東京　晴一時曇

ついに遭遇か?

九鬼周造の『「いき」の構造』が大好きで、何度も読み返している。岩波文庫版の表紙にも記された「運命によって〝諦め〟を得た〝媚態〟が〝意気地〟の自由に生きるのが〝いき〟である」という一文に論が集約されていく見事さは、いつもモヤモヤとばかり言っている僕にも、「いつかはこんな文章を書いてみたい」と思わせるほど洗練されている。この一文は読了したものからすると壮絶なネタバレに感じるのだが、読む前はそう思わないからなおすごい。

そんな九鬼周造が放った有名な駄洒落が、クキがクッキーでグキッとした話である。この「偶然の戯れが産んだ」駄洒落という概念に出会ってから、僕はその偶然を日々の生活のなかで探し続けていた。しかし、なかなか見つからないものである。ありそうでない。それが偶然の駄洒落なのだ。

この前、仕事に疲れた僕は気晴らしに外出することにした。ちょうど必要なものがあったから、近くのスーパーに買いに行こう。どうせなら赤子を前に吊るして行けば、赤子にも少しは刺激になる。そんなふうに考え、いつもの前に吊るすスタイルでスーパーに向かった。

スーパーまでの道中、信号待ちをしながら僕は赤子に言った。「今は信号が赤だから、青になるまで待っているんだよ」。そのとき、全身に電撃のようなものが走った。赤子が赤信号を待っている。赤子が赤信号で止まり、青信号になるのを待っているのだ。まさかのリーチがかかった。慌てて自分と赤子の衣服を見た。どこにも赤的な要素は見当たらない。やっぱり駄目なのか。そろそろ青信号になってしまう。

そう思った瞬間である。赤子がゲップをした。赤子が赤信号を待っている間にゲップをした。しかもこれでもかと言うくらいあからさまにゲップしたのだった。赤子が赤信号であからさまにゲップした話である。

20211012　第196回　観光地のマグネット　東京　曇後雨

観光地で必ずといっていいほど売っているマグネット、あれはなんなのだろうか。観光地や景勝地の写真やイラスト、もしくはご当地キャラクターなどが印刷され、長方形とか、円形とかシンプルな形をした、あのマグネットである。誰が買うのだろうか。買っている人を見たことがない。僕以外は。

やる気なさすぎ

旅行の記念に、お土産を買いたくなる気持ちはわかる。しかし、マグネットはそうたくさんは必要ない。僕が観光地に行くたびにマグネットを買っていることを知った妻が、まったく同じ行為をし出したので、我が家の冷蔵庫はマグネットだらけになっている。ごみの収集カレンダーなど、キッチン周りにあると便利な書類をマグネットでとめているものの、なんでもかんでも貼ると余計にごちゃごちゃするため、ほとんどのマグネットは本来の役目を果たさぬまま、邪魔にならない隅っこに追いやられてしまっている。そしてこれはあまり言いたくないのだが、紙をとめる磁力すらないマグネットがたまに売っているのだ。なかにはマグネット自体の重さに耐えられず、冷蔵庫からずり落ちてくるやる気のない商品もある。

さらに、冷蔵庫を見た一部の友人たちもマグネットを買うようになり、なぜかうちの冷蔵庫に貼っていくこともある。目立つところに「ルート66」が貼ってあるが、むろんそんなジャック・ケルアックみたいな場所に行ったことはないし、日光や外気が苦手な僕の人生と「ルート66」が交差することは、これからもないだろう。

では、なぜ僕は「観光地のマグネット」を買ってしまうのか。端的に言うと、マグネットが可哀想だからだ。ほとんどのお土産屋で、マグネットは不遇な扱いを受けている。目立たない場所に置いてあるか、レジの前にそっと置いてあって、ついでに買ってくれる客がいればラッキーくらいの感じのテンションである。どうしても人ごとだとは思えないのだ。いつも少し寂しそうな佇まいをしているマグネット。そのなかでも僕以外は誰も買わなそうな、ダサいデザインのものを購入するようにしている。しかし、ここで考えなければいけないのは、観光地や景勝地はマグネットになるけど、僕はならないということである。どこかで僕のマグネットが売っていたら教えてほしい。あまりに可哀想すぎるので、すぐに馳せ参じて購入したいと思う。

つまりマグネットは、僕なんかに憐憫の念をかけてもらう必要なんてないわけであるが、心配なのはコロナ禍による外出自粛によって人出が減って、観光地が大打撃を受けていることだ。もしかしたらマグネットを店頭に置く余裕がなくなっているかもしれない。マグネットなんて僕のような物好きしか買わないだろうから、もっと売れ筋の商品を置いたほうが、商売的にはいいだろう。それとも僕が知らないだけで、本当はマグネットは大人気商品であり、売れすぎているから目立たず置いてあるように見えるだけなのかもしれない。

我が家で最後にゲットしたマグネットは、妻が買ってきた六甲山牧場のもので、子羊が藁の上でくつろいでいる可愛い商品である。僕のお気に入りは、キューバで買ったヘミングウェイの顔が中央にデカデカと配置されたシンプルなマグネットだ。このマグネットは目立つだけでなく、とにかく磁力が強い。

結局、なぜ観光地にはマグネットのお土産が必ずといっていいほどあるのかはわからなかったが、早くマグネットを気軽に買いに行ける世の中に戻ってほしいと切に願っている。

20211013　第197回　マスクチェーン(二)　東京　雨

ある日、突然、妻がマスクチェーンをしていた。通っているアパレルショップのＥＣサイトで購入したという。マスクチェーンとは、ネックレスのようなアクセサリーで、ただのネックレスと違うのは、マスクにつなげてとめておくことができるのである。きっと以前に書いた原稿に触発されて買ったに違いない。それにしてもいつの間に導入していたのだろうか。

「どう？」。僕は訊いてみた。妻はうれしそうに「お洒落アイテムでしょう？」と満足げな笑顔を見せた。たしかにお洒落である。「クリアマーブル2WAYチェーン」と名付けられたこの商品は、べっ甲チェーンが落ち着いた雰囲気を漂わせていて、なんとなく上品な感じがする。「2WAY」というのは、マスクだけではなく、眼鏡にも装着できることを指すらしい。値段は税込で三二八九円。この値段が高いのか安いのかよくわからないが、普通にネックレスを買おうと思ったら、それこそ一〇〇円均一から、上は天井知らずの値段まであるはずである。つまり普通の値段なのだ。

寝不足で頭がまわらないからだろうか。僕の質問の仕方が悪かった。僕は妻にもう一度、「つけてみてどんな感じだった？」と訊いてみた。妻が言うには重さはほとんど感じられず、アイテムとしてもお洒落だし、とくに外食する際は、食べたり飲んだりするときだけマスクを外す

妻が買った！

のが推奨されているなか、外して、食べて、またマスクをするという一連の動作が、チェーンがあることでスムーズに行えるとのことだった。確かに便利である。やっぱり僕もほしい。

2WAYはお得

僕は「パールのやつはあるの？」と訊いた。そう。僕はテレビを観ているとき、あるアーティストがパールのマスクチェーンをしているのに気づき、憧れていたのだった。妻はスマホでECサイトを開いて商品を物色し始めた。「こんなのはどう？」と見せてくれたパールのマスクチェーンは、それはそれはお洒落なパールのマスクチェーンで、値段はクリアマーブルと同じ税込三二八九円だ。もちろん「2WAY」である。眼鏡はかけないが「2WAY」がいい。僕は妻に頼んで、その「ミックスパール2WAYチェーン」を注文してもらった（もちろんお金は払う）。

今日の話はまったくモヤモヤせず、むしろスッキリする話なのだが、さて最後の最後で妻が「私も同じものを買いたい」と言い出した。妻はすでにマスクチェーンを持っているのだし、「ミックスパール」を使いたい日があったら貸してあげてもいい。僕はそう言ったが、妻は妻のこだわりがあるらしいので、ふたつ注文することになったのだった。

二〇二一年秋、日本中を席巻する「マスクチェーンのペアルック」という新しい概念が立ち上がる瞬間に、僕は立ち会ったのかもしれない。特許とかを取らなくても大丈夫だろうか。

20211014　第198回　二代目・朝顔観察日記（七）　東京　曇後晴

　ここ数日間、仕事が忙しく、昼夜が逆転する生活を送っていた。大量の資料を読んで書き上げる作業は、資料を読むにも、執筆するにも、ある程度、まとまった時間がなければ難しい。繁忙期は不甲斐なくもほとんど妻に頼ってしまっているものの、やはり赤子が家にいると、どうしても時間が細切れになってしまう。まとまった時間を取るなら、深夜が一番なのだ。

　苦戦していたもののひとつに、中原中也について書いた原稿があった。「中也で昼夜が逆転した」と、あの偉大なる哲学者・九鬼周造が提唱する「偶然の駄洒落」が炸裂したと思いきや、リーチはかかっていてもあとひとつの要素が足りない。中也で昼夜が逆転しながら、チューインガムでも噛んでいればよかった。噛んでいなかったので、嘘はいけない。

　ようするに兎にも角にもドタバタと数日間を過ごしていたわけだが、そんななかで僕の心の支えになったのは、朝顔の存在だった。夜、窓からベランダの朝顔を覗いてみた。花が閉じていた。さすがは朝顔である。そして早朝、赤子が起きる直前に仕事をやめ、赤紫色の花を開いた朝顔に水をあげてから就寝する毎日が続いていた。

東京の早朝の青

　早朝にベランダに出るようになり、僕はあることに気づいた。外が青いのである。『ブルーピリオド』（山口つばさ、講談社）は、藝大や美大を目指す予備校、大学を舞台にした漫画であり、主人公の矢口八虎が芸術を志した理由のひとつに、「早朝の渋谷の景色が青く見える」というものがあった。僕の家は渋谷から徒歩圏内にあり、ベランダからは渋谷の街が見える。『ブルーピリオド』を読んだときは、芸術的な描写として誇張されたものかと思っていた。しかし、たしかにビルに囲まれた渋谷、そして僕の住む街は早朝、なぜか静かな青色で包まれていたのである。そう妻に話したところ、「ああ、東京の早朝の青色でしょう」とこともなげに言った。妻は大阪の郊外出身だ。大学は京都の芸術大学。上京してから、東京の青さに気づいたという。

詩について書いていたから、僕も感性がいつもより鋭くなっていたのだろうか。それにしても朝顔はいろいろなことを僕に教えてくれる。赤子もいつか、この青色をみるのだろうか。

20211015　第199回　狭い街　東京　晴

僕の幼馴染みにY君という人物がいる。かれこれ三三年の付き合いになる。おそらく家族以外で一番多くの時間を一緒に過ごしてきたのは、このY君ではないか。いや、もしかしたら家族よりも長い時間を共にしているかもしれない。その時間のほとんどが、素晴らしく不毛なものだった。

Y君は人間の愚かさを凝縮したような人間で、つまり僕とまったく同じなのである。実はこの連載にもすでに何度か登場していて、Y君と最初に出会ったのは、彼がサッカーのゴールネットに絡まって動けなくなっていたときだし、「好きな人と一緒にいられるのが一番でモテる必要はない」と言う僕に、「「モテる人が好きな人」を好きになった場合はどうするんだ?」と訊いてきたのもY君だった。Y君の愚かさは身も蓋もない部分があり、前述のような質問をされたとき、僕は頭をフル回転させる。ときにはY君を説得しようと、多様な比喩や隠喩、例え話を繰り出して臨むが、なかなかY君の首を縦に振らせることができない。

Y君は僕の鏡であり、Y君の愚かさは僕の愚かさでもあるため、Y君を説得するという営みは、自分を説得するという営みでもある。それによって、僕の語彙力は格段にアップした。文章を書くときも、「これではYは納得しないだろう」とY君にまったく関係ないにもかかわらず、僕の中のY君チェックが勝手に入って、愚か者の僕とY君でも肯けるように書き直したりする。僕はなにをしているのだろうか。

Y君チェック

そんなY君の有名なエピソードに、「It's a small town(イッツ ア スモール タウン)」というものがある。二〇代前半のある日、僕はY君と一緒に飲んでいた。その店は東京の奥の奥、僕たちの故郷である東京都福生市にあって、美味しいお酒が飲めるうえに、手作りの定食まで出してくれる。しかも木材を基調とした店内には和風のアンティーク感が漂っており、それはそれはとてもお洒落な店なのである。

この店を教え、その日はじめて来店したY君は、ご機嫌そのものだった。「いい店を教えてくれてありがとうな！」と顔をほころばせていた。僕らは千鳥足になりながら笑顔でその日は早い時間に別れた。

翌日、僕はまたその店の定食が食べたくなり、二日連続で通った。晩酌がてら、「白身魚のフライ定食」を食べていると、ドアが勢いよく開く音が聞こえた。そして入り口からY君が颯爽と入ってきた。女性が一緒だった。僕の知らない女性である。Y君は「ここ俺ちゃんの行きつけなんだ」みたいな雰囲気を漂わせて、女性を案内していた。ここで声をかけるのも野暮だというものだが、なにせ、店内はそんなに広くない。気づかないふりをするのは無理がありすぎる狭さである。僕は手を軽く上げて、「おお、Yじゃないか」と声を掛けた。

その瞬間の凍りついたY君の表情を、僕は生涯忘れることができない。Y君の隣にいた女性が「友達？」とY君に訊いた。するとY君は欧米の人がするような、手のひらを上にあげる「やれやれ」のジェスチャーをしながら、「狭い街だからな」と言った。「やれやれ」のジェスチャーをリアルでしている人間を、僕はこのとき初めて見た。その後、Y君はペースを乱したのか、常にそわそわしながら女性と食事しており、僕より先にお会計を済ませてしまった。そして最後に僕のところに来て、「おい、たまには飲もうぜ」と言ったのだった。

これが「It's a small town」のすべてである。ちなみに、僕のせいではないと思うが、Y君はその女性とうまくいかなかったらしい。それにしても仮にうまくいったとして、その後、僕のことを女性にどう紹介するつもりだったのだろうか。とりあえず対症療法で乗り切ろうと画策する愚かさが、僕そっくりである。

先ほど、このコラムを書きたくて、Y君に許可を取ろうとLINEで連絡した。「まったく問題ない。好きなように書いてくれ」とのことだった。げに潔い愚か者である。愚かだけど、なぜだか愛おしい。

20211018　第200回　行けたら行く　東京　晴

Y君もよく言う

「行けたら行く」という言葉に、モヤモヤしない人はいないのではないか。これは、編集者から原稿依頼がきて「書けたら書く」と返事するようなもので、よほどの大物でなければ通用しない言い草である。ところが、「行けたら行く」は大物でもない人が気軽に使ってくる。「行けたら行く」。そんなの当たり前ではないか。誰もが「行けたら行く」のである。だから来られそうか誘う側は訊くのだ。「行けたら」の確率が一〇〇パーセントなら「行く」でいいし、私見では八〇パーセントくらいでも「行く」でいいと思う。たとえ一〇〇パーセントの人でも、当日トラブルに見舞われれば〇パーセントになるが、そういうことを訊きたいわけではないのだ。あくまで現時点の可能性を、誘う側としては知りたい。

しかし、フリーランスになってからは、この「行けたら行く」の気持ちが少しわかるようになってしまった。フリーランスにとって、一、二週間後の日程が一番立てにくい。今やっている仕事が長引いて終わらないかもしれないし、新しい仕事が入る可能性があるからだ。また、一か月後の予定を訊かれても、「それはわからない」としか答えられない。逆にそれ以上、つまり二、三か月後の予定となると、自分で仕事の調整ができる範囲が広がるので、さすがに日程を確保できるようになる。

つまりは優先度

「行けたら行く」を「この誘いは優先度が低い」と判断して使っている人もいるから厄介である。さらに意外と誘った側に迷惑をかけるのは、「行けたら行く」というからには意地でも顔を出そうとする人である。「行ける」にするため一生懸命に努力してくれているのはうれしいのだが、その結果、激務でぼろぼろになりながら来られるのも心が痛むし、そういう人は会合の残り三〇分くらいに現れる。そうすると会計が平等になるように計算する手間がかかる。加えて、来てくれたからには二次会などに参加し、来てくれた人をもてなす必要がある。

どこまでもモヤモヤする問題だが、フリーランスとしてはどうしてもそう言わざるを得ない場面が出てくる。迷惑をかけたくない場合は、明確に「行けない」と返事するようにしている。最も日程が確保しやすいのは、実は、今日か明日など近々の予定である。今日と明日に仕事がないなら、さすがに追加で仕事がくることはない。だから、「今からどう?」とか、「明日の夜、空いてる?」とかのお誘いがどうしても増えてしまうことになる。書いていて気づいたのだけど、コロナ禍の今では、ちょっと懐かしいモヤモヤになってしまっている。

この連載も今日で二〇〇回に到達した。このあと二一時から吉川浩満さんと一緒に、無料のYouTubeライブを開催する。この企画が正式に決まったのは、まさにフリーランスにとって一番日程が空けにくい一週間前だった。だから、「行けたら行く」と言いたいところなのだけど、僕は大物でないので「絶対に行く」。いや、むしろ「行けなくても行く」所存である。

20211019　第201回　観光地のマグネット(二)　東京　曇一時雨

観光地のマグネットについての原稿を書いたら、意外にも大きな反響があった。「私も集めています」「僕もモヤモヤしていたんですよ」などの感想が寄せられた。読者の方の反応でハッとしたのは、マグネットくらい無意味で有用性がないもののほうがお土産としては向いているのではないか、という指摘である。たしかに以前、ジーンズの聖地である倉敷に行ったとき、僕は普通にお洒落なデニム生地のシャツを買って帰った。気に入って重宝していたのだけど、普段着として着るようになってしまうと、「お土産」という思い出の要素が薄れてくる。人気商品なので、それこそ通販や都心のデパートでもゲットできてしまいそうである。

その点、マグネットは違う。マグネットを通販で買うことはあり得ないし、そもそも売っているのかどうかもわからない。デニム生地のシャツのように、都会のデパートで売っているわけでもない。人にお土産を買うときはお洒落なものにするべきだ。しかし、「自分へのお土産」は、その土地に行った思い出がずっと残るもののほうがいい。マグネットは冷蔵庫に紙を貼るときに使う以外はなんの有用性もなく、それゆえにただただ愛おしい。日用品やお洒落なものとして概念化されず、ある思い出を背負った固有の存在であり続けるのである。

ケタケタ

さて、この連載は文章だけで世界をつくる、世界をスケッチすることを目指しているため、反響があったマグネットの記事も当然のごとく、それに出てくる個性豊かなマグネットたちを画像で紹介しないまま終わっていた。なので、つい昨日、連載の二〇〇回を記念し吉川浩満さんと一緒に晶文社の特設スタジオ（会議室）でYouTubeライブの配信を行った際、せっかく映像で出演するのだからと、僕はマグネットを持参して臨んだ。

いつもギリギリに到着して打ち合わせもないままぶっつけ本番で配信するのが僕と吉川さんのスタイルなのだけど、昨日は珍しく三〇分前に会場に着いた。にもかかわらず、ふたりともマグネットの話でケタケタと笑ってばかりいて、結局、またぶっつけ本番になった。

マグネットを実際に見せると、読者の方たちも大喜びしてくれた。とくに盛り上がったのが、吉川さんが一番気になっていたという、キューバのハバナで買ったアーネスト・ヘミングウェイのマグネットである。このマグネットはヘミングウェイの顔がどかんと大きく印刷されており磁力も強い。ヘミングウェイ博物館で買った公式ものだ。キューバを舞台に『老人と海』を書いたヘミングウェイは、現地でとても尊敬されていて、「パパ・ヘミングウェイ」と呼ばれていた。同じくキューバの英雄のチェ・ゲバラのマグネットも買ったのだが、これは公式品ではなく、誰かが勝手につくったものであるため、粘土でできたボディに瞬間接着剤で小さなマグネットが接着されているだけのもので、自重に耐えられず落ちて割れてしまった。

そんな説明をしたあと、僕が友達からお土産としてもらった「ルート66」のマグネットの話になった。この連載を読んでくれている読者の方ならわかると思うが、僕がそんなジャック・ケルアックみたいな場所に行ったことがあるわけないし、今後、行くこともないだろう。しかし、横にいる吉川さんの目には、微かに光が差していた。とても欲しそうな顔をしている。連載を始める前に吉川さんに献上した「高級な蜜柑」以来の反応である。僕はこの連載をなんとしても書籍化させたい。「吉川さんは「ルート66」はお好きですか?」と僕は訊いてみた。すると「もちろんです」と吉川さんは言った。

そうか。やっぱり「ルート66」だったのか。これはなんとしても再び献上せねばならないと思い、「それならこのマグネットあげます」と差し出すと、吉川さんは満面の笑みを浮かべていた。これで書籍化に、何歩か近づいたに違いない。そして僕らは途中で放送を見た人もわかるよう、後ろにあるホワイトボードにマグネットを貼ってトークした。ゲバラは落ちそうだったのでヘミングウェイで支えた。

そんなマグネットたちを、晶文社の特設スタジオに忘れてきてしまったのだから、僕は本当に愚鈍なやつである。今頃、誰かが真面目な会議をしながら、あのダサいマグネットはなんなんだろうと思っているに違いない。捨てられる前に、吉川さんに救出されることを祈っている。

20211020　第202回　徹夜について　東京　快晴

久しぶりに赤子（一歳五か月）の夜泣きが大発生し、これでもかというくらい妻と僕をぽかぽかと殴り、それを鎮めて僕は覚醒した。ゲラをやろうと思った。深夜二時。次に赤子が目覚めるのは、今までの経験からして約五時間後である。五時間もまとまった時間がとれる。間違いなく終わる。昔よく使っていた「徹夜」という方法論について、僕はかなり前から見直しを迫られていた。なぜなら単純に体がつらいからである。たしかに徹夜すれば仕事は進むかもしれない。しかし、それによるダメージが翌日だけならまだいいが、翌々日まで残るようになった。これではいくら仕事が進んでも、全体としては効率が下がってしまう。

とはいえ、大暴れしたあと爆睡している赤子と違って大人の僕は寝つきが悪く、一度起きたらなかなか入眠できない。つい最近も昼夜がひっくり返ったばかりだし、「少なくとも今年中はもう徹夜はよそう」と思っていたのに、どうせ眠れないならと、僕は徹夜の戦略を選択した。

早速、Twitterを開いてエゴサーチした。いいね！やリツイートをひととおりし、Instagramでは好きなアパレルショップの新着商品をチェックした。突然気になって部屋の片付けを始め、不要な書類を一箇所にまとめておいた。徹夜とは奥深いものである。同じ時間の長さなのに、午後二時〜午後七時と、深夜二時〜朝七時とでは、倍くらいの長さに深夜の時間が感じられる。時間が伸びる感覚、時計の秒針とは違う時間の流れのなかにいる。午後の五時間だと「もう五時間しかない」となるが、深夜の五時間は、なぜか人の心に余裕を生じさせる。

さて、一時間半が経ったのでそろそろゲラをやる必要がある。そして実際にやった。一生懸命にやった。細かい校正や校閲、調整などが必要な評論のゲラだとはいえ、五時間あれば余裕で終わるはずだった仕事を半分終えて、僕は朝七時に就寝した。そして午前一一時に起きて、この原稿を書いている。なぜなのか理由はわからないけど、足が筋肉痛である。「少なくとも今年中はもう徹夜はよそう」と、今年に入ってから四度目くらいの誓いをするのだった。

20211021　第203回　寒い季節のアイス　東京　曇時々晴

東京も肌寒い日が増えてきた。アイスが美味しい季節の到来である。なにを言っているんだと思った人は少ないのではないか。そう、冬こそアイスが美味しい季節なのであり、実際に「冬アイス商戦」なるものが存在して、大手デパートがキャンペーンを展開したりもする。

その昔、アイスは暑い季節に食べるものだった。暑い季節に冷えたアイスを食べて涼をとる。

焦って食べると頭がキーンと痛む。そこまで含め、アイスは夏の風物詩だった。しかし、人間はどこまでも愚かしい存在で、寒い時期にもアイスを食べたいと思う人たちが出てくる。すると、気温が低いぶん、温かな体内に入ってくるアイスの感触がたまらなく気持ちいいことに気がつく。挙げ句の果てには、炬燵《こたつ》に入ってアイスを食べるなどという愚か者まで現れる。なんという贅沢さだろうか。僕はその矛盾が大好きだ。

同じような現象に、冷房でキンキンに冷やした部屋のなかで布団にくるまって寝る、というものがある。こちらが贅沢な季節は、すでに今年は終わってしまった。どうでもいいことだと思うかもしれないが、これは人類が苦労して獲得した贅沢なのであり、一言で表すならば、つまり「文明」である。その贅沢の背景には、数々の先人たちの努力がある。先人からの贈り物を無駄にしてはならない。

これからも文明は発達していく。たぶん。だから、今では想像もつかないような「贅沢」が、この先も僕のような矛盾した人間たちによって発見されていくだろう。それらはＡＩにはきっと導き出すことができないような、人間の愚かさから生まれてくるはずだ。そんなところに僕は「人間」を感じるのである。

今度は文明論

ついに決断

20211022　第204回　小さな一歩、大きな一歩　東京　雨

今日は朝から、赤坂の書店「双子のライオン堂」の店主・竹田信弥さんがパーソナリティーを務める「渋谷のラジオ」の番組「渋谷で読書会」に、久しぶりに出演した。ダンゴムシを見つける達人で、僕が「竹田のライオン堂の双子さん」と間違えてしまいがちな、あの竹田さんである。

放送では、「双子のライオン堂」発行の文芸誌『しししし』第4号の情報公開があり、今号は詩人の中原中也を特集することが発表された。実は僕も二五枚の論考を寄せる。思い入れのある詩人について書くことの葛藤やそれを乗り越えた楽しさを語った。そして野々上慶一が昭和六年、東大本郷正門前に二一歳で開店した文圃《ぶんぽ》堂が、二階の四畳半を編集室にして、まだ無名だった宮沢賢治の全集、中原中也の詩集『山羊の歌』、そして一時期は文芸誌『文學界』の発行を引き受けていたことなどを話した。あとは、僕が最近ハマっているSKY-HIプロデュースのボーイズグループ「BE:FIRST」、新人作家・牧野楠葉さんによる短編集『フェイク広告の巨匠』について早口で喋った。朝から喉がカラカラになった。

僕の喉がカラカラだったのには、ただ単に喋りまくったからではなく、放送後にある一歩を踏み出そうとしていたからという理由があった。以前にもこの連載で書いたが、コロナ禍にな

って以来、僕はまだ在来線に乗っていない。ちょうど一度目の緊急事態宣言時に、妻が大阪への里帰り出産で赤子を産み、病院では立ち会いも面会もできず、その後も妻と赤子と合流するまでに時間を要した。東京の奥の奥の郊外に住む僕の母に会わせるのには、その後に亡くなってしまった高齢の祖母への配慮もあり、もっと時間がかかった。さらに僕は体が弱い。そんなこんなで決まっていったのが「僕は在来線を避ける」というルールだった。

最初はある程度は意味のあるルールだったが、まだ油断はできないものの、現在はその制約を解いていい状況になっていると思っていた。しかし、コロナ以降、取材も打ち合わせもラジオ出演もリモートが増え、仕事の用事で外出するのは、月二回程度になった。交通の便がいい場所に住んでいるので、タクシーを使ってもコロナ以前より毎月の交通費は減っていた。そんな事情があり、一度つくったルールを変更するタイミングを逃してしまっていたのだ。

とはいえ、今日、「渋谷のラジオ」のスタジオに行ったように、少しずつ外出する機会が増えてきたし、金銭的にも現実の生活的にも「僕は在来線を避ける」というルールをいつまでも自分に課すことが難しくなっていた。それを今日の帰りに在来線に乗ることで終わりにしようと思ったのである。

そう話すと、竹田さんは僕を改札口まで送ってくれると言ってくれた。「何線ですか?」と訊かれ、「半蔵門線、いや田園都市線だったはず」と電車のことをまるっきり忘れてしまっていた僕は答えた。「最寄り駅は?」とさらに訊かれたので池尻大橋と答えた。交通系ＩＣカードをなくしてしまった僕のために、竹田さんは路線図をチェックしてくれて「一三〇円ですね」と切符の値段を教えてくれた。なんて優しい人なんだ。僕は恐る恐る券売機に一〇〇〇円を入れた。ところが、何度入れても戻ってきてしまう。カバンの中で飲み物をこぼし、札が濡れていたからだ。財布の中には濡れた札と、一〇五円しか入っていなかった。

「あの、すみません。三〇円借りていいですか?」と僕は訊いた。竹田さんは「もちろんです」と言って三〇円を出してくれた。僕は「必ず返しますから」と言って切符を買い、自動改札機を通過した。竹田さんは心配そうに見送ってくれた。僕は意を決して電車に乗ったのだった。

すっかり忘れていたのだが、渋谷から池尻大橋はたった一駅で、三分しか乗車しなくていいのだった。特に緊張も感慨もわかないまま、僕は下車した。感想はまさに「普通」だった。その「普通」をするのに、こんなにも時間がかかるとは、自分でも初めは思っていなかった。だが、小さな一歩でも僕にとっては大きな一歩になった気がする。今度会った際、竹田さんにお礼を言って三〇円を返さなければいけない。すごく忘れそうで、今から不安である。いや、逆に返さないで、竹田さんには生涯の借りをつくっておきたいなと、ふと思ったりした。

まだ返してません

20211025　第205回　覚え違いタイトル集　東京　曇

とんでもないことが起こった。以前もこの連載で取り上げた、福井県立図書館がウェブサイトで公開している超人気コーナー「覚え違いタイトル集」が書籍化されたのだが、それに僕の『平熱のまま、この世界に熱狂したい』の覚え違いが収録されたのである。このコーナーは利用者からカウンターに問い合わせがあった間違った本のタイトルから、司書さんなどスタッフの方々が正しいタイトルを導き出す、というものだ。まさかあの覚え違いが公立の組織が出した、公の刊行物に掲載されてしまうとは。大変光栄である。日本もまだまだ捨てたものではない。

『普通のまま発狂したい』

僕はこの覚え違いを知ったとき、思わず身震いがした。そこに「人間」がいたからだ。間違いなく、そこには人間がいた。人間が矛盾を抱えた存在だとわかってはいたが、そういった欲望を抱えている人がいるとは想像が至らず、戦慄と敬意を覚えた。かくも、かくも人間的な人が福井にいる。今すぐ福井に飛んでいきたい。それくらいの気持ちである。そういう主張をしている本を読んで方法を学びたいと思った人がいる事実に、僕は人間の人間たる所以を見た。

しかも僕の本の覚え違いは、現在、九〇〇〇個ほど掲載されている覚え違いのなかから厳選した九〇個に選ばれた。ある編集者から連絡が来て掲載されたことを知り、僕は小躍りして喜んだ。赤子も小躍りし、犬（三歳一か月）は丸くなって寝ていた。

今月二〇日に出版されたばかりの『100万回死んだねこ 覚え違いタイトル集』（福井県立図

書館、講談社）は、利用者が覚え違いしたタイトルが掲載されている頁をめくると、正しい書名と司書さんのレファレンス、書誌情報がわかる一冊である。どのように紹介されているのかは読んでのお楽しみだが、掲載されている章のタイトルが「気持ちはわかるけど……」だったことに注目したい。司書さんも『普通のまま発狂したい』とひそかに思っていたのである。なんという素晴らしい図書館だろうか。

僕の大好きな「夏目漱石の『僕ちゃん』」がトップバッターとして掲載されているのもうれしい。なんでこんなにはしゃいでいるのかというと、僕の夢は他の人の本で、自分や自分の著作が紹介されることだったからである。こんな形で夢が叶うとは、うれしさのあまり普通のまま発狂してしまわないように気を付けたい。覚え違いをした利用者と司書さんも、どうかご無事でありますように。

僕ちゃんうれしい

20211026　第206回　観光地のマグネット（三）　東京・福生　晴一時雨

少し前から編集担当の吉川浩満さんと一緒に、Twitterのスペース機能を使って「週刊モヤモヤの日々」という音声配信を、毎週末に行っている。そこでわかった事実なのだが、僕がこの連載の「二〇〇回記念トークライブ」で自慢していた磁力の強いヘミングウェイと、自重に耐えられず割れてしまったチェ・ゲバラのマグネットが、まだ晶文社のスタジオ（会議室）のホワイトボードに貼られたままになっているそうだ。なんという幸運だろうか。

僕は観光地で売っているマグネットを買うのが大好きである。とくに誰にも見向きもされてないようなダサいマグネットに愛着を持っている。キューバのハバナで買った、自重に耐えられずにずり落ちるチェ・ゲバラは僕の親友である。僕がマグネットなら同じく自重に耐えられないタイプだと思うからだ。そんなマグネット収集癖についてこの連載で書いたところ、意外なほど反響があった。言葉だけで成立させることを目指している連載なのでお披露目できていなかったが、映像配信トークライブではここぞとばかりに自慢した。デビューしたばかりの黒マスクとパールのマスクチェーンをして、さも得意げに紹介したのであった。

しかし、僕の性格上、想定範囲内のミスが起こった。マグネットたちを晶文社に置いたまま忘れてきてしまったのである。そのことをトークライブの翌日に書いて五日間。何度も吉川さんにマグネットがきちんと回収されたのか訊くタイミングがあったものの、なぜかメッセージしたり、話したりするうちに、マグネットの安否について訊くことを忘れてしまっていた。まだ貼られたままになっていることを知ったのは、週末のスペースでのことだった。

トークライブ当日は、チェ・ゲバラのほかに、友人が冗談で僕の家の冷蔵庫に貼って帰った「ルート66」のマグネットを持っていった。僕はそんなジャック・ケルアックみたいな場所に行ったことないし、これからも行くことはない。ところが吉川さんはバイクが好きで、いつか「ルート66」を走ってみたいそうなのである。だから配信中に、そのマグネットを吉川さんにあげた。配信を視聴してくれた読者さんが、書籍化のための「公開ワイロ」だとネタにしてくれた。たった二ドルのマグネットで出版できるなら、今ごろ書店に僕の棚ができている。だが、「公開ワイロ」という表現は微妙に当たっていた。利益供与を狙ったのではなく、マグネットが吉川さんの家の冷蔵庫に貼られることによって僕の存在を常に頭の片隅にちらつかせるという、「サブリミナル効果」を企てていたからだ。きっと効果があるに違いない。

そんなマグネットたち、しかも吉川さんにあげた「ルート66」まで、まだ晶文社のホワイトボードに貼られたままだというのだ。最初は他のスタッフの方にゴミだと間違われて捨てられるのではと心配していたのだが、よくよく考えてみればこんな素晴らしいことはない。晶文社で会議が行われるたびに、あの間抜けなマグネットたちが複数の人の目に留まるからである。他の編集者も営業の方も、あのマグネットたちを見る。真剣な会議の場で、磁力の強いヘミングウェイが睨みをきかす。「宮崎智之を忘れてはいけないぞ」と眼力で訴えかける。

ゲバラは無事か

そろそろ効果が出てきてもいい頃だと思うのだけど、なかなか書籍化決定の吉報が届かない。自重に耐えられずヘミングウェイの上に重ねるかたちで貼っておいたチェ・ゲバラは無事なのか。すでに四分の一が欠けてしまっている。戻って来る頃には全体の三分の一ほどしか形状を保てていないかもしれない。見事、書籍化を勝ち取り、家に帰還した際にはチェをいたわってあげたい。日本円にしておそらく一〇〇円以下。とても偉いマグネットである。

20211027　第207回　前髪のこと　東京・福生　曇時々雨

昨日から、地元・福生市に帰っている。東京の奥の奥の郊外、米軍横田基地があって山田詠美や村上龍の小説の舞台となり、全国の市部で三番目に小さい名実ともに「狭い街」である福生市だ。昨日は赤子と愛犬ニコルとを妻と一緒に連れて帰るだけで体力を消耗し、実家に帰ったと同時に一時間ほど寝てしまった。赤子を母と会わすのはこれで三度目。同じ東京に住んでいるのに、まだたったの三度目である。コロナ禍がなければもっと頻繁に会わすことができるはずだったとずっと無念に思っていたため、なにはともあれ帰省できてよかった。

今回は、金曜日までの短い滞在である。母はこの連載を毎日チェックしているらしく、新型コロナワクチンの副反応でまいっていた時期、どんどん字数が減っていく僕のコラムを読みながら、「あの子、ついに文章まで書けなくなってしまったのかしら」と心配していたという。三九歳にもなって頼りない息子で申し訳ない。僕は昔から頼りないのでいつものことである。

母は赤子をとても可愛がってくれている。わずかしか会わせていないのに、赤子も母に懐いている。母は昔からミーハーなところがあって、僕が中・高校生の頃は、X JAPANのYOSHIKIさんと、GLAYのTERUさんが好きだった。僕がいつも前髪を垂らしているのがどうしても気になるらしく、会うたびに前髪を後ろに流そうとしてくる。たしかにYOSHIKIさんもTERUさんも前髪は長いけれど、お顔がみえるよう綺麗にセットしている。しかし、なんとなく自分では前髪を垂らしっぱなしのほうが、しっくりくるのである。だから、母に前髪を後ろに流されないよう、今のところなんとか防御している。

帰省した昨日は、ちょうど甥（小学六年生）の誕生日だったので、近くに住む姉の家に行って祝った。事前に姉に訊いておいた「煉獄さんのフィギュア」をプレゼントした。『鬼滅の刃』を二巻の途中までしか読んでいない僕は、煉獄さんがどのような方かよく存じ上げておらず、しかも、フィギュアをおそらく今まで一度も買った経験がなかった。そんな僕でも可愛い甥のためならばと、正規品をなんとかネットで探し出して購入した。甥はとても喜んでくれた。

非正規品もある

今朝は起きたら雨が降っていた。せっかく都会より広い郊外に来たのだから犬に報いたいのだが、散歩は雨がやんでからになりそうだ。母は朝ご飯を食べているときも、「前髪を後ろに流したほうが素敵なのに」としきりに言ってきた。そういえば、煉獄さんも前髪を後ろに流しているのであった。せめてもの親孝行のために、今日はオールバックにしてみようかとふと思った。思っただけで、本当にやるかどうかはわからない。さて、今日はなにをしようか。

20211028　第208回　出口がある街　東京・福生　快晴

故郷の東京都福生市に帰省して三日目を迎えた。昨日はあいにくの雨模様で、そのせいか赤

リバーサイド

子はいつもより長く昼寝していた。雨があがり、赤子が目を覚ますのを待っていたら夕方四時近くになっていた。僕と妻は、赤子と犬を連れて散歩に出ることにした。

福生市内は大まかに、ベースサイド（米軍横田基地側）とリバーサイド（多摩川側）にわけられる。今の実家はベースサイドにあるのだが、実はそこに引っ越したのは僕が二一歳くらいの頃で、幼少期から成人するまではリバーサイドに住んでいた。多摩川側は低地になっていて、豊かな湧水がそこかしこに流れ、六月頃には「ほたる祭り」が開催される地域である。

米軍基地側、とくに国道一六号線沿いはアメリカンな雰囲気の店が立ち並び、福生駅周辺には昔の盛り場の名残もあって、今もバーやライブハウスなどが営業している。おそらく対外的な福生のイメージを形成しているのはベースサイドだろう。しかし、市内には石川酒造、田村酒造という一八〇〇年代から続く老舗の酒造があり、戦後に耳目を集めた「米軍基地カルチャー」よりも古い歴史と文化がある。僕は初めて生まれ育ったリバーサイドを案内した。

妻はベビーカーを押し、僕は愛犬ニコルをリードにつないで歩いた。多摩川側の低地に降りていく高台からは、秋川流域の山々が望める。曇っていて夕焼けは見えなかったが、もしかしたらそこから風景を眺めたのが今回のハイライトだったかもしれない。しばらくリバーサイドには行っていなかったので忘れていたのだけど、そちら側には見るものが本当になにもないのである。低地への急坂を降りているとき、何人かのご老人とすれ違った。「可愛い赤ちゃんですね」「ワンちゃんも愛らしいですね」と優しく声をかけてくれて道を空けてくれた。

さて、リバーサイドに来たはいいものの、とくになにもない。僕は、昔住んでいた家の前に妻と赤子と犬を連れて行った。当たり前だがすでに新しい人が住んでいて、四〇代くらいの男性が車庫でなにやら作業をしていた。その後、よく「ビックリマン」チョコを買いに行った駄菓子屋（通称：タバコ屋）を見に行った。もう店舗は閉めているのかもしれない。タバコの自販機は相変わらず並んでいた。

この時点でやることがなくなった。僕は通っていた中学校を見せ、その足でY君の実家に行ってみた。そう、「狭い街だからな」などと意味不明な言葉を僕に発したあのY君の家だ。

Y君の家は、僕が昔住んでいた家と同じく、昭和の後期か平成の初期に建てられた、日本全国どこにでもある戸建てだった。綺麗にリフォームされていて、玄関前にはプランターに植えたいくつもの花が咲いていた。家の中に誰かいたようだが、いくら幼馴染みとはいえ、Y君はもうそこに住んでいないのだし、Y君の両親に最後に会ったのは一〇年以上前だった。突然訪ねては迷惑するだろうと思ったので、インターフォンを鳴らさず外観だけを眺めた。

妻にY君の家の感想を訊いた。「とても素敵な家だね」と妻は言った。それしか感想の言いようがない普通の素敵な家だった。ユニークな性格のY君だからといって、ユニークな造りの家に住んでいたわけではない。僕もそうだけど、いい意味で平凡な家で平凡に育った。

Y君邸を外から見学したあと、多摩川沿いの土手を歩き、また急坂を登ってベースサイドに戻った。途中でJR青梅線の踏切につかまり、「河辺行」の下り電車が通過した。それでも踏切が開かず、続けて「東京行」の上り電車が都会に向かって通り過ぎていった。カンカンカンとしきりに鳴り響く踏切の音が怖いらしく、ベビーカーに乗った赤子は大泣きしていた。

僕はこのとき、大岡昇平の「中原中也伝——揺籃」（講談社文芸文庫『中原中也』）に記された文章を思い出していた。大岡は中也の死後、詩人が生まれた山口県の湯田を訪れ、以下のような印象的な感想を抱いた。

> 船の汽笛は頭の中で鳴ったけれど、汽車の汽笛はたしかに現実にこの風景を引き裂いて鳴った。山口線はこの谷を貫いて、西南の方、海へ出て行く。その方で谷を囲む山々は、追い合うように互の先端をかぶせ合って、しだいに低く、茜色に染まる空の下、海と港と街と煙突のあるあたりに消えて行く。しかも北方にはいつも北海の暗雲が脅かすように、促すように、外国兵のように屯して——

出口があること、これがこの小さな美しい自然の欠点であった。

福生市内には、大きなドラッグストア、スーパーマーケット、カラオケボックスなどがいくつも立ち並び、公園は都会より広くて自然が美しく、米軍基地などによるカルチャーが根付いている。歴史もある。妻はそんな福生を見て、「ここはずっと住んでいられそうな街だね」と感想を述べた。僕は「東京行」の電車が通り過ぎるのを眺めながら、「いつでも外に出て行ける街なんだよ」と妻に言った。青梅線の「立川行」ではなく、「東京行」に運良く乗ることができたら五〇分ほどで新宿に着く。僕らにはできないが、横田基地の滑走路から飛行機で飛び立てば、どこにだって行ける。少し間を置いて、「でも、いつでも戻って来られる街でもあるんだ」と僕は小さく呟いた。

20211029　第209回　動物園　東京・福生　快晴

福生市に帰省して四日目。今日が最終日である。赤子と愛犬ニコルにはよい気分転換になっているようだ。犬は僕の住む家よりも広い実家がお気に入りになり、部屋の中を探検したり、カーペットの上でひっくり返って昼寝したりしている。道が広く、自然が豊かな散歩道にも満足げである。親族の中では唯一、動物が少し苦手（嫌いではない）な母も、ニコルはとても可愛いらしく、抱っこなどのスキンシップをとってくれる。犬は家主の足元で寝るのが安心するのか、母にぴったりくっついて離れない。

昨日は、母と妻と赤子と僕で、実家の近くにある羽村市動物公園に行った。赤子は、井の頭自然文化園以来、二回目の動物園である。羽村市動物公園は、昭和五三年に全国初の町営（当時）動物公園として開園した。子どもを連れて行きやすくて、こぢんまりとしているものの、展示が充実している。僕が最後に行ったのは、小学校の遠足だっただろうか。久しぶりに行った近所の動物園の素晴らしさに、僕は感動してしまった。

もちろん、赤子も楽しんでいるようだった。初めて見たキリンには、そのあまりの大きさに呆然としていたし、アルマジロもお気に入りのようだった。とくに興味を示していたのは、意外にもシロテテナガザルだった。テナガザルは展示スペースの前方まで来て、止まり木を片手で摑み、ぶらんぶらんとサーカス小屋のブランコのように揺れていた。なんてサービス精神のあるサルだろうか。赤子も笑顔で体を揺らしながら、拍手をして喜んでいた。

赤子、サルに興奮

赤子は僕にまったく似ずに、運動神経がいい。椅子やベッドによじ登って、自分で降りる。当然、危ないから目を離さないでいるのだが、その華麗な身のこなしは、我が子ながら見事である。なのでテナガザルの真似を家でやり出したらどうしようかと頭を悩ませたのだけど、今のところぶらんぶらんはやっていない。一歳五か月でそんなことができれば、もはや天才の所業なので、それはそれで赤子の将来を真剣に考えなければいけなくなってしまう。一安心である。

妻と僕はカピバラに一番興奮した。図体が長いのに足が短く、少し間抜けそうなところがニコルに似ているからだ。犬はお留守番である。帰りを待つ犬の姿を想像し、目頭が熱くなった。

さて、ひととおり動物園を満喫した一行は、最後に売店に立ち寄った。むろん、「観光地のマグネット」を買うためである。しかし、予想に反してマグネットはよく売れていて、品薄になっているようだった。テナガザルとカピバラのマグネットは売っていないのか、売り切れなのかはよくわからないけど、お目当ての動物のマグネットが売っていなくて意気消沈したものの、キリンとレッサーパンダのマグネットはまだ残っていたので、そのふたつを買って帰った。

今日で福生への滞在も終わり、夕方ごろには帰路に就く。またいつでも気軽に戻って来られて、母や親族に赤子と犬を会わせることができる世の中に戻ってほしいと、心から祈っている。

202111

20211101　第210回　疲れを知ること　東京　曇一時晴

最近、妙に元気がいい。忙しい日々は続いているが、徹夜の日が続いた時期を乗り越えたせいか、忙しい耐性がついてしまったのかもしれない。ちょっと前なら「もう限界だ」と思うような日でも、それほどまでには思わなくなっている。だからといって仕事が速く進むわけではなく、愚かな僕は時間があればそのぶん余裕が生まれたような錯覚に陥る。そして見込みを誤った結果、昨晩も徹夜になってしまったのだ。でも、一日くらいならそんなに疲れない。

これはよくない兆候である。仕事もそうだけど、生活も同時に整えなければいけない。余裕は余裕としてしっかり残しておくから余裕なのである。だいいち僕は徹夜をしてもダメージがないほど、若くも強くもない。そして、「本当に疲れているときは、自分でも気づかない」というしばしば起こり得る落とし穴を、僕はこれまでの経験で学んでいるのであった。

竹村さんにも

新型コロナウイルスの感染が拡大し、一度目の緊急事態宣言に突入した昨年の二〇二〇年春頃、僕は疲れていた。その時期に妻が大阪で里帰り出産し、産前も産後も長い間、離れ離れになってしまった。妻を励ますことも、感謝を伝えることも、赤子の顔を見ることも、リアルな空間ではできなかった。スマートフォンでの映像通話が、その時点で考え得る最も安全で、かつリアリティのある接触だった。仕事の先行きも不透明だった。疲れていないはずがない。

複数人の方から「宮崎さんは疲れているんだよ」と言われて、やっと自分が疲れていることに気がついた。ある瞬間、「あ、自分は疲れているな」と自覚した。自分は元気だと思い込んでいた。しかし、一度気がついてみると、「なんでこんなに疲れているのに、そのことに気がつかなかったんだろう」と不思議に思うくらい、僕は疲弊していた。倒れる前に気づいてよかった。

愚か者の僕は、せめて過去の愚かさに学ばなければいけない。自分が判断を誤る人間なのだということを、忘れてはいけない。自分をあまり信用しすぎてはならないのだ。とはいえ、やっぱりなんだか最近は元気なような気がする。本当に疲れていないのかもしれないし、愚かだからまた間違っているのかもしれないし、今はあの頃と違って疲れる要素が少ないようにも思えるが、その要素に気づいていないだけの可能性もある。少なくとも、自分は元気という思い込みをしばしばすることだけは忘れないでいるつもりだ。やけに元気なときは、要注意である。

この種類の落とし穴には、僕のように誰かに指摘してもらった経験がなければ気づきにくい厄介さがある。誰もが自分は強い人間だと思い込みたいものだからだ。自分の疲れを知るのは、意外と難しい。

20211102　第211回　積読くずし　東京　曇後晴

漫画『SLAM DUNK』（井上雄彦、集英社）に影響され、中・高校生の頃はバスケットボール部で汗を流した。湘北高校の安西先生が言った「諦めたらそこで試合終了ですよ……？」という名言はあまりにも有名だが、諦めても試合終了にはなかなかならないのが、大人の世界の厳しいところである。夜中に原稿と向き合いながら、そんなことを考えて過ごした一か月だったと一〇月を振り返って思う。

仕事部屋は、蔵書で溢れかえっている。もちろん積読もある。しかし、それでも本を懲りずに買ってしまうのが、読書家という生き物だ。全一〇巻セットを大人買いしたエドワード・ギボン『ローマ帝国衰亡史』（ちくま学芸文庫）が積読の山から僕に鋭い視線を送ってくる。あるECサイトのレビューには、読了に一〇年以上かかったと書かれていた。なんということだろうか。果たして僕は読み終わるのか。

「一〇年以上」という文字に、遠い目をして考え込んでしまったのは僕だけではないだろう。一方で、同時になんとしても読み終わるまでは生きていなくては、という気力がわいてくる。

長寿法を発見？

すごい……

そう思い、何気なく「積読には「長生きしよう」という気力を高める効果があります。」とツイートしたところ、たくさんの方から反響があった。世の読書家たちも同じことを、積読の山から感じ取っていたのかもしれない。積読から人生に対する「諦念」を学ぶことができる、という意見もあった。これもすごくわかる。人生は有限であるが、書物の世界はひとつの小さな生からしてみると、ほぼ無限に思える法外な広さを有している。しかし、僕は「諦め」が悪い人間なのである。そして同時に貧乏性でもあるのだ。

ある方が僕のツイートに、「私の場合は確実に効果が出ていると思います。九〇を越えてやっと時間ができた、これからが積読くずし、と」というコメントを付けてくれた。先日、僕の実家に帰省したとき、母から身近な親族の男性の中で一番長生きした両祖父の最長記録を更新しなければいけない、というありがたい指令をもらった。偶然なのだが、両祖父ともちょうど八八歳まで生きた。親族のほかの男性は短命な人が多いなか、両祖父は立派である。まだ三九歳なのに体のあちらこちらが調子の悪い僕にとってはややハードルが高い目標な気がするものの、積読くずしのためなら頑張れる気がしてきている。少なくとも『ローマ帝国衰亡史』を読み終わるまでは、衰亡も滅亡もしないように生活を整えたい。

20211104　第212回　前髪のこと(二)　東京　晴後薄曇

実家に帰るたびに母から前髪について苦言を呈される。母はどうしても僕の前髪が前に垂れているのが気になるらしい。「前髪が前に」という重複表現でもわかるとおり、前髪は前に垂れていてもいいはずなのだが、母はどうしても僕に前髪を後ろに流してほしいそうなのだ。ときには勝手に流そうとしてくるため、先週の帰省中は母の挙動を観察し、前髪を守っていた。

それでも母は諦めきれなかったらしく、帰省の最終日、この連載の「二〇〇回記念トークライブ」を観ながら「前髪が！ああ……前髪……。ほら前髪が。……ああ」と最後の最後までダメ出しをしていた。なぜ三九歳にもなった息子の前髪がそんなに気になるのか。僕にはもっと他に突っ込みどころがあるはずなのだが。

ほら前髪……ああ

最近、というかかなり前からモヤモヤしている問題に、「iPhoneのFace IDが僕の顔を認証してくれない」というものがある。Face IDが使えれば、ロック画面を解除するだけでなく、各種のサービスがスムーズに使えるのに、天下のApple社のテクノロジーにもかかわらず、いくらやっても認証しない。何度か顔の登録をしなおしたのだが、やっぱり認証してくれないのである。なぜなのだろうか。もしかしたら、自分で気がついていないだけで、この世ならざる世界に片足を突っ込んでしまっているのかもしれない。透けているのだろうか。いや、そんなはずはない。僕は立派な生体である。生体でなかったら、ひとつも取り柄がなくなってしまう。

それともただ単に、寝不足で顔がむくんでいるだけなのだろうか。そんなことを考えながら、

iPhoneに顔を寄せたり、離したりしている僕を見て妻は言った。「前髪が垂れているから認証されないんじゃないの?」。前髪を後ろに流してみると、すぐにロックが解除された。

20211105　第213回　千葉の沼　東京　快晴

最近はありがたいことに仕事のご用命が多く、資料の本と原稿に集中する日々を送っている。その合間に赤子の世話をして、犬の散歩をする。もう少し家族との時間を増やしたい。妻に負担をかけてしまっている。速さだけには自信があった筆も、加齢とともに遅くなり、今では普通になってしまった。赤子が寝静まってからが執筆に集中できるコアタイムなので、深夜にうんうんと頭を悩ませながら、早く仕事から解放されたいと嘆く日もある。

しかし、本を読んだり、文章を書いたりして生計を立てているなんて、昔の自分からしてみれば夢のような状況である。昔の自分に教えてあげたら飛び上がるほど喜び、不満を言っている今の自分を、「この贅沢もの!」と一喝することだろう。なんて恵まれた環境なのだ、と。

「本に携わる仕事をしたい」。そう考え就職活動をしたものの、出版社や書店は全滅だった。それでも働かないわけにはいかず、新卒である会社に入った。本とはあまり関係がないが、知ることに携わる教育業界だったため、仕事に不満はなく、充実した毎日だったと記憶している。

それでも、心の中には空洞があった。なにかをしたい。そのなにかがわからない。たぶん、

「表現」と呼ばれるものなのだろう。そこまではわかっていたのだけど、なにせまだ新卒だったので、覚えなければいけない仕事がたくさんあり、「休日を使って小説を書こう」などという気は起こらなかった。しかし、なにかはしたい。僕の創作欲求は行き場を失いある日、爆発した。

平日に休みをもらった僕は、写真を撮りにいくことにした。一眼レフやフィルムカメラなんていう気の利いたものは持っておらず、買うお金もなかった。すでに爆発してしまっていた僕には、貯金をして立派なカメラを買うまでの時間を待つことができなかった。今すぐなにかがしたい。僕は学生の頃に買ったコンパクトデジカメを持って、近くにあった沼に向かった。

当時、千葉県に住んでいた。生まれて初めて自活し、慣れ親しんだ東京ではない場所に住んでいたことが、僕の焦燥感と孤独感に拍車をかけていたのかもしれない。まったく土地勘がなかった僕は、撮影に適した場所を見つけることができなかった。日々の業務で疲れていて、そんな余裕もなかった。

そこで選ばれたのが、近所の沼である。平日だったからか、沼のほとりに寝転がって本を読んでいる高齢の男性と僕しかいなかった。男性に怪訝な顔をされながら、僕はコンパクトデジカメで写真を撮りまくった。昼過ぎに出掛けたのに、気づいたら日が暮れそうになっていた。夕焼けが綺麗だった。

家に帰ってデジカメをパソコンにつなぎ、撮影した写真をチェックした。その数、三〇〇枚ほど。なんの変哲もない沼が、いろいろな角度で写っていた。高齢の男性も、しばしば写り込んでいた。夕焼けは逆光になって綺麗に撮れていなかった。それでも僕は満足し、その日は久しぶりにぐっすりと眠れた。

残念ながら、その時の沼の写真はもう残っていない。しかし、沼のほとりで懸命に写真を撮ったあの日を思い返すたびに、仕事を頑張らなければいけないなと僕は思い直す。実際に、趣味だった本を読むことでお金をもらえる事実に対し、いまだに震える思いを抱く瞬間がある。これといって綺麗でも汚くもない沼と高齢男性の写真を撮っていた頃の、突き動かされるような純粋な気持ちを忘れてはいけない。

20211108　第214回　三日前の晩ご飯　東京　晴時々曇

生活をきちんとできているかどうかの基準として、「三日前の晩ご飯を覚えているか」というものがある。五日前、一週間前などいろいろなバージョンがあるが、記憶力が悪い僕はハンデをいただき、「三日前」に基準を設定している。メインのおかずに限定して自分で設定した。

ここ三日は仕事が立て込んでいたのでそれに集中させてもらい、妻が美味しい晩ご飯をつくってくれた。昨日は「鰤大根」。脂がのった鰤の肉厚に、頬がとろける思いをしたものだ。二日前は「鯛の煮付けごぼう」である。これも絶品で、鯛の味がしみ込んだごぼうのしっかりした歯応えを、今でも忘れることができない。それで三日前は、とても旨いおかずだった。翌日の「鯛の煮付けごぼう」に勝るとも劣らないほどの贅沢なおかずを食べたはずなのだけど、どうしても思い出せない。

なんということだ。妻が一生懸命につくってくれた晩ご飯を忘れてしまうなんて。人でなしである。二日前の「鯛の煮付けごぼう」の歯応えが印象に残りすぎているせいなのかもしれない。それにしても、たった三日前である。仕事が忙しかったとはいえ、僕は生活ができていなかったのだった。

今朝からずっと頭を悩まして考えていた。やっぱり思い出せない。妻に訊いてみようか。いや、伝えなければいけないのはむしろ感謝であり、そんな薄情なことを訊くなんてもってのほかである。だが、どうしても知りたい。モヤモヤする。正直に話そう。ジョージ・ワシントンの桜の樹の例もあるではないか。と思って調べてみたら、その逸話は真偽が疑われているらしい。真か偽かどちらの説が正しいのかは、手元にある資料では判断できない。どうすればいいのか。

迷った末、やっぱり正直に話したほうがいいと思い、勇気を出して訊いてみた。すると妻はゲラゲラと笑いながら、「ごめんごめん」と言った。「鯛とごぼうが余っていたから、使わなきゃもったいないなと思って、三日前も「鯛の煮付けごぼう」だったんだよ。ほら、智くん（僕のこと）も忙しいし、買い物に行く時間もなかったからさ」。妻が謝る必要なんてまったくない。そもそも僕が家の冷蔵庫事情を把握していなかったのがいけないのだし、あの「鯛の煮付けごぼう」は、本当に絶品だった。何度でも、いつでも食べたい。

僕は妻に感謝を伝えた。ずっとモヤモヤしていたのだが、妻に正直に伝えられたことで、リビングには和やかな空気が流れていた。正直に言うべきかどうか迷ったときには、「宮崎の「鯛の煮付けごぼう」の例もある」と思い出してほしい。この話は間違いなく真実である。

20211109　第215回　好き嫌い　東京　大雨時々曇、雷を伴う

僕は食べ物の好き嫌いが少ない。子どもの頃は多かったが、今は一部の果物にアレルギーがあって食べられないほかは、魚のすり身の加工食品、いわゆる練り物だけである。ちくわ、はんぺんがその代表例だ。練り物は意外といろいろなメニューに登場するから厄介で、おでんが大好きなのに、数年前までおでん屋に行ったことがなかった。練り物をさけると具の選択肢が極端に減ってしまうため、客として失礼かなと思っていたのだ。妻に付き添ってもらって行った下北沢のおでん屋は最高だった。練り物は食べていないが。

好き嫌いとは不思議なもので、人によってさまざまな理由がある。僕が練り物が嫌いな理由のひとつは、食感が受け付けない、というものだ。ならば、以前、「美味しくないソーセージはない」と書いていたのはなんだったのかと思うかもしれない。なぜ、練り物は苦手で、肉の加

工食品は大丈夫なのか、と。

僕の友人、というかこの連載ではお馴染みになりつつあるY君は、ネギが食べられない。ラーメンが大好きなのに、いつもネギ抜きを注文する。「ラーメンには、シャキシャキしたネギの食感があうのに」と説得しても、そういう話ではないらしい。「ネギは、キューピーちゃんの味がする」と言うのだ。「それなら、キューピーちゃんを食べたことあるのかよ」と訊いてみたが、もちろんそんな経験はないと言う。さすが人間の愚かさを凝縮した存在こと、Y君である。そしてマヨネーズは好物なのだから、なおも愚かしい。

しかし、同じく人間の愚かさを凝縮した存在の僕は、Y君を笑ってはいられない。なぜなら、僕が練り物を食べられないもうひとつの理由は、「練り物にされて、魚が可哀想」というものだからだ。では、肉の加工食品はどうなるのか、と訊かれても明確な答えが見出せないでいる。ただひとつ覚えているのは、子どもの頃、練り物をつくる様子をテレビで観て以来、そのように思ってしまったというきっかけがあったことである。

人間は矛盾した生き物であり、他人からすると理屈が通らないように思えても、当事者としてはきちんとした理屈、もしくは合理性がある場合が多い。食べ物の好き嫌いが、その典型的な例だろう。だから、「ネギは、キューピーちゃんの味がする」という「他者の合理性」を尊重しなければいけないのだけれど、どうしてもイメージがわかないのだ。キューピーちゃんを食べて理解してみようとも、まったく思えない僕がいる。Y君と一緒にラーメンを食べるときは、なると抜きにしないでY君にあげると、喜んで食べてくれる。

20211110　第216回　赤爆　東京　晴一時曇

赤子の寝つき

育児の大変さはいろいろあるが、そのひとつに寝かしつけがある。赤子が寝静まったあと、妻と一緒にリビングでほっと一息ついているとき、たまに赤爆（赤ちゃん大爆発、夜泣きのこと）が大発生する。ふたりで寝室に戻り、ありとあらゆる方法で赤子をなだめて赤爆を鎮める。

赤子は寝つきが悪い一方、一度寝たら多少の物音がしても朝まで全く目を覚まさなかったのだが、最近では変わってきたようだ。これも成長のひとつなのだろうか。もともと寝かしつけは主に僕の役目だった。苦戦する夜もあったけど、絵本を読み聞かせたり、詩を暗唱してあげたりすると、だいたいは寝てくれた。しかし、そのうち妻と僕のふたりが揃わなければ意地でも寝ないという、誰に似たのかわからない（たぶん僕）頑固さと贅沢さを発揮し始め、手を焼くようになった。なんて可愛い赤子だろう。

僕が夜に仕事をするときは、妻がひとりで寝かしつけしてくれる。妻は寝かしつけのコツを摑んだようで、ふたり揃わなくてもすんなり寝てくれる日が増えた。だが、そう簡単にいかないのが赤子という存在である。ご機嫌ななめの日には、なかなか寝てくれない。僕がひとりで寝かしつけするときも、寝てくれず苦戦する。とはいえ、妻と僕とがふたり揃って寝かしつけできる日ばかりではなく、どちらかが忙しい日は当然ある。

昨夜がまさにそうだった。僕が仕事部屋で執筆していると、寝室から赤子のぐずる声が聴こえてきた。昨夜は低気圧のせいか妻も体調が悪そうだったし、僕の執筆は終わってはいないものの、キリのいいところまでは書けていた。僕は寝室に飛んで行き、いつもよりさらに寝つきの悪い赤子を妻と一緒になだめた。

ひととおりなだめると、赤子は落ち着きを取り戻した。ふたりで寝かしつけをする場合、大暴れした赤子は最終的に妻に後ろから抱っこされる体勢をとるのがいつものパターンだ。ここまできたらあとは簡単である。僕は背を向け、赤子との距離を縮める。壁になるのである。壁こと、僕の背中を赤子は何度か蹴り、足を固定する場所を見つけると安心したように眠りについた。しかし、ここで油断してはならない。そこから二、三〇分は様子を見なければ、また起きてしまう可能性があるからだ。寝静まるのを待ち、僕は仕事に戻った。

それから一時間くらい経った頃、赤爆が大発生した。壁は仕事部屋から寝室に駆けつけ、また壁になった。

毎晩、壁になる人

20211111　第217回　老い　東京　快晴

犬のシャンプー

風呂場はモヤモヤの宝庫である。僕は髪の毛が剛毛なのだが、歳を重ねるにつれ髪は細くなり、癖毛はストレートになっていった。そんな僕もたまに剛毛・癖毛に戻る。シャンプーと勘違いし、ボディーソープで頭を洗ってしまっているときだ。なんであんなにまぎらわしい形状をしているのだろう。そっくりではないか。そっくりでないシャンプーとボディーソープもあるのだけど、妻のお気に入りで僕も使わせてもらっている、意識の高そうなシャンプーと、愛用の乾燥・敏感肌用のボディーソープとは、容器の見た目が似ている。だからよく過つ。

過ちに気づくのは、ボディーソープで頭を洗い始めてから三日目のことだ。その頃から髪質が明らかに変わってくる。愛犬ニコルのシャンプーを間違って使ってしまったときは一日で気がついた。犬と人間の毛は、必要な成分が違うのだろうか。というか僕はどこまで愚図なのか。

もうひとつ、僕は髭が薄い。だから、髭剃りはおざなりにしている。洗顔フォームで顔を洗い、ついでにその泡で髭を剃る。それで十分なのである。しかし、あまりにおざなりにするため、顎と喉仏の間にある髭を剃り残してしまう場合が多い。それに気がつかず、アホ髭（前述の場所に剃り残された髭をそう呼んでいる）が一本だけ、長いまま取り残されていることがある。

先日もアホ髭を発見した。四センチ以上も伸びていた。なぜそこまで放置していて、僕も妻も他の人も気づかなかったのかというと、アホ髭が白髪だったからだ。アホ髭が白くなった。それに気づいた瞬間、なんとも寄る辺ない気持ちになった。滅びはアホ髭からやってくる。髪には白髪がないのに、アホ髭が老いた。アホ髭が白髪になってしまうと、肌の色と同化しやすくなる。どうにかして黒のアホ髭に戻ってくれないものか。そう思ってネットを調べたが、そもそもアホ髭という言葉が存在しないのでヒットしなかった。こうして僕は老いていく。

2021.11.12　第218回　シックスマン　東京・あきる野　晴後薄曇

今日は朝から、赤坂の書店「双子のライオン堂」の店主・竹田信弥さんがパーソナリティを務める「渋谷のラジオ」の番組「渋谷で読書会」に出演した。出演したばかりだが、また出た。しかもオファーが来たのは昨日の昼である。つまり、ピンチヒッターでの出演だったのだ。どなたか都合が悪くなった人のかわりに出演する。僕は、そうやって呼ばれることがうれしい。というのも、中・高校生時代はバスケ部に所属していたのだが、中学校で僕は「シックスマン」だったからである。バスケットボールのスターティングメンバーは五人であり、シックスマンとは六人目、ありていに言ってしまえば補欠。しかし、この六人目の役割がバスケでは重要になるのだ。ＮＢＡでも重視されていて、「シックスマン賞」が設けられている。

中学校のバスケ部は、そこそこ強かった。強豪と呼べるほどではないが、地区大会では優勝、都下大会（多摩地区の大会、地区の総人口は四〇〇万人以上）ではベスト8くらいの強さはあった。僕の学年はひとつ上の先輩がひとりもおらず、一年生のときから公式戦に出ていた。そして一年生のときには、僕はスタメンだった。二年生になると監督（顧問の先生）がかわり、戦術も変更されてシックスマンで起用されるようになった。

はじめはスタメン落ちしてふて腐れていたが、シックスマンとしてベンチを温めるようになってからこの役割の重要性に気づいていった。バスケは激しいスポーツなので、スタメンが最初から最後まで出場しっぱなしというケースはあまりない。僕のシックスマンとしての起用のされ方は、スタメンの誰かが疲れたり、ファウルがかさんだり、怪我したり、試合の流れを変えたかったりするときにコートに放り込まれるというもので、いつ、どのタイミングで、どのポジションに収まるかわからなかった。常に試合の流れを摑んでおく必要があった。調子が悪い選手がいればスタメンで起用される場合もあり、補欠といっても気を抜くことができない。

今、自分に求められているのはどういう役割なのか。流れを変えるべきなのか、優勢な試合を確実に勝ち試合にするために立ち回るべきなのか。ベンチに座り、対戦相手の特徴や試合の運び方を常に頭の中で考えながら、監督から指示される戦術を先回りして理解する癖もついた。

最強の補欠になる

なので、ピンチヒッター的に番組に呼ばれるのは本望なのである。腕が鳴る。はずだったのだが、なにせオファーが直前すぎたし、前日の仕事が夜には終わると踏んでいたものの、いつもの見込みのあまさが出てしまい、原稿を書き終わって提出したのは放送が開始される一時間三〇分前の朝七時三〇分だった。徹夜だった。なのに、きちんと時間前にスタジオ入りし、とりあえずはペラペラと途切れることなく話してきたのだから、我ながら大したものだと思う。中学生のときに培った経験は無駄ではなかったのである。さらには家に帰ってこの原稿を書いている。こんな偉い僕は珍しい。

「渋谷で読書会」にピンチヒッター的に出演したのは、これが初めてではない。双子のライオン堂か「渋谷のラジオ」さんから、シックスマン賞を貰えないものか。もし貰えたら、これまで賞を受賞した経験がないので人生で初めての栄誉となる。物書きのシックスマン賞を受賞した初の人物として歴史に名前を刻みたい。でないと、偉い僕が今にも消滅してしまいそうだ。

2021115　第219回　なにもない世界　東京・あきる野　快晴

昨日から今日にかけて、東京都あきる野市のキャンプ場に来ている。そして今、この原稿を施設内にあるハンモックに揺られながら書いているわけだ。なんと優雅な時間だろうか。つい前日まで徹夜で原稿を書き、そのまま朝九時からのラジオに出演していたとは思えない。

キャンプ場は秋川渓谷にある。秋川は多摩川の支流で、ちょうど僕の地元・福生市と昭島市あたりで多摩川に合流する。今回は愛犬ニコルと赤子だけではなく、高校時代からの友人夫婦とその赤子（二歳、息子）もいたため、テントをはる本格的なキャンプではなく、ログハウスを借りて簡単なバーベキューをするだけの楽々コースでゆっくりした。一泊二日の息抜きである。

ほかの友人も三人来てくれて、犬とマイ赤子と友赤子をとても可愛がってくれた。

僕はというと、出発の二〇分前まで原稿とゲラを戻しており、そのまま電車に飛び乗ったので、その時点でヘトヘトだった。生活と家族と友人を何よりも大切にしたい。そんなふうにいつも思っているし、発言もしているのだが、なかなか実践できずに我ながら情けない限りだ。中央線、青梅線、武蔵五日市線を乗り継いで着いたキャンプ場は、いい意味でなにもなかった。やることといえば、ログハウス前でバーベキューをするか、河原を散歩するかくらいである。僕は犬とマイ赤子と友赤子と一緒に遊んだあと、ぐずるマイ赤子を昼寝させるために、二階にあがって寝かしつけた。僕もウトウトしていたのだが、マイ赤子が赤爆してまどろみから覚めてしまった。マイ赤子を連れて下の階に降りたときには日が傾いており、友人たちがすでにバーベキューの用意をしてくれていた。僕はソーセージを食べた。

なにもないうえに、僕はなにもしていない。なんとも不甲斐な過ぎる。マイ赤子と友赤子は仲良しになり、ふたりで遊んでいた。というか、一方的にマイ赤子が友赤子を追っかけていた。この年頃の半年の差は思ったよりあって、友赤子はすでに喋れるし、ものもよくわかっていた。ティッシュペーパーを箱から出しまくっているマイ赤子に、友赤子が「ぽいぽい駄目!」と言った。普段は親の言うことをまったく聞かずに怒りまくるくせに、友赤子の言うことはしっかり聞いて、すぐに悪戯をやめた。とても微笑ましく、頼りになる兄貴分である。

ハンモックに揺られながら原稿を書いていた僕は、気持ちが悪くなってきた。三半規管が弱いので、酔ってしまったようだ。一度、原稿を書くのをやめて、今は近くの温泉施設にいる。なにもないし、なにもやらない。ラクばかりをしてしまい、友人たちに申し訳ない気持ちでいる。一方、犬やマイ赤子や友赤子にとっては、「なにもないし、なにもやらない」ではなかったのだと思う。すべてが新鮮で発見に満ちた世界を生きている。さまざまな世のしがらみに搦《から》めとられている僕にはもう駄目だが、小さき者たちが見ている世界が僕にも少しだけ見えた気がした。

20211116　第220回　駄目貯金術　東京　曇時々晴

かなりの額になる

カバンの中に、よく小銭が散らばっている。財布に入れていた小銭がこぼれてしまうのだ。もちろんこぼれたら元に戻すのだが、ちょっと油断すると財布の小銭入れに入りきらないほどの量になってしまう。入りきらなかった小銭は瓶（本来は食材などの保存用）に放り込んでいる。そこそこ大きい瓶に、少なくとも六つ以上貯まっている。これが通称、「駄目貯金」である。駄目貯金の瓶は玄関前に置かれていて、妻は近くのコンビニに行く際などに小銭を取り出して使っているそうだ。しかし、それでも追いつかないスピードで駄目貯金は増えていく。

とはいえすべてが小銭であるため、家計への影響は少ない。僕が駄目であればあるほど駄目貯金は充実していく。利息はないかわりに、たとえ空き巣に入られても、駄目貯金は駄目すぎて盗まれないのではないかと考えている。あれを盗むのには相当な体力がいる。金額とコストとリスクが釣り合わない。そもそも我が家は防犯に力を入れている偉い家なのである。

駄目貯金のもうひとつのパターンに、ポケットに散らばっている小銭を貯める、というものがある。このパターンの特徴は、越冬することである。最近、衣替えをしたり、キャンプに行くためにアウトドアウエアをクローゼットから取り出したりしていたのだが、また駄目貯金が増えてしまった。「越冬駄目貯金」は、たまに紙幣が掘り出されるから、なおうれしい。一度、前年の確定申告書類の中から一万円が出てきたことがあった。札は普通に財布に戻している。

僕には、いつか世界一周のクルーズ船に乗りたいという夢がある。世界一周をしたいのだけど、徒歩や列車など陸路での旅は、僕の弱さでは不可能だと思う。当然、海路も大変ではあるが、なんとか完遂できそうな気がする。そのためには、もっと駄目にならなければいけない。

冬を越すたびに

20211117　第221回　ウニについて　東京　晴

ウニという食材に、僕は人類が歩んできた歴史の重みを感じる。なぜ、あのトゲトゲの生物を食べようと思ったのか。トゲトゲを割っても謎のどろりとした物体が、しかも少量あらわれるだけの食材を、なぜ重宝したのか。結果的に食べられる食材だったからいいものの、同じような過程で人類が食べられない食材にあたってしまったケースがあったはずであり、おそらく命を落とした人もいるだろう。見た目だけで判断するなら、ウニからは危険が伴う雰囲気しか漂ってこない。しかし、長い歴史の中で誰かがウニを食べた。トゲトゲに悩まされながらもなんとか中身を取り出し、誰かが「旨い」と思った。これは人類にとって、ある種の達成である。「贅沢」とは、こうした好奇心と犠牲の上に存在している。

しかし、である。ウニを食べるたびに、ふと疑問に思うのだ。寿司ネタでは、ウニとサーモンとエビが好きなのだが、ウニは高級食材の部類に入るし、軍艦巻きの上にちょこっとしか添えられていないので、本当に旨い食材なのか判断する前にいつも食べ終わってしまう。旨い。たしかに旨い。だが、それは本当なのだろうか。希少性とあのなんとも言えないくせのある味に騙されているだけではないか。長年そう疑っていた僕は、数年前、北海道を旅行した際、そのモヤモヤに決着をつけることにした。

飛行機で北海道に着くなり、僕はすぐにウニ丼を食べた。出し惜しみせず、たくさんウニがのっていた。さすが北海道である。たしか六〇〇〇円くらいしたのだが、僕はウニの旨さを確かめるために北海道まで来たといっても過言ではないのだ。ケチなことを言っている場合ではない。夜には、インターネットで見つけた有名店でウニ丼を食べたし、海鮮市場でも新鮮なウニを食べた。五泊六日の滞在だったのだが、おそらく最低九回はウニを食したはずである。

ある居酒屋の店主が教えてくれたところによると、ウニには主にバフンウニとムラサキウニがあり、それぞれ旬が微妙に異なる。バフンウニは、オレンジ色っぽい見た目で旨味が濃厚、ムラサキウニは白っぽく、味のバランスが取れているのだそうだ。その旅行で両方食べることができたが、どちらかというとムラサキが僕の好みだった。バフンも、むろん美味であった。

つまり、北海道旅行で多大なるお金を払ってウニを食べまくった結果、僕は「ウニは旨い」という結論に達したのだ。今までちょっとずつしか食べてなかったけど、大量のウニをいっぺんに食べても旨いものは旨い。そしてどのような種類のウニも旨いのである。僕は人類の歴史に足跡を残すことができただろうか。ウニが好きなのに、本当に旨いかどうか疑念を抱いている人がほかにもいるかもしれないので、ここではっきり断言しておく。ウニは最高だ。九回も食べたのだから間違いない。

ウニはやはり旨い

20211118　第222回　読書の悦楽　東京　曇

言葉だけでつくられた世界に没頭する。それが読書のすべてだ。読書は、ほかにあまり見つけ得ないほどの多幸感を僕にもたらしてくれる。僕にとって読書は生きることと似ている。

読書にどれだけ救われてきたかわからない。あのとき、あの瞬間、あの本に出会わなかったら自分はどうなっていたのか。そんな経験が、読書家なら一度や二度は必ずある。「活字中毒」という現象は本当に存在する。僕がいまだに戦っているアルコール依存症の厄介なのは、アルコールを過剰摂取する行為によって社会生活に支障が生じることである（もちろん、それだけではない）。その点、活字中毒になっても社会生活が極端に破綻するケースは少ないし、そもそも僕は本を読むのが仕事のひとつなので、それでもある程度はいい。なんと素晴らしいことか。

書評は大好き

僕は書評の仕事をする際、その作品だけではなく、その作家のすべての著作を読む。著作が膨大な場合は断念するときもあるが、なるべくそのルールを守ろうと思っているし、時間に余裕があれば、関連した別の著者の本にも手を伸ばす。そんなことをしていたらギャラに見合わないのではと思うかもしれない。しかし、そうやって全著作を読破した作家が増えることにより仕事の質は高まるし、次に同じ作家の著作を書評する際、代表作を読み返すだけでも質が担保できる。自分の中の引き出しが増えるため、全体の書評仕事によい影響が生じる。目が鍛えられる。書評以外の仕事、たとえばラジオ番組で本について語る内容にも多様さと深みが出る。

そしてなにより、僕は読書が大好きなのだ。アルコール依存症と診断されたとき、医師から「ほかに夢中になれるものを探しましょう」と言われた。これはもう読書しかあり得ないと思った。もともと読書には没入感を覚えていたが、酒をやめればより一層、本に没頭できるかもしれない。読書は僕にとってアルコールと同じくらいの悦楽を与えてくれる。よし、これからはさらに読書に励もう、と医師の助言を聞いて思った。実際に活字中毒になった僕は、それ以来、酒を一滴も飲んでいない。

素晴らしい作品に出会うと、まだ素晴らしい作品に出会いきれていないことを思う。人生の有限性を思う。しかし、読書の悦楽を知っている僕にとって、それはある種のやり切れなさを抱かせる同時に、希望でもあり得る。書物の世界は有限な生にとって、ほぼ無限の広さを有する。没頭しても枯渇することのない世界があることがうれしく、とても感謝している。

20211119　第223回　大学を卒業できない夢　東京　晴時々薄曇

昨日からそこはかとなく体調が悪かった。暖かくして眠れば治ると思った。しかし、起きた瞬間もまだ体調が悪かった。「しんどいから今日は学校を休もう」。そう考えたが、僕は三九歳なのであった。

いつまで見るのか

「単位が足りなくて大学を卒業できない夢」を見るという人は多い。僕もつい最近、似たような夢を見た気がする。僕は案外、要領がいいところがあって、大学四年生の頃には卒業論文以外の必要な単位はすべて取ってしまっていた。本当は卒論を出すだけで卒業できたのだけど、もったいないと思い、興味がある講義をいくつか取った。しかし、要領がよくてもそこは愚か者の僕である。だんだんと足が遠のいたり、講義は聴いていたけど、テストは受けなかったりで、結局は卒論だけに集中することにした。

卒論は、中原中也についてである。詩人の故郷、山口県の湯田まで「青春18きっぷ」を使い、取材という名の観光をするなど、呑気なものだった。ところが、卒論提出の直前になって、本当に単位が取れているのか不安になってきた。必修科目や選択科目などなど、なにしろややこしいのである。たとえば全体の単位数は足りていても、「○○科目」の単位が不足していれば卒業できない。今はそんなことないと思うが、学生課に相談したらけんもほろろに扱われてしまった。何度も計算したのでたぶん大丈夫なはず。そんなモヤモヤを抱えながら卒論は無事にとおり、卒業通知をもらったところでようやく一安心した。

あのときのことがトラウマになっているせいか、いまだに「大学を卒業できない夢」を見る。卒業して一七年。今、この文章を書きながら思ったのだが、僕は本当に卒業できているのだろうか。卒業式にもちゃんと出席し、社会人になってから卒業証明を取りに行ったこともあるのだから間違いないと思うのだが。あまり考えすぎるとまたあの悪夢を見てしまいそうなので、これ以上、考えるのはもうやめにしたい。

20211122　第224回　僕が走った　東京　曇時々雨

赤子がやった。僕が走った。赤子（一歳六か月）はとにかく悪戯好きで目が離せない。今日も朝から活発に動いていた。僕と妻はリビングで赤子を見守りながら、いろいろと作業していた。ほんの一瞬だった。目を離した隙に、赤子が椅子によじ登ろうとして転けた。たまにあることなので気をつけてはいた。今回は打ちどころが悪かったようで出血した。どうやら口の中を切ってしまったらしい。慌てて確認した。歯が折れたり、大きな傷ができたりしている形跡はなかった。赤子は大音量で叫び、泣き止まなかった。僕と妻はパニック状態になってしまった。

僕が赤子の状態を再確認し、その間に妻が近くの小児科に電話をかけた。すぐに来院してほしいとのことだった。家から徒歩一〇分の病院である。僕と妻はほとんどパジャマ姿のまま病院へと急いだ。

あぷあぷあぷあぷ

念のため用意した赤子グッズ（保険証やおむつや飲み物など）を妻が持ち、僕は赤子を抱きかかえた。小走りで病院までの道を先導する妻、それを追う僕。そのときはとても言い出せなかったが、僕は倒れそうだった。赤子が重い。すでに一二キロ近くあるのだ。一方、赤子はというと、いつのまにか泣き止み、「あぷあぷあぷ」と僕の腕の中ではしゃいでいた。マスクをしていて息がうまく吸えない。

赤信号に引っかかった。妻は焦り、僕も焦っていたが、倒れたら赤子も危ないので僕はしゃがみ込んで待った。まもなく病院に着き、妻と赤子は診察室に入った。僕は待合室の椅子に座った。息が上がって苦しかった。準備運動もしないまま赤子を抱えて走ったため、貧血っぽい症状を起こしていた。僕はたまらず椅子のうえに横たわった。親切な受付の女性が「大丈夫ですか？」と声を掛けてくれた。
結果、赤子は口の中を少し切っただけで無事だった。本当によかった。あまり無事ではなかった僕は血の気が戻ったあと、「マスクを取り、外の空気を吸ってきたほうがいい」と助言され、そのとおりにした。医師は「これから成長すると、もっと活発に動くようになるので注意してあげてください。帰ってから様子がおかしかったら、またすぐに来てくださいね」と言った。むろん赤子のことである。

むろん僕ではない

帰り道は「よかった、よかった」と夫婦で言い合いながらゆっくり歩いた。「○○君、しっかり見ていなくてごめんね」と謝る妻に、赤子は「あぷあぷあぷ」と答えていた。その後、赤子は元気である。家で心配そうにして待っていた愛犬ニコル（三歳二か月）を撫でながら、「体力をつけるために、散歩を長めにさせてね」と僕は言った。

20211124　第225回　文学フリマ　東京　快晴

昨日は、東京流通センター第一展示場で開催された「第三三回文学フリマ東京」に行ってきた。文学作品の展示即売会で、一般商業流通には乗らない作品も集まる。文学フリマに初めて行ったのは二〇〇三年、青山ブックセンターで開催された第二回目のイベントだ。僕は大学三年生だった。当時はホッチキスでとめただけの冊子も多かったと記憶している。今は小ロットの製本が比較的容易になり、お洒落なデザインの雑誌やＺＩＮＥがたくさん出展されている。今回は久しぶりの来場となった。

見たいブースがたくさんあったのでなるべく早く行こうと思っていたが、いつもの段取りの悪さが災いしてしまい、到着したのはイベント終了一時間三〇分前の一五時三〇分ごろ。まずは、「早熟な晩年 中原中也試論（一）」を寄稿した文芸誌『ししし４』（中原中也特集）が販売されている「双子のライオン堂」のブースに行った。ブースでは、この連載の「第一五七回 父と中原中也」を大幅加筆修正した「第一五七・五回 父と中原中也（二）」（本書に第一五七回として収録）とブックガイドを収録した小ペーパーを、三〇枚限定で配布してもらっていた。店主の竹田信弥さんに訊くと、その時点でもう残り三枚になっていた。ありがたい限りである。

そんなこともあろうかと、僕は自分で二〇枚ほど印刷して持参していた。もしほとんど手に取られていなかったら恥ずかしいので持参したのはなかったことにしようと思っていたのだが、残り三枚と訊いて僕は堂々と、「実は持ってきていますよ」と竹田さんに告げた。追加した小ペーパーも無事に旅立っていった。

『しししし４』も一〇〇冊以上売れて、大好評とのことだった。僕は竹田さんに「小ペーパーの文章、読みましたか？」と訊いた。竹田さんは「忙しかったので、まだ読めていません」と笑顔で答えた。さすがは竹田さんである。ダンゴムシを見つける達人ではあっても、段取りは僕と同じで悪い。読んでいないのをいいことに、僕はまた堂々とした態度で「名文ですから読

久々のイベント

んでくださいね」と言った。竹田さんは剣道三段である。

次に読書会についてのエッセイ「「わからなさ」を共有する空間」を寄稿した、リトルプレス『日々の読書会通信 vol.3』を販売するブースにあいさつに行った。ここではリトルプレスを持った僕の写真を撮ってもらって、ツイッターに投稿してもらった。僕は信じられないくらい虚な目をして写っていた。我ながら最高だ。

TBSラジオの深夜番組「文化系トークラジオLife」でよくご一緒していた作家の海猫沢めろんさんと批評家の矢野利裕さんのほか、歌人で漫画家、イラストレーターのスズキロクさん、作家の友田とんさん、歌人の伊波真人さんともお会いできた。また、面識がなかった小説家の太田靖久さん、著作『うろん紀行』(代わりに読む人)が話題になっている作家のわかしょ文庫さん、ライター、書評家、インタビュアーの長瀬海さん(長瀬さんとは、オンラインイベントをご一緒したことがある)ともお話できたのがうれしかった。

小説家の太田さんには、『犬たちの状態』(太田靖久=小説、金川晋吾=写真、フィルムアート社)の感想をお伝えした。緊張してうまく言葉にできなかったのが心残りだが、「犬ですよね」「犬ですよ」「〇〇さんも犬ですよ」「おお、そうですか」「〇〇さんも犬です」「なんと」「やっぱり犬ですよね」「やっぱり犬です」と犬の話で盛り上がった。太田さんは愛犬ニコルのことを可愛いと言ってくれて、僕はご満悦になってしまった。

「犬ですよ」

文学フリマ、なんて素晴らしいイベントなんだ。楽しすぎる。今回は「接触確認アプリ」の提示を求められるなど、新型コロナ対策を行ったうえでの開催となった。徐々にだが、日常が戻りつつある。文学に限らず、さまざまなイベントが安全に開催できる世になってほしい。以前のように愛犬家のイベントにも行きたい。

20211125　第226回　育児について　東京　侠晴

僕は赤子が好きだ。マイ赤子だけではなく、赤子という存在自体が好きである。しかし、「育児が楽しい」と無神経には言えないな、という思いもある。いくら頑張っているつもりでも、どうしても妻に頼る部分が大きくなってしまう。そして僕は「育児」について、いろいろ思い違いをしていた。

赤子が生まれる前に思っていた育児とは、今思えば「教育」と呼ばれるものであった。たしかに教育も大切なのだが、とくに子どもが小さい時分には、それはプラスアルファのものであると実感した。泣き叫ぶのをあやす、食事をとらす、おむつを替えまくる、お風呂に入れる、寝かしつける、異変があれば病院につれていく。そういった日々、発生する現象にとにかく対処しなければならない。まずは赤子と一緒に生活するうえでの土台を確保し、そのうえで自分のこと（仕事など）を着実にこなしていかなければいけないのだ。

そんな当たり前のことに、赤子が生まれる前の僕は気付いていなかった。知育玩具を探す、教育法の勉強をする、みたいなことばかりしていた。赤子が少し成長すると、今度は動き回るようになる。目が離せなくなる。主張が強くなって、ぐずり始める。大人のように「今は放っておいてほしい」という時間がほとんどない。さまざまな課題を解決していく「する（do）」だけでなく、ただ単に赤子の近くに「いる（be）」ことも重要だ。いや、慣れるとそこそこなせるようになってくる「do」よりも、「be」のほうがある意味で大変だと言えるかもしれない。ひとりで「be」の状態でい続けるのには、かなりの根気がいるし、注意力が求められる。たとえば小学生の甥がいてくれるだけでも、かなり「be」が楽になる。

「be」の大切さ

僕は赤子と遊ぶのが好きで、歌ったり、踊ったり、本を読み書かせたりしている。楽しい。しかし、それは妻が土台をしっかり守ってくれていて（もちろん僕もしているが）、赤子に「be」の安心感を与えてくれているからだ。ひたすら「do」をしながら「be」でもあり続ける。育児は大変である。だから、頑張っているつもりでいても、「育児が楽しい」とは大手を振って言うことはできない。しかし一方で、育児が「つらい」「大変」だけのものと言い切るのにも違和感がある。育児によって自分も成長している。赤子に対しても、妻に対しても、そして同じ家族である愛犬ニコルに対しても、他者の気持ちを想像し続けることをやめない人間になりたいと思う。そういう意味では「育児は大変だし、楽しい」。

最近は仕事が立て込み、妻に任せっきりになる時間が増えてしまっていた。一日中ずっと僕が赤子と犬を見ている日を増やしたい。妻に時間があるなら、ひとりで出掛けて気晴らしをしてほしい。親が気晴らしするのも「育児」には大切だと思う。もちろん四人（一匹を含む）でお出掛けもしたい。

20211126　第227回　二代目・朝顔観察日記(八)　東京　快晴

寒い日が続いている。この季節になぜ朝顔？と思うかもしれないが、朝顔の種の収穫時期は、一一月下旬ごろまでとされているのだ。そしてまさに一一月が終わりそうな今、種はまだとれていない。一代目の朝顔が強風で崩壊し、二代目の観察日記が始まったのが八月一二日。その後、ブランド朝顔の種を蒔いたつもりがキノコが生えたり、発芽したのにあえなく滅びたりしながらも、高速道路のパーキングエリアで売っているような素朴な朝顔の種が発芽し、花を咲かせたのが一〇月五日のことだった。ただ朝顔を育て、観察しているうちに、早朝の東京の街が青いという事実にも気がついた。ただ朝顔を観察しているだけでもいろいろなドラマが起こるものである。来年はぜひ読者のみなさまも挑戦してみてほしい。

とはいえ、種を収穫しないままで、この「朝顔観察日記シリーズ」を終わらせるわけにはいいかない。こんなにも僕の生活に彩りを添えてくれた朝顔に失礼である。途中で滅んでしまった朝顔たちにも顔向けできないではないか。種がとれなかったらとれなかったで、それを読者のみなさまや滅んでしまった朝顔たちに報告すればいいのだが、諦めるのにはまだ早い。

つい一週間ほど前まで朝顔は花を咲かせていた。もちろんそれまでに散った花もあり、実が膨らんできていた。この実が茶色くなってきたら、種の収穫は近い。しかし、ずっと緑色のまだった。それはもう鮮やかな緑色だった。緑色をこんなにも小憎らしく思ったのは生まれてはじめてである。

ところが、である。今朝、いつものように朝顔に水をあげていると、実の緑色がやや薄くなっているのに気がついた。茶色……ではないのだけど、薄黄緑色とでもいうのだろうか。実の色に変化があった。

もうすぐ種の収穫

小学生のころ、あまりにも勉強ができず、特技がひとつもない僕のことを担任の先生は、「眠れる獅子」と表現してくれた。今でも相変わらず眠ったままだが、来年の三月には四〇歳になるため、そろそろ起床しようと思っている。そんな僕に似て、高速道路のパーキングエリアで売っているような素朴な朝顔も寝坊助なのであろう。きっと一二月中には獅子から見事な種が収穫できると僕は信じている。

20211129　第228回　本の片付けについて(三)　東京　薄墨時々晴

もうすぐ一一月が終わる。師走が訪れる。大掃除の季節である。そして、僕の部屋は本で溢れかえっている。一度は片付けたつもりだったのだが、大掃除とは関係なく整理しなければならない。たびたび書いているとおり、蔵書の整理にはいつも頭を悩ませている。本棚を増やすスペースがなく、床に積むスタイルもすぐ崩壊するため僕はカラーボックスを購入し、種類ごとに分類して収納することにした。その数四二個。素晴らしいアイディアだったものの、今度はカラーボックスで足の踏み場がなくなり、次はコンテナボックスでの収納を試みたのだった。

これで少なくとも一時期は部屋が散らかることはなかった。何度か地震があったけど、僕と違って強固なボディのコンテナボックスはそれにも耐えた。ところが、それからさらに蔵書が増え、コンテナボックスの上に本を積むスタイルになってしまった。かくして今、部屋は超絶に汚い。もはや日常となったリモートでの打ち合わせや取材は、背景をぼかすという最先端のテクニックのおかげで乗り切っていた。しかし、もう限界である。コンテナボックスの上に積んだ本が崩壊し、足の踏み場がなくなっている。新しく購入した本や、献本いただいた本を見つけるのにも一苦労だ。僕は意を決してコンテナボックスを二個追加で注文した。合計九個。費用がかさんでいく。こんなことなら潔くトランクルームを外に借りればよかった。部屋自体がトランクルームとなってしまった。僕はトランクルームで仕事をしている。追加購入した二個のコンテナボックスは、段ボールの箱を開けないまま、一か月以上も僕の部屋にのさばっていた。ついに重い腰を上げ、あらためて本格的に蔵書を整理し始めたのが昨日のことである。

とくに増えたのが、詩歌についての蔵書である。「詩歌（日本、海外を問わない）」というジャンルに収納していたのを、「詩歌（日本）」「詩歌（海外）」とふたつに分類し直す必要があった。中原中也をもっと知ろうと、二〇一二年に山口県の中原中也記念館で開催された特別展の図録まで取り寄せてしまった。なんなら中也だけでもボックスを一個使ってしまいそうで恐ろしい。まだまだ「本の片付け」は途上である。今週中にはなんとか終わらせたいと思っている。しかし、また腰を痛めてしまえば、日常が停滞してしまうので塩梅がむずかしい。唯一の慰めは、今回も「駄目貯金」が快調に増えたことであろうか。なぜか五〇〇円硬貨が多く、すでに三〇〇〇〇円以上は貯まった。駄目さはいつも僕を窮地から救ってくれる。六〇〇〇〇円を目指したい。

20211130　第229回　今日は何の日　東京　晴後一時曇

今日は一一月の最終日である。僕にとっては、というか読者のみなさんにとっても、二〇二一年一一月三〇日である。一一月は語呂合わせによる「〇〇の日」が多く、「いい夫婦の日」（一一月二二日）や「いい肉の日」（一一月二九日）がある。一一月三〇日は「いい本みりんの日」だという。本みりんには申し訳ないが、これはちょっと語呂合わせとしてピンとこない。

巨視的な視点で考えれば、どんな日も何かが起こった日である。何らかの歴史的な出来事が過去に起こった日であり、そういう事実を調べるのは面白い。一一月三〇日を調べてみると、一八一四年の今日はフランツ・シューベルトがゲーテの詩による「羊飼いの嘆きの歌」を作曲し、一八七二年には、史上初のサッカー公式国際試合（イングランド対スコットランド）が行われたりしている。一九七七年にはアメリカ空軍基地として使われていた「立川基地」（東京都立川市など）が全面返還されたそうだ。僕が生まれる約四年前の出来事だが、近隣の東京都福生市で生まれ育ったので、前述のものより身近に感じる。福生には、今も「米軍横田基地」がある。

子どもの頃、歴史的な有名人の生まれた日を掲載した本を読んだことがある。その本は手元にない。しかし、僕の誕生日には、子ども心をわし摑みする、子どもでもわかりやすい有名人や偉人が載っていなかったことを覚えている。そんな話を今朝、妻としていたのだが、妻はなんと、ベーブ・ルース、ボブ・マーリー、アンパンマンと同じ誕生日（二月六日）であるという。

これはとんでもない歴史の悪戯である。なんということだろうか。ベーブ・ルースとボブ・マーリーとアンパンマン。おおよそ考え得る組み合わせとして、こんなに完璧なものはない。フィクションとしても、ここまで最高の組み合わせを思い付くことはできないと感じるくらいでき過ぎている。ましてやＡＩ（人工知能）なんぞには、この絶妙なニュアンスの組み合わせは絶対に導き出せないだろう。僕はとんでもない人物と結婚していたのである。ベーブ・ルースとボブ・マーリーとアンパンマンと妻。

悔しくなり、僕はあらためて自分の誕生日である三月一六日を調べてみた。すると、フィギュアスケート選手の髙橋大輔さんが同じ誕生日だと判明した。これはうれしい。しかし、髙橋さんは一九八六年生まれで、僕より四つ歳下である。僕が髙橋さんと同じというよりは、髙橋さんが僕と同じだと言ったほうが正確かもしれない。これからも髙橋さんを応援したいと思う。

年下の髙橋さん

202112

20211201 第230回 書籍化 東京 晴一時雨

今日は珍しく朝早く目が覚めた。早朝五時三〇分。外は激しい土砂降りである。と思ったら、八時前くらいから雨がぴたりと止んだ。でも今にもまた降り始めそうな空が広がっている。予報を見ると、昼前には晴れ間がのぞくという。本当だろうか。まるで僕みたいな天気である。

「モヤモヤの日々」の書籍化が正式に決まり、作業を開始することになった。二〇二二年夏頃に刊行という、ちょっとモヤモヤとしたスケジュールとなっている。そして、この連載は今年一二月三〇日で終了する。これまで二三〇回も「平日、毎日一七時公開」の約束を破らず続けてこられたのは、ひとえに読者のみなさまの応援のおかげである。心から感謝している。

あと三〇日後に終わると思うと、寂しさもある。僕は、連載のイメージを編集部に伝えるために必要だった開始時の数回を除き、原稿のストックをためるなんて野暮なまねは一切せず、毎日こうやって書き続けていたのである。提出がギリギリになる日もあり、編集の吉川浩満さんには何度もご迷惑をおかけした。そんな日々が幕を閉じるのだから、寂しくないはずがない。

しかし、言葉だけでつくられた世界は、いつか必ず閉じられなければならない。閉じられるからこそ、何度でも出会い直すことができるのだ。僕も読者のみなさまも吉川さんも、何度でもこの日々に戻ってこられる。残りの日々を、僕はより見て、より聴いて、より感じて過ごし、書き記していきたいと思っている。こうなったら、路傍に生えている謎の雑草にまで感性を傾けようと意気込んでいる。こんなふうに書くとなにかのフラグが立ってしまっているようだが、僕はこれから少なくとも倍の歳を重ねていきたい。まだ生きていたのか、と呆れられたいのだ。

僕の日々は続いていく。

年末に消える宮崎

現在、朝八時三〇分。吉川さんが約束を破らなければ、あと三〇分で晶文社から「年末の連載終了と単行本化作業開始のお知らせ」が発表される。だが、僕は眠いのである。寝たら怒られるだろうか。この連載についてとは特に明記しないまま、昨夜、「明日一二月一日の朝九時頃(予定)に、重大発表、告知があります！　みなさま、宜しくお願いいたします」と僕はツイートしてしまった。晶文社からのリリースを読めば、「このことだったのか」とわかるはずだとは思うが、僕のツイートだけチェックしている方には不案内になってしまうのではないか。リリースページの公開URLはすでにわかっている。予約投稿を設定しておこうかな? とも考えた。しかし、僕はいい加減な性格のくせに、変なところで妙に生真面目なのである。やっぱり起きておこう。たぶん。そう思いながら原稿を書いていたら、八時四〇分になった。あと少し。

　みなさんがこの原稿を読むのは、今日の一七時以降である。どんな一日だっただろうか。最近は日が落ちるのが早いから、すでに外は真っ暗であろう。家の中やデスクの前で読んでいるかもしれないし、帰宅時の電車の中で読んでいるのかもしれない。きっと今日もなにかにモヤモヤしたはずだ。人間は生きている限り、生活をしている限り、絶対になにかにモヤモヤする。「モヤモヤ」とは、今を生きることである。だからこの連載が存在する。

　朝九時になった。おかしい。リリースが発表されない。僕は二分ほど待ってみて、吉川さんに連絡した。「すみません。うっかりしていました!」。慌てた吉川さんから返信がきて、一分後の朝九時三分にリリースページが公開された。予約投稿にしないで本当によかった。

20211202　第231回　ロケちゃんのぬいぐるみ　東京　快晴

　この連載の最大のライバルだと密かに意識している作品がある。イラストレーター、漫画家、歌人のスズキロクさんによるエッセイ四コマ『よりぬきのん記』だ。ぬいぐるみと布団が大好きな「妻」と、ぬいぐるみに厳しく、常に忙しく働いている「夫」の、のんきな毎日を描いた漫画で、なんと当連載のルールである「平日、毎日公開」どころか、土日も祝日もTwitterで公開されている。しかも『よりぬきのん記』は、すでに二〇一九年版と二〇二〇年版の二冊が出版されていて、ライバルだと書いたけど、当連載のほうが後発なので先輩格にあたる。

その存在を知らない人がいても無理はない。なぜなら『よりぬきのん記』は、鍵付きのTwitterアカウントで公開されているからである。なんということだろう。休まず毎日、それもフォロワー一一八人の鍵付きアカウントで続けているなんて、カッコよすぎるではないか。「平日、毎日公開」を褒めてもらうたびに、僕は『よりぬきのん記』の壮大さに思いを馳せている。

さて、そんなロックなスズキロクさんは僕の友達で、親しみを込めて周囲からは「ロクちゃん」と呼ばれている。ロクちゃんは僕と妻に赤子が生まれたことをとても喜んでくれて、お祝いにぬいぐるみを贈ってくれた。JELLYCATというブランドの茶色い犬のぬいぐるみである。このぬいぐるみは愛犬ニコルに色も大きさもよく似ている。

僕は子どもの頃、ぬいぐるみにはあまり興味を示さなかった。しかし、妻はロクちゃん同様、「ぬいぐるまー」（ぬいぐるみが好きな人をそう呼んでいる。調べてみると、大槻ケンヂ率いるパンクバンド「特撮」に「ヌイグルマー」という楽曲がある）だ。僕はぬいぐるみに愛着を持つ「ぬいぐるまー」の感性がうらやましいと思った。赤子にもぜひ「ぬいぐるまー」に育ってほしい。そう思い、ロクちゃんからもらったぬいぐるみを〇歳の頃から赤子の横に置いておいた。

妻によると、「ぬいぐるまー」は自分でぬいぐるみに名前を付けるという。ロクちゃんのぬいぐるみにも勝手に名前を付けず、赤子が名付けるまで待つことにした。なので今は暫定的に「お友達」と呼んでいる。

はじめはほとんど視力がないし、物と自分との区別もつかない状態だった赤子も、そのうちお友達を認識し始め、触ってみたり、叩いてみたりしだした。抱きしめて眠るようになり、顔をうずめて遊ぶようにもなった。赤子がまだ八か月だったとき、コロナ禍で自粛ばかりしているストレスを発散するため、犬も泊まれる都内のホテルに「巣篭もり旅行」しに行った。その際、お友達を家に忘れてしまい、「ぬいぐるまー」の妻は大層、気にやんでいたが、そこはまだ八か月の赤子である。二泊三日の旅行中にぐずることはなかった。しかし、家に帰ってお友達を発見するなり、赤子はそれまで見たこともないような笑顔をしてお友達を抱きしめた。

赤子は着々と「ぬいぐるまー」として成長しているようである。お友達は赤子の寝かしつけに大活躍している。赤子が寝た後は、寝返りをうってベビーベッドの柵に頭をぶつけないよう、赤子の頭と柵との間にお友達を置いている。なんて優しく、献身的なお友達だろうか。

今のところ、赤子はお友達に名前を付けていない。まま、まんま、あまま(バナナのこと)、ねんねなど、まだ数語しか喋れないのだから当たり前といえば当たり前だ。でも僕が思うに、もう心の中では名前で呼んでいる気がしている。明らかにお友達を「友達」として認識しているからである。コロナ禍の影響と、保育園に行っていないこともあって、赤子には同世代に友達と呼べる存在がまだ少ない。先日行ったキャンプで一緒に遊んでいた友赤子くらいである。

でも、赤子にはお友達と犬がいる。僕は「ぬいぐるまー」ではなかったし、実家で犬などのペットは飼っていなかった。お友達と犬と一緒に遊ぶ赤子の感性を、僕はうらやましく思う。

先ほど、赤子にお友達の名前を訊いてみた。以前、訊いてみたときには、「あちゃ」だったが、今日は最近の口癖である「くかぁっ」と言っていた。名前を教えてくれるのは、もう少し先になりそうである。

20211203　第232回　電話で伝える氏名の漢字　東京　俠晴

電話で氏名の漢字を伝えなければいけない場面がある。伝えなくていい場合もあるが、サービスへの予約や公共機関に電話するときなどに発生しがちだ。これについて僕は一家言ある。

この連載の担当編集である吉川浩満さんで考えてみた。比較的簡単なのではないかと思いきや、一文字目でちょっとだけややこしい事態が生じる。「吉」と「𠮷」は間違えられやすい。「𠮷」が常用漢字で「吉」は新字であり、「吉」のほうが一般的なのだけど、この説明は僕も原稿のために調べてわかったことなので、伝え方としては不親切に感じる。僕なら「「きち」という字の、下が短いバージョンです」と言うと思う。「川」は「三本線」「川の字」ですみそうだ。「浩」は「さんずいに告白の「告」」、「満」は「「みちる」の漢字」で伝わるだろうと踏んでいる。

202112　450

宮崎あおい

　さて、僕こと「宮崎智之」だが、自分の名前については、これまで幾度となく伝え方をアップデートしてきた。宮崎の「崎」は、「﨑」「嵜」「㟢」など意外といろいろなバージョンがある。宮崎あおいさんは、いわゆる「たつさき」の「﨑」である。しかし、これについてはややこしいことを言わずに、「宮崎県の「宮崎」」が一番伝わりやすい。弱点は、僕が宮崎県に行ったことがないのが後ろめたく感じるくらいだ。最も難儀なのは「智」という漢字である。「「知る」の下に「日」」と説明しても、たまにイメージがわかない人がいる。「美智子様の「智（ち）」で「とも」と読みます」と伝えていた時期もあった。しかし、恐れ多い気がするし、ちょっと大袈裟な伝え方のようにも感じていた。最近では「上智大学の「智」」という技をあみだした。かなり有効であるのだが、相手が関東の人でないときは、すぐに頭に浮かばない場合もある。

　いずれにしてもこの三つのどれかを言えば、確実に伝わるのは間違いない。ビシッと一発で伝えるバージョンをこれからも追求していく。ちなみに「之（ゆき）」は「ひらがなの「え」みたいな漢字」で問題ない。

　この手の悩みは友人からもよく聞く。とくに「裕」「祐」「佑」の字を持つ人はモヤモヤするらしく、そもそも読み方も「ひろし」「ひろ」「ゆう」「ゆたか」などバリエーションが多い。「祐」の漢字を「しめすへんに「右」」「カタカナの「ネ」のような部首に「右」」と丁寧に伝えても、郵送物には「裕」と書かれているケースがあるという。なんとも難儀なことである。

今日のモヤモヤは語り出したら止まらなくなってしまう。興味本位で「斉藤」の「斉」のバリエーションを調べてみたら、頭がクラクラしてきた。「斉」「斎」「齊」「齋」だけでもややこしいのに、まだ種類があるらしい。一度、ある「斎藤」さんに訊いてみたことがあるのだが、「どの漢字を使われても気にならなくなった」と達観していた。そういう訳にはいかないだろうと思いつつ、カッコいいと思ってしまった。斎藤さんのご苦労に思いを馳せ、宮崎県と宮崎駿さんに感謝するのであった。

20211206　第233回　吾輩は僕である　東京　曇

吾輩は僕である。僕は文章を、一人称単数の主語で書くことにこだわっている。昔はそうでもなかったのだが、たとえば「僕たち」「私たち」「我々」といった主語はその範囲が明確ではない限り使わないよう、あるときから決めた。前著では「ぼく」という主語を用いた。「ぼく」がすべての責任を負いたいと思ったからだ。しらじらしく、恣意的な文章にはしたくなかった。

もちろん、文章の種類によっては一人称複数を使うのが作法の場合もあるし、表現によってはそっちのほうが馴染むケースもある。しかし、とくにエッセイやコラムでは、気を抜くと一人称複数の主語を無意識に使ってしまう。「たち」を特定しないまま使ってしまいがちになる。そうすると、なんだか人ごとのように感じてきてしまい、思ってもいないことを書いたり、文章の精度が下がったりすると気が付いた。一人称複数を使っている文章が駄目なわけではない。人それぞれ考え方は違うし、ただ単に僕が愚鈍で無責任な人間なので気を付けているというだけのことだ。レトリックとして「我々人類は」などと、大きな主語をわざと使ったりもする。

書評する際も、同様に気を付けている。自分の評は自分で責任を持ちたい。ところが、これは掲載される媒体にもよるのだが、「僕」や「私」という主語が馴染まない場合がある。だから、最近では「評者」という主語を使っている。「筆者」と書くのが一番しっくりくる一方、「著者」と見分けがつきにくいため（あくまで字面の問題だ）、今のところは「評者」で落ち着いている。最終的には、編集者の判断をあおぐことになる。

僕は僕でいいのか

僕がなぜこんな原稿を書いたのかというと、「僕」「ぼく」はいつまで使っていいのかと、ふと思ったからだ。もうすぐ四〇歳なのだから、よりしっかりしたイメージがある「私」を使うべきだろうか。この連載の主語は「僕」なわけだが、「私は犬と赤子が好きである」だったらどうだろう。ちょっと印象が変わってくる。「吾輩は犬と赤子が好きである」だと、それこそ夏目漱石の小説みたいになってしまう。

小生は筋トレが大嫌いだ。拙者の朝顔が、ついに咲いた。儂《わし》はこの前、ラジオ番組に出演したのだが……。どれもこの連載に出てきそうな文章であるのに、どうもしっくりこない。僕は普段、親しい友人には、「俺」という一人称を使っている。最近、俺がモヤモヤするのは、と書いてみたものの、やっぱり「らしく」ないなと思った。僕は僕のままでいいのだろうか。八〇歳になっても僕でいいのだろうか。

なんとも悩ましい問題だ。八〇歳まで生きることができてから考えればいいのかもしれない。しかし、すでにもういい年齢である。僕は僕であり続けていいのだろうか。哲学問答か尾崎豊の曲みたいになってきてしまった。ちなみに、愛犬ニコルは「あたし」という主語を使っているのではないかと、僕は勝手に思っている。「わたし」ではなく、「あたし」という感じがしている。夏目漱石の猫は「吾輩」だったけど、ニコルは絶対に違う。でも犬だから、「ワン」とか「ワゥッ」とか「クゥン」とかしか言わない。

20211207　第234回　風船トレーニング　東京　曇

コロナ禍で生じた身体変化のひとつとして、表情筋の衰えがある。単純に人と会って話す機会が減ったからだ。担当編集吉川浩満さんと原則、毎週土曜日に配信しているTwitterスペースで一時間話すと、表情筋が痛くなる。僕は自分の声があまり好きではない。ライターという職業は、ＩＣレコーダーに録音したインタビューの音源を聴く機会が多いので、結構なストレスになる。そういったこともあり、真面目な僕は以前から滑舌トレーニングに取り組んでいた。はじめはオーソドックスに、早口言葉に挑戦した。とくにサ行が苦手なことがわかった。しかし、慣れてきてしまうとおざなりになって、一音一音を意識しなくなってきてしまった。そして、これは僕が悪いのだけど、あまり面白くない。つまらないのだ。これなら僕の唯一の特技である詩の暗唱や、赤子への読み聞かせを増やしたほうが楽しく取り組める。でも、なにかトレーニングをしたい。なにかに立ち向かっている感覚がほしい。そんなとき、僕は出会ってしまった。「風船トレーニング」である。

りょんりょん先生

風船トレーニングとは、有名ボイストレーナーの佐藤涼子さん（通称：りょんりょん先生）が「情熱大陸」の公式YouTubeで紹介していたもので、風船を膨らませた状態で小刻みに息をしたり、発声したり、歌ったりするトレーニングである。しかも、りょんりょん先生は、僕が好きなボーイズグループ「BE:FIRST」のトレーニングを手掛けている。よし、決めた。僕は風船トレーニングをする。

早速、風船を購入した僕は、まずは小刻みに息をしてみた。思ったよりつらい。というか、つらすぎる。りょんりょん先生もやりすぎたら危険だと言っていた。しかし、珍しく根気強く続けたところ、だんだんと苦しさがなくなってきた。滑舌トレーニングとは少し違うかもしれないが、心肺機能を高める効果が望めるため、虚弱体質の僕に悪いはずがない。そして、いよいよ歌唱のステージへと進んでいった。

りょんりょん先生がお勧めしていた童謡「七つの子」(からすのうた)を、風船を膨らませながら歌った。最初は苦しかったものの、トレーニングのかいがあってか、一番の歌詞を歌い切れるようになった。もっと楽しめる曲はないだろうか。たまたまYouTubeで流れていた「DISH//」の「猫」という曲(作詞作曲あいみょん)が、歌うと気持ちよくなりそうだった。滑舌トレーニングをするはずが、いつのまにか気持ちよくなることを優先するようになっていた。我ながら危なっかしいやつである。

その「猫」も苦心を重ねた結果、一番の歌詞を歌えるようになった。ところがその後、体調を崩してしまったのを機に、長らく風船トレーニングをサボってしまっていた。昨日、僕は一念発起して、もう一度、風船トレーニングを再開する決意をした。あの歌うと気持ちがいい「猫」をもう一度。

宮崎、爆発する

当たり前だが、一番を歌い切るどころか、一節目で僕は爆発してしまった。歌詞に猫が出てくる前に大爆発し、口から風船が吹っ飛んだ。赤子はゲラゲラ笑いながら拍手をしてくれた。家ではいつも寝てばかりいる愛犬ニコルは、突然、野生が目覚めたように、見たこともない速さで机の下に逃げ去っていった。

20211208　第235回　コンビニのKさん　東京　雨

断酒する前は、行きつけのバーが何軒もあった。コロナ禍になる前は、毎週のように足を運ぶアパレルショップがあった。そして今、僕は家から数秒の場所にあるコンビニの常連客だ。

そのコンビニに、Kさんという店員がいる。Kさんは、おそらくアジア系だと思われる、痩せて日に焼けた二〇代前半くらいの青年である。少なくとも二年くらい、週数回は顔をあわせている。コンビニであいさつを交わす。もはや他人だとは思えない。店員以上、友達未満。

Kさんはとにかく仕事がよくできる。タバコを吸っていた時期は、「タバコをください」と言う前から僕の吸っていた銘柄に手を伸ばし、目配せで同意を求めてきた。僕はいつも頷いた。日本語はとても上手だが、数字を発音するのが苦手で難儀していたKさんに僕は以前から、「せんにひゃくごじゅうえん」などとゆっくり発音してあげていた。Kさんは、それを噛み締めるように復唱した。そのやりとりが恒例になり、僕とKさんは密かな心の友になっていった。

最近では、会計の際に言う値段の数字を、Kさんははっきりと発音している。基本的にレジ袋をもらう僕に、「袋は必要ですか」と訊くこともないし、電子マネー「QUICPay」で支払うのを知っているため、僕がスマホを取り出す前にリーダーを用意してくれる。赤子を抱っこしているときは、赤子に優しく微笑みかけてくれる。コンビニの前を通り過ぎる僕を見つけ、店

店員以上、友達未満

内から手を振ってくれたこともある。

僕はKさんについて、よく行くコンビニの店員だということ以外は知らない。Kさんもコンビニの常連客だという以外、僕が何者なのかまったく知らないと思う。Kさんは仕事ができるだけでなく明るく元気な性格なので、Kさんにコンビニで会うたびに元気になる。だからQUICPayで支払いを済ませたあと、僕は必ず「いつもありがとうございます」と言う。

コンビニはマニュアルによって効率化され、いい意味でどこに行っても同じだと思っていた。家からの距離でしか、コンビニを選ぶ理由はないと思っていた。無味乾燥だけど、便利な場所。そんな認識を覆してくれたのがKさんだった。とくに今は考えていないものの、仮に引っ越したとしてもKさんがいる限り、このコンビニに行きたい。そんなふうに思ったコンビニは、その店が初めてだった。しかし、いつかはお別れする日がくるのだろう。想像すると少し寂しい。

20211209　第236回　褒めて伸ばす　東京　晴時々曇

「褒めて伸ばす」の教育法については、いろいろと細かい議論があるのだろうが、少なくとも僕は褒めて伸ばしてほしいと思うタイプだ。もうすぐ四〇歳の僕が言うとモヤモヤさせてしまうと思う。僕もモヤモヤする。しかし、僕は今の今まで褒められないで伸びたためしがない。

あまりにも勉強をせず、特技もなかった僕を見て困った小学校の先生が、「眠れる獅子」と表

誰に似たのか

現したことは以前にも書いた。幼い頃、ファミコンをやっているだけでも親に褒められた。「あの智之がひとつのことに集中している」と。ただ単に、僕が駄目すぎただけだったのだろう。

赤子は妻に似て、僕より利発なタイプのように思える。しかし、誰に似たのか頑固で我がままで、すぐ拗ねる。それでも一度寝てしまえば、きれいさっぱり前にあった出来事や怒りを忘れてしまう。そんなところまで誰かにそっくりだ。一方、赤子が頑なに拒否し続けているのが、水や麦茶を飲むことだった。ミルクやジュースは飲むのだが、味がないもの、もしくは麦茶など甘くない飲み物には一切手をつけない。仕方ないから糖分オフのジュースを飲ませていた。とはいえ、いつまでもそのままのわけにはいかない。赤子用の麦茶を買ってきては失敗し、僕がそれを飲んでいたものだから、すっかり麦茶のファンになってしまった。こんなに美味しいものを飲まないなんてもったいない。それにキャンプで出会った友赤子（二歳）は、麦茶を飲んでいたではないか。そう考え、妻と協力して麦茶に慣れてもらえるよう一緒に工夫しだした。

はじめは麦茶を飲ませるたびに一口で嫌な顔をし、ストローマグを床に叩きつける有様だった。だが、そこは赤子である。少し間を置けば麦茶のことを忘れて、ストローマグを与えると一口だけ飲む。また床に叩きつける。それを続けているうちに麦茶の味に慣れるだろうと思いきや、同じ結果を繰り返すばかりでまったく成長がない。困ったものだと頭を悩ませていたのだが、僕はあることに気がついた。赤子が麦茶を一口飲んで床に叩きつけるまでに、わずか○・

五秒くらいの間があるのだ。

これしかない！　と思った。赤子にストローマグを与え、麦茶を飲んだその瞬間、僕は大袈裟に拍手喝采を送った。「すごい！　すごいぞ赤子!!」。すると、赤子は少し嫌な顔をしながらも、ストローマグを叩きつけずにニヤリと笑った。僕はすぐさまその成果を妻に報告した。そして赤子が麦茶を口に含んだ瞬間、妻と僕のふたりで拍手と称賛を送り続けた。頭のいい愛犬ニコルも横に座って参加してくれた。結果、昨日は一五〇ミリリットルの麦茶を、四分の三ほど飲んだ。二〇回くらい拍手喝采した。

今日も赤子は少しずつ麦茶を飲んでくれている。そのたびに拍手喝采している。妻と僕は、いつまで拍手喝采し続けなければいけないのだろうか。ちなみに僕はもう大人だし、フリーランスとしてひとりで働いているので、人に褒められる機会が滅多にない。だから最近では、「偉い！　偉い！　偉すぎる!!」とひとりで自分にシャウトしている。早く赤子が成長して、一緒に褒め合う仲になりたい。

20211210　第237回　短眠　東京　薄曇

最近、早起きする日々が続いている。早寝早起き、というわけではなく、どんな時間に寝てもたいていは四、五時間で目を覚ます。もともと僕はロングスリーパーで、八時間、ときによっては九時間ほど寝なければ体調が万全にならなかった。だから今のままでは睡眠不足のはずなのだけど、なぜだかそれでもすっきり起きられる。とくに体調が優れないということもない。歳を取ると睡眠時間が短くなると聞く。僕もそうなったのだろうか。いや、それにしても早すぎるのではないか。短眠の生活スタイルになるのは、老人になってからのようなイメージがある。僕はすでに老人なのだろうか。いずれにしても、今まで「寝つきが悪くて、ロングスリーパー」という最悪の体質で苦労していたため、「寝つきが悪くて、ショートスリーパー」になったならば、それはそれでよい気がする。そのぶん、いろいろなことができる。

助走でバテる

しかし、生来の段取りの悪さは一向になおらず、起きている時間が長くなったからといって、仕事や生活のあれこれがそれ以前より快調に進むというわけでは必ずしもなかった。集中力がないからだ。正確に言うと、集中力はあるのだが、集中するまでに時間がかかる。助走が人より長いのである。その悪癖は変わらず、たとえばこの「モヤモヤの日々」はだいたい二〇分くらいで書き上げているものの、書き始める気になるまでに一時間、長い日は二、三時間くらいかかる。人生とはつくづくままならないものだと思う。

とはいえ、日中の活動時間が増えたことには違いない。増えた時間でなにをやりたいのかと自分に問うならば、やっぱりそれは赤子と犬との時間を増やすことだった。赤子は今、急成長を遂げている。自己主張が強く、手がかかる。それも赤子にとっては成長の一部だ。つい最近まで、「あちゃ」とか「あぷあぷあぷ」とか言ってぼんやりしていただけだったのに、最近では走り回るし、隙を見て何かによじ登ろうとするし、親の言うことを聞かなくもなってきた。

今日も赤子が麦茶を飲むたび、喝采を送っている。仕事をしている途中でも、妻の拍手が聞こえてくると部屋から飛んでいき、拍手と称賛の言葉を投げかけ続けている。「すごい。偉い。天才だ。この赤子には天賦の才がある!!」と言いながら、リビングまでの道を駆け足で急ぐ。

そして、犬にもスキンシップを増やし、荒天で散歩ができないときには、部屋遊びを全力でやってあげている。実家の母から贈られた高級タオルは、ニコルがいくら噛んでも糸がほつれない優秀な高級タオルである。そのタオルで引っ張り合いっこをすると、犬は異常なほど喜ぶ。

ずっと片付け

そんななか、ちっとも進まないのが部屋の片付けである。少しは進んだのだが、あと二割くらいのところでずっと停滞している。短眠になり時間があるからといって、仕事や生活のすべてがスムーズに進むというわけではないのだ。部屋の片付けにも一、二時間の助走が必要なので、インターネットでエゴサーチしたり、音楽をヘッドフォンで爆音にして聴いたり。それが終わると、ようやく一時間ほど部屋の片付けに集中できる。僕はどこまで愚鈍な人間なのか。

昨日の夜も二時間くらい助走をしていた。ひととおり音楽を聴き終わり、よしやるぞ！となったところで心が折れた。眠いのである。僕は一連のことを妻に相談した。すると妻は「今日はもう寝れば?」と言ってきた。そのとき二一時。寝つきの悪い僕は、本当に眠れるのか自信がなかったが、ベッドに寝転がり、気付いたときには朝六時だった。九時間も寝ていた。もともと僕は九時間くらい寝るやつだったのだ。今日は快調にこの原稿を書いて、犬と赤子と遊び、これから部屋の片付けをする。僕はまだそこそこ若いし、睡眠はとても大切である。

20211213　第238回　赤子の習い事　東京　快晴

先週の金曜日、赤子と妻と僕とで、幼児教育の体験に行ってきた。僕は小学生の頃、習字教室でドラえもんばかり描いていて破門されそうになったり、母が勧めてくれたピアノの習い事を「死んだふり」して拒否したり、といった具合だったので、まさか自分が赤子の幼児教室に興味を持つとは思わなかった。人生とは不思議なものである。

赤子は保育園に行っていない。妻と僕はほとんど家にいる。同年代の赤子や幼児と一緒に遊んだ経験が少ないのがちょっとだけ心配だった。一番親しい友達は愛犬ニコルであろう（それと、ぬいぐるみ）。妻と僕も保育園には行っておらず、幼稚園に馴染むのに苦労した記憶がある。だからなにかを習わせたいよりは、同年代と触れ合わせたいという動機のほうが強かった。

もちろん、赤子ひとりで通うわけではない。保護者同伴である。音楽を取り入れた有名な教育法を行う教室を近所で見つけて、体験入学に申し込んだ。基本的には赤子ひとりにつき保護者ひとりの組み合わせで通うのが普通のようだったが、僕と妻とで体験に参加させてもらった。

教室に着くと、前の時間帯の赤子や親たちがちょうど帰り支度をしていた。簡単な手続きを済ませ、妻がベビーカーを折り畳んでいる間に、僕と赤子は教室に入った。視線が僕に集中した。前髪が長く、左髪のインナーが白髪になった怪しい人間、だと思われないように、僕は「本日体験にうかがいました。よろしくお願いします」と深々と頭を下げた。赤子に名札を付けているときに妻が合流した。同じ教室に通う保護者たちは少し安心したようだった。

うさぎピョン

早速、ピアノが鳴り響き、一連の習い事が始まった。僕は猛烈に参加したかったのだけど、やはり赤子ひとりにつき保護者ひとりを想定してカリキュラムが構成されている。ふたりがかりでやると赤子を甘やかしすぎてしまうし、だいいち身長一七八センチある僕が輪に入ってはかさばって仕方ない。そして、教室内に成人男性は僕ひとりしかいなかったのである。

僕は教室の端で見学していた。赤子は妻と手を繋ぎ音楽に合わせて行進したり、両手のひらを頭の上に置いて「うさぎピョンピョン」したりしていた。先生と母親がジェスチャーをして見せ、赤子がそれを真似していた。慣れた赤子は、自主的に「うさぎピョンピョン」していた。せっかくの体験入学なのに、壁にもたれかかって腕を組んでいるだけなんてもったいなさすぎる。僕も輪から外れた端っこのほうで行進し、「うさぎピョンピョン」もやってみた。たったひとりで頑張っていた。楽しかった。赤子も楽しそうだった。ただ、このクラスで赤子は最年少らしく、折り紙で手紙をつくってポストに入れに行く、などといった難しいことはできず、妻が赤子を抱えながらポストに投函させたりしていた。ほかの赤子は大したものである。

終わったあと、先生から「ちょっと年齢があわなかったようですから、小さいお子さんが多いクラスをもう一度、体験してみてはいかがでしょうか」と提案された。日程は年明けになってしまうが、それがいいと妻と僕は思ったので、先生にそう伝えた。僕は汗だくだった。「あの、妻ではなくて、僕が連れてくる日もあるのですが、大丈夫でしょうか？」と先生に訊いてみた。「もちろんです。今日はたまたまお母さんだけでしたけど、一年を通してお父さんと一緒に通われているお子さんもいるんですよ」と笑顔で答えてくれた。ちょっと変わった性格の先生だなあと思っていたがいい人である。向こうもそう思ってくれていたならいいのだが。

赤子は音楽が大好きである。帰ってからも、音楽が流れるとうれしそうにダンスしていた。赤子の体力は無尽蔵だ。僕は妻に「ねえ、すごく疲れなかった？　すでに全身が痛いんだけど」と訊いてみた。「平気だよ」と妻は答えた。来年は、赤子の習い事で体力が向上しそうである。

20211214　第239回　ビニール傘　東京　曇時々雨

自分は矛盾した性格の持ち主だとつくづく思う。すぐにものをなくす。片付けができない。なくしたものを探す時間が僕の人生になければ、もっと頭のいい人物になれていただろう。よく語学を習得するのに〇〇〇〇時間必要といったことを聞くが、それこそ第二外国語のひとつはものにできたかもしれない。その一方で妙に物持ちのいいところもあり、かれこれ一八年前、就職活動の内定記念に買った高級でない名刺入れをいまだに使っている。

　コロナ禍になってからほとんど使わなくなった名刺入れが、部屋の片付けをしていたら出てきた。本の山に押しつぶされていたため、ヘラで押し付けて焦げたお好み焼きのように平たくなっていた。カバンに入れて持ち歩いていたものの、やっぱり使う機会があまりない。カバンの中でペットボトルのお茶のキャップが緩み、水浸しになってしまった。今は干してある。

　自分が矛盾していると思うのは、名刺入れのようにずっと愛用しているものもあれば、あっさりなくなって二度とご対面できないものもある、ということである。ものによって、その差が激しい。すぐになくすものとして代表的なのは、ビニール傘である。本当によく消える。

今もなくしている

　しかし、ビニール傘にかんしては僕だけの現象ではない。日本洋傘振興協議会によると、洋傘の国内年間消費量は、推計で約一億二〇〇〇～三〇〇〇万本。そのなかにビニール傘がどれだけ含まれているかまではわからないが、僕は年間、最低でも三本は購入している気がする。

　ビニール傘は、取り間違えられたり、したりして、気づかない間に別物になっている場合がある。また、雨が突然降って持ち合わせがないときにコンビニで買うのは、だいたいビニール傘だ。取り間違えについては、柄の部分にシールを貼っておくと防げそうだけれど、その対策では置き忘れは防げない。住所や電話番号を記しておけば、連絡してくれる人がいるだろうか。

たぶんいないし、僕ならしないと思う。かくして、愛用のビニール傘は存在しないのである。

では、折り畳み傘や高級な傘を購入したら、なくさないで済むだろうか。ほとんどの人はそうだろうが、僕はなくしてしまう自信満々である。となると、年間三本か四本のビニール傘を買ったほうがコストパフォーマンスがいいということになる。しかし、資源の無駄である。そういえば今年の夏、日傘を買おうとして、まだ買えていなかったことを思い出した。晴雨兼用のお洒落な傘を買ったら、なくしたり、忘れたりすることもなくなるだろうか。怪しいものだ。

本日一三時現在、雨が降っている。今日は夕方から神保町にある晶文社に行き、編集担当の吉川浩満さんと一緒に連載の書籍化決定を記念したポッドキャストの収録を行う。吉川さんの傘を持って帰ってこないよう気をつけたい。

20211215　第240回　二代目・朝顔観察日記（完）　東京　快晴

ついに完結！

今日は素晴らしい朝だった。世界が昨日までとは少し違って見えた。朝顔の種が収穫できたのである。開花はしたものの、種まきが遅かったせいで本当に種が収穫できるかどうかは微妙だと思っていた。ただただ祈るしかなかった。

あるひとつの実が、緑色から徐々に薄黄緑色に変わり、しだいに茶色くなっていった。僕はこのひとつの実にすべてを託すしかないと思っていた。「エース」と呼んで、それはそれは大切に扱っていた。実は自然と種を弾き出すとのことだったが、直前にカットして収穫するのがベストだと、僕が読んだ資料には書いてあった。茶色くなった実を何度も触ってみた。不確かな感触がした。収穫するタイミングを間違うと、せっかく種をつけそうな実を台無しにしてしまう。僕はおっかなびっくり、毎日のように実を触っていた。

そして今日、いつものようにそっと実に触れてみたところ、表面が破れ、実から種が自然とこぼれ落ちてきた。その数六つ。手のひらにのせた黒い種を、しばし眺めていた。さまざまな思いが去来してきた。強風の日に避難させることを怠り、崩壊させてしまった一代目の朝顔。気を取り直して二代目を育て始めたものの、なぜかキノコしか生えなかったヘブンリーブルー。発芽はしたが、東京の秋空に大輪の大見得をはることなく滅してしまったブランド朝顔・団十郎。そして季節外れの種まきにもかかわらず花を咲かせ、種まで収穫させてくれた、高速道路のパーキングエリアで売っているような素朴な朝顔の種。僕は目頭が熱くなった。

死のうと思っていた。ことしの正月、よそから着物を一反もらった。お年玉としてである。着物の布地は麻であった。鼠色のこまかい縞目が織りこめられていた。これは夏に着る着物であろう。夏まで生きていようと思った。

太宰治の短編「葉」（新潮文庫『晩年』収録）は、このような書き出しで始まる。むろん僕は死のうとなんて思っていないし、どちらかといえば生に執着があるタイプである。しかし、収穫した六つの種を眺めていたとき、ふと太宰のこの文章を思い出した。僕はこの種を大切に保存し、来年の五月か六月に再び植えなければならない。そして同じように開花を見届けて、同じように種を収穫する。生きることは、そういった些細な繰り返しによって支えられている。

朝顔を観察する過程で、いろいろなことを学び、感じとった。まさか最後は人生に思いを馳せるとは思ってもいなかった。六つの種を収穫できた今も、いくつかの実が茶色くなり始めている。種を収穫するたびに、僕は明るい気持ちになるだろう。そして朝顔を観察した結果を文字だけで読者のみなさまに伝えるという、この謎の日記が連載終了までに無事完結できたことを、なによりもうれしく思う。

いろいろあったね

20211216　第241回　年末進行　東京　薄曇時々晴

年末である。出版業界には「年末進行」という言葉がある。印刷所などの関係で、普段より早く入稿しなければいけない。出版に限らずさまざまな業界で似たような現象があると思う。幸いなのか、幸いではないのかはよくわからないが、今年はもう差し迫った原稿の締め切りがない。この時点でなければ、今から依頼されることは、おそらくないだろう。ただ単に、僕が人気がないだけなのかもしれない。

一昨日は、担当編集の吉川浩満さんと、この連載の書籍化決定を記念したポッドキャストを晶文社内で収録した。昨日は、僕が論考「早熟な晩年 中原中也試論（一）」を寄稿した双子のライオン堂発行の文芸誌『しししし4』の発売記念トークライブ配信を行った。中原中也の詩「湖上」に曲をつけてリリースしている音楽家の小田晃生君、同誌に作品を寄せている詩人の佐藤yuupopicさんというおふたりの実作者をメインスピーカーに、「詩と音楽と中原中也」について語り合った。僕は司会を務めた。佐藤さんによる「湖上」のカバーリーディングは、思わず息をのむ美しさだった。

喋る仕事は、書く仕事とは別の筋肉を使う。連日の緊張で、昨夜から今日の午前にかけては、ふたつのイベントのことを思い出しながら、茫然と時間を過ごしていた。懸案だった部屋の片付けもおおかた終わった。思い返してみると、僕は一年をとおしてずっと片付けをしていた。

暇なだけでは？

この連載も今日の原稿が書き終わったら、あと一〇回の執筆で終了する。それが二〇二一年に残された仕事の、ほぼ全部である。蔵書をコンテナボックスに収納したおかげで狭くはなったが、部屋は整理された。僕はパソコンのキーボードを叩き、残り一〇回の原稿について考える。とくに特別なことはしないと思う。連載期間中ずっとそうだったように、ただただ目を凝らし、聴き、感じた日常の手触りを書いていくだけである。ネタをつくるために出掛けるほどの元気なんてもともとない。

年末なのに、まるで凪のなかにいるようである。妙な静けさに包まれている。たまに赤子と犬のじゃれ合う声が、仕事部屋に響いてくる。今年の年末進行は例年よりも穏やかだが、そのぶん鮮やかで、くっきりとした輪郭を僕に実感させようと求めてくる年末進行である。

20211217　第242回　懐かしさ　東京　曇時々雨

人間には喜怒哀楽といった区分け以外にも繊細で多様な感情がある。そのなかでも僕は「懐かしい」という感情がとても好きだ。過去を美化するわけではなく、ただただかつての出来事を懐かしむ。ほろ苦さも失敗した経験も、ときには反省や痛恨の念にとらわれながら振り返る。当たり前だが、いつかはすべてが過ぎ去った出来事になる。過去になる。だからこそ、現在を目一杯に生きたい。あらゆる記憶が過去になったとき、なるべく後ろめたさがないように、人を傷つけず、目の前の人を大切にしようと心がけていく。

ＴＢＳラジオの深夜番組「文化系トークラジオLife」のプロデューサー・長谷川裕さんは、『週刊東洋経済』二〇一四年八月二日号に掲載された連載のなかで、自身のことを「筋金入りの思い出マニア」と書いている。小学一年生の頃から、幼稚園時代を懐かしんでは涙ぐんでいたそうだ。「「現在」は思い出作りの材料にすぎない。しかし思い出のアルバムを充実させていくには、この「現在」のベストショットを撮り続けるしかない。そのためには、それなりに「絵になる」現在を用意していく必要がある。だから、日々の仕事だってつまらないものにしておくわけにはいかない」。僕は、そんな長谷川さんの考え方が大好きである。

小説家・吉田修一の最も優れた作品は、長崎の高校水泳部員たちの夏を舞台にした「Water」(文春文庫『最後の息子』収録)だと思っている。「Water」には以下のような、忘れがたい美しいシーンが描かれている。

「フラれたとか?」

とおじさんが、声をかけてきた。ボクは返事もしないで運転席の後ろの席に座った。真っ暗な県道にぽつんと光るバスの中で、じっと自分の手を眺めていた。運転席に戻ったおじさんが、エンジンをかけながら、

「坊主、今から十年後にお前が戻りたくなる場所は、きっとこのバスの中ぞ! ようく見回して覚えておけ。坊主たちは今、将来戻りたくなる場所におるとぞ」

と訳の分からぬことを言っていた。

もちろん、僕にはこのおじさんの気持ちがよくわかる。このシーンを読んでから、街で青春を謳歌している若者を見るたびに、同じことを言いたくなる衝動に駆られるのを、なんとかお

さえている。しかし、その真っ只中にいる人にとっては「今、将来戻りたくなる場所」にいる実感を抱くのが意外と難しい。

来年三月に四〇歳になる僕も、高校生からみれば歴とした「おじさん」である。だが、僕は思うのだ。バスの運転手のおじさんにも、「将来戻りたくなる場所」がかつてあったからこそ、そのことを教えたのだろうと。そして、ほかならぬおじさんにとっても、運転席の後ろに乗った坊主が手を眺めていたこの瞬間を、いつの日か懐かしむことになるのであろうとも。

二〇二〇年一二月から書き綴ってきた「モヤモヤの日々」も、いつかは思い出になる。椅子に腰掛けるのに疲れ、床に座り壁にもたれながらキーボードを叩いている今すら、もしかしたら「将来戻りたくなる場所」なのかもしれない。連載も残り九回。将来、この日々を懐かしさに浸りながら思い返すことができるよう、モヤモヤを逃さず文章に結晶させていこうと思う。

今この瞬間も

20211220　第243回　クリエイティブ迷子　東京　晴

ゆったりとした週末を過ごしていた。部屋が片付いたおかげで読書がはかどり、赤子（一歳七か月）と愛犬ニコル（三歳三か月）とも遊んだ。スマートフォンにワンコールがあってから振り込みを実行するという、謎のルールに固執する頑なな不動産管理会社のEさんとの約束をやぶり、早々と家賃を振り込んでしまった。そのほか、やろうと思ってできていなかった懸案を少しずつ消化していった。例年よりも年末らしい年末である。

本に反射する光

ところで、だらしない性格の僕だが、なぜかSNSに投稿する写真にはこだわってしまう。上手く撮れていないと気になって何度も撮影するか、投稿すること自体を諦めてしまうかになる。新卒の時代に芸術が爆発し、近所の沼（と、そこに写り込んだ高齢男性）の写真をコンパクトデジカメで三〇〇枚ほど撮影した挙句、すべてを放棄するという「クリエイティブ迷子」になった経験のある僕は、写真撮影が絶望的に苦手なのだ。

とくに気になってしまうのは、書籍の撮影である。読んだ本の感想を投稿したくて、いわゆる物撮りをするのだけど、なかなか納得いく写真が撮れない。少しの傾きや埃の写り込みも気になる。しかし、それにかんしてはスマートフォンにレタッチアプリを入れて活用することで、だいぶ解決できるようになった。一方で、一番厄介なのは、家の照明だ。照明の光が本の表紙に反射してしまう現象が、どうしても自分的には許せない。かつて、いい具合に絶対反射しない撮影スポットがリビングにあったものの、赤子が生まれ、部屋のレイアウトを変えているうちに消滅してしまった。以来、いくつもある照明をつけたり消したり、自然光を入れてみたりカーテンを閉じたり、場所を移動してみたりと、クリエイティブ迷子が続いていた。

地味にストレスになっていた。写真撮影が上手い妻に毎回、頼むわけにもいかない。この懸案を今年中に解決しなければいけないと思い、昨日、注文していたそれがついに届いたのだった。サイズは四〇と六〇の二種類があった。「大きなつづら」を選んで失敗した御伽話を思い出し、僕は四〇のサイズを選択しておいた。

ＬＥＤライトのついた物撮り専用のボックスが届いたとき、赤子と犬は昼寝していた。値段はセール価格で五〇〇〇円ほど。プロ仕様とはいえないが、レビューを読む限りは僕が求めている用途ならば、十分に活躍しそうだった。赤子と犬が起きてからリビングに持って行って組み立てた。僕は自慢したかったのだ。

赤子は梱包を解いた時点で興味をなくし、すたこらと走り去ってしまった。かたやニコルは興味津々だった。新しい自分の部屋が来たとでも思ったのだろうか。しかし、ニコルの写真を撮影する際には別のこだわりが発動される。上手く撮れているかどうかが判断基準ではなく、ニコルが自然体かどうかがポイントになる。ニコルに何かやらせていたり、可愛いポーズをさせていたりした写真はほとんどアップしない。あくまで「あ、今のニコル可愛い！」と思った瞬間を撮るのである。だからニコルの写真はぶれていることが多く、あんなに可愛いにもかかわらず一度もバズった（ネットで広く拡散された）ことがない。

というか、犬を物撮りするわけではないのだ。ボックスを組み立てている間は何度も中に入ろうとしてきたニコルだが、ＬＥＤライトをつけた瞬間、後退りして逃げて行った。ボックスには、いくつかの色の背景シートが用意されていた。「まずはベーシックでいこう」と僕と妻は話し合い、白の背景で本を撮影してみた。素晴らしく綺麗に撮れた。反射も余計な影もなくて、これならアプリで補正する必要すらない。

長く続いたクリエイティブ迷子もこれで解決である。問題は置き場所だったが、いちいち撮影のたびに組み立てるのは面倒なため、仕事部屋で本を収納しているコンテナボックスの上に置くことにした。サイズ六〇を注文しなくて本当によかった。四〇でも十分な大きさだった。僕はそのことを妻に自慢した。

20211221 第244回 僕が好きだったもの 東京 快晴

僕は幼い頃の記憶が曖昧だ。誰だってそうだとは思うが、早生まれで成長が遅かったうえ、ずっと鼻が詰まっていた僕は、人よりもさらにおぼろげにしか幼少時代を記憶していないのではないかと思う。一方、幼い頃に覚えていた感覚は、心と体とに鮮明に刻み込まれている。自然に囲まれた武蔵野台地に育ち、河原や土手や野原で暗くなるまで遊びまわった。周辺にはまだ空き地がたくさん残っていて、夜はやけに静かだった。布団に入ると、日中に体にため込んだ熱が冷めていくように眠りに落ちていった。

そういった感覚的な世界を、成長するにしたがって失っていった。感覚よりも思考のほうが心と体に充満していった。それは仕方ないことである。誰だって大人になれば、幼い頃、眼前に広がっていた世界を失ってしまうものだからだ。でも僕はそれが悲しかった。酒を飲むと、以前のような純粋な世界への感覚を取り戻せる気がしていた。それは一時の幻想だった。酒は僕の心と体を蝕み、やがて断酒を余儀なくされた。

『平熱のまま、この世界に熱狂したい』が出版された際、母の友人たちが熱心に応援してくれた。そのなかにAさんがいた。Aさんは僕がまだ立って歩き出す前の赤子の頃に、母が近所の図書館で知り合った女性で、イラストレーターをしていた。娘さんが僕の一つ下の学年（生まれは二か月しか変わらない）だったということもあり、すぐに意気投合して仲良しになったのだという。以来、今に至るまで母とAさんの友人関係は続いている。僕も幼い頃、Aさんの家に行き、娘さんと遊んだことをぼんやりと覚えている。

僕の本を読み、Aさんは母に感想を送ってくれた。そのメールを母は僕に転送した。本の感想や、僕が父親になった感慨が綴られていた。僕はAさんと何年間、いやもしかしたら二〇年以上も顔を合わせていないけど、Aさんの文章には、僕を昔から知る人が書いてくれた優しさと親しみがこもっていて、とても感動した。

「あの男の子」

Aさんは、文章のなかで僕のことを、「小さい頃、雲のたなびく空を飽きもせずに眺めていたあの男の子」と表現していた。そうだった。なぜそんな大切なことを忘れていたのだろうか。僕は幼い頃、雲を眺めるのが好きだったのだ。僕が今住んでいる都会のマンションは、ビルや高速道路に囲まれている。八階の部屋から見える風景は、お世辞にも綺麗とは言えない。しかし、ふと見上げてみると、白い雲が細かくちぎれるように連なり、空にたなびいていた。雲の上にはなにがあるのだろうかと考えた。僕が好きだったものは、いつもすぐ側にあった。

幼い頃に一緒に遊んでいたAさんの娘さんは、現在、漫画家になって活躍している。どんな性格だったのか、なにをして遊んでいたのかは、やっぱり明確には思い出せなかった。なにを喋っていたかの記憶すら、僕にはほとんどない。でも、ベランダで雲を眺めながら考えていたら、少しだけ懐かしい気持ちになった。

20211222　第245回　手紙　東京　晴後曇

数年前から年賀状を送るのをやめてしまった。喪中が続いたという理由もあるが、住所を記入するなどの作業が苦手な僕には、どうも億劫すぎたのである。以来、年賀状をいただいた人に返事を書いて送るのみになってしまった。なんという不義理だろうか。かわりに毎年、妻に描いてもらった年賀イラストをSNSにアップしている。例年よりは時間があるものの、今年も年賀状を書く時間が確保できそうにない。妻が楽しんでやってくれていることだけが心の救いである。僕の顔はイラストにし甲斐があるのだそうだ。

中原中也は手紙魔で有名だった。詩や散文、日記のほかに、たくさんの書簡が遺っている。大岡昇平が「（生前の中也が）一番頼りにした友人」と称した安原喜弘は、『中原中也の手紙』（青土社）を出版している（一時は公開を躊躇していたらしい）。それによると、中也は、「いつもかなりの切手をポケットに入れて歩いていた」という。どこからでも手紙を出すのが詩人の癖だった。しかし、現金がないときなどには、その切手を煙草や電車賃、昼飯代にしていた。

安原への手紙（昭和五年五月九日、封書）に、

> 煙草が吸へないことを観念して、月があむまりよかったし、夜気と埃は青猫のやうに感じられる江戸河沿ひの道を、随分歩いた。そのうち切手を持ってることに気がついて、三銭切手を五枚出してエアシップ一つ貰った。煙草が手に入ると随分嬉しかった。ひとしほ悠然と歩いたものだった。

と、中也は書いている。同年五月二一日の手紙にも「近頃の夜歩きは好い。月が出てゐたりすると僕は何時までも歩いてゐたい。実にゆっくり、何時までも歩いてゐたいよう！」と綴っていて、六月一五日には「ポッカリ月が出ましたら、」ではじまる有名な詩「湖上」（『在りし日の歌』）を書いた。二三歳だった。さらに手紙の末尾に、「さよなら 中也」「センチメンタル 中原中也」「一人でカーニバルをやってた男 中也」などと記しているところが、自己演出が好きだった詩人らしくてなんともカッコいい。

現在では、小説家も詩人も評論家も編集者も、手紙を書く人は以前より少なくなっているはずだ。僕は文学館などに展示されている手紙を見るのが大好きである。そこからその人となりが読み取れるだけではなく、直筆の文字を見られるという意味でも、手紙は第一級の資料だと思う。しかし、現在を生きるデジタル世代の作家の手紙は、どれだけ後世に遺されるのか。おそらく普段のやりとりは、Ｅメールやメッセージアプリを使ってなされているだろう。デジタルデータは、現物の紙よりも実は消失しやすい。

先日、僕の中原中也についての論考が載った文芸誌『しししし4』（双子のライオン堂発行）を献本したある詩人から、ハガキで丁寧なお礼の返事をいただいた。とてもうれしかった。文章や筆遣いから、その人の人柄が伝わってくるようだった。僕も切手をポケットに入れて持ち運ぼうかと一瞬思ったけど、だらしない僕は、きっと汚してぼろぼろにしてしまうに違いない。電車賃や昼飯代にかえることもできないだろう。

僕の手紙がのちの時代に資料的価値を持つことはないと思うが、せっかく小説家や詩人、評論家、編集者と交流があるのだから、いただいたものは大切に保管しておかなければならない。その手紙のなかに、貴重な資料となるものがあるかもしれないからだ。汚く保管して、後世の人から呆れられませんように。資料を読解する研究者にご迷惑をおかけすることだけは、なんとか避けたいものである。

20211223　第246回　犬と赤子　東京　快晴

昨日でこの連載がはじまってから一年が経った。二歳三か月だった犬は三歳三か月になり、七か月だった赤子（息子）は一歳七か月になった。三八歳九か月から三九歳九か月になった僕よりも、犬と赤子に起こった変化のほうが、おそらく大きいと思う。赤子は少しずつだが、単語を喋るようになってきた。

主役級が揃い踏み

犬と〇歳児との接させ方をどうすればいいのか、去年の今頃の段階では僕と妻はよくわかっていなかった。愛犬ニコルはとても賢い犬で、気性も穏やかである。甘噛みもほとんどしなくなっていたし、同じ犬種の中でも小さく四・三キロしかない。連載開始の時点で、赤子は犬より大きかった。だからあまり心配していなかったけど、なにかあったら大変と思い、犬と赤子をどう近づけたらいいかわからないまま、距離をとらせていた。

それでも一緒の家に暮らしているので、犬と赤子が接触する機会が増えていった。何度も言うが愛犬ニコルはとても賢い犬である。問題はどちらかというと赤子だった。ニコルを叩く、毛をむしろうとする。そのたびにニコルは逃げ去った。吠えたり、噛んだりは絶対にしなかった。なんて偉い犬なのだろうか。

赤子はその当時、少しの物音でも起きて泣き叫ぶ（赤爆する）ため、僕と妻は寝静まったあとに、ひそひそ声で話をしていた。そうすると、犬もなぜか寄ってきた。たぶん赤子の情報などを共有する「大人の会話」に自分も参加したかったのだと思う。甘えん坊だった犬は赤子が家に来て以来、僕と妻の膝に乗るのをせがむ回数が減り、リビングで自分がリラックスできる場所を見つけ、そこで丸くなっている時間が増えた。「いつも我慢ばかりさせてごめんね」と、僕と妻は犬に謝っていた。

一か月くらい前から、ニコルが興奮している様子で赤子にまとわりつくようになった。僕は「ニコル、駄目だよ!」と注意していた。しかし、よくよく観察してみると、ニコルは我を忘れて興奮しているのではないことに気がついた。そう、犬と赤子は一緒に遊んでいたのである。少しは物わかりがよくなったとはいえ、赤子はニコルが近づくと、まだ乱暴な行動に出るときがある。しかし、ニコルはそれをわかっていて、赤子の遊びがエスカレートしたら華麗に身をかわし、するりと距離をとっていた。念のため用心しながらその様子を観察する日々が続いた。赤子もニコルとの遊び方を、だんだんと理解しだしたようだった。

この一年間、僕はずっと腰が痛いだの、仕事部屋が片付かないだのと喚き散らしていた。その間に、犬と赤子は立派に成長し、今では親友のようになっている。そんな犬と赤子を見て、僕は誇らしく思うと同時に、自分の不甲斐なさをしみじみと感じた。来年は腰痛を治し、仕事部屋をきれいに保とうと心に誓った。

まさに姉弟

赤子は今でもたまに赤爆するものの、以前よりは寝つきがよくなり、一度寝たら朝まで目を覚まさない日が増えてきた。多少の物音がしても起きないようになった。ニコルは赤子が寝静まったあと、僕と妻に甘えてくるようになった。僕と妻は、夜になったらここぞとばかりにニコルを構いまくっている。僕は犬と赤子の成長を見守っていたつもりだった。しかし、僕が知らないうちに成長し続けていた。犬と赤子はとても偉いのだ。

20211224　第247回　はじめてのサンタクロース　東京　晴時々薄曇

赤子が、ようやく「パパ」と言いはじめた。はじめは何故かその存在をひた隠すように小声で「ぱふぁ（パパ？）」とささやくのみだったのが「あいちゅあ（あいつは？）」になり、その後は進展がないどころか、呼んでもくれなくなっていた。赤子とは気まぐれな存在である。

それが最近は「パパ」らしき発音をしだしたのだ。しかし、「ママパパ」とか、「パパファ」とか、絶妙に惜しい、だが決して明確な「パパ」ではないなにかだった。昨日は昼から寝かしつけまで、僕がひとりで赤子を見ている日だった。ここぞとばかりに僕は「パパ」を連呼した。当然、それまでも連呼はしていたから「パパファ」までたどり着いたのだけど、僕が自分の顔を指差して「パパ」と教えていたため、鼻のことを「パパ」と勘違いし、赤子自身や妻の鼻にまで「パパファ」と言うようになってしまっていた。僕は破裂音を口でやって見せたり、鏡を

鼻をパパと呼ぶ

つかったり、「パパ！」と叫びながら赤子の前で両手足を広げてジャンプしたり、さまざまな方法で「パパ」という存在を伝えようとした。腰が痛かった。その甲斐あり、寝かしつけで絵本を読む夜には、明確に「パパ」と発音し、僕を認識したようだった。

ところが、である。朝起きてみると、椅子やドア、はなはだしくはノートパソコンにまで「パパ」と連呼していた。僕は少しがっかりしたものの、とりあえず「パパ」とは言えるし、赤子の成長はなんにせようれしいものだ。湿布を貼って腰を庇いながら、今この原稿を書いている。

そんなパパは、夕方から今年最後の美容室に行く。その帰りにホームセンターに寄って、大きな赤い靴下を買おうと思っている。昨年はさすがに赤子が小さ過ぎたためやらなかったのだが、一歳七か月になり、少しはものがわかりはじめているので、今年から家族でクリスマスを祝おうと決めたのだ。とはいっても、簡単な飾り付けをして音楽を流す程度になりそうである。

翌朝、赤子が起きる頃には大きな靴下の中に、僕がプレゼントしたかった絵本をサンタクロースが入れてくれているのだろう。うちに訪れるサンタクロースは平等を重んじるため、きっと犬にもなにか届くに違いない。

2021I227　第248回　コーヒーの香り　東京　快晴

昨日の正午過ぎに、妻と赤子と犬が、妻の実家に帰省した。東京に住んでいる親戚が帰省す

ついにひとりに

るタイミングに合わせたため、昨日の出発となった。年明け締め切りの仕事を若干と私用を残した僕は、まだチケットを取っていないものの、少なくともこの連載が終了する一二月三〇日頃までは東京にいる。なんか、ひとりになってしまった。

僕の実家には帰省したばかりなので、この年末年始は妻の実家にお邪魔することになった。赤子と犬の成長に、義父母は驚いているだろう。狭いと思っていたマンションの部屋は、三人（二匹含む）がいなくなると広々としている。そしてなにより静かである。静かすぎて師走の喧騒が窓に響いてくる。

普段はまったく気付かなかったけど、赤子と犬の臭いが部屋には充満している。ひとりになり、自分の体臭が嗅ぎ分けられるようになって、部屋の臭いを意識するようになった。赤子はミルクと汗が混じり合ったような臭い。犬は雨の日の草むらみたいな獣臭さ。臭可愛いニコルの独特の臭いである。

もちろん、赤子と犬は排泄の世話が必要だから、言葉そのままの意味でも臭いときがある。しかし、犬はドッグフードしか食べないため実際にはそんなに臭くなく、最初はなかなか気づいてあげられなかった。ニコルは一部界隈から「姫」と呼ばれているだけあって、大きなほうの排泄をした場合、すぐに片付けてもらいたがる。早く片付けて、と懇願するような目をしてその場に座っているのだ。なんて可愛い犬だろうか。

三五歳のとき、僕は慢性副鼻腔炎（蓄膿症）と鼻中隔彎曲症などの手術をした。以来、はじめて松茸が美味しいと思うくらいに嗅覚が回復した。ただのキノコが秋の香りがするキノコになった。だから一緒に暮らしていくうちに、ニコルの排泄にも気付いてあげられるようになった。

部屋に赤子と犬の臭いはまだ残っているが、数日後には消えてしまうのだろうか。今朝、起床してお湯を沸かし、インスタントコーヒーを淹れた。赤子と犬がいないから、いつもより強くコーヒーの香りが鼻を刺激してきた。ひとり暮らしをしていた頃を思い出して、若返った気がした。コーヒーの朝の香りはその苦さが心地よかったけど、僕はちょっとだけ寂しくなった。なるべく早く仕事を終わらせようと、ひとりで呟いたりしてみた。

20211228　第249回　人生の杭　東京　快晴

妻と赤子と犬が帰省し、東京にひとりで残って三日目。広いリビングで原稿を書こうかと思ったが、暮らしのなかで身についた習慣はそう簡単に変わるものではないらしく、やっぱりコンテナボックスだらけの仕事部屋で執筆している。普段、仕事部屋には赤子が進撃してこないように鍵をかけている。物が多くて、赤子には危ないからだ。内側からしか閉められないため、仕事部屋にいないときには小銭を使って外側から鍵をまわす。今はそんなことをする必要がないのに、無意識にやってしまう。「不在の存在」を実感している。

最後にY君も

昨日は仕事が終わった夜、近所にあるお気に入りのアパレルショップに行って服を買おうと思っていたが、なんとなく外出するのをやめてしまった。ひとりで考えごとをしていた。とくになにかを考えていたわけではなく、ただ単にとりとめのない思いを頭の中で巡らせていた。新型コロナが流行して以来、外出する機会がめっきり減ってしまった。この連載を読んでくれている読者の方なら、僕の行動範囲の極端な狭さがわかるはずだ。来年はもっと外に出て、赤子と犬を連れ出したい。いろいろな人と会いたい。そのためには人と会うリハビリが必要だ。

今日と明日は外出する用事が入っている。明日は、ここ最近ずっと開催できていなかった地元の幼馴染みたちとの忘年会がある。この連載ではもはや定番のY君や、幼少期の記憶を補完してくれている横田大も来るそうだ。気心の知れた幼馴染みたちとの会合は、人と会うリハビリにもってこいである。どうせいつもの生産性のない会話が繰り返されるだけなのだろうけど、幼馴染みたちとはそれを三〇年以上もやっているわけであり、どうかしていると同時に、人生のなかに打ち込まれた杭のようなものが戻ってきたみたいでうれしい。ままならない人生には杭が必要なのだ。その杭が多ければ多いほど、不確かな人生が実感あるものになる。

この連載は、誰かにとってそのような杭になれていただろうか。誰かにとって杭を見つけるきっかけになれていただろうか。もしそうならば、これ以上のよろこびはない。たぶんそういったことを昨日は漠然と考えていたのだろうと思う。この連載もあと二回で閉じられる。

20211229　第250回　高級な蜜柑（三）　東京　晴時々薄曇

昨日は久しぶりにお気に入りのアパレルショップ「R for D」に行った。この連載ではあまり触れてこなかったが、僕はファッションが割と好きなのである。コロナ禍になって以来、外出する機会が減り、服を買うことが極端に減っていた。店に入ると馴染みのショップ店員が声をかけてくれ、近況報告や育児の話で盛り上がった。彼には赤子（息子）がいて、マイ赤子とは数日しか生まれた日が変わらない。周りに同年代の赤子を育てる父親が少ないからか、いろいろと詳しく話してくれた。赤子のことを語る彼の目は、以前と変わらずに優しいままだった。

コートとカバンを買ってご機嫌になりながら、家に帰り再び出掛ける準備をした。斎藤哲也さん、山本貴光さん、そしてこの連載の担当編集・吉川浩満さんが五反田のゲンロンカフェで開催するイベント「「人文的、あまりに人文的」な、二〇二一年人文書めった斬り！」にうかがうためである。この原稿には昨日の出来事を書いている。地元の忘年会は、この日の翌日、つまりこの原稿を書いた後に開催される。連載の最後の最後になって、僕が活発に動き始めた。

さて、昨日は新しいカバンに荷物を入れ替え、紙袋に入れた蜜柑を大切に収めた。そう、この連載が始まるきっかけになったと僕が勝手に決め付けている、あの「高級な蜜柑」である。

つい先日、東京の郊外に住む母から高級な蜜柑こと、「紅まどんな」が送られてきた。「紅まどんな」は、亡くなった父の故郷である愛媛県のブランド蜜柑で、それはもうこの世のものとは思えないほど美味しい高級な蜜柑なのである。連載が始まる前の別の仕事で吉川さんと会った際に「紅まどんな」をプレゼントしたのが功を奏し、しがない一介のフリーライターである僕に「平日毎日公開」というこの連載を託してくれたのだと踏んでいる。そしてなんと、連載の書籍化まで決まったのだ。僕は愛媛に足を向けて寝ることができない。

しかし、なぜか吉川さんから「紅まどんな」の味の感想を一度も訊いたことがない。会うたびに訊こうとして、どうしても忘れてしまうのである。「紅まどんな」を以前、プレゼントしたのが僕の記憶違いだったらどうしよう。吉川さんが覚えていなかったらどうしよう。もしくは、三島由紀夫『豊穣の海』シリーズのラストのような展開になっているのかもしれない。一抹の不安を抱えながら、僕は「紅まどんな」を三つ、会場に持って行くことにした。

なんてことを考えつつ何気なくチケットサイトを確認してみたら、イベント開始が一九時だという事実に気がついた。その時点で一八時五五分。てっきり二〇時からだと思っていた。僕は急いで身支度をし、タクシーに乗った。家から五反田へは、電車よりタクシーを使ったほうが圧倒的に早く着くのだ。僕もずいぶん都会に染まったものである。一九時三〇分には会場に着いた。段取りが悪くドタバタしてしまう癖は、連載をとおしてずっとなおらないままだった。

前半は聴き逃したものの、とても充実した内容の楽しいイベントだった。僕はこのイベントを毎年楽しみにしていた。二年ぶりの有観客開催で、昨年はオンラインで視聴した。知り合いにもたくさん会えて感慨深くなった。

イベントが終わり、吉川さんに話しかけた。少しお酒に酔っているようだった。僕は日頃のお礼を言い、新しく買ったカバンの中から「紅まどんな」の紙袋を取り出した。吉川さんは「これはうれしい！」と大喜びしていた。「ところで、以前にプレゼントした「紅まどんな」の味はどうでしたか？」と訊いてみた。「もちろん美味しかったですよ。伝えそびれてしまっていましたけど、もちろん美味しかった!!」と吉川さんは興奮気味に話した。よかった。夢でも幻でもなかったのだ。「三つあるので登壇者の方々と……」と言おうとしたその瞬間、吉川さんは「しかも三つも！いや〜、本当にうれしいなあ」と顔をほころばせた。吉川さんを止めることは、もう誰にもできなかった。まあ、吉川さんもご満悦なようだし、結果オーライにしよう。三つもあげたのだから、それはさぞかし立派な本が、たくさん刷られるに違いない。まだお酒を飲みながらの談笑は続いていたが、久しぶりに活発に動いて疲れていた僕は、会場のみなさんに挨拶をして昨日は家路についた。

つい先ほどTwitterを見たら、吉川さんが家の鍵をなくして七転八倒していた。昨日のイベントの前後になくしたのだろうか。まさか「紅まどんな」までなくしたのではあるまいか。いやこの際、高級な蜜柑はなくなってもいいから、なんとか鍵だけでも出てきてほしい。「吉川さんには生涯の貸しをつくっておきたい」と、僕はふと思ったのであった。

20211230　第251回　大晦日の大晦日感（二）　東京　晴一時曇

明日は大晦日。

大晦日といえば僕が毎年、感心しているのが、大晦日の大晦日感である。年末の喧騒が収束し、すべてが納まっていくようなあの感じ。「なにはともあれ今年が終わり、新年が始まるのだ」とアングルが変わっていくようなあの感じ。心が元ある場所に戻り、ざわざわとした年末の雰囲気のなかにありながらも、ひとりで物思いにふける静けさに満たされていく。風が切り替わる瞬間の、束の間の空白。まるで凪に身を置くような静謐さと明瞭さが大晦日にはある。三六五日の同じ一日に過ぎないのに、なぜか大晦日だけ特別視されている。別にいつから始めてもいい（一〇月一日とか）はずの行動目標を大晦日に立て、翌年に希望を託す気持ちが芽生えてくる。大晦日は、どこまでいっても大晦日であり、大晦日の大晦日感を出せるのは毎年、大晦日でしかあり得ない。

今年はどんな大晦日になるのだろうか。少なくとも僕にとっては、例年とは違った特別な大晦日になるに違いない。一年以上、平日毎日ほぼリアルタイムで書き続けたこの連載が今日で終了するからだ。まだまだ続けられそうな気がするし、書きたいことがたくさんある。終わるのがとても寂しい。

しかし、言葉だけでつくられた世界は、いつか必ず閉じられなければならない。結晶させて、定着せしめなければならない。だからこそ、何度でも出会い直すことができる。おそらくその出会いは、毎回、異なるものになるだろう。執筆した僕ですら読み返せばまた違う感覚を得て、新しいモヤモヤが生じてくるかもしれない。閉じられて完成すると同時に、そこから再びはじまる。それが書くという行為、ひいては読書という連綿と継がれてきた営みそのものだと思っている。

人生は一回性で再現不可能なものである。文章を書いたり読んだりする行為も同じく一回性で再現不可能なものだ。そして、読者のみなさんの歩みにしたがい日常は変容する。ここに結晶させた日常とのズレが生じる。結晶させた言葉だけの世界とは違い、日常は続いていくからである。もちろん僕の日常も続いていく。変化していく。しかし、いつ戻ってきても二〇二〇年一二月二二日〜二〇二一年一二月三〇日まで、主に東京を中心に暮らしてきた僕の日常がここにある。それゆえに、僕自身もこの連載を何度も読み返すことになるだろう。そのたびに、二〇二一年一二月三〇日時点との接点を探し、変わらずに存在するものを確かめるだろう。変わっていったものを探して、思いを馳せるだろう。

読者のみなさんにとっても、僕の小さな日常に打たれた杭をもう一度、確かめるために戻ってくれるような文章になっていたなら、これ以上の喜びはない。なぜならその杭には、当然、連載を応援してくださった読者のみなさんの日常も含まれているし、連載をリアルタイムで読んでいなかった同時代の人たちの日常も、僕の日常にまったく影響を与えなかったはずはないからである。

明日は大晦日である。読者のみなさんは、どのような大晦日を過ごすのだろうか。大晦日は、どこまでいっても大晦日であり、大晦日の大晦日感を噛み締めているのだろうか。僕は、明日の夕方には新幹線に乗り、妻と赤子と犬のいる妻の実家へと向かっているはずだ。願わくは、どうかみなさんの大晦日が幸せな大晦日でありますように。誰もがのっぴきならない人生を背負ったひとりの存在として尊重される大晦日でありますように。絶望の淵にいる人も、未来に希望が託せるような大晦日でありますように。それこそが大晦日が大晦日として、大晦日であり続ける大晦日の大晦日感なのだから。

この連載は、平日毎日一七時に公開された。執筆するのは当日の午前や午後早くが多かったものの、読者のみなさんが一七時以降に読むことを常に意識して書き続けた。僕が最も愛する詩人・中原中也が自身の詩集として生前、唯一刊行した『山羊の歌』の最後の一行を引いて、この連載を閉じたいと思う。

ゆふがた、空の下で、身一点に感じられれば、万事に於て文句はないのだ。

※本書にご登場いただいた方々の所属、役職等は執筆当時のものです。

202112　493

『随筆集 明治の東京』(鏑木清方、岩波文庫) ・・・・・・・・・・・・・・・・・・・・・・・・・・・・・・・ 第113回

『春の雪 豊饒の海(一)』(三島由紀夫、新潮文庫)・・・・・・・・・・・・・・・・・・・・・・・・・・・・・ 第113回

記事「完璧ではない自分とタイマン張るの辛い」(長井短、幻冬舎plus・2021年6月10日付) ・・ 第115回

番組「カンブリア宮殿」(テレビ東京、2021年6月17日) ・・・・・・・・・・・・・・・・・・・・・・・・ 第122回

『志賀直哉全集 第九巻』(岩波書店)・・・・・・・・・・・・・・・・・・・・・・・・・・・・・・・・・・・・・・ 第127回

『よるくまシュッカ』(エミリー・メルゴー・ヤコブセン、中村冬美訳、百万年書房) ・・・・・・・・・・・ 第130回

『みすゞさんぽ——金子みすゞ詩集』(春陽堂書店)・・・・・・・・・ 第135回、第155回

『鏑木清方随筆集』(岩波文庫) ・・ 第166回

『九鬼周造随筆集』(菅野昭正編、岩波文庫) ・・・・・・・・・・・・・・・ 第173回、第195回、第198回

『万葉集 全訳注原文付』(中西進、講談社文庫)第三巻・・・・・・・・・・・・・・・・・・・・・・・・・ 第181回

『ふたがしら』(オノナツメ、小学館) ・・・・・・・・・・・・・・・・・・・・・・・・・・・・・・・・・・・・・・・ 第181回

記事「イヌを守れ、ネコの時代に」(吉川浩満、朝日新聞・2021年9月22日付夕刊)・・・・・・・ 第185回

『名詩の絵本』(川口晴美編、ナツメ社) ・・・・・・・・・・・・・・・・・・・・・・・・・・・・・・・・・・・・・ 第187回

『泣菫随筆』(薄田泣菫著、谷沢永一、山野博史編、冨山房百科文庫) ・・・・・・・・・・・・・・・・・・ 第191回

『うひ山ぶみ』(本居宣長、全訳注:白石良夫、講談社学術文庫) ・・・・・・・・・・・・・・・・・・・・・・ 第193回

『「いき」の構造 他二篇』(九鬼周造、岩波文庫) ・・・・・・・・・・・・・・・・・・・・・・・・・・・・・・ 第195回

『ブルーピリオド』(山口つばさ、講談社) ・・・・・・・・・・・・・・・・・・・・・・・・・・・・・・・・・・・ 第198回

『文圃堂こぼれ話——中原中也のことども』(野々上慶一、小沢書店) ・・・・・・・・・・・・・・・・・・ 第204回

『100万回死んだねこ 覚え違いタイトル集』(福井県立図書館編著、講談社) ・・・・・・・・・・・ 第205回

『中原中也』(大岡昇平、講談社文芸文庫)・・・・・・・・・・・・・・・・・・・・・・・・・・・・・・・・・・・・ 第208回

『SLAM DUNK』(井上雄彦、集英社) ・・・・・・・・・・・・・・・・・・・・・・・・・・・・・・・・・・・・・・・ 第211回

『よりぬきのん記』(スズキロク) ・・ 第231回

『晩年』(太宰治、新潮文庫) ・・ 第240回

記事「後ろ向きに全力疾走」(長谷川裕、『週刊東洋経済』2014年8月2日号) ・・・・・・・・・ 第242回

『最後の息子』(吉田修一、文春文庫) ・・・・・・・・・・・・・・・・・・・・・・・・・・・・・・・・・・・・・・ 第242回

『中原中也の手紙』(安原喜弘、青土社) ・・・・・・・・・・・・・・・・・・・・・・・・・・・・・・・・・・・・ 第245回

『年表作家読本 中原中也』(青木健編著、河出書房新社)・・・・・・・・・・・・・・・・・・・・・・・・・ 第245回

主な引用・参考作品

アルバム『ほうれんそう』（小田晃生）・・・・・・・・・・・・・・・・・・・・・・・・・・・・・・第12回、第18回

『平熱のまま、この世界に熱狂したい「弱さ」を受け入れる日常革命』（宮崎智之、幻冬舎）・第18回

『男もの女もの』（丸谷才一、文春文庫）・・・・・・・・・・・・・・・・・・・・・・・・・・・・第40回

『中原中也全詩集』（角川ソフィア文庫）・・・・・・・・・・・・第40回、第126回、第157回、第251回

『グレート・ギャツビー』（スコット・フィッツジェラルド、村上春樹訳、中央公論新社）・・・・・・・・・・・・・・第44回

『グレート・ギャツビー』（スコット・フィッツジェラルド、野崎孝訳、新潮文庫）・・・・・・・・・・・・・・・・・第44回

『日本に就いて』（吉田健一、ちくま学芸文庫）・・・・・・・・・・・・・・・・・・・・・・・・・・第46回

アルバム『公園デビュー』（赤い公園）・・・・・・・・・・・・・・・・・・・・・・・・・・・・・・第50回

『国道16号線──「日本」を創った道』（柳瀬博一、新潮社）・・・・・・・・・・・・・・・・・・・・・第51回

『舌鼓ところどころ』（吉田健一、中公文庫）・・・・・・・・・・・・・・・・・・・・・・・・・・・第63回

『欲身』（岡本かの子、短歌新聞社文庫）・・・・・・・・・・・・・・・・・・・・・・・・・・・・・第64回

『酔いがさめたら、うちに帰ろう。』（鴨志田穣、講談社文庫）・・・・・・・・・・・・・・・・・・・・・第65回

『若者殺しの時代』（堀井憲一郎、講談社現代新書）・・・・・・・・・・・・・・・・・・・・・・・・第67回

『キャズム』（ジェフリー・ムーア、川又政治訳、翔泳社）・・・・・・・・・・・・・第69回、第145回、第178回

『小説 太宰治』（檀一雄、岩波現代文庫）・・・・・・・・・・・・・・・・・・・・・・・・・・・・・第76回

ZINE『やさしくなりたい』2号（野地洋介編集）・・・・・・・・・・・・・・・・・・・・・・・・・・第82回

文芸創作誌『ウィッチンケア』11号（多田洋一発行）・・・・・・・・・・・・・・・・・・・・・・・・第84回

『わが人生処方』（吉田健一、中公文庫）・・・・・・・・・・・・・・・・・・・・・・・・・・・・・第85回

『獨樂園』（薄田泣菫、ウェッジ文庫）・・・・・・・・・・・・・・・・・・・・・・・・・・・・・・第86回

『絶望の書・ですぺら』（辻潤、講談社文芸文庫）・・・・・・・・・・・・・・・・・・・・・・・・・第93回

『しらふで生きる 大酒飲みの決断』（町田康、幻冬舎）・・・・・・・・・・・・・・・・・・・・・・・第94回

シングル『わかれうた』（中島みゆき）・・・・・・・・・・・・・・・・・・・・・・・・・・・・・第106回

『万葉集 全訳注原文付』（中西進、講談社文庫）第二巻・・・・・・・・・・・・・・・・・・・・・第107回

『朝顔は闇の底に咲く』（五木寛之、東京書籍）・・・・・・・・・・・・・・・・・・・・・・・・・第107回

『ヒマワリはなぜ東を向くか』（滝本敦、中公新書）・・・・・・・・・・・・・・・・・・・・・・・第107回

『タッチ』（あだち充、小学館）・・・・・・・・・・・・・・・・・・・・・・・・・・・・・・・・第109回

『雨のことば辞典』（倉嶋厚、原田稔編、講談社学術文庫）・・・・・・・・・・・・・・・・第110回、第113回

宮崎智之　みやざき・ともゆき

1982年、東京都出身。明治大学文学部日本文学専攻を卒業。

地域紙記者として勤務後、編集プロダクションを経てフリーライターに。

ラジオ番組から文芸誌まで、多方面のメディアで活躍。

著作に、『モヤモヤするあの人——常識と非常識のあいだ』(幻冬舎文庫、2018)、

『吉田健一ふたたび』(共著、冨山房インターナショナル、2019)、

『平熱のまま、この世界に熱狂したい——「弱さ」を受け入れる日常革命』(幻冬舎、2020)、

『中原中也名詩選』(アンソロジー、田畑書店、2022)など。Twitter: @miyazakid

モヤモヤの日々《ひび》

2022年8月31日 初版

著者　宮崎智之

発行者　株式会社晶文社
東京都千代田区神田神保町1-11 〒101-0051
電話03-3518-4940(代表)・4942(編集)
URL　http://www.shobunsha.co.jp

ブックデザイン　寄藤文平+古屋郁美(文平銀座)
印刷・製本　中央精版印刷株式会社

ISBN978-4-7949-7325-2　Printed in Japan

JASRAC　出　2205584-201号